MW01171983

Escalera de crímenes

Ager Aguirre

Título: Escalera de crímenes
© 2020, Ager Aguirre

Facebook: Ager Aguirre
Twitter: @AgerGolden

De la maquetación: 2020, Ager Aguirre
Del diseño de la cubierta: 2020, Sol Taylor
Código de registro del libro en Safecreative:
ISBN: 979-86-50020-39-4

1

Primer aniversario

He empezado el día de la misma forma que lo he hecho durante el último año: sin ganas, siquiera, de levantarme de la cama. Si lo hago, es obligándome con una fuerza de voluntad que obtengo del cerebro y no del corazón, con un solo pensamiento en la cabeza que me hace reaccionar: ¡justicia!

Pero cada día me cuesta más vencer a mis demonios, esos que me están devorando por dentro con la determinación y la paciencia de una termita. Por fortuna, parece que ese túnel oscuro en el que se convirtió mi vida el día que ella decidió morir quiere mostrarme su luz final. Mi sufrimiento terminará pronto. Por desgracia, eso también me deja poco tiempo para vengar su pérdida. Al menos, tras un minucioso plan y unas cuantas casualidades, ya está todo en marcha. A veces, el karma actúa de manera caprichosa y el destino se muestra triunfante ante tus ojos cuando menos te lo esperas.

Estas fechas, en las que las calles se llenan de luces, antaño felices, ahora solo me recuerdan que mi pequeña decidió apagar la luz más brillante que alumbraba mi corazón, abandonando este mundo de manera prematura. Un mundo lleno de cerdos dispuestos a engullir el alma de una joven ángel, como era mi hija, hasta quitarle las ganas de vivir. Hoy, 17 de diciembre de 2018, se cumple un año de aquel infausto día en el que encontré a mi hija, sin vida, en la bañera de mi casa.

El día en Madrid, pese a estar cercano a terminar el año, amanece soleado, con unas pocas nubes blancas dando un toque distintivo al azul grisáceo del cielo casi invernal. Aunque para mí todos los días son igual de oscuros, hoy soy capaz de apreciar su belleza calmada. Todo tiene un color distinto cuando se dejan atrás las dudas y uno se muestra convencido de lo que va a hacer.

Abro el armario de la cocina con la intención de sacar una galleta de su paquete, para llevarme algo a la boca antes de salir de casa, como para decirle a otra parte de mi cuerpo que hay que ponerse en marcha. Pero he estado tan ocupado el último par de semanas, desde su regreso a España, que se me ha olvidado hacer la compra. Malhumorado, tengo que tirar el sobre vacío a la papelera.

El paquete rebota en el montón de residuos y cae al suelo. También llevo días sin bajar la basura. No tengo tiempo para eso. Soy una persona a la que la concentración en la resolución de un problema le lleva a olvidar la vida cotidiana.

No me molesto ni en recogerlo. Van a pasar un par de días antes de que me dejen regresar a casa, y la caja vacía no se va a mover de ahí ni va a estorbarme.

Bajo a la calle. Me pongo mis gafas para evitar que los rayos de sol me dañen los ojos, secos de lágrimas y llenos de penas y, como cada mañana, saludo al dueño del puesto de prensa.

—Buenos días, Ernesto. ¿Alguna noticia nueva?

—No, Enrique. Ninguna novedad —responde el amable quiosquero, como ha hecho el último centenar de veces que le he hecho esa misma pregunta.

Agradezco que me informe sin obligarme a comprar ninguno de los periódicos. Desde que abandoné mi trabajo para dedicarme en cuerpo y alma a esclarecer su muerte, no me queda dinero suficiente ni para comer. Aunque tampoco es que coma mucho. Me estoy quedando en los huesos. Menos trabajo para los gusanos.

Amigos y familiares insistieron, hace un tiempo, en que me cuidara, pero lo único que consiguieron fue que terminara por apartarlos hasta que dejaron de insistir. ¿Para qué cuidarme si lo único que voy a conseguir es alargar unos meses más mi agonía? Ya me lo dijo mi médico: «Tu cuerpo tiene la fecha de caducidad marcada». Si se mantiene con vida, es porque aún me queda algo por hacer antes de poder irme en paz.

El olor de la pastelería cercana a mi casa capta mi atención. Huele a pan recién hecho y a café bien tostado. Mi estómago me recuerda que no le he dado su ración diaria de azúcar para ponerse en marcha.

«¡Qué diablos! Seguramente tampoco pueda darme ningún capricho en los próximos días. Para lo que nos queda en el convento...». Sin pensármelo dos veces entro en la pastelería y pido un bollo de nata, un cruasán y un café solo.

—Enrique, ¡cuánto tiempo sin verte! —exclama Marisa, la dueña del local, que asoma por entre los hornos al escuchar mi característica voz. Sonríe coqueta.

—Me temo que tendrás que acostumbrarte a mis prolongadas ausencias... —replico por lo bajo mientras ella sigue hablando.

—Desde el funeral de tu hija que no nos veíamos. Ya no vienes nunca a comprar esas palmeras de chocolate que tanto te gustan.

—Era a mi hija a quien le apasionaban. Sin ella en casa, ya no tengo la necesidad de comprarlas —respondo cabizbajo, recordándola.

Mi niña siempre se comía aquellas palmeras sentada en el sofá mientras miraba vídeos de Internet en mi televisor. Cuánto añoro poder echarle la bronca por dejar caer las migas en mi sillón de lectura.

—Lo lamento. Ya sabes que aquí eres siempre bien recibido, puedes pasarte cuando quieras, aunque sea solo para charlar un rato —replica Marisa, con el gesto cambiado al darse cuenta de que ha metido la pata, y me pone una mano sobre el hombro.

—Te lo agradezco, pero no suelo tener muchas ganas de hablar.

—¿Aún no lo has superado? Ha pasado casi un año.

—Un año, exactamente. Hoy es el aniversario. ¿Tú podrías superarlo? —contesto y levanto la mirada del cruasán, al que solo he dado un pequeño mordisco, para leer la respuesta en sus ojos.

Niega con la cabeza. En realidad, ella tampoco habría podido superar lo ocurrido, solo le da pena verme tan triste pasado el tiempo. He desmejorado mucho. Ni rastro del hombre vital con el que la pobre tonteaba hace apenas tres años, cuando la separación de mi exmujer me convirtió en el cincuentón divorciado más deseado del barrio. Pero la muerte de una hija no se supera, y menos en las circunstancias en las que murió mi pequeña.

Sin saber qué más decirme, sin querer volver a meter la pata, me da una palmada en la espalda y regresa a su puesto de trabajo tras el horno donde se sigue haciendo el pan.

Terminado el café, sin llegar a comerme entero el cruasán y dando solo un par de mordiscos al bollo —los he pedido más por la atracción visual que por apetito—, me despido de la chica que atiende tras la barra y que tendrá, aproximadamente, la misma edad que ahora tendría mi hija, y me encamino, como hago cada mañana, hacia la comisaría de policía.

Llevo un par de semanas, desde que los astros se pusieron de mi parte, haciéndolo. No falto ningún día. Da igual que llueva, haga sol o que el frío se me clave en los huesos como esta soleada pero gélida mañana. Todos y cada uno de los días, menos los festivos que él no trabaja, entro en la comisaría central y formulo la misma pregunta.

Los primeros días me dio largas de manera amable; las siguientes veces me invitó a abandonar el lugar de buenas maneras; las últimas ha amenazado con detenerme por obstrucción a la justicia, por hacerle perder el tiempo. Hay veces que para conseguir lo que uno quiere tiene que armarse de paciencia. Desde el primer día sé que no se van a atender mis demandas, pero son necesarias para despertar el interés de mi interlocutor. Pobre agente, lo que me ha tenido que aguantar. Al menos hoy sé que me va a escuchar, aunque también es verdad que va a acabar deteniéndome.

Tomo aire antes de cruzar las puertas para serenarme. Estoy decidido a realizar este movimiento, pero eso no evita que un cosquilleo incómodo me recorra todo el cuerpo. En realidad, todos los pasos ya los he ido dando con anterioridad. Llevo meses haciéndolo, no hay vuelta atrás, pero aun así los nervios amenazan con atenazarme. Necesito mostrarme sereno, frío, firme en cada una de las palabras que voy a pronunciar, para evitar cometer los errores que no me puedo permitir. Mi hija no me lo perdonaría nunca.

Convencido de lo que voy a hacer, ni siquiera me molesto en saltarme la cola que me precede en la ventanilla de denuncias. Podría acercarme al mostrador y decir lo que tengo preparado, pero me limito a colocarme en la fila y a esperar a que el resto de las personas, allí presentes, realicen sus trámites. Si todo está bien calculado, aún falta algo de tiempo para que todo comience. Los cálculos son solo aproximados, y puede que me traten de loco si no se confirman pronto. Espero que los astros o la diosa Fortuna sigan de mi lado un tiempo más. Es cuestión de paciencia.

Cuando quien atiende de forma amable a las personas me ve en el fondo del pasillo, niega con la cabeza, se coloca bien el uniforme y se pasa los dedos por encima de su corto pelo rubio. El agente Expósito ha sido el encargado de recibirme cada día. Él es el que me ha avisado de que, si persisto en mis intenciones, voy a terminar detenido. Me ha avisado tantas veces como le ha sido posible antes de ponerse en actitud amenazante. Sé que Expósito es una buena persona, entiendo su comportamiento y, en el fondo, sé que él también entiende el mío y, cuando todo esto termine, estoy convencido de que me comprenderá. Por eso ha tenido tanta paciencia. Lamento que tenga que ser él quien reciba el impacto de la noticia, pero su presencia en los acontecimientos es necesaria, imprescindible. No se hará una justicia completa si él no está presente.

En todos estos días de idas y venidas, de esperas en la cola de atención ciudadana, he estado observando a cada uno de los agentes de la comisaría. Lástima de lo mal que se hace acompañar. Es como un ciervo rodeado de hienas.

—Buenos días, señor Carvajal —saluda y tuerce el gesto, cuando llego a su lado—. Le dije que no siguiera viniendo si no quería tener problemas. No me haga avisar a mis compañeros.

—Agente Expósito... un día más mi única intención es que me dejen hablar con el comisario Medrano. Es lo único que le he pedido estas últimas dos semanas.

—Y todas esas veces le he dicho que el comisario está muy ocupado y que no se puede hacer cargo de su problema. Que lo mejor que puede hacer es volverse a su casa y dejar de molestar.

—No puedo hacer otra cosa que insistir. Creo que todo el mundo debería saber que a quien tienen encerrado en la cárcel no es *Killer Cards*, que se equivocaron de asesino —respondo e intento que no se me note que sé que Expósito me miente. Las ocupaciones de Medrano no le impedirían hacerse cargo de mi problema. De lo que estoy seguro es de que no quiere. Por eso pregunto por él.

—Señor Carvajal, como le he dicho ya más de veinte veces, si no tiene pruebas de tal afirmación, no puedo hacer nada. El señor Soto fue juzgado y declarado culpable. Ahora, se lo ruego, si no tiene otro motivo para ocupar mi tiempo, haga el favor de marcharse. Como puede ver a su espalda, hay mucha gente deseando hablar conmigo y ellos sí tienen un buen motivo para hacerlo. —El gesto del agente es cansado. Está harto de repetirme todos los días lo mismo. Lo lamento de veras, pero es la única manera que se me ha ocurrido de involucrarlo. Ya lo entenderá.

—Hoy yo también, Expósito. Hoy yo también… Sí que hay otro motivo por el que quiero hablar con el comisario Medrano. Un buen motivo por el que no va a poder negarse a verme.

—¿Y cuál es ese motivo? —me pregunta Expósito con cara de incredulidad y con la mirada agachada, seguro de que no hay nada que pueda llamar la atención del comisario lo suficiente como para atender a un pobre hombre como yo.

Acercándome a su oído, para no ser escuchado por las personas que están tras de mí en la cola, susurro:

—He asesinado al presidente del Tribunal Supremo.

2

Un loco que se pasa de la raya

Tras una primera reacción de desconcierto e incredulidad, y tras preguntar varias veces si había escuchado bien, Expósito llamó a uno de sus compañeros.

—No dejes que se marche. Esta vez ha ido demasiado lejos. Si presenta resistencia o ves que intentar huir, detenle. Tengo que ir a hablar con el inspector jefe y hacer unas comprobaciones.

Enrique no tenía ninguna intención de moverse de donde estaba. Le hubiera gustado que le ofrecieran una silla para sentarse, porque le dolía la espalda, pero, si tenía que esperar de pie, apoyado en el mostrador, estaba dispuesto a hacerlo, aunque el agente que se había colocado en el lugar de Expósito fuera una de esas hienas a las que prefería tener lejos.

—Buenos días, agente Herrera —saludó antes de dedicarle una fingida sonrisa.

El agente le respondió con una mueca de desprecio que hizo aún más desagradable su cara, mientras le miraba como si fuera carroña que le apetecía devorar.

Expósito se colocó bien el uniforme antes de llamar a la puerta del inspector jefe y esperó con impaciencia a que le dieran permiso para entrar. La voz grave de Otero le hizo estremecerse ligeramente cuando, por fin, respondió al otro lado.

—Señor, ¿puedo pasar? Es importante —solicitó tras franquear la puerta y cerrar a su espalda. Iba con la cara desencajada.

—Expósito, debería estar en su puesto en atención al ciudadano. No es buen momento para que venga a mi despacho. Estoy hasta el cuello de trabajo —comentó Otero sin darse cuenta del gesto de Expósito, ni siquiera había llegado a levantar la mirada más de dos segundos.

—Lo sé, pero es importante. Ha vuelto Carvajal.

—¿Otra vez ese pobre hombre intentando hablar con Medrano sobre sus teorías conspiranoicas del caso de *Killer Cards*? No tengo tiempo para perder con él. ¿Qué ha cambiado para que hoy venga a decírmelo al despacho? —inquirió Otero sin cambiar su gesto de desaprobación.

—Señor, dice que ha asesinado al presidente del Tribunal Supremo.

Otero saltó de su mesa. Tras la primera reacción impulsiva al escuchar la palabra asesinado, su cerebro se puso a funcionar con rapidez y se serenó. Era imposible que Juan Ramón Aginagalde estuviera muerto sin que nadie se hubiera dado cuenta y sin que la noticia hubiera llegado a sus oídos. Todo el mundo se habría hecho eco. Y menos aún que aquel pobre hombre hubiera sido capaz de asesinarlo cuando estaba seguro de que tendría dificultades hasta para atarse solo los zapatos.

—Bueno, creo que ya hemos tenido suficiente paciencia. No podemos cursar una orden de detención, pero sí retenerlo para darle un pequeño escarmiento. Llévelo a una de las celdas y manténgalo allí veinticuatro horas. Quizás pasar una noche en el calabozo le haga meditar. Sus bromas empiezan a pasarse de castaño oscuro.

Mientras Otero volvía a tomar asiento tras su escritorio y retomaba el papeleo que cubría su mesa, Expósito regresó al mostrador donde le esperaba Enrique y una larga cola de impacientes ciudadanos.

—Se lo advertí varias veces, Carvajal. No quería tener que llegar a esto, pero usted se lo ha buscado. Haga el favor de acompañarme. Va a pasar usted la noche en el calabozo.

—¿En el calabozo? ¿No piensan interrogarme? —preguntó extrañado Enrique sin llegar a moverse del mostrador en el que se había apoyado.

—¿Interrogarle? ¿Por pesado? En realidad, usted lo único que quiere es que alguien le escuche, y no tenemos tiempo para eso.

—Pensé que estarían más interesados en la información que le he dado... —musitó Enrique mientras el agente le acompañaba a la planta baja, donde estaban las celdas.

—Escúcheme… un consejo. La próxima vez que quiera confesar un delito, hágalo con uno que resulte, al menos, creíble. El presidente del Tribunal Supremo no está muerto. Nadie ha informado de tal circunstancia.

—¡Ah, de acuerdo! —exclamó Enrique, más aliviado—. Entonces, solo me queda esperar a que confirmen la noticia. No tengo prisa. Cuando me necesiten, ya sabe dónde encontrarme.

Se acomodó en un trozo de madera anclado en la pared, que servía como asiento durante el día y que hacía de improvisada e incómoda cama cuando se cubría de una sábana y una almohada para los inquilinos que tuvieran que pasar allí la noche, y sonrió.

Expósito negó con la cabeza mientras cerraba la puerta con llave y volvía a su puesto de trabajo. Aquel hombre le daba pena. Llevaba un par semanas acudiendo día tras día a la comisaría con la misma historia. Quería hablar con Medrano, meses después de que la sentencia del caso *Killer Cards* hubiera acusado a Alejandro Soto como responsable de los asesinatos cometidos en la capital madrileña a principios de ese mismo año, afirmando que la policía se había equivocado.

El asesinato del sargento primero de la Guardia Civil, Gabriel Abengoza, y el posterior trágico accidente de la inspectora jefe de homicidios, Ángela Casado, habían dejado al comisario como la cara visible del caso en todos los informativos que querían seguir sacando a la luz nuevas, o rebozadas, informaciones para exprimir a la gallina de los huevos de oro que tan buenas audiencias les habían conseguido durante los sucesos. Cualquier pequeño detalle sobre la vida de Alejandro Soto en la cárcel era sacado en los noticieros junto con un amplio resumen de los delitos de los que se le acusaba y llenaba la pantalla de tertulianos que debatían sobre lo bueno que era, lo desfasado que estaba el sistema judicial o lo conveniente de aumentar las penas de prisión en estos casos y de implantar la prisión permanente revisable. En todos esos debates, Medrano era invitado de honor para dar su visión profesional.

Carvajal llevaba dos semanas personándose en la comisaría diciendo, a todo aquel que le quisiera escuchar, que la justicia estaba equivocada y que

Soto no era culpable de los crímenes de los que se le acusaban. No había dejado de insistir en hacerse escuchar en la comisaría donde trabajaba Medrano, aunque este casi nunca pasara por su despacho y fuera más fácil encontrarlo en algún plató televisivo.

Él había sido el agente encargado de recibirle en el mostrador día tras día. Las primeras veces escuchando con paciencia, las siguientes con unas buenas dosis de comprensión. Incluso había hablado con Otero, ya que él conocía a Carvajal de cuando era solamente inspector —había trabajado en el caso de la muerte de su hija hacía un año—, pero sin más argumento que sus palabras no podía hacer nada por él, salvo intentar ser amable.

Le daba pena tener que dejarlo encerrado en los calabozos y meditó llevarle una buena almohada para que pasara la noche lo mejor posible, pero, cuando regresó a recepción y vio la cola que tenía frente al mostrador y que no había nadie atendiéndola, pensó que la idea de ser amable tendría que esperar y maldijo entre dientes.

—¡Herrera! ¿No te dije que cubrieras mi puesto mientras me ausentaba? —exclamó al ver cómo el agente al que había pedido que ocupara su lugar estaba sentando en su mesa y miraba la pantalla del ordenador con desgana.

—Me dijiste que vigilara a Carvajal mientras ibas a hablar con el inspector jefe. Y eso hice. Tú no mandas aquí... por muy enchufado que seas.

La última frase la musitó por lo bajo, y Expósito hizo como si no la hubiese escuchado. Bastantes líos tenía ya como para enemistarse aún más con sus compañeros.

Se limitó a colocarse tras el mostrador e, intentando dibujar una sonrisa en su cansado rostro, atender a la señora que le miraba con cara de pocos amigos como si él fuera el culpable de todos sus males.

—¡Llevo aquí más de media hora para presentar una queja! Encima de no vigilar mi barrio se creen ustedes que tengo todo el día para hacer una denuncia —protestó la señora en cuanto se vio con la opción de tomar la palabra.

—Señora, si la demanda no es por violencia física, si el hecho no lo ha cometido un conocido o alguien a quien pueda identificar, si no tiene constancia de la existencia de testigos o el delito no es de carácter sexual, puede presentar la demanda por Internet o llamando por teléfono.

—¡Claro! Como si Internet fuera gratis para todo el mundo. Además, yo las denuncias las pongo en persona para ver si se les cae la cara de vergüenza. Aunque ustedes tienen la cara más dura que el cemento.

—Señora, no llevo un buen día y le recomiendo no faltar al respeto a la autoridad.

—¿Al respeto? ¿Y quién me respeta a mí? ¡Media hora llevo la primera en la cola esperando para denunciar que me han robado! ¡Media hora! ¿Y ahora quieren acusarme de un delito a mí? ¿A mí? —replicó la mujer a voz en grito con la cara enrojecida por la ira.

—Señora, haga el favor de calmarse. ¿Me puede decir qué es lo que le han robado? —preguntó Expósito, armándose de una paciencia que había ido cultivando con los meses que llevaba en el puesto. No habían pasado ni diez minutos desde que había abandonado el mostrador, pero los ciudadanos que presentan denuncias siempre son tendentes a exagerar.

—¡¿Que me calme?! ¡¿Que me calme?! Estaba muy calmada hasta que me han robado porque ustedes no hacen bien su trabajo. ¿Dónde estaban para pedirle al cabrón que me ha entrado en mi casa que se calmara? ¿Eh? ¿Dónde estaban?

—¿Me puede dar sus datos personales y decirme qué es lo que le han robado sin levantar tanto la voz? Va a hacer que...

—¡Expósito! —exclamó Otero desde el umbral de la puerta de su despacho.

—Señor, lo lamento, ya le he dicho a la señora que se tranquilice. Le aseguro que ya no habrá más gritos, ¿verdad, señora? —preguntó a la mujer que se había callado al oír la poderosa voz del inspector jefe.

—¿Qué señora? ¡Me da igual esa mujer! Haz el favor de ordenar que lleven, de inmediato, a Carvajal a la sala de interrogatorios. ¡Han encontrado el cadáver del presidente del Tribunal Supremo en el despacho de su casa!

3

Juan Ramón Aginagalde

Enrique tenía las manos entrelazadas y jugaba con sus pulgares mientras miraba distraído al cristal negro tintado que estaba frente a él. Estaba seguro de que, al otro lado, varios agentes de policía le observaban incapaces de comprender cómo aquel hombre, de aspecto enfermizo, se había presentado en comisaría y se había autoinculpado del asesinato del presidente del Tribunal Supremo.

Lo único que le incomodaba era el picor que sentía en el tobillo derecho y Expósito, que le había subido del calabozo hasta la sala de interrogatorios, le había esposado las manos a la mesa. Intentaba aliviar el picor frotándose con el pie izquierdo cuando Otero, al que ya conocía, entró en la habitación como un toro al que acaban de soltar en una plaza.

—Señor Carvajal, Enrique Carvajal, cuando le dije, hace un año, que esperaba volver a verle en otras circunstancias, no me refería a esto.

—Yo tampoco pensé que le fueran a ascender. Nada menos que a inspector jefe de la Brigada de Homicidios. Y, curiosamente, cuando no ha sido capaz de resolver ni el homicidio que le dio la opción de optar al puesto, ni supo encontrar al culpable de la muerte de mi hija.

—La inspectora jefe Casado sufrió un trágico y terrible accidente de tráfico. No fue asesinada. Y su hija, señor Carvajal, se suicidó.

—Es cierto, mi hija se suicidó, pero no, su antigua jefa no sufrió ningún accidente. Ese es un error del que llevo intentando advertirles un par de semanas, pero ustedes se niegan a escucharme —replicó Enrique sin alterar su tono de voz.

—No estamos aquí para que me cuente sus fantasías sobre el caso de

Killer Cards. Estamos aquí por el asesinato de Juan Ramón Aginagalde, presidente del Tribunal Supremo, que usted ha confesado a mi subordinado.

—¿Asesinato? ¿Qué asesinato? Yo vine aquí para hablar con el comisario Medrano, y el agente Expósito me retuvo en los calabozos por no hacer caso a sus recomendaciones en los últimos días. ¿Quién dice que ha muerto? —La cara de Enrique no reflejaba ningún atisbo de asombro. Al contrario, se le veía sereno, incluso desafiante. Expósito se dio cuenta al otro lado del cristal tintado.

—¡No me tome por tonto! Yo fui quien le dijo a Expósito que le mandara un día al calabozo. Él me contó lo que usted le había dicho y por eso está usted aquí ahora. He recibido una llamada en mi despacho confirmando la muerte del presidente.

—Usted dice que él le ha dicho que yo le dije... Como prueba ante un jurado suena irrefutable. Tampoco me tome usted por tonto a mí, inspector jefe. Las conversaciones en esta habitación son grabadas y yo no recuerdo haber dicho nada de un asesinato. Ya sabe: mi memoria, la edad, un pobre hombre, ¿recuerda? —Las palabras de Enrique iban envenenadas. Eran las mismas que le escuchó decir a Otero a sus compañeros cuando hablaba de él tras la muerte de su hija—. Me temo que este será un caso que estará más interesado en resolver. Los casos mediáticos son la especialidad del comisario Medrano, ¿no es así? Estoy seguro de que no tardará en exigir avances para lucir sonriente en todas las televisiones. No como con el de una pobre niña de diecisiete años.

—¿Ahora se niega a responder a mis preguntas? —replicó Otero. Para intentar imponer su autoridad abrió los brazos para dar mayor sensación de grandeza.

—¡Por supuesto que no! Estoy deseando responder a todas y cada una de ellas. No imagina el tiempo que llevo deseando estar sentado en esta habitación con usted y con su jefe, el comisario. ¿No le han invitado a venir? Aunque no estoy tan seguro de que mis respuestas sean las que usted espera o que le vayan a gustar.

—El comisario no se encuentra en su despacho en estos momentos, y solo quiero que me responda a una pregunta: ¿asesinó usted a Aginagalde?

—Tendrá que demostrarlo con pruebas, inspector jefe —respondió Enrique. Se esforzó en hacerlo remarcando el cargo para que sonara casi despreciativo.

—De acuerdo. Así lo haré. Mientras tanto vaya poniéndose cómodo en su celda, porque va usted a pasar allí un tiempo.

—No se preocupe. Contaba con ello —repuso Enrique al tiempo que se esforzaba en mostrar la parte superior del pijama que llevaba debajo de la camisa. Atado de manos no le resultó sencillo, pero consiguió el efecto que buscaba. El inspector jefe enrojeció de ira.

Malhumorado, Otero cerró la puerta al salir y pidió a uno de los agentes que le llevara a su celda. Regresó a su oficina, hizo una llamada, cogió su arma de uno de los cajones y mandó llamar a Expósito. Cuando este entró en su despacho, no le dio tiempo ni a saludar.

—Coge tu arma y las llaves del coche. Nos vamos a la casa del presidente del Tribunal Supremo. La científica ya está en camino. Vamos a ver si podemos terminar con esto pronto.

—¿Juntos? Pensé que me habías asignado el puesto de «recepcionista» de la comisaría para que nadie sospechara nada.

—Y así es, pero eres la única persona que ha escuchado a Carvajal confesar el asesinato. Eres un buen agente de policía y me temo que este caso no va a ser fácil de resolver, y no quiero tener que hacerlo con uno de los oficiales imbéciles de la comisaría. Sabes que prefiero tu compañía, David.

Esbozó una sonrisa cuando Otero pasó por su lado tras llamarle por su nombre. Una sonrisa que se hizo perenne en su rostro cuando, tras coger el arma y las llaves del coche patrulla, vio cómo fue Herrera quien se tuvo que colocar en la recepción a atender las denuncias. Si no fuera porque acababan de encontrar muerto al presidente del mayor tribunal de justicia de España, se sentiría radiante.

Él e Israel, al que en el trabajo siempre tenía que llamar por su cargo y apellido, llevaban medio año saliendo juntos —desde que se enrollaron después de una fiesta en la que se celebraba la resolución del primer caso de asesinato con Israel al frente de la brigada de homicidios— y casi tres meses de convivencia. Intentaban mantenerlo en secreto, aunque los rumores —como la insinuación que le había hecho Herrera— no dejaban de correr por la comisaría. No le importaba que todo el mundo supiera que era gay, no era algo que considerara necesario mantener en secreto, pero entendía que a Israel, con su recién estrenado ascenso al puesto de inspector jefe, le preocupara lo que eso pudiera suponer en su carrera.

Los dos habían sido testigos de lo crueles que podían llegar a ser los compañeros con alguien de tendencias homosexuales. Habían visto a Casado tener que lidiar con ello hasta el día de su accidente. Si muchos agentes e inspectores retrógrados no eran capaces de aceptar que una mujer estuviera por encima de ellos en la jerarquía de la oficina, tampoco podían esperar nada bueno de lo que fueran a decir teniendo un jefe gay. Por eso, tras las paredes de la comisaría, eran el agente Expósito y el inspector jefe Otero, y tenían que acudir en coches distintos al trabajo, aunque en casa se susurraran al oído sus nombres y durmieran abrazados el uno al otro.

Pese a que no acostumbraban a desplazarse en el mismo coche, David conocía el carácter y las manías de Israel y sabía que, si viajaba agarrado al asidero de la puerta, era porque iba en tensión y no tenía ganas de hablar. Estaba concentrado en sus pensamientos. Así que, aunque se moría de ganas de hablar con él aprovechando que estaban a solas, decidió no molestarle hasta que el coche estuvo aparcado frente a la puerta de la casa de Aginagalde.

Cuando detuvo el vehículo, suspiró antes de bajar. El chalet del presidente del Tribunal Supremo estaba en el distrito de Moncloa-Valdemarín, a doce kilómetros del centro de la capital, en un terreno de ochocientos metros cuadrados y rodeado de árboles y matorrales que evitaban las miradas de los vecinos curiosos y de los viandantes a la piscina del jardín.

De pequeño, siempre había soñado con tener una casa como aquella en la que poder tener un par de perros correteando mientras se bañaba con su chico en la piscina o preparaban la cena en la cocina con vistas al jardín, pero sus sueños de convertirse en un actor famoso se fueron al traste cuando se presentó a un *casting* siendo adolescente: le entró miedo escénico y se quedó sin voz.

Si había algo que le gustaría cambiar de su vida actual, era el piso de sesenta metros cuadrados con dos habitaciones y cocina estrecha en el que tenía que vivir y en el que no se permitían mascotas, pero su sueldo de agente de policía solo le permitía soñar con un lugar como aquel. No podría pagarlo ni ahorrando el dinero que fuera a ganar en toda su vida. Le gustaría cambiar eso y encontrar al ladrón que asesinó a su padre.

Todo en aquel lugar era idílico, perfecto. La entrada amplia, el garaje donde aparcar su coche y el de su pareja, los árboles verdes y frondosos en los que escuchar el canto de los pájaros al despertar, la piscina, el *hall*, el salón, más grande que toda su vivienda actual; solo había dos elementos que desentonaban con sus sueños adolescentes: el cadáver del fondo y las cintas amarillas de los compañeros de la científica.

—Buenas tardes —saludó Israel con voz autoritaria para anunciar su presencia—. ¿Tenemos algo?

—No, señor, no tenemos nada. Unas cuantas huellas que sospechamos que serán del propio Aginagalde, su mujer y la chica del servicio. Una mujer que, sin duda, hace un gran trabajo, porque está todo limpio. Un par de fibras nada esperanzadoras y poco más. Tampoco hay signos de violencia en la víctima. Todo parece indicar que ha muerto por causas naturales. Era conocido por todos que Aginagalde tenía problemas de salud, pero eso se lo dejaremos a la opinión del forense. Si le digo la verdad, si no fuera porque nos ha mandado acudir, no creo que nuestra presencia aquí sea necesaria.

—Eso es decisión mía. Tenemos una persona detenida en comisaría que nos avisó de esta muerte media hora antes de que recibiéramos la llamada. Expósito asegura que esa persona le confesó el asesinato de Aginagalde antes de que fuéramos informados. Así que yo sí pienso que su presencia es necesaria. ¿Dónde está la esposa? Me gustaría hablar con ella.

—Está en la cocina. No se atreve a salir de allí hasta que el forense ordene levantar el cuerpo. No ha dejado de llorar desde que hemos llegado.

Israel se encaminó hacia la cocina. Sentada en una de las sillas de madera, con la cabeza entre las manos y todavía con pequeñas convulsiones por el llanto que le hacían temblar como el muñeco del salpicadero de un coche, estaba la mujer vestida con una bata de andar por casa.

—Señora... —dijo Israel tras llamar a la puerta—. ¿Podemos hablar con usted cinco minutos? Solo serán un par de preguntas.

—¿Quiénes son ustedes? —replicó la mujer al sacar la cara de entre sus manos.

—Somos el inspector jefe Otero de la Brigada de Homicidios de la Policía de Madrid y el agente Expósito.

—¿Homicidios? ¿Policía? No entiendo nada. Yo llamé a una ambulancia. Pensé que mi marido había sufrido otro de sus desmayos. No me puedo creer que, cuando llegaron los médicos, me dijeran que estaba muerto. No me lo puedo creer aún... ¿pero la científica? ¿La policía? ¿A qué viene todo esto? No lo entiendo —expuso la mujer al tiempo que se sonaba la nariz y se secaba las lágrimas.

—¿Conoce usted a este hombre? —inquirió Israel a la vez que le mostraba la foto de Enrique.

—No. De nada. ¿Por qué?

—Es muy largo de explicar y no queremos molestarla mucho. Solo quiero hacerle un par de preguntas. ¿Recuerda cuándo vio con vida por última vez a su marido?

—Claro que lo recuerdo. A las nueve y media. Es a la hora que sonó el despertador y a la que siempre se levanta. Yo suelo quedarme un rato más en la cama. He bajado a las diez y me lo he encontrado tirado en el suelo. Ni siquiera le he oído caerse. Si no hubiéramos puesto la alfombra nueva en su despacho, igual hubiera escuchado el golpe y hubiera podido llamar a la ambulancia antes. Maldita alfombra, si ya le dije yo a Juanra que no me gustaba...

—¿Entre las nueve y media y las diez? Eso es imposible —replicó Israel.

—¿Imposible por qué? —inquirió la mujer y se irguió en la silla. Por primera vez se mostró altiva, a la altura de su clase social—. Llevamos años levantándonos siempre a la misma hora. Incluso en los días festivos.

—Por nada, señora, no se preocupe. De todas maneras, ya se encargará el forense de dictaminar la hora de la muerte.

—¿El forense? ¿Es que le van a hacer la autopsia a mi marido? Juanra sufría una cardiopatía grave, inspector. No necesito ningún forense para saber de qué ha muerto.

—Pero yo sí que lo necesito para explicar algunas cosas. Si no le importa, déjeme hacer mi trabajo. Puede que la muerte de su marido no sea tan evidente como usted piensa. Espero no molestarla mucho más y que nos hayamos marchado pronto. Intente descansar.

La mujer quiso seguir protestando, pero, en cuanto salieron de la cocina, volvió a hundir la cabeza entre las manos y a sollozar. David e Israel se quedaron a hablar en el pasillo.

—A las nueve y media Carvajal ya estaba detenido en el calabozo de la comisaría. Se presentó en la cola de denuncias a las nueve menos cuarto de la mañana, como lleva haciendo las últimas semanas —expuso David contrariado.

—Lo sé, pero su mujer está segura de que se despertaron a las nueve y media y que a esa hora su marido estaba vivo. ¿Estás seguro de que Carvajal te dijo que había asesinado al presidente del Tribunal Supremo?

—¡Joder, Israel! Pues claro que lo estoy, hostias. ¿Cómo te iba a decir algo así si no estuviera seguro de lo que he escuchado?

4

Una locura imposible

Intento estirar las piernas caminando de un lado a otro de la celda. Hacerse mayor es un asco. Si estoy mucho tiempo de pie, se me carga la espalda y me duelen los huesos, pero, si tengo que pasar el día sentado, las rodillas me duelen como si me estuvieran clavando cuchillos desafilados. Con el paso de los años uno se da cuenta de que no hay una postura en la que no sienta alguna molestia. Y más cuando estás encerrado en una habitación de tres metros cuadrados. Menos mal que decidí no medicarme, si lo hubiera hecho, ahora no podría ni moverme. Claro que igual me quedaría más tiempo de vida, pero vivir más tiempo no es trascendente. Lo importante es aprovechar el que me quede y hacer justicia.

Cuando se me empieza a cargar la espalda de nuevo, me tumbo sobre el tablón de madera y cierro los ojos. Repaso en mi mente los pasos dados y los pasos por dar, e intento no olvidar ninguno. Mi memoria, acostumbrada a retener mucha información y detalles, ya no es la de antes y, en esta ocasión, no era bueno dejar apuntes de mis pasos en ningún lado. Toda la información que tengo que dar ya la daré cuando llegue su momento. Es por lo que los repaso cada vez que tengo ocasión.

Anunciar la muerte de Aginagalde, traerme ropa de cama para la celda... ¡Mierda! Pues sí que vamos bien. Esto no ha hecho más que empezar y ya he cometido un error, uno imperdonable que me va a costar muchos quebraderos de cabeza. No se puede estar con cincuenta cosas a la vez, siempre acabas dejando alguna a la cola de las preocupaciones y es la que se te termina por olvidar.

He planificado durante semanas mis idas y venidas de la comisaría, a sabiendas de que Medrano nunca iba a recibirme si no presentaba pruebas; he calculado, cada día, las palabras que iba a decir al entrar y el momento en el que debía dejar de insistir para no acabar detenido antes de tiempo; sabía quién iba a atenderme y sabía que eso lo implicaría en el caso; lo tenía todo tan bien calculado que incluso me he traído el pijama puesto debajo de la ropa para pasar más cómodo la primera noche. ¿Y para qué? Si he sido tan idiota de olvidarme las pastillas para dormir.

Me esperan varias noches en vela porque, aunque Otero me ha dicho que me va a retener veinticuatro horas, los próximos acontecimientos harán que permanezca aquí unos días más, en una habitación incómoda y sin nada que hacer salvo repasar en mi cabeza el plan. Se me va a hacer eterno. Al menos parece que la fortuna sigue de mi lado y los cálculos fueron exactos. Estupendo.

Espero que Expósito y Otero no tarden en regresar. Deseo que quieran volver a interrogarme, aunque sospecho que van a seguir sin querer escuchar lo que quiero decirles. No confío en el buen hacer del inspector jefe, pero sí que pongo mis esperanzas en Expósito, aunque todavía es muy pronto para que entienda de qué va todo esto. Tiene buena mano con la gente y sabe escuchar, aunque tiene mal gusto a la hora de elegir pareja. No me extraña que digan que el amor es ciego. Yo también cometí el error de enamorarme de la persona equivocada y no supe verlo hasta que fue tarde. Puede que, con él dentro la investigación, esta sea más competente y, al terminar, ambos hayamos impartido justicia.

Al menos así, el día se me hará más corto. Nada mejor para tener la mente despejada que poner a prueba la paciencia de Otero.

Israel y David salían de casa de Aginagalde. Israel iba un paso por delante, gesticulaba y parecía que le estuviera gritando al vacío.

—¡No estoy para bromas, David! Ya sabes la presión a la que estoy sometido en la comisaría. Espero que esta absurda investigación no llegue a oídos del comisario, porque no sé cómo voy a explicarle que he pedido un informe forense y un equipo de la científica para que inspeccione el escenario de un fallo cardíaco. ¡Investigamos homicidios, no muertes naturales!

—No sé a qué bromas te refieres. Sé, perfectamente, la presión que tienes sobre tus hombros desde que te dieron el puesto de Casado. Soporto la misma no pudiendo hablar contigo de la misma manera que lo hago en casa; aguantando las miradas de desprecio de los compañeros, ya que por mucho que nos empeñemos en llevar lo nuestro en secreto no hemos podido evitar los rumores y, además, me tengo que conformar con recibir, día tras día, las quejas y reproches de la gente, sonriéndoles con mi mejor cara, porque no te atreves a asignarme ningún caso de importancia para que la gente no te pueda acusar de favoritismo. La cuestión es que salir con el jefe, en lugar de favorecerme, termina perjudicando mi carrera, cuando sabes a la perfección que soy un buen policía y que, pese a un par de errores de novato por los que ya pagué, podría presentarme a las oposiciones para oficial. ¡Y nunca protesto!

—Lo acabas de hacer...—replicó Israel, que inició la frase con autoridad, pero fue dejando que las palabras perdieran fuerza según salían de su boca. David tenía razón.

—Solo porque tú me acusas de estar bromeando con este caso. ¿En serio crees que me puedo inventar algo así y que minutos más tarde suceda? Por última vez: te juro que Carvajal me dijo, a la cara, que había asesinado al presidente del Tribunal Supremo —replicó David que, sin dar tiempo a responder, abrió la puerta del coche y se sentó en el asiento del piloto.

—¿Y entonces cómo lo explicas? —preguntó Israel tras sentarse a su lado—. ¿Cómo iba a saber Carvajal a las nueve de la mañana que el presidente del Tribunal Supremo iba a morir entre las nueve y media y las diez? Hemos revisado el despertador del cuarto y estaba en hora, al igual que los móviles de ambos. No se pueden haber equivocado. Aginagalde se levantó a las nueve y media de la mañana. ¡¿Cómo cojones lo explicas, David?!

—No lo sé, pero vamos a interrogarle a fondo para intentar hacerlo.

Quizás debiéramos escuchar lo que nos tiene que decir.

—¿Y soportar sus tonterías sobre el caso de *Killer Cards,* la muerte de su hija y el accidente de Casado? La muerte de su hija fue traumática e hizo que se le fuera la puta cabeza. Se suicidó. A lo *Por trece razones.* Y, con seguridad, esa pobre chica tenía más de trece para suicidarse, pero fue eso, un suicidio. Y Carvajal se empeña, desde entonces, en ver encubrimientos, persecuciones y teorías absurdas que le lleven a poder explicar por qué su hija, de diecisiete años, en apariencia feliz y saludable, decidió cortarse las venas. Ya se puso en plan agente Colombo durante nuestra investigación. No descubrió nada, por supuesto, pero no dejó de incomodarme ni de molestar a nuestros compañeros con sus tonterías.

—Si escuchar sus desvaríos nos lleva a entender qué ha ocurrido esta mañana, bienvenido sea. Hay algo que no vemos. Tú no viste la tranquilidad en sus ojos cuando le llevaba al calabozo y le dije que la próxima vez que quisiera incriminarse en un asesinato procurara que la víctima estuviera muerta. Se sintió aliviado al descubrir que lo único que necesitaba era esperar. Carvajal estaba seguro de que Aginagalde iba a morir. Te lo juro.

Tras aparcar delante de la puerta de la comisaría David dejó que Israel entrara un par de pasos por delante. Entrecerró los ojos temiendo que la espalda de su novio crujiera de lo erguido que caminaba. Su paso firme, sus hombros tensos, las venas del cuello y la expresión de su cara le recordaban a un globo de feria a punto de explotar. Por suerte, su chico tenía mejor forma física que él y sus músculos aguantaban la tensión. De todos modos, deseaba salir corriendo tras él, abrazarlo por la espalda, susurrarle al oído que todo iba a ir bien y después besarlo hasta que todo el estrés desapareciera de su cuerpo. Pero bastante tenía con observar cómo los compañeros de la comisaría ya empezaban a murmurar a escondidas con solo verlos entrar. Se limitó a caminar tras él hasta llegar a los calabozos. Tendría que dejar los abrazos y besos para el momento de estar a solas en casa.

—Buenos días, inspector..., agente Expósito. ¿En qué puedo ayudarles? —preguntó Enrique agarrado a la verja de su calabozo cuando los vio bajar por las escaleras. El par de horas que llevaba encerrado no le habían afectado, seguía sonriente.

—Por el momento puede empezar por borrar esa sonrisa de su cara. Mis días no tienen nada de buenos desde que usted entró por la puerta esta mañana. Limítese a responder a mis preguntas —repuso Israel en un intento de imponer su autoridad.

—Eso llevo esperando semanas, inspector. Será un placer.

—¿Cómo sabía usted, a las nueve de la mañana, que el presidente del Tribunal Supremo iba a morir una hora más tarde?

—Sigo sin saber de qué me habla. Yo vine esta mañana a comisaría, como cada mañana, para que escucharan mis investigaciones sobre el caso de *Killer Cards*. Sé que Expósito me había advertido que, si seguía haciéndolo, acabarían por detenerme, pero lo lamento, no puedo dejarlo pasar. Alejandro Soto no es el asesino de la baraja de póker y ustedes están cometiendo un grave error que se empeñan en no ver.

El gesto de Israel se tensó tanto que David temió que le saliera vapor de la cabeza como a una olla exprés. Para evitarlo tomó la palabra.

—Carvajal, por favor, intente ayudarnos a aclarar esta situación. Le prometo que, si lo hace, yo me comprometo, personalmente, a escuchar todas sus teorías sobre el caso de *Killer Cards*, aunque sea fuera de mi horario de trabajo y de manera extraoficial.

—Estaría encantado de poder ayudarles. Se lo juro. Pero, si ustedes dicen que Aginagalde murió sobre las diez de la mañana y yo llevo encerrado en esta comisaría desde las nueve, no sé cómo ni en qué voy a poder ayudarles en este caso. Aginagalde estaba enfermo del corazón, ¿no es verdad? —Enrique no había mutado el gesto de su cara y mantenía la mirada firme.

David no dejaba de observarlo y se había dado cuenta de que hablaba como si todo lo que estaba pronunciando lo tuviera ensayado. Hablaba como un mal actor de teatro que se limita a repetir sus frases sin ningún tipo de expresividad o emoción.

—¿Cómo sabe usted eso? —inquirió Israel.

—De la misma manera que el noventa por ciento de los españoles:

viendo las noticias. El presidente del Tribunal Supremo ha sido portada de revistas y titular en los telediarios por alguna de sus recientes, y muy controvertidas, sentencias. ¿Les suena? Siempre ha sido un juez polémico, hasta su asignación como presidente levantó suspicacias. Fue tan mediático que seguro que lo recuerdan. Ya sabe que los medios de comunicación son muy dados a dar detalles sobre la vida personal de la gente, y la enfermedad de Aginagalde y si era conveniente o no que ejerciera su profesión con graves problemas cardiacos han sido, durante meses, objeto de debate. Eso y los motivos que le llevaban a aferrarse a su cargo pese a su edad. ¿Qué hace que un hombre enfermo y con la vida solucionada no quiera abandonar su puesto de trabajo?

—¿Cree que ha sido su enfermedad lo que le ha matado? —preguntó David al volver a tomar la palabra.

—No lo sé, agente. Su enfermedad, sus remordimientos... pero, con seguridad, en el lugar del fallecimiento habrán encontrado algo que les ayudará a esclarecer sus dudas. ¿No es así?

—¡En su casa no había nada! A la espera de que la científica lo confirme, allí no había ni una huella fuera de lugar —vociferó Israel, que golpeó los barrotes de la celda con ambas manos. No soportaba ver cómo aquel hombre ironizaba con una muerte que podía poner su carrera policial patas arriba.

—¿En serio? ¿Nada? ¿No han encontrado nada? —Enrique abrió los ojos antes de llevarse la mano a la cara y negar con la cabeza—. No me puedo creer que no hayan encontrado nada... —musitó para sus adentros.

Pese a su aparente sorpresa, David se dio cuenta de que Enrique seguía sin cambiar el rictus. Era como Nicolas Cage: inmutable.

—¿Le sorprende? ¿Acaso usted sabe que hay algo que no hemos visto?

—¿Yo? ¿Cómo voy a dudar yo de la competencia de la policía, inspector? —Por vez primera la mirada de Enrique destiló cinismo—. Estoy convencido de que lo han revisado todo a conciencia y que, si no han encontrado nada, es porque no había nada que encontrar. ¿Usted no opina igual? —Su perenne sonrisa terminó por desatar la ira de Israel.

—¡Lo que yo opino es que tengo la capacidad de dejarle aquí retenido, en detención preventiva, setenta y dos horas! Le acuso de obstrucción a la justicia. Y tenga seguro de que voy a apurar hasta el último minuto de esas setenta y dos horas que me da la ley.

Mientras Israel subía las escaleras hacia su despacho de dos en dos, David terminó de aclararle sus derechos a Enrique.

—Tiene derecho a guardar silencio y a no declarar si no es en presencia de un abogado...

—Le aseguro, agente, que tengo muchísimas ganas de declarar... cuando me hagan las preguntas convenientes. Dense prisa, por favor, no quisiera tener que regresar a mi casa sin haberles relatado todo lo que quiero contarles.

—Haremos nuestro trabajo como siempre hemos hecho.

—Eso me temo, Expósito... eso me temo. ¿Me podría traer unas pastillas para dormir? He olvidado las mías antes de venir.

—Veré qué puedo hacer —repuso David.

—Una última cosa —añadió Enrique cuando el agente ya subía por las escaleras—. La próxima vez que Otero le deje acompañarle a la escena de un crimen, no se quede a su sombra. Investigue. Haga su trabajo.

—Espero que no haya ningún crimen que investigar.

—La realidad es tan cruel con los deseos bondadosos...

5

Remordimientos

David no se podía quitar de la cabeza las palabras de Enrique. Pese a que Israel había regresado a su despacho y él había tenido que retomar su trabajo frente al mostrador de atención ciudadana, en su cabeza, no dejaba de visualizar la fingida reacción de asombro con la que el detenido había reaccionado a que no hubieran encontrado nada en la casa del presidente del Tribunal Supremo.

Se debatía entre la necesidad de regresar a la casa a echar un segundo vistazo y la seguridad de que, si se lo comentaba a Israel, este terminaría pagando con él su frustración y la tensión en casa se haría insoportable.

Atendía a los ciudadanos como un autómata programado mientras no quitaba la mirada del reloj que colgaba en la pared. Quedaba una hora hasta su descanso para comer y había tomado la decisión de aprovechar esa hora para acercarse a la casa de Aginagalde. Si no encontraba nada, nadie se enteraría e Israel no se enfadaría y, si encontraba algo significativo, esperaba que ayudar a esclarecer el caso pesara más que su enfado por haber acudido a investigar sin consultárselo.

En cuanto el reloj marcó las dos en punto recogió su chaqueta y salió de detrás del mostrador.

Vista por segunda vez, y con los remordimientos por ocultar lo que hacía a Israel enturbiando sus pensamientos, la casa de Aginagalde no le pareció tan perfecta como en la primera visita. Ahora la veía fría. El lugar era un edificio bonito, pero distaba mucho de ser un hogar. Le faltaba corazón, alma. Ahora se le asemejaba más a una cara bonita sin cerebro y se alegraba de vivir en el pequeño y cálido apartamento que compartía con su novio.

Cuando se dio cuenta de que su casa también le parecía fría antes de que Israel viviera con él, deseó que aquella visita clandestina no enfriara su relación y sintió el impulso de querer regresar a la comisaría sin entrar. Pero la curiosidad mató al gato.

—¿Qué desea? —Quien le abrió la puerta no era la mujer con la que habían hablado.

—Buenas tardes. ¿Está la señora Pons? Soy el agente con el que habló esta mañana.

—Mi hermana no se encuentra bien para hablar con nadie, agente...

—Expósito.

—Ha tenido un ataque de nervios y le hemos tenido que dar unas pastillas. En estos momentos se encuentra descansando en su habitación y el médico nos ha recomendado que nadie la moleste. Incluso hemos dado el día libre a la criada.

—No es mi intención molestarla, pero, si no le importa, me gustaría poder echar un vistazo a la mesa del señor Aginagalde. Serán solo un par de minutos.

—Ya ha estado esta mañana la científica revisando el lugar. No comprendo qué es lo que espera encontrar. Mi cuñado ha fallecido por sus problemas de corazón. No entiendo a qué se debe su visita, pero pase. Procure no hacer ruido.

David se encaminó hacia el lugar en el que por la mañana había visto el cadáver. Solo el recuerdo de la imagen del cuerpo inerte en el suelo, aunque no presentara señales de violencia, le revolvió el estómago y le hizo torcer el gesto.

El de la mañana no era el primer cadáver que había visto en su trabajo, algunos en circunstancias peores, pero no terminaba de acostumbrarse a ver cuerpos sin vida. Todos le recordaban al primero que había visto: el de su padre. Lo asesinaron mientras regresaba a casa, caminando desde su oficina, cuando él era todavía un adolescente rebelde. Un camino que había hecho centenares de veces en su vida, pero el destino quiso que aquella noche se cruzara con un ladrón que no tuvo reparos en asesinarlo para robarle el reloj y la cartera. Verle amoratado por los golpes, indefenso —todo lo contrario que había sido su padre en vida—, con los ojos cerrados, sin vida, le había marcado para siempre.

Cada vez que tenía que enfrentarse a un cadáver le volvían las dudas sobre su decisión de ser policía y se alegraba de que su trabajo habitual fuera el de recibir a gente viva, por mucho que le gustara resolver casos y encarcelar culpables que soñaban con escapar. Después, recordaba que lo era porque no soportaba las injusticias. Sobre todo, aquellas que se cometen contra personas indefensas, como su padre, y que se quedan sin castigo. Porque el asesino de su padre nunca había pagado por su crimen.

El despacho, salvo por la ausencia del cadáver y de las cintas de la científica, estaba igual que lo había visto por la mañana. Libros en la estantería, papeles ordenados sobre la mesa, un ordenador, su impresora y una foto en la que la víctima aparecía junto a su mujer. Nada extraño, nada fuera de sitio, ni siquiera un marco o un papel desplazado por Aginagalde antes de caer al suelo, nada sorprendente que le llamara la atención y que Enrique estuviera seguro de que iban a encontrar.

Echó un vistazo a los libros de las estanterías y no le sorprendió que la mayoría fueran tratados sobre leyes, ninguno que desentonara; observó con mirada detectivesca las esquinas y rincones del salón en busca de algún micrófono, cámara o similar oculto que pudiera ofrecerle imágenes de lo ocurrido en aquella estancia a primera hora de la mañana, pero no encontró nada. Ni siquiera polvo acumulado. La científica tenía razón: la persona que se encargara de la limpieza hacía un estupendo trabajo.

Se sentó en la silla del despacho y se puso a pasar hojas de uno de los informes que estaba apilado sobre la mesa, sin prestarle mucha atención. Estaba más pendiente de sus pensamientos, de intentar aclarar las ideas y descubrir por qué Enrique le había susurrado aquella confesión al oído y por qué estaba tan interesado en que encontraran algo en aquel lugar.

El nombre remarcado en negrita de Ángela Casado en el informe le hizo volver de golpe a la habitación.

—Qué demonios...

El informe que tenía en sus manos era una autopsia realizada por el forense Leandro Vázquez al cadáver de la inspectora jefe después de su accidente de tráfico. Los pensamientos de David se precipitaron como una bola de nieve que cae por la ladera de una montaña ganando tamaño y cogiendo velocidad.

¿Quién solicitó una autopsia para el cadáver de Casado si estaba claro que había muerto en un accidente de tráfico? ¿Por qué ese informe se encontraba sobre la mesa del presidente del Tribunal Supremo? ¿Era ese informe lo que Enrique quería que encontraran? ¿Qué tenía que ver el infarto sufrido por Aginagalde con la muerte de su excompañera? ¿Cómo iba a explicárselo a Israel?

—¿Puedo ayudarle en algo? —La voz de la señora Pons le sorprendió tanto que se puso de pie como si la silla en la que estaba sentado hubiera empezado a quemarle el culo.

—Disculpe. No quería perturbar su descanso. Creo que ya he encontrado lo que buscaba.

—No ha sido usted quien ha inquietado mi descanso, sino la imagen de mi esposo yaciendo en el suelo de esta habitación. Eso y que las pastillas casi no me han hecho efecto. ¿Siguen ustedes investigando la muerte de mi marido?

—Así es. Hay algo raro en este asunto que nos tiene preocupados. ¿Está segura de no reconocer a esta persona? —preguntó David y mostró, de nuevo, a Pons una foto de Enrique en la pantalla de su teléfono móvil—. ¿No lo ha visto alguna vez con su marido?

—Lo siento, pero ese señor no me suena de nada. Juraría que no lo he visto en mi vida. ¿Por qué insisten en preguntarme por él? —replicó ella tras ponerse las gafas para mirar de cerca la fotografía.

—Por nada. Es parte de la investigación. Solo quería confirmarlo. Le aseguro que voy a hacer lo mejor posible mi trabajo para esclarecer lo que ha ocurrido aquí esta mañana.

—Espero que usted sea más profesional que sus compañeros...

—¿A qué se refiere? —preguntó David sin entender.

—Sus compañeros de la científica. ¿Sabe ese refrán que dice que cuando el gato no está los ratones bailan? Cuando usted y el inspector jefe se fueron de la casa creo que ellos se pusieron a jugar a las cartas mientras esperaban a que el forense levantara el cuerpo de mi marido —contestó Pons, que parecía haber recuperado la serenidad y se mostraba como la mujer respetable que era y no como la mujer abatida que había conocido por la mañana.

—¿A las cartas? ¿En la escena de un posible asesinato? ¿Está usted segura? —David no daba crédito a lo que estaba diciendo la señora. Conocía a todos los miembros de la científica que habían estado en la casa y no se imaginaba a ninguno de ellos siendo tan poco profesional. A nadie en su sano juicio se le ocurriría hacer eso en una escena investigada.

—Segurísima. Mi marido y yo no jugábamos mucho a ese tipo de juegos y en la casa solo tenemos una baraja española. Cuando sus compañeros se fueron de la casa encontré, en el despacho de mi marido, una carta de la baraja de póker que debieron de olvidar al tener que recoger.

—¿Qué carta? —A David las palabras «baraja de póker» le habían puesto los pelos como escarpias.

—Aún debe de estar en la basura. Es donde la tiré cuando la encontré. Como la criada tiene el día libre, seguirá en el mismo sitio.

6

Diez de corazones

La hora de descanso para comer se terminaba, pero era mucho lo que quería hacer antes de regresar a su puesto detrás del mostrador de atención ciudadana. Con el informe de la autopsia de Casado en el asiento del copiloto, pensaba en hacer una visita al forense Velázquez, quería ir al despacho de Israel y contarle lo que había ocurrido en la casa, pero no se atrevía a hacerlo; necesitaba hablar con sus compañeros de la científica y preguntarles si habían encontrado algo extraño en el despacho. Pero mientras conducía, solo podía pensar en la carta del diez de corazones que había sacado de la papelera y que llevaba guardada en una bolsa de plástico. Otra cosa más que no encajaba.

—*Killer Cards* solo dejaba ases de la baraja en sus víctimas. Demos por hecho que Carvajal ha asesinado a Aginagalde para que escuchemos sus teorías sobre que hemos encerrado al hombre equivocado. Entonces, ¿por qué no deja un as de la baraja para que pensemos que el asesino ha vuelto a las andadas? ¿Por qué dejar un diez de corazones en su lugar? No tiene sentido —pensaba en voz alta para intentar convencerse, como si necesitara escucharse para darse cuenta de que no estaba pensando ninguna estupidez—. Carvajal me confesó el asesinato, de eso estoy seguro, pero es imposible que él lo cometiera media hora después de encerrarlo en los calabozos, y todo hace indicar que Aginagalde sufrió un infarto... Lo mejor que puedo hacer es no decir nada a nadie y esperar a la autopsia. Estoy seguro de que ese informe esclarecerá algo de todo esto. Mientras tanto, realizaré mi trabajo en comisaría y haré la visita a Velázquez fuera de mi jornada laboral. A ver cómo le explico a Israel que me ha surgido algo y que esta tarde no puedo ir al gimnasio.

Antes de regresar a su puesto paró en la máquina expendedora de la recepción. Había usado su hora de comida para investigar, pero su estómago no entendía de esas cuestiones. Tenía hambre. Se tuvo que conformar con unas galletas saladas y una barrita de chocolate, pero era mejor que nada. Al menos calmaron el ruido de sus tripas.

Llevar a cabo su trabajo con la cabeza en otra parte era complicado. Varias veces tuvo que pedir a sus interlocutores que le repitieran lo que acababan de decir porque su cerebro había desconectado de tal manera que ni siquiera les había escuchado. Cuando Israel salió de su despacho y le preguntó si iba a ir al gimnasio, como cada tarde, le dolía la cabeza de escuchar los gritos de la gente que se quejaba de la falta de atención por su parte.

—Hoy creo que me voy a ir directo a casa. Me va a estallar la cabeza.

—Una sesión de golpes le ayudaría a liberar toda la tensión acumulada, Expósito —replicó Israel mientras hacía el gesto de golpear un saco.

—Puede ser, pero hoy no me encuentro con ánimos. Debe de ser que no estoy acostumbrado a ver cadáveres en el día a día. Mejor lo dejamos para mañana. ¿Le parece?

—Como quiera. Hasta mañana entonces —respondió Israel y cargó al hombro la bolsa de deporte que el mismo David le había dejado preparada.

Empezaba a estar harto de medias verdades y secretos. Sentía que iba a terminar con un trastorno de doble personalidad: la profesional, que se esforzaba por demostrar su templanza y que hablaba con Israel en términos de usted; y la personal, que necesitaba desahogarse, gritar, llorar y abrazarse a él hasta quedarse dormido, esperando que un día mejor amaneciera a la mañana siguiente. Un lado personal que no quería despedirse con un «hasta mañana» cuando sabía que iban a verse, en unas horas, en casa.

Media hora más tarde terminó su turno. En lugar de irse a descansar llamó a Velázquez.

—Buenas tardes. Soy el agente Expósito de la comisaría central. Quisiera hablar con usted de una autopsia que un compañero suyo realizó a Ángela Casado.

—Buenas tardes, agente. ¿En qué puedo ayudarle?

—Tengo curiosidad por saber quién pidió que se realizara la autopsia. Pensé que estaba claro que Casado murió cuando su coche se salió de la carretera. No se suelen realizar autopsias de las muertes naturales.

—Pobre chica. Siempre tan profesional… —La voz del forense sonaba lejana, como si se hubiera perdido en los recuerdos—. En fin, déjeme mirar los archivos. Sí, aquí está, en este caso fue su padre quien pidió que se realizara la autopsia a su hija: Alfredo Casado.

—¿Su padre? Tenía entendido que la inspectora no se hablaba con sus progenitores desde que se fue de casa siendo menor de edad.

—Sí, eso tengo entendido yo también. Quizás por eso, por el hecho de no haber hablado con su hija en todos esos años y no conocer nada de su vida, el padre se empeñó en conocer los detalles de su muerte.

—Me gustaría hablar con usted acerca de esos detalles. ¿Le importa si hablamos en persona? —preguntó David, que ya estaba en el aparcamiento, sentado en su coche.

—Claro que no. Estaré encantado de recibirle en la morgue. Me han encargado la autopsia del cuerpo del presidente del Tribunal Supremo, así que creo que no voy a poder salir de aquí hasta tarde.

—Estupendo. En unos minutos estoy ahí. También estoy interesado en lo que me pueda decir del cuerpo de Aginagalde.

—¿Qué tiene que ver una cosa con la otra?

—Mejor se lo explico cuando llegue.

La vida en Madrid seguía ajena a la tormenta que estaba germinando en la cabeza de David. La gente iba y venía de sus trabajos, entraba y salía de los comercios haciendo compras de última hora para las Navidades, sonreía, lloraba, gritaba. En el afán por vivir en lo inmediato, por consumir sin esperas y olvidar lo ocurrido el día anterior, la información se había convertido en comida basura. Habían bastado un par de escándalos políticos y un par de noticias polémicas para que la gente dejara atrás el desasosiego vivido meses antes cuando las noticias de los asesinatos de *Killer Cards* llenaban los informativos y horas de debates. La información, como una hamburguesa precocinada, se limitaba a saciar el apetito del momento, sin aportar nutrientes a la persona que la consumía. Sin ni siquiera dejar un recuerdo, un aprendizaje, en la memoria de la gente.

Si se demostraba que la muerte de Aginagalde no había sido por causas naturales, el caso no tardaría en volver a estar de actualidad y a alimentar a esas bocas hambrientas de escándalos.

Como un amante clandestino que se cuela en un motel de carretera, David entró en el edificio donde trabajaba Velázquez mirando a ambos lados y asegurándose de que ninguna persona de la comisaría estuviera por los alrededores. La momentánea sensación de tranquilidad que le produjo entrar sin ser visto fue eclipsada por los olores que emanaban del lugar.

—Buenas tardes, ¿el forense Velázquez? —preguntó a la mujer que le miraba con cara impasible desde detrás de una mesa.

—En estos momentos está realizando una autopsia.

—Lo sé. Soy el agente Expósito. He hablado con él por teléfono hace unos minutos. Quedamos en que podía venir a verle.

—Un momento, por favor —pidió la mujer mientras levantaba el auricular de un teléfono—. Doctor, Expósito está aquí. Sí, muy bien. Pase —dijo tras mirar a David e indicarle un largo pasillo.

David torció el gesto. Tenía la esperanza de que Velázquez saliera a recibirle y no tener que adentrarse por aquel lugar del que le llegaban los desagradables olores. Con una media sonrisa fingida se despidió de la mujer de recepción y se aventuró por el corredor hasta llegar a la puerta que le cerraba el paso. Con inseguridad, alertó de su presencia tocando la puerta con los nudillos.

—¡Adelante! Le estaba esperando.

Pese a la aprobación desde el otro lado de la puerta le costó unos segundos agarrar el pomo. Se temía qué era lo que se iba a encontrar al entrar.

Sintió como las galletas saladas y la barrita de chocolate salían de su estómago y regresaban a su garganta cuando, tras franquear el umbral, vio a Velázquez hurgar dentro del cuerpo diseccionado de Aginagalde.

—Parece que nuestra víctima tuvo, al menos, tiempo para desayunar antes de morir —comentó Velázquez mientras sacaba los restos del estómago de la víctima—. ¿Me explica qué tiene que ver este hombre con la autopsia de Ángela Casado?

—La autopsia de la inspectora estaba sobre la mesa de Aginagalde en el momento de su muerte —respondió David al mismo tiempo que agitaba el informe en una mano mientras intentaba controlar los reflujos de su estómago—, y no he podido evitar que algunos detalles me llamen la atención.

—¿A qué detalles se refiere?

—Aquí, por ejemplo —dijo a la vez que se acercaba al forense y señalaba una página del informe—, donde detalla las lesiones que presentaba la víctima: latigazo cervical, lesiones en las rodillas, traumatismo torácico y abdominal grave, abrasiones en el rostro...

—Así es. Todas ellas lesiones frecuentes en un accidente de tráfico.

—¿Y los brazos? ¿Por qué Casado no presenta lesiones en los brazos?

—Entiendo... —musitó Velázquez.

—No sé si alguna vez ha tenido algún accidente de tráfico, doctor, pero seguro que ha presenciado varios. Yo, por desgracia, sí que he sufrido un par de accidentes cuando era patrullero. Normalmente, cuando estamos a punto de sufrir un accidente reaccionamos por instinto, y siempre de dos maneras: la más habitual es agarrándonos con fuerza al volante para evitar salir despedidos y cerrando los ojos, esperando el golpe; la otra forma es llevándonos las manos a la cara para protegernos, como haciéndonos un ovillo mientras que esperamos que el impacto nos sacuda de nuestro asiento.

—Eso es correcto...

—Si Casado se agarró con fuerza al volante, y dada la gravedad de su accidente, lo normal es que sufriera fracturas en ambas muñecas y que sus manos presentaran abrasiones por la acción del airbag. Si, por el contrario, se tapó la cara con las manos, debería presentar golpes en los brazos, cortes y abrasiones en el dorso de las manos y no así en el rostro, que estaría protegido. Sin embargo, la inspectora...

—Tenía abrasiones graves en el rostro y heridas de cristales en la cara, además de un fuerte golpe en el cráneo, y no presentaba lesiones en las muñecas ni abrasiones en las manos... —murmuró Velázquez mientras leía el informe de su compañero.

—¡Eso es! La inspectora ni se agarró al volante, ni se tapó la cara con las manos. Por el informe, da la sensación de que se limitó a dejar sus brazos inertes mientras su coche se estrellaba. No tiene sentido.

—Puede que se quedara dormida...

—Es una opción, pero según el informe la hora de la muerte fue entre las nueve y las diez de la noche. Lo veo poco probable. Y encima está el hecho del lugar donde ha aparecido el informe: encima de la mesa del presidente del Tribunal Supremo, el día de su muerte. Una muerte que espero que me pueda ayudar también a aclarar.

—¿Qué es lo que no le encaja?

—Que tenemos un hombre en el calabozo de la comisaría que me confesó haber asesinado a Aginagalde una hora antes de que la mujer encontrara el cuerpo.

—¿Cómo dice? ¿Está seguro?

—Es lo que llevo repitiéndome todo el día. No dejan de preguntármelo. Pero sí, estoy seguro. A las nueve menos cuarto de esta mañana ese hombre se presentó en comisaría. A las nueve y cinco, cuando llegó su turno, me dijo: «Hoy sí que tengo un motivo para hablar con el comisario Medrano. He asesinado al presidente del Tribunal Supremo». Una hora después recibimos la llamada en la que se nos comunicaba que su mujer había encontrado el cuerpo en su despacho. La mujer asegura que su marido se levantó de la cama a las nueve y media de la mañana y ella lo encontró muerto media hora más tarde.

—Pero eso no tiene sentido. ¿Cómo iba a saber ese hombre que Aginagalde iba a morir esa mañana?

—Es lo que quiero que me explique con la autopsia.

—Muy bien, prestaré especial atención por si encuentro algo anómalo que pueda aclarar esta circunstancia, pero no podré decirle nada hasta mañana por la mañana.

7

Carente de sentido

Por fortuna, mi trabajo hizo que me convirtiera en una persona metódica y previsora, alerta siempre a cualquier error que se pueda cometer. No dejo nada a los avatares del destino y reviso una y otra vez todo lo que hago casi de manera compulsiva, aunque a veces mi memoria me juega malas pasadas. O precisamente por eso.

Cuando decidí que nada me detendría, ni siquiera la ética o la moral, aposté por analizar todas las posibles situaciones que me podían ocurrir antes de llevarlo a cabo. La incompetencia de la policía fue la primera que tuve en cuenta.

Ya me la habían demostrado cuando finiquitaron, en apenas unas horas, la muerte de mi hija sin rascar siquiera la superficie del iceberg que había bajo su muerte. Si no fuera por su incompetencia, no tendría que solventar tantas injusticias como me he ido encontrando. Solo lamento no poder solventar todas y tener que limitarme a unas pocas, pero grano a grano se hace granero.

Son las diez, llevo en los calabozos más de doce horas, estoy a punto de pasar mi primera noche entre barrotes y todavía, salvo cuatro absurdas preguntas, nadie me ha interrogado. Pero mañana, tras pasar la noche en vela por haberme olvidado las pastillas para dormir y con la seguridad de que voy a ser incapaz de encontrar una postura cómoda en este camastro de madera, los acontecimientos se sucederán y, por muy incompetente que sea el inspector jefe al cargo, no le quedará más remedio que relacionarlos. Mañana *Killer Cards* volverá a ser noticia, o al menos eso espero, y una nueva víctima habrá recibido justicia. Seguro que la muerte de Aginagalde ya ha salido en las noticias.

Ahora, lo mejor que puedo hacer es intentar descansar para mantener la concentración y la calma. No debo desesperarme por la incompetencia del departamento. Ya la esperaba. Aun así, no puedo evitar ponerme nervioso. Es muy importante que salga todo bien. Cada vez tengo menos tiempo, espero que el cuerpo me aguante.

Era tarde, estaba cansado y, pese a que la visita al forense le había revuelto el estómago, tenía hambre. Nada le apetecía más que irse a casa, preparar una cena ligera y, sin tener que darle explicaciones, sentarse junto a Israel en el sofá y abrazarse a él mientras veían un capítulo de *Westworld*. Pero decidió regresar a la comisaría.

Tenía que hablar con Enrique, aunque fuera de manera extraoficial. Tenía que saber si el informe de la autopsia de Casado y la carta de la baraja de póker era lo que deseaba que encontraran. Solo así iba a poder quedarse tranquilo e intentar descansar sin darle vueltas a la cabeza. Aprovechando la excusa de las pastillas para dormir que Enrique le había pedido, regresó.

A esas horas la comisaría era como un paciente en coma, vivo, pero con las constantes vitales bajas. La luz tenue y el silencio reinante hacían que el lugar resultara tranquilo e inquietante al mismo tiempo.

Saludó con un gesto al agente que estaba en la entrada y se encaminó a los calabozos. Sus pasos retumbaban en las paredes alertando de su presencia. Enrique miraba extrañado desde su celda cuando terminó de bajar las escaleras.

—¡Qué sorpresa, agente Expósito! No esperaba su visita a estas horas. ¿Está preocupado por mi comodidad?

—Yo tampoco esperaba estar aquí, pero, o hablaba con usted, o me iba a tocar pasar una noche de insomnio. Tengo que hacerle un par de preguntas —respondió David al tiempo que se frotaba las sienes con el pulgar y el dedo corazón de la mano derecha para intentar aliviar el dolor de cabeza.

—Dispare... Perdón, acabo de darme cuenta de lo inapropiado de esa frase hecha cuando se está hablando con un policía armado.

—Esta tarde he vuelto a la casa de Aginagalde y he encontrado dos cosas que me han llamado la atención...

—¡Vaya! Se nota desde el primer momento, en su trato personal, que es usted un buen agente —comentó Enrique sin importarle interrumpir.

—Teniendo en cuenta su obsesión con el caso de *Killer Cards* y su insistencia en decirnos que la muerte de nuestra compañera no fue accidental... ¿Ha dejado usted en la casa el informe forense de Casado?

—¿Ha encontrado el informe forense de la inspectora? ¡Qué casualidad! ¿No cree?

—No creo en las casualidades.

—¿Y cómo se supone que un hombre como yo va a entrar en la casa del presidente del Tribunal Supremo? ¿Cómo iba a tener yo acceso a dicho informe forense? —preguntó Enrique con una tímida sonrisa en los labios.

—No lo sé. Solo sé que usted fingió impacientarse cuando le dijimos que no habíamos encontrado nada en la casa, como si supiera que había algo allí que deberíamos haber visto y que quisiera que volviéramos a buscar. Y creo que era este informe.

—¿Y ha encontrado algo en el informe que le haya llamado la atención? —preguntó Enrique. Su actitud era la de interrogador, no la de interrogado.

—Eso no es de su incumbencia. El que debería hacer las preguntas aquí soy yo.

—Esa es otra manera de decirme que sí. Quizás debería de investigar otro informe: el del accidente. Puede que también encuentre algo que le llame la atención.

—¿Y si me lo cuenta usted y me ahorra ese trabajo?

—Llevo semanas, día a día, intentando contárselo a alguien. La inspectora jefe, Ángela Casado, no sufrió un accidente, fue asesinada. Y, si lee con atención el informe, puede que usted también lo crea.

—Nunca me mencionó el atestado del accidente en sus continuas visitas.

—Lo hago ahora que algo en el informe forense le ha llamado la atención. Debería echarle un vistazo.

—Lo haré —dijo David sin demasiado convencimiento. Tenía otras preocupaciones en la cabeza—. ¿Dejó algo más en la casa?

—Yo no dejé nada en la casa, agente. Ni siquiera he estado allí dentro.

—¡Deje de jugar conmigo! —estalló David.

—Agente Expósito, yo no le he engañado ni mentido absolutamente en nada —comentó Enrique antes de ir a sentarse al camastro—. Mi intención ha sido siempre que confíe en mí. Nunca le he mentido y espero no tener que hacerlo jamás. Estoy seguro de que, a partir de mañana, cuando descanse, todo empezará a encajarle mejor.

—¿Ni siquiera cuando me dijo que había asesinado a Aginagalde?

—Nunca —susurró Enrique al mismo tiempo que le daba la espalda y se aseguraba de que las cámaras del pasillo no pudieran grabarle.

—Le he traído las pastillas para dormir —dijo David tras darse la vuelta a mitad de las escaleras. No se había acordado de ellas hasta que había vuelto a meter las manos en los bolsillos cuando ya se iba. Enrique le dio las gracias.

Confuso, regresó a casa. Pese a que había encontrado aparcamiento frente a la puerta, llevaba varios minutos sentado, con las manos agarradas al volante, mirando al infinito. Intentaba decidir entre ser sincero con Israel o inventarse una buena coartada.

Se había negado a acompañarle al gimnasio excusándose con no encontrarse bien y querer irse a casa y, con seguridad, Israel se habría extrañado al llegar y no encontrarlo. Ni siquiera se había atrevido a encender el móvil por si le había estado llamando.

Le costaba salir del coche porque siempre se había dicho que la base de cualquier relación era la sinceridad, pero, en esta ocasión, temía que ser sincero fuera el motivo de una tremenda discusión que no se encontraba con fuerzas de afrontar. Intentaba justificar su cambio de pensamiento diciéndose que el amor también consiste en evitar disgustos a la persona amada y que, con la verdad, en este caso, solo iba a conseguir enfadar a Israel. La sinceridad sin empatía es solo un arma arrojadiza y dañina.

Pero tener que mentirle tampoco le hacía gracia. Estaba tan poco acostumbrado a hacerlo que temía no ser capaz de inventarse una buena mentira, y estaba seguro de que iba a terminar dándose cuenta y que iba a ser peor el remedio que la enfermedad. La discusión iba a ser más fuerte si se enteraba de que le estaba engañando. Israel era muy dado a hacerse películas en la cabeza e iba a ser peor lo que se iba a imaginar que lo que en verdad había estado haciendo.

Respiró profundo y se bajó del coche. Por mucho tiempo que estuviera allí sentado no iba a ser capaz de tomar una decisión. Tendría que hacerlo en el momento, dependiendo de la reacción de su pareja al llegar a casa.

Le costó meter la llave en la cerradura porque le temblaban las manos por los nervios. Cuando pudo abrir la puerta, su novio le estaba esperando en el salón.

—¿Dónde estabas? —preguntó tras bajar el volumen al televisor—. Me tenías preocupado. Ni siquiera me has cogido el móvil.

—En comisaría —respondió David con un suspiro de alivio. Al menos había conseguido responder a la primera pregunta sin tener que mentir, del todo.

—¿En la comisaría? ¿Hasta estas horas? Tu turno hace tiempo que ha terminado y la atención al público se cierra a las seis de la tarde. Son más de las diez y me dijiste que no venías al gimnasio porque te encontrabas mal.

—Tenía que hablar con Carvajal... —murmuró David en un intento de que sus respuestas siguieran sin salirse del camino de la sinceridad.

—¿Qué tenías que hablar con ese pirado? Le dejaremos setenta y dos horas encerrado y después lo mandaremos de vuelta a casa. Lo he estado meditando en el gimnasio: el presidente del Tribunal Supremo ha muerto de un infarto y, si lo dejamos correr, el caso ni siquiera llegará a mi mesa de manera oficial. Medrano ni se enterará. Solo tenemos que esperar a que la autopsia lo confirme.

—¿En serio piensas dejarlo correr? —preguntó David sorprendido. Él no podía dejar de pensar en el caso e Israel parecía dispuesto a dejarlo pasar—. Carvajal me confesó el asesinato, ¿y no vamos a hacer nada?

—David —empezó a decir Israel al levantarse del sofá mientras se acercaba a él—, sabes que confío en ti y que no pongo en duda tus palabras, pero es imposible —Israel puso tanto énfasis en la palabra que, al pronunciarla, David creyó sentir un golpe en el pecho— que Carvajal asesinara a Aginagalde. Llevaba media hora en comisaría cuando este se levantó de la cama y se fue a desayunar. Además, ese pobre hombre no tendría ni la opción de acercarse a alguien como el presidente del Tribunal Supremo. Juan Ramón Aginagalde sufrió un infarto, punto. Y tú y yo podemos cenar tranquilos e irnos a la cama.

—Pero...

—Nada de peros, sabes que no me conviene un caso mediático en mis circunstancias. Tendría al comisario Medrano en la nuca todo el día, y eso haría todavía más complicada nuestra relación. Si todos los ojos, incluidos los de la prensa, que no tardaría en meter las narices, se centran en mí, no tardarían en descubrir lo nuestro y en hacerlo público.

—Israel, entiendo que es lo mejor para ti, pero no puedo quitarme de la cabeza las palabras de Carvajal.

—¿Qué te he dicho de los peros? —replicó Israel antes de darle un beso para que no siguiera hablando—. Vamos a cenar tranquilos e ir a la cama. Verás como mañana ves todo del mismo modo que yo.

David no dijo nada. Se limitó a seguir a Israel a la cocina. Él había tomado la decisión por los dos y ya no tenía que preocuparse por mentirle. Esperaría a que Velázquez les llamara con la información de la autopsia y, si Aginagalde había muerto de un infarto, estaba dispuesto a hacer lo que decía Israel y dejarlo correr.

Pero no iba a dejar sin revisar el informe del accidente de Casado. Ya tendría tiempo de informar a Israel al respecto, si descubría algo raro.

8

Santiago Sorní

Santiago empezaba a impacientarse. No estaba acostumbrado a tener que esperar. Lo que quería lo conseguía de inmediato, y se le alteraban los nervios cuando no era así.

—¡¿Se puede saber a qué cojones estamos esperando para despegar?! —gritó desde su asiento mientras miraba hacia la cabina del piloto con impaciencia y la ira reflejada en su mirada.

—Señor, no podemos hacerlo sin el permiso de la torre de control. No se preocupe, en unos minutos estaremos en el aire —respondió, con paciencia, el piloto.

—¡Cuando me gasté diez millones de euros en comprarme mi avión privado lo hice para no tener que estar esperando y poder volar cuando me saliera de los cojones! —exclamó, negó con la cabeza y miró a la joven que le acompañaba—. Lo lamento, preciosa. No puedo evitar tener que tratar con incompetentes.

—No te preocupes, corazón. Mientras tengamos bebida, yo estaré bien —respondió la joven, que le dedicó una sonrisa desde su asiento de cuero.

Santiago la había conocido dos días antes en el hotel en el que se hospedaba. Había coincidido con ella en la barra del bar y le había resultado muy atractiva. Era el tipo de mujer que le gustaba. Joven, en apariencia indefensa, y con una sensualidad que se le salía de su ajustada vestimenta. La vio triste, tomando un *whisky* en la barra, y decidió probar suerte y acercarse. Aunque él le triplicaba la edad, a ella no le importó que se sentara a su lado y aceptó de buen grado que la invitara a otra copa. Habían charlado un par de horas y, tras invitarla a otras cuatro copas, ella dejó que se acercara más y que pusiera su mano sobre su pierna. Fue ella la que le invitó a subir a su habitación.

Cuando a la mañana siguiente no la encontró en la cama no le dio importancia. Aquellos encuentros solían durar una noche y, en cuanto la chica se recuperaba de la borrachera o del disgusto que le hubiera llevado a terminar en su cama, solía acabar desapareciendo sin armar escándalo. Por eso se sorprendió al oírle hablar desde la terraza.

Pasaron el día juntos en la piscina climatizada del hotel, disfrutando de verla vestida con un minúsculo bikini de color rojo, comiendo y otra vez tomando copas en la discoteca, hasta que se volvieron a acostar por la noche. La vitalidad de la joven en la cama le hacía rejuvenecer. Por eso esa mañana, antes de tener que tomar un vuelo de negocios, le había preguntado si quería pasar unos días en Madrid con él. La única condición que ella le había puesto era que le regalara un par de vestidos caros, porque no estaba dispuesta a pasarse más días con la misma ropa.

Santiago le habría comprado la tienda entera con tal de volver a verla desnuda esa noche. Solo verla pasear por el avión con el vestido azul que le había regalado, tan corto que mostraba las bragas al sentarse en el asiento de cuero de su *jet* privado, ya le hacía desear que el avión llegara a su destino para llevarla a la habitación. Podía follar con ella en el mismo avión, pero tener que aguantarse las ganas, un tiempo, hacía que después el sexo fuera mucho más salvaje y satisfactorio. Que el vuelo se retrasara y que ella no se cortara un pelo en sus insinuaciones le hacían más difícil controlarse.

—¡Despegamos ya o qué!

El avión se puso en marcha por la pista mientras terminaba de apurar su vaso y su acompañante daba un nuevo sorbo a su copa de champán y se humedecía los labios pícaramente con la punta de su lengua. Santiago podía sentir ya las ganas de hacerla suya apretándose contra los pantalones.

En cuanto el avión despegó, ella se levantó de su asiento, fue a sentarse sobre sus rodillas y le rodeó con sus brazos el cuello.

—¿Qué plan tenemos para estos días? —preguntó con una voz tan sensual y provocadora que Santiago tuvo que clavar las uñas en el asiento para controlar sus instintos. No era lo que la chica decía, era el cómo y las intenciones que se ocultaban tras sus palabras lo que le excitaban.

—Si sigues comportándote así, en cuanto lleguemos a Madrid nos vamos a ir a la habitación del hotel —respondió Santiago y robó un beso de los labios de la joven.

—¿No me vas a invitar antes a cenar y a tomar una copa? —replicó ella sonriente.

—Puedes comer y beber todo lo que quieras durante la hora de vuelo que tenemos por delante. Luego iremos al hotel. Mañana, a primera hora, tengo una reunión de negocios a la que no puedo faltar, con un importante político. Después te llevaré a comer donde tú quieras.

—¿Y me llevarás a la calle Serrano? Siempre he soñado con visitar las *boutiques* de la Milla de Oro de Madrid —preguntó ella al tiempo que se mordía los labios y movía las caderas sobre sus rodillas.

—Si pudiera, te compraba la Milla de Oro entera para ti...

—Adulador... Con probarme algunos vestidos exclusivos y joyas, me doy por satisfecha.

—Te prometo que la tarde de mañana la pasaremos comprando ropa y joyas en las tiendas que tú elijas —repuso Santiago y acercó hacia su regazo el cuerpo de la chica para sentir el contoneo de sus caderas más cerca.

—¡Genial! Será un día estupendo —exclamó ella con entusiasmo. Le dio un beso y se fue a recuperar su copa de champán.

En un primer impulso, Santiago se levantó tras ella con la intención de no dejarla escapar. Después se contuvo y regresó a su asiento pensando en arrojar aquel cuerpo, casi adolescente, sobre su cama de hotel y en lo que iba a hacer allí con ella. Podía sentir los latidos de su deseo entre sus piernas.

Pese a que el vuelo duraba menos de una hora, se le hizo eterno. Aquella chica de mirada triste que había conocido en el bar del hotel era pura malicia encarnada en un cuerpo perfecto que no dejaba de provocarle.

Cuando el piloto anunció el pronto aterrizaje y volvieron a ocupar sus asientos, no podía dejar de mirarla. Ella, estaba seguro de que de manera intencionada, se había sentado de tal manera que él pudiera ver desde su asiento más de lo que su deseo podía soportar. El sonido de su móvil, anunciándole la llegada de un mensaje, le sacó de sus obscenos pensamientos por un instante.

Era un *email* que le llegaba desde la cuenta de correo de Bárbara Latorre. Hacía muchísimo tiempo que no tenía noticias de ella. Desde que habían encerrado a su marido en la cárcel por los crímenes cometidos por *Killer Cards* y se había marchado una temporada a Miami. Sorprendido de que la actriz de moda quisiera volver a ponerse en contacto con él, lo abrió.

—¿Qué mierda es esta? —murmuró al comprobar que dentro no había más que una jota de corazones.

—¿Qué ocurre? —interrogó la joven sin moverse de su asiento ante el cercano aterrizaje.

—Nada, tranquila. Pensé que había recibido un *email* de una buena amiga, pero debe de ser una de esas cadenas que hay que reenviar si no quieres tener diez años de mala suerte.

—¡Ah, sí! Yo siempre las reenvío. No es que crea en esas cosas, pero por si acaso. ¿Quién es esa buena amiga? —preguntó la chica mientras dibujaba una mueca de desilusión en sus acarminados labios.

—No te pongas celosa. Es Bárbara Latorre, la actriz. No la veo desde la última fiesta de presentación de su anterior película. La última noticia que tuve de ella era que estaba grabando una serie en Miami, pero parece que ha regresado a España para grabar una película, y esperaba que me enviara alguna invitación para su próxima fiesta después del último favor que me pidió. Lo que no sabía es que ella creyera en estas cosas, pero me envía una jota de corazones. Imagino que yo tendría que mandar otra carta a mis contactos para no romper la cadena, pero ya podrás imaginar que no creo en la suerte.

—La conozco... es muy guapa... —murmuró ella con la cabeza agachada y una mueca de disgusto.

—Lo es, pero no tanto como tú —replicó Santiago.

La joven, que había vuelto a cruzar las piernas y a la que había vuelto a subírsele el vestido, le sonrió con malicia. Santiago no pudo evitar morderse los labios para intentar controlar sus impulsos. El avión estaba a punto de aterrizar.

Unos minutos más tarde, tomó suelo en el aeropuerto. Casi sin dar tiempo al piloto a detener el avión, ya estaba en las escalerillas para bajar y subirse al coche que le esperaba a pie de pista.

—Buenas noches, señor —saludó el chofer al verlo descender de la aeronave.

—Buenas noches, Martín. Directos al hotel de siempre, por favor.

Aprovechando la intimidad que le daba la luna trasera tintada de su coche y no pudiendo aguantar más las insinuaciones de su acompañante, la cogió entre sus brazos y la besó con tanta pasión que casi le hizo sangrar los labios.

—Cuidado, cielo. Si me haces daño en la boca, no voy a poder meterme nada en ella... —repuso la joven.

Se bajó de sus piernas, se quitó el vestido y empezó a desabrocharle los pantalones mientras Santiago se dejaba hacer. Se sentía lozano, joven, lleno de energía y de vitalidad. Como un adolescente en su primera cita, sentía su corazón latiéndole con fuerza y su pecho arder.

Unos segundos más tarde, el móvil, que llevaba en el interior del bolsillo de su chaqueta, explotaba. El coche no había llegado ni a salir del aparcamiento.

9

Un hombre florero

El móvil de Israel sonó sobre la mesilla pasadas las doce de la noche. David fue el primero en escucharlo. En un primer impulso, llevado por la costumbre, estiró la mano para contestar. Fue al ver el número de Medrano cuando su cerebro reaccionó.

—Israel, despierta. El teléfono —le avisó mientras le zarandeaba el brazo.

—¿Quién es a estas horas? Coge tú... —replicó Israel mientras intentaba seguir durmiendo.

—¿Estás seguro de que quieres que el comisario sepa que duermes conmigo? —preguntó David con ironía. Sabía que Israel no quería, aunque en su interior estaba tentado de pulsar el botón y terminar con los secretos para siempre. Aún estaba algo enfadado porque quisiera dejar pasar la muerte de Aginagalde.

Israel pegó un bote en la cama y le quitó el teléfono de las manos, como quien aparta el cazo de leche hirviendo del fuego cuando está a punto de derramarse.

—Comisario, ¿qué ocurre?

—Otero, acuda al aeropuerto Adolfo Suárez de inmediato. Le espero en la Terminal Ejecutiva. Dese prisa.

—¿Puedo saber el motivo de semejante urgencia? —preguntó Israel, que ya se había levantado de la cama y buscaba la ropa en el armario.

—Estoy junto al cadáver de Sorní. Quiero que se presente aquí antes de que lleguen los periodistas. Quiero dar la primera rueda de prensa al lado de mi inspector jefe.

—¿Sorní? ¡¿Santiago Sorní ha sido asesinado?! —exclamó Israel mientras intentaba ponerse los pantalones sin caerse.

David saltó también de la cama. No podía creerse las palabras que acababa de escuchar. Santiago Sorní era el empresario español más reconocido a nivel internacional. No había semana que su nombre no figurara en primera plana de algún periódico o revista. Además de millonario, era excéntrico, arrogante, un imán para los escándalos. La prensa económica ensalzaba su labor profesional, la prensa rosa siempre encontraba carnaza en sus relaciones personales con mujeres a las que, como mínimo, doblaba la edad, y la prensa sensacionalista, cada vez más en auge, llenaba páginas con medias verdades o completas mentiras sobre sus aficiones, gustos o desmanes. Y él estaba encantado de la vida con todo aquello. Si se confirmaba su asesinato, este iba a ser noticia durante semanas.

—¿Quién ha hablado de asesinato, Otero? Sorní ha sufrido un accidente con su teléfono móvil. Llevaba uno de esos teléfonos ultramodernos de gran capacidad, pero que fallan más que una escopeta de feria. Le ha estallado el terminal dentro de la chaqueta y la explosión le ha provocado la muerte.

—¿Para qué me necesita entonces? —preguntó extrañado Israel y se sentó al borde de la cama, enojado.

—Es el puto Santiago Sorní, ¡joder! Todo el condenado país va a querer saber qué demonios ha ocurrido. La empresa que fabrica la marca de móvil que llevaba ha caído quince putos puntos en el mercado asiático en menos de diez minutos. Va a ser noticia internacional durante semanas. Y quiero dejar claro, desde el primer momento, que ha sido un accidente, que la policía tiene todo bajo control y hacer que este desagradable suceso no nos salpique. No quiero que la prensa abra mañana con titulares sensacionalistas. Bastante tenemos ya con las noticias que se están difundiendo en esas mierdas de redes sociales. Espero que ya esté en camino. Daré la rueda de prensa en menos de una hora para cortar los rumores de raíz, que es de donde se deben arrancar las malas hierbas.

Israel terminó de vestirse mientras maldecía entre dientes. No le gustaba tener que presentarse ante la prensa con prisas, sin tener el control de la situación, y menos tener que figurar como un florero dos pasos por detrás del comisario.

—¿Qué ocurre? —preguntó David de pie frente a la cama.

—Nada. Nuestro jefe, que es un histérico. No soporta no tener todo bajo control y se pone la tirita días antes de hacerse la herida. Quiere que vaya al aeropuerto porque Santiago Sorní ha sufrido un accidente mortal con su móvil. ¡Yo soy inspector jefe de homicidios, no el chico florero del comisario!

—¿Quieres que te acompañe?

—No es necesario. Tú puedes quedarte en la cama y descansar. No hay nada que investigar. Solo quiere tenerme allí como imagen del cuerpo de policía. Dará una rueda de prensa que abrirá todos los telediarios, nos harán unas cuantas fotos y, tras hacer de figurante, podré volver a casa.

Israel se frotó los ojos antes de poner en marcha el coche. La llamada del comisario le había despertado de un sueño profundo y, tras la primera reacción al pensar que se había cometido un asesinato, saber que solo le habían llamado para hacer de florero en la escena de un accidente hacía que el sueño amenazara con apoderarse de él otra vez. Solo el frío helador de las noches de Madrid en el mes de diciembre le ayudaba a despejarse. Si algo no soportaba de su reciente ascenso, era ese papel de perrito faldero del comisario que le tocaba ejercer en ocasiones. Eso y las miradas despectivas de los compañeros que le consideraban un trepa dispuesto a decir que sí a todos los caprichos de Medrano. Aquella era la última vez que iba a soportar los desmanes del comisario. Tenía que empezar a hacerse respetar por su jefe si no quería que aquello se convirtiera en costumbre durante su cargo.

La terminal ejecutiva rebosaba de vida, pese a ser casi la una de la madrugada cuando entró por la puerta. Los *flashes* de las cámaras de los periodistas no tardaron en deslumbrarle y los micrófonos se agolpaban delante de su cara sin dejarle espacio ni para respirar.

—No haré ninguna declaración. Acudan a la rueda de prensa, por favor —repetía, una y otra vez, mientras intentaba abrirse paso. No lo consiguió hasta que un agente uniformado salió a recibirle.

—El comisario le espera. Han habilitado un espacio en una de las salas de reuniones.

—¿Se han llevado ya el cadáver?

—No, señor. El forense todavía no ha dado permiso para que podamos levantar el cuerpo. Tampoco se ha marchado la chica que acompañaba al señor Sorní. Está en otra de las salas de reuniones.

—¿La chica?

—Sí, señor. Una joven que estaba en su coche en el momento del accidente.

—¿Podría ir a hablar antes con ella? Me gustaría informarme de los hechos antes de comparecer ante la prensa. No vaya a ser que luego quieran hacerme alguna pregunta y quede en mal lugar.

—Le acompaño, pero no se retrase mucho. El comisario ha sido claro en sus órdenes y me ha dicho que le lleve ante él en cuanto llegue.

—No se preocupe. Serán solo unos minutos. Yo me excusaré ante el comisario después.

Cuando el agente abrió la puerta de la sala de reuniones, una joven levantó la cabeza y miró hacia la puerta. Cuando le vio entrar, torció el gesto.

—¿No me van a traer el cóctel que he pedido? Llevo aquí más de una hora y me estoy muriendo de sed. Menuda mierda de terminal ejecutiva.

—No se preocupe, señorita, estoy seguro de que la atenderán adecuadamente. ¿Qué edad tiene usted? —preguntó sorprendido de ver a una mujer que, si su impresión no le fallaba, acababa de dejar atrás la adolescencia.

—Tengo veintiún años. Sí, ya sé que aparento menos, pero, si quiere, le puedo enseñar mi carnet de identidad —resopló la chica, que parecía acostumbrada a tener que justificar su edad pese al maquillaje y su atrevida vestimenta.

—No hará falta. La creo, pero... ¿qué hace una chica de veintiún años acompañando al señor Sorní en su avión privado?

—¿Usted qué cree? Sacarle al viejo todos los regalos que me fuera posible en el menor tiempo. Me iba a llevar a la Milla de Oro de Madrid, y va el gilipollas y se muere...

—Disculpe, el señor Sorní no se ha muerto. Ha sufrido un accidente.

—¿Y a mí qué más me da? El caso es que había encontrado a alguien que me daba todos los caprichos que quería, y me ha durado solo un par de días. Justo cuando empezaba a ponerse interesante el asunto, va y se muere. Qué me importa a mí que sea por accidente o no. ¿Ahora cómo diablos regreso a casa?

—Nunca entenderé cómo una chica atractiva y joven puede caer tan bajo como para acostarse con un señor de la edad de Sorní solo porque le hagan regalos... —musitó Israel sin poder apartar la mirada de la chica. Si se le quitaba el atrevido vestido y el maquillaje, aún podría pasar por una joven de instituto.

—Son un chollo. Apenas tengo que acostarme con ellos. Solo me tengo que limitar a sonreírles, coquetear, provocarles un poco y, para cuando quieren metérmela, llegan tan cachondos que se corren mucho antes de que yo pueda empezar a aburrirme. Hay veces que manchan sus pantalones antes incluso de que mi boca llegue a tocarles la polla. ¿Sabe cuánto cuesta el vestido que llevo puesto? Estoy segura de que usted gana menos en un mes de lo que cuesta la lencería que Santiago me ha regalado estos días.

—¿Pero no se siente como una prostituta?

—Una cara... Seguro que usted también tiene que tragar —la joven remarcó la palabra— con los caprichos de su jefe. ¿No es así?

Israel agachó la cabeza. Era como si la chica le hubiera leído los pensamientos que había tenido en el coche camino del aeropuerto. En unos minutos iba a tener que posar ante la prensa unos pasos por detrás de su jefe por un capricho de este. Y a él nadie iba a regalarle nada por «chuparle la polla».

—¿Cómo se llama? —interrogó para sacarse de la cabeza la imagen que se estaba reproduciendo en sus pensamientos con él de rodillas delante del comisario.

—Alba.

—Alba, ¿qué más?

—Alba Cete —respondió la joven y estalló en una carcajada que le hizo perder parte de su atractivo.

—Señorita, soy inspector jefe de homicidios. No le conviene tomarme el pelo.

—Alba Gómez. Un nombre sin ninguna gracia —repuso y se dejó caer en el sofá sin importarle que al hacerlo se le viera la ropa interior.

—Cuénteme, señorita Gómez, ¿cómo conoció a Sorní? ¿Qué ocurrió justo antes del accidente?

—Le conocí hace dos noches en el bar del hotel al que suelo ir. Allí siempre se hospeda gente con mucho dinero, los fines de semana suele estar a rebosar de empresarios, y el camarero siempre me trata bien. Creo que quiere enrollarse conmigo, pero no es mi tipo. En cuanto se acercó supe quién era. No deja de salir su cara en la tele. Me hice pasar por una chica solitaria y tímida, eso les pone mucho, y le dejé invitarme a tomar unas copas. Con mucho alcohol me es más fácil permitir que me toquen. Al día siguiente, ya lo tenía comiendo de mi mano. Le hice comprarme ropa de baño, este vestido, ropa interior... Me hubiera comprado el hotel si se lo hubiera pedido a cambio de volver a verme las tetas. Pasamos todo el día del domingo juntos gastando dinero como si lo regalaran, un sueño hecho realidad, y a la mañana del lunes me invitó a venir a Madrid en su avión privado y me llevó a comer a un restaurante de esos con estrellas. Esperaba que, tras la reunión que tenía esta mañana, me llevara a la calle Serrano a comprarme ropa y joyas.

—¿Qué pasó antes del accidente?

—Esta noche no tenía muchas ganas de volver a acostarme con él. Era de gatillo rápido, pero tenía unos fetiches raros que a mí no me terminaban de gustar. ¡Casi me arranca el labio antes de morir! Así que decidí que iba a terminar con su aguante antes de llegar al hotel. Le fui calentando durante todo el vuelo, solo dejó de mirarme las bragas cuando recibió un *email* en su teléfono móvil, pero tardó poco tiempo en volver a poner sus ojos en mi culo. En cuanto nos montamos en el coche, ya no se aguantó más y quiso follarme allí mismo. Como le digo, yo no tenía muchas ganas, pero, por cómo se comportaba, sabía que no iba a tardar mucho. Así que me puse sobre él, me quité el vestido, le bajé los pantalones y me dispuse a metérmela en la boca hasta que se corriera. Estaba entre sus piernas, a punto de empezar, cuando oí la explosión y, al levantar la cabeza, vi cómo se le manchaba la camisa de sangre. Pegué un grito. Al principio pensé que le habían disparado, así que me tiré en el suelo, entre los asientos. El conductor detuvo el coche y me invitó a vestirme. Después, todo pasó muy rápido. ¿De verdad ha muerto porque le explotó la batería del móvil?

—Así es. Un desgraciado accidente.

—Buff, menos mal que yo el mío siempre lo llevo en el bolso. ¿No va a venir nunca esa copa? —preguntó y echó una mirada hacia la puerta con impaciencia.

Israel la dejó allí, dando vueltas por la habitación, mientras se quejaba del servicio de la terminal. Medrano le esperaba, con seguridad, enfadado.

—¿Dónde coño estaba, Otero? Llevo media hora esperándole.

—Disculpe, señor. El tráfico. Puede empezar la rueda de prensa cuando quiera.

La habitación no daba más de sí. Las sardinas dentro de una lata disponen de mayor comodidad, al menos ellas no se dan codazos o empujones para intentar ocupar los mejores sitios. Los fotógrafos y periodistas, en cambio, luchaban a brazo partido por ganar un hueco en primera fila.

«Todo para que al final acaben publicando la misma foto de agencia», pensó Israel e intentó evitar las cámaras.

—Buenas noches y bienvenidos. Sentimos la hora a la que han sido convocados, pero ni yo ni nadie de nuestro departamento queremos que se queden sin información veraz para sus publicaciones. Lo primero que quiero hacer saber es que el señor Sorní ha fallecido accidentalmente. Quiero hacer llegar, personalmente, a familiares y amigos, nuestro más sentido pésame por el fallecimiento. Santiago Sorní era un ejemplo para la sociedad y lamentamos mucho su pérdida.

»El señor Sorní regresaba de un viaje de negocios cuando su teléfono móvil sufrió una sobrecarga y le explotó en el pecho, lo que le provocó una herida que ha resultado ser mortal. Los equipos sanitarios del aeropuerto no han podido hacer nada por salvarle la vida. Ante la ausencia de cualquier indicio de criminalidad en el caso, estamos esperando a que el médico forense ordene el pronto levantamiento del cadáver.

»Quiero remarcar estas últimas palabras. No hay indicio alguno de criminalidad y, por lo tanto, el departamento de homicidios que dirijo no abrirá investigación. ¿Alguna pregunta?

Israel pudo observar cómo varios de los periodistas presentes negaban con la cabeza y abrían la boca. O tenían sueño o se estaban aburriendo. Enrabietado, apretó los puños dentro de los bolsillos. Aquellos periodistas estaban deseando que la noticia tuviera más de donde rascar. Un accidente, por mucho que este conllevara la muerte de una persona tan importante como Sorní, no daba para más de diez minutos en un informativo o un par de páginas en un periódico. Nada que poder exprimir durante un par de semanas.

Israel se los imaginaba maldiciendo mientras escribían artículos de opinión sobre la peligrosidad de los móviles o rodando un documental sobre las condiciones deplorables en las que se obtienen los componentes tecnológicos de nuestros dispositivos y que los lleva a provocar accidentes. Ellos buscaban algo más de aquella muerte. Un hombre que les había llenado tantas páginas y minutos de televisión merecía, para ellos, una muerte a la altura. Un secuestro, un asesinato, una muerte por drogas... algo.

—Víctor Acosta, ¿el señor Sorní viajaba solo?

—Santiago Sorní viajaba en su avión privado con su equipo de confianza. En el momento del accidente estaba en su coche camino a un hotel —respondió el comisario al que Israel pudo ver cómo se le tensaba la espalda al reconocer al periodista.

Todo el mundo sabía quién era Víctor Acosta. Periodista en paro hasta que el caso de *Killer Cards* consiguió que dejase de dormir en el suelo de la sede de la Plataforma de afectados por la hipoteca. Ser el principal sospechoso durante gran parte de la investigación le sacó del anonimato, y su presencia en los platós de televisión, con esa forma tan peculiar de expresarse, sin pelos en la lengua y políticamente incorrecta, le había granjeado las simpatías de la audiencia. Había pasado de tertuliano, en un par de programas centrados en el caso, a tener su propio espacio nocturno cuando el caso se fue enfriando. El hecho de que, pese a ser el presentador, fuera el responsable de acudir a las ruedas de prensa le reportaba todavía más popularidad entre la gente. Le veían como a un periodista implicado con la verdad.

—¿En el coche, camino del hotel, también viajaba con su equipo de confianza? —preguntó de nuevo Acosta e hizo el gesto de entrecomillar las palabras «equipo de confianza».

—Como le digo, señor Acosta, Sorní viajaba con su equipo en todo momento. ¿Alguna pregunta más? —Al comisario empezaba a notársele la impaciencia.

El resto de periodistas no abrió la boca. Todo el mundo sabía que los enfrentamientos entre el comisario Medrano y Víctor Acosta no solían acabar bien. Habían sido testigos de varias de aquellas peleas dialécticas en tertulias televisivas a las que ambos habían sido invitados como implicados en el caso del asesino en serie más popular de la historia de la capital madrileña. Todos miraron a Acosta como si se tratara de un partido de tenis y estuvieran esperando el golpe al otro lado de la red.

—¿El equipo de confianza del señor Sorní incluye a una jovencita provocadoramente vestida? —Todos giraron la mirada hacia el comisario. El golpe había sido profundo y casi le aseguraba el punto.

—No conozco en persona al equipo de confianza del señor Sorní. Puede que haya una joven en prácticas que haya viajado con él —replicó él en un intento de salvar el punto con un globo que cruzó de milagro por encima de la red.

—Sé que usted está acostumbrado a usar medias verdades en sus intervenciones, comisario, he tenido que sufrirlas en varios programas de televisión, y todos los aquí presentes hemos sido testigos, pero no nos tome por tontos. La señorita que viajaba con el señor Sorní puede que fuera de confianza, incluso que algunas veces haga algún trabajo en equipo, pero de lo que estoy seguro es de que es una profesional en su trabajo. Nada de prácticas.

Todos los allí presentes, menos el comisario e Israel, estallaron en carcajadas. Juego, set y partido para Acosta.

10

Cuando algo va mal tiende a empeorar

Seis horas más tarde, cuando el reloj de la comisaría marcaba las siete de la mañana, con los párpados pegados por no haber podido irse a dormir e intentando disimular los bostezos, Israel asentía ante los gritos del comisario, que había montado en cólera.

—¡Lo quiero aquí, inmediatamente! ¡Quiero que lo interroguen! ¡Que lo detengan! ¡Que lo amenacen si es necesario! ¡Quiero a Víctor Acosta en una celda!

—¿Y con qué cargos, señor? —interrogó Israel, mientras intentaba colocarse estratégicamente en la oficina para que no le golpeara ninguno de los objetos que el comisario arrojaba—. Acosta no ha dicho nada en la rueda de prensa que no sea cierto. A Sorní le acompañaba una joven de gustos caros, y no hay ningún delito en querer hacerle una entrevista en su programa de esta noche.

—¡Ese periodista lo único que busca es carnaza! Todo el mundo conocía los gustos sexuales de Sorní. ¡Joder! Ni siquiera es la mujer más joven con la que han llegado a relacionarlo. Pero Acosta buscará mierda, hurgará en la vida de Santiago hasta revolcarse en sus excrementos como un cerdo en el barro y los moldeará como plastilina hasta que la audiencia vea lo que él quiere que vea. ¡No podemos permitirlo! A los muertos hay que dejarlos tranquilos, porque, si se les menea demasiado, te acaban pegando el olor.

—¿Usted conocía a Sorní? —preguntó Israel, al que no se le había escapado que el comisario lo había llamado por su nombre de pila.

—¡Claro que lo conocía! Hemos coincidido en decenas de cenas, entrevistas, convenciones. Era una de las personas más importantes del país. ¡Por supuesto que lo conocía! Se podría decir que éramos conocidos íntimos. No se podía decir que fuéramos amigos, pero nos veíamos tanto que podríamos haber llegado a parecerlo. No quiero que ese periodista, muerto de hambre, saque trapos sucios que afecten a la imagen de Santiago y que puedan afligir a su familia.

—Señor, si le tranquiliza, puedo ir a tener una charla con Acosta antes de que emita la entrevista de esta noche. Creo que es lo único que, por el momento, podemos hacer. ¿Le parece bien? —Fue terminar de pronunciar aquella frase y sentirse enfermo. Se había prometido que la rueda de prensa iba a ser la última vez que se iba a comportar como el chico de los recados del comisario y allí estaba, otra vez, prometiéndole favores.

—Sí, vaya. Hable con él. Presiónelo, amenácelo si es necesario. Haga todo lo que haya que hacer para que esa entrevista sea lo menos dañina posible.

—De acuerdo, señor, así lo haré. Si me disculpa...

A Israel le entraron prisas por abandonar la oficina. Las palabras de Alba resonaban en su cabeza: «Usted también tendrá que tragar con los caprichos de su jefe». Sintió como, en el momento de sugerirle el favor al comisario, algo se le había atragantado. Cuando pasó por delante de la recepción, se alegró de que David no hubiera llegado todavía al trabajo. Se habría sentido sucio.

Se sentó en su oficina y se puso a ordenar papeles mientras hacía tiempo a que, al menos, amaneciera. A esas horas, pese a que Acosta se había dado prisa en anunciar un programa especial desde el mismo lugar de la rueda de prensa y a que la cadena lo estaba emitiendo en cada bloque de anuncios, no habría nadie en la redacción de la televisión que pudiera atenderle. Intentaría localizarlo a una hora menos intempestiva.

Cuando estaba a punto de terminar de organizar su mesa, vio una luz en la pantalla de su móvil. Había estado tan preocupado por aparentar delante de su jefe que llevaba horas sin mirarlo. Además de varias llamadas de David, había una nota de voz del forense Velázquez. El instinto hizo que le diera un vuelco al corazón. Las malas noticias nunca vienen solas.

«Buenas noches, inspector jefe Otero. Sé que son las dos de la mañana, pero acabo de terminar la autopsia del cadáver del señor Aginagalde y hay algo que me ha llamado la atención. Algo que no me cuadra. Por favor, llámeme en cuanto le sea posible. La familia no deja de insistir en querer celebrar el funeral cuanto antes».

Echó la cabeza hacia atrás en su asiento y suspiró agobiado. ¿Algo que no cuadra? Cuando un día se empeñaba en salir torcido, no había manera de enderezarlo.

Marcó el número de Velázquez sin importarle la hora. A él le habían levantado de la cama pasadas las doce de la noche y no le habían dejado volver a acostarse. O jugamos todos o pinchamos el balón.

Para su sorpresa, Velázquez respondió a la llamada al segundo tono.

—Buenos días, inspector jefe Otero. Esperaba su llamada.

—Buenos días, Velázquez. Está siendo un inicio de martes complicado. Disculpe que no haya podido llamarle antes. Acabo de ver su mensaje.

—No tiene que disculparse. Le vi en la rueda de prensa del comisario en el aeropuerto. Conociéndole, le habrá tenido toda la noche dando vueltas —dijo Velázquez de manera comprensiva. A él también le había tocado lidiar con el comisario en ocasiones.

—Así es. Me ha enviado el mensaje pasadas las dos de la mañana y le escucho despejado a las siete y media. ¿Usted no duerme?

—Solo los intervalos de tiempo que me permite mi próstata. No se preocupe. A mi edad, dormir cinco horas seguidas está sobrevalorado.

—Dígame, ¿cómo ha ido la autopsia de Aginagalde? Le aseguro que, tras tener que pasar la noche en el aeropuerto esperando a que uno de sus compañeros levantara el cadáver de Sorní, no estoy para sorpresas. Dígame que murió de un infarto y que no voy a tener que poner este caso sobre mi mesa. Bastante se me viene encima con los caprichos del comisario en la muerte de Sorní.

—Efectivamente, el señor Aginagalde murió de un infarto...

—¡Estupendo! Caso cerrado —exclamó Israel sin preocuparle

interrumpir al forense y dio un golpe entusiasta sobre la mesa. Hasta había olvidado que llamaba al forense porque este había dicho que algo le había llamado la atención.

—Déjeme terminar, por favor. El señor Aginagalde murió de un infarto, pero... ¿por qué no tenía rastros de medicamento en su organismo? ¡No he encontrado ninguno!

—¿Qué quiere decir?

—He revisado el historial médico de Aginagalde. Tenía diagnosticada una insuficiencia cardíaca grave. Su médico le recetó tres dosis diarias de captropil y de hidroclorotiazida.

—¿Y? ¿Eso qué significa? ¿No podría haberlos expulsado ya de su organismo? —Israel se dejó caer en la silla. Todo síntoma del entusiasmo inicial había desaparecido. Volvía a sentirse agotado.

—Ambos son medicamentos de rápida absorción, pero por eso se administran tres dosis diarias. Según los informes médicos de Aginagalde, debía tomar una dosis por la mañana, otra después de comer y una última dosis antes de acostarse. Como le dije ayer a la tarde al agente Expósito, al señor Aginagalde le había dado tiempo a desayunar antes de morir. Encontré restos de comida y zumo de naranja en su estómago...

—Disculpe, ¿a quién ha dicho que se lo dijo ayer? —preguntó Israel, sin poder evitar interrumpir de nuevo, a la vez que se erguía en su silla.

—Al agente Expósito. Estuvo ayer en el depósito para preguntarme por la autopsia de Casado.

—¡¿Qué autopsia?! —exclamó Israel poniéndose en pie de un salto.

—La de su muerte. Su padre pidió una autopsia de la inspectora y ayer Expósito vino a hacerme unas preguntas. Le surgieron dudas con los resultados conseguidos por mi compañero Leandro y vino a interesarse por una segunda opinión profesional.

—De acuerdo. Hablaré con él —dijo Israel mientras intentaba controlar su furia clavando las uñas en la madera de su mesa—. ¿Qué me decía de la autopsia de Aginagalde? Algo de que había desayunado...

—Eso es. Aginagalde murió tras desayunar, momento en el que debería de haber tomado el vasodilatador y el diurético, y estos deberían estar en su organismo.

—Quizás se olvidó. Se levantaría con prisas, tendría mal día, yo que sé. A su edad olvidarse de las cosas es lógico.

—¿Y también se olvidó de su dosis nocturna? Porque algún resto del vasodilatador debería de quedar. Incluso en un paciente como Aginagalde, que llevaba meses medicándose, esos restos deberían de ser casi permanentes en su organismo y, sin embargo, su cuerpo parece que llevaba días sin tomar la medicación. Eso fue lo que le provocó el infarto.

—Volveré a su casa y hablaré con su mujer. Seguro que sabe si Aginagalde se tomaba o no sus medicinas —resopló Israel al pensar en la que se le venía encima—. ¿Tenemos algo sobre la hora de la muerte?

—No puedo ser muy exacto en ese aspecto, pero, por la hora de aparición del *rigor mortis* en el cadáver, yo diría que entre las nueve y las diez de la mañana.

—Mierda... —murmuró Israel.

Tenía que hablar con la señora Pons, evitar que Acosta hiciera una entrevista explosiva a Alba sobre la vida personal de Sorní y, sobre todo, aclarar con David qué demonios hacía realizando preguntas sobre el accidente de su antigua jefa a sus espaldas. La mañana se presentaba complicada.

David llegó a comisaría media hora antes de que empezara su turno. Estaba preocupado por el no regreso a casa de Israel y porque este no le cogiera las llamadas. Desde que se había marchado, no había conseguido descansar. Había estado viendo los informativos y había seguido la rueda de prensa del comisario en directo. Cuando entre los periodistas vio a Acosta, sintió que el corazón se le paraba en el pecho.

Era una tontería, una estupidez, una simple coincidencia fruto de que Acosta se hubiera convertido en una cara popular gracias al caso de *Killer Cards*, pero era la segunda tontería, la segunda estupidez, la segunda coincidencia en dos días. Dos personalidades importantes y reconocidas de la sociedad habían muerto, en ambos casos parecía claro que la muerte había sido un accidente. ¿Eso no era, exactamente, lo que pasó al principio del caso que acabó con Alejandro Soto en la cárcel?

En la primera, en la de Aginagalde, sobre la mesa estaba la autopsia de Ángela Casado; en la segunda muerte había aparecido Acosta, ambos relacionados con el antiguo caso. ¿Coincidencia? Seguro. Pero había algo que David no podía quitarse de la cabeza: si no hubiera sido por el sargento primero Abengoza, que sospechó que algo no le cuadraba, y porque el asesino les dejó un as de la baraja de póker en los escenarios del crimen, los asesinatos de Pablo García, accidentado en su coche, y de Vanessa Rubio, con un golpe en la cabeza cerca de su bañera, bien podrían haber pasado por accidentes. Y no se olvidaba de la confesión de Enrique y el diez de corazones...

Estaba deseando hablar con Israel para que le contara los detalles de la muerte de Santiago Sorní. ¿Habría alguna otra coincidencia? ¿Alguna otra carta?

No se sorprendió al ver luz en su despacho. Había llegado antes para no tener que encontrarse con ningún compañero y poder hablar con él. Abrió la puerta con una sonrisa en su rostro. Quería alegrar, un poco, la mañana a su chico. Cuando al entrar este le lanzó una mirada punzante, se le borró todo rastro de alegría.

—¿Qué cojones haces preguntando por la autopsia de la inspectora jefe Casado? —preguntó Israel al ponerse en pie para salir de detrás de su mesa.

—¿Eso es lo primero que te preguntas? ¿Qué hago? ¿Ningún interrogante sobre cómo llegó esa autopsia a mi poder? ¿Ningún interés en saber qué es lo que me llamó la atención como para ir a consultar al forense? ¿Nada? Solo te preocupa por qué un simple agente de atención al ciudadano está metiendo las narices donde no le llaman, ¿verdad? —La pregunta de Israel le había sentado como una patada en el estómago y le había cambiado el humor en segundos.

—Exacto. Donde no te llaman. ¡Joder, Expósito, bastantes problemas tengo ya!

A David le dolió más que Israel le llamara por su apellido y el trato profesional que la bronca.

—Si hicieras mejor tu trabajo, igual no tendrías problemas —expresó con rabia. Se negó a usar el usted en ese momento.

—¿Cómo dices, Expósito? —Israel no se podía creer lo que acababa de oír.

—Que, si en lugar de estar lamiéndole el culo al comisario, me escucharas más cuando te hablo, igual no tendría que actuar a tus espaldas. Fui yo, yo, el agente Expósito —remarcó con tono burlón—, quien te dijo que Carvajal se había autoinculpado en la muerte de Aginagalde. Yo, no otro agente. ¡Yo! Y tú quieres dejarlo pasar. Olvidarte del caso. Pues bien, yo no puedo. Tengo sus palabras taladrándome la cabeza —añadió y se apretó el cráneo con ambas manos—. ¡Y deja de tratarme como a un subordinado! ¡Estamos solos!

—Pero no había nada en el caso que nos apuntara hacia un asesinato... —repuso Israel con un tono de voz más bajo.

—¡Una confesión, joder! Teníamos una confesión. Rara, incomprensible, puede ser, pero una confesión. ¿Viste la cara de Carvajal cuando le dijimos que en la casa del presidente del Tribunal Supremo no habíamos encontrado nada? ¿La viste? ¡Estaba actuando! Tú no querías hacer nada, así que volví a la casa en mi hora de descan... Espera, ¿has dicho que no había? —preguntó David al procesar las palabras de Israel.

—Me ha llamado Velázquez. Ha encontrado algo en la autopsia de Aginagalde que no le cuadra. No hay rastro en el cuerpo de los medicamentos que debería de haber estado tomando para tratar su cardiopatía.

—¡No me jodas! Entonces, ¿había dejado de medicarse? Joder, no entiendo nada. Si dejó de medicarse, se confirma que ha muerto de un infarto. Pero... ¿qué hacían allí la autopsia de la inspectora Casado y la carta de póker?

—¡Joder, David! ¿Qué carta?

—El diez de corazones. La señora Pons la encontró sobre la mesa de su marido. Acusó a nuestros compañeros de científica de habérsela dejado allí porque asegura que ella y su marido no tenían en la casa ninguna baraja de cartas francesa. Solo usaban, muy de vez en cuando, una baraja española —respondió David, más calmado, al ver como Israel se había olvidado de los formalismos—. La mandé a analizar por si encuentran algo, pero la señora Pons la tiró a la basura y me temo que no vamos a encontrar nada útil.

—Muy bien. Me lo vas a explicar todo por el camino. Ya tenía que ir a casa de Aginagalde a hablar con la señora Pons por el tema de los medicamentos. Así que vas a acompañarme y me vas a poner al día de esos descubrimientos tuyos a mis espaldas.

11

Aumentan las dudas

De vuelta a la casa de Aginagalde, David le contó lo sucedido en su última visita. La razón por la que había decidido acudir, cómo y dónde había encontrado el informe de la autopsia de Casado y por qué tomó la decisión de ir a hablar con el forense Velázquez sin informarle antes. Cuando terminó de contarle todo, se sintió aliviado. Parecía que el cansancio, las preocupaciones y la posibilidad de que lo que le estaba contando tuviera sentido habían hecho que la tormenta que esperaba que se desatara cuando Israel se enterara se quedara en una simple llovizna. En todo el trayecto apenas cambió el gesto de su cara y, aunque parecía enfadado, al menos no iba a peor.

Aparcaron el coche en el mismo sitio del día anterior y la señora Pons salió a recibirles en cuanto llamaron a la puerta.

—¿Cuándo voy a poder enterrar a mi marido? —Disparó nada más verlos.

—El forense ya ha terminado con la autopsia. En cuanto le hagamos algunas preguntas creo que podrá iniciar los trámites para el funeral, señora Pons —respondió Israel al mismo tiempo que se frotaba los ojos.

—¿Qué preguntas? ¿No me las han hecho todas ya? No entiendo tanta ida y venida por un infarto.

—Siempre tan convencida de la muerte natural de su esposo... ¿Sabía que no se medicaba?

—¿Cómo dice?

—Que las dos veces que he hablado con usted se ha mostrado convencida de que su marido ha muerto de un infarto. Siempre le sorprende ver a la policía y que la situación se alargue, pero, su marido tenía la cardiopatía diagnosticada y medicada y, siguiendo las recomendaciones médicas, su enfermedad estaba controlada. Pero su marido no presenta, en la autopsia, ningún rastro de esos medicamentos... ¿Sabía que su marido no se medicaba y por eso está tan segura de su muerte natural?

—¿Cómo dice? —La señora Pons parecía haber entrado en bucle. Su cara de asombro parecía verídica. Era la misma cara que había puesto David cuando le habían dado la misma noticia.

—Vayamos dentro y tome asiento. Como le he dicho, hay un par de preguntas que tengo que hacerle, y creo que será mejor que nos responda sentados.

David fue el último en entrar en la vivienda. La señora Pons había titubeado un poco antes de franquearles el paso, pero después les había invitado a entrar. Recorría el pasillo apoyándose en los muebles que lo adornaban para mantener firme el paso. La información de la autopsia de su marido parecía haberla noqueado, como un golpe directo al mentón, y caminaba con paso tambaleante, a punto de caer en la lona.

Un paso por detrás de ella la seguía Israel. Firme, con paso decidido, con las manos alerta por si la señora daba un traspiés. Esa fue la segunda de las cualidades que le habían gustado de él desde el primer día. Pese a su aspecto de persona seria, fría, Israel tenía un buen corazón dispuesto siempre a ayudar. A pesar de la situación y el momento, no pudo evitar que se le escapara una mirada al culo de su chico. Eso fue lo primero que le gustó de él.

—Explíquese bien, porque no he terminado de entender qué me quiere decir —expuso Pons nada más tomar asiento.

—En la autopsia de su marido no aparecen restos de ninguno de los medicamentos que el médico le había recetado. Quiero que me responda a una simple pregunta: ¿lo sabía usted?, ¿o su marido le ocultaba que no se medicaba?

—Pero es que eso es una tontería, inspector —repuso Pons enfurecida—. Mi marido se medicaba, ¡claro que se medicaba! Juanra no tenía ninguna gana de morirse, como tampoco la tenía de dejar su trabajo.

Él se tomaba sus pastillas tres veces al día como le había recetado el médico. Al desayunar, al comer y durante la cena.

—¿Está segura?

—¡Claro que estoy segura! Tenemos unos pastilleros para no olvidarnos de tomar nuestros medicamentos todos los días —contestó Pons ante la cara de estupor del inspector—. Mire, le voy a enseñar el suyo. Incluso se tomó las pastillas del desayuno de ayer. Imagino que tenía que pasar en algún momento y pasó entonces. Mi marido podía ser muchas cosas, pero no era estúpido y no quería morir. El médico le había dejado claro que, si no se tomaba las pastillas, podría sufrir un infarto en menos de una semana.

Se levantó del asiento y abrió uno de los cajones de la librería del salón. De allí sacó una caja de color amarillo y se la acercó a Israel.

—¿Lo ve? Cada día con sus pastillas correspondientes. Siempre acudo a la farmacia a últimos de mes y después preparo los pastilleros. Los míos son de color rojo, los de mi marido de color amarillo, y en cada uno de ellos caben las pastillas para toda la semana. Puede observar que mi marido tomó todas sus pastillas hasta la mañana del lunes. Solo quedan dos dosis para ese día. —Asimilar, de pronto, que su marido ya no iba a necesitar aquellas pastillas hizo que la señora Pons tuviera que tomar asiento y volviera a romper a llorar, como la primera vez que la vieron.

—¿Y está segura de que se las tomaba? —preguntó Israel, mientras echaba un vistazo al pastillero que le había entregado Pons, con un tono de voz más cordial ante el llanto de la pobre mujer.

—¡Completamente! Como le digo, mi marido era muchas cosas, pero no era idiota. Sabía que, si no se medicaba, su corazón no iba a aguantar. Durante las comidas y las cenas se tomaba las pastillas delante de mí. En los desayunos solía hacerlo solo porque yo siempre me hago más la remolona en la cama, pero le aseguro que se las tomaba —repuso ella mientras intentaba recomponer el ánimo.

—¿Podemos llevarnos el pastillero? —preguntó David al tomar, por primera vez, la palabra.

—¿Esto va a retrasar más el funeral de mi esposo?

—No. No se preocupe. Solo queremos analizar las pastillas, y para eso no será necesario retrasar nada.

—Entonces llévenselas. Yo ya no las necesito.

—Una última pregunta —intervino Israel—. ¿Está segura de que la carta que se encontró en el despacho de su marido no estaba en la casa antes?

—Como le dije a su compañero, completamente segura. Mi marido y yo ni siquiera entendíamos esa baraja francesa. Nosotros éramos de sota, caballo y rey.

Israel y David salieron de casa. Israel caminaba con la mirada perdida sin ni siquiera escuchar lo que David quería decirle. Tenía los pensamientos en otra parte. David lo vio tan desorientado que decidió sentarse en el lugar del conductor. Israel no dijo nada. Se limitó a sacar su móvil del bolsillo y a realizar una llamada mientras él ponía el coche en marcha.

—Buenos días. Quisiera hablar con Acosta. Sí, señorita, ya sé qué hora es y que Acosta ayer se acostó tarde. Soy el inspector jefe de homicidios de la policía de Madrid y me importa una mierda si le gusta o no dormir nueve horas. Localícele y dígale que el inspector jefe Otero quiere hablar con él antes de que emita la entrevista de esta noche con Alba Gómez. ¿Queda claro? Que me llame a este número en cuanto le sea posible. Muchas gracias. A la científica, David.

Si no llega a pronunciar su nombre no se habría dado nunca por aludido. Israel no había dejado de mirar al horizonte a través de la luna delantera del coche. Ni siquiera había pestañeado de más cuando había terminado la conversación con quien estuviera hablando y había pasado a dirigirse a él.

Condujo en silencio unos minutos, el tiempo suficiente como para esperar a iniciar una conversación sin tener la seguridad de estar molestando.

—¿Te lo ha pedido Medrano?

—¿Tú que crees? —espetó Israel tras unos segundos de tenso silencio.

—Yo creo que todo el mundo conocía ya a Santiago Sorní. No hay nada que pueda decir Alba Gómez que vaya a escandalizar al gran público.

—¿Cómo sabes tú cómo se llama la chica? —preguntó Israel y le miró por primera vez desde que le había echado la bronca en el despacho.

—¡Joder, Isra! ¡Céntrate! Se lo acabas de decir a la mujer del teléfono. Si va a entrevistarla Acosta esta noche, he deducido que será la joven por la que preguntó esta mañana en la rueda de prensa y que iba con Sorní en su coche. Y deduzco también que te lo ha pedido Medrano porque quiere evitar un escándalo más a su amigo.

—¿Conoces la relación de amistad entre Medrano y Sorní?

—Creo que tú eres el único que no la conoce... De la misma manera que eres el único español que no tienes ni idea de quién es Rosalía.

—Ya sabes que a mí esas músicas actuales no me gustan.

—Ni las músicas, ni las redes sociales, ni los programas de la tele. Si no fuera por mí, solo estarías al día del número de asesinatos que hay en Madrid. No te relacionas con el mundo exterior.

—¿Y para qué quiero relacionarme con él si ya te tengo a ti?

La frase hizo sonreír a David. Parecía que a Israel ya se le había pasado el enfado mañanero. Por suerte, los cabreos de su novio duraban menos que los anuncios de televisión.

Dejaron las pastillas a disposición de la científica y preguntaron por el análisis de la carta encontrada. Como bien suponía David, solo habían encontrado un tipo de huellas que, con seguridad, pertenecían a la señora Pons antes de arrojarla a la papelera. Tenían que confirmarlo, pero estaba seguro de que ese iba a ser el resultado. La carta del diez de corazones tampoco tenía nada de especial. Ni el fabricante ni la textura; era una carta común que todo el mundo podría comprar en una tienda. En esta ocasión, al contrario que en el caso anterior, las cartas tampoco presentaban ninguna inscripción oculta en tinta invisible. Nada.

Aprovecharon la visita para bajar a hablar con Velázquez. A Israel, recibir la información en persona siempre le había resultado más útil que escucharla por teléfono. Había gestos y expresiones que contaban más que las palabras.

—Buenos días. —Velázquez les recibió con una amplia sonrisa como si hubiera dormido doce horas—. ¿Ya han visitado la casa de Aginagalde?

—Así es —respondió Israel, que llevado por su cargo siempre tomaba la iniciativa en las conversaciones de trabajo—. Hemos estado en la casa y la mujer asegura que su marido se tomaba las pastillas. Hemos llevado el pastillero a analizar. No creo que la mujer nos mienta. Estoy seguro de que ella piensa que su marido se tomaba la medicación.

—Pero eso no es posible... no había rastro alguno en su organismo.

—Por eso hemos llevado las pastillas a analizar. Solo se me ocurre una cosa: que alguien cambiara las pastillas de Aginagalde.

—¿Intencionadamente? Estaríamos hablando de homicidio...

—Tenemos que esperar a lo que diga el análisis, pero, si tanto usted como su mujer dicen la verdad, no se me ocurre otra respuesta —replicó Israel. La palabra homicidio le había puesto la piel de gallina.

—¿Y quién cree que pudo cambiar las pastillas?

—Ni siquiera he empezado a plantearme un quién, pero Expósito asegura que Carvajal le confesó el asesinato. De demostrarse que alguien cambió las pastillas, sería nuestro primer sospechoso.

—¿Sabe que yo también he estado dándole vueltas al informe de la inspectora, agente? —preguntó Velázquez. David le miró. En sus ojos había cierto brillo de curiosidad—. Creo que tiene razón en su valoración. Las heridas que presentaba la inspectora no son las que se producirían en una reacción lógica al tener un accidente. Como le dije ayer en su visita, que la inspectora se quedara dormida es una posibilidad. Tampoco muy lógica, pero una posibilidad. Aun así, creo que quien realizó el informe no fue objetivo. Se basó en su historial. No hacía mucho tiempo que había caído al Manzanares en otro accidente de tráfico. Era conocida por su temeridad al volante. Quien hizo el informe se limitó a detallar las heridas, pero no a interpretarlas porque dio por hecho que alguien con el historial de conducción de Casado habría sufrido un accidente. Creo que deberían revisar el atestado del mismo, porque puede que cometieran el mismo error.

—Lo haremos —replicó Israel. En ese momento sonó su teléfono—. Sí. Sí, soy yo. Muy bien. Estaremos allí a las seis. Perfecto. Buenos días.

12

Jota de corazones

Víctor Acosta estaba terminando de prepararse en la sala de maquillaje. Le gustaba grabar sus programas en el formato de falso directo. Le daba la oportunidad de estudiar la reacción del público en redes sociales durante la emisión del programa.

Aunque este se emitiría en horario de máxima audiencia, lo grababa unas horas antes, pero, esa tarde, la presencia de la policía le iba a retrasar. Por eso había decidido pasar por maquillaje antes de que llegaran. Así, en cuanto le dejaran en paz, se podría poner a grabar. Esa tarde tenía que salir todo perfecto para que el programa de la noche tuviera el efecto esperado.

—¡¿Ha llegado ya Alba?! —gritó desde el asiento donde la maquilladora se esforzaba por eliminarle los brillos.

—¡Sí! Está en su camerino —respondió alguien desde el pasillo.

—¡Recordad, nada de maquillaje! ¡Quiero que parezca una niña! ¡Y vestirla decentemente! ¡Que no se note que es una puta! —exclamó.

En ese momento, los dos policías que esperaba entraron en el camerino.

—Veo que no vamos a empezar con buen pie la conversación, señor Acosta —comentó Israel, con un ligero carraspeo antes de empezar a hablar.

—Agentes... —dijo Víctor mientras se ponía en pie—. Ya saben cómo es esto. Hay que crear impacto en la audiencia.

—¿En serio lo ve necesario? ¿No cree que debería dejar en paz a los muertos?

—Es probable... Debería... Pero, si le soy sincero, hacer lo que debería, dejar en paz a la gente, solo me llevó a dormir en la calle y a estar a punto de suicidarme. Dos veces. Y a que me acusaran de tres asesinatos. No me eche en cara si no tengo intención de volver a esa vida. ¿Me comprende?

—Sabemos la vida que llevaba antes, pero ¿no cree que se ha pasado de frenada?

—Pasarme de frenada... Curioso paralelismo el que hace usted. Lo único que he hecho es cambiar de valores. Aunque le aseguro que sigo teniendo más ética que otros compañeros de profesión. Yo voy de cara, no miento, digo lo que tengo que decir, aunque no sea políticamente correcto, pero nunca, jamás, me he inventado una noticia —repuso Acosta.

—Acabo de escucharle intentando enmascarar una verdad...

—Se equivoca. Lo que hago es mostrar la verdad tan cruda como es. Si mostrara a Alba Gómez cubierta de maquillaje y con un vestido corto la gente solo vería en ella a una prostituta y no llegaría al fondo de la verdadera noticia.

—¿Y cuál es esa noticia, según usted? —inquirió Israel, aunque ya conocía la respuesta que iba a darle.

—Que al señor Sorní le gustaba mantener relaciones con mujeres aniñadas.

—Las acusaciones de pedofilia sobre Sorní siempre han sido infundadas. Nunca se le ha podido relacionar con una mujer menor de edad, señor Acosta.

—Por eso no he mencionado la palabra pedófilo, simplemente he dicho que sus gustos personales eran mujeres con apariencia aniñada. Y, si para demostrarlo, tengo que desvestir de maquillaje el rostro de mi entrevistada, lo haré.

—Tenga mucho cuidado con esa fina línea. Si la cruza, puede caerle una demanda por difamación de parte de la familia de Sorní —avisó Israel, aunque en el fondo estaba deseando que el periodista cruzara esa línea y tener una excusa para detenerle.

—Estoy acostumbrado a lidiar con ese tipo de demandas. En los últimos meses habré ganado cinco. Casi podría decirse que vivo mejor de las indemnizaciones que me pagan quienes me acusan que de lo que cobro por realizar el programa. ¿Por qué cree que lo grabo en falso directo? Para asegurarme de que todo lo que se emite quede libre de posibles acusaciones. Siempre reviso el programa antes de que este salga en antena. Durante mis años con la plataforma de afectados por la hipoteca he aprendido a manejarme con los resquicios legales. No se imagina la de desahucios que evitábamos de esa manera. Si quieren, pueden quedarse a ver la grabación del programa y comprobar que no cometo ningún delito.

—Lo haremos, y procure mantener su palabra si no quiere que nosotros mismos presentemos esa demanda contra usted.

Israel y David se colocaron tras las cámaras, entre el público. Aunque a Israel le hubiera encantado poder evitar la grabación y así librarse del mal carácter de Medrano, sabía que no tenía nada que hacer. Impedir la grabación del programa de máxima audiencia de las noches televisivas sin ninguna buena justificación solo podía acarrearle mayores dolores de cabeza que los que le iba a provocar su jefe.

Los focos del plató se encendieron y una voz en *off* anunció la entrada en plató de Acosta. Saludó entre los aplausos del público y tomó asiento en el borde de su mesa.

—¡Bienvenidos una noche más a mi casa! —anunció como hacía en cada una de sus presentaciones—. Hoy tenemos un programa muy especial en *A toda costa*. —Habían elegido el nombre como un juego de palabras de su propio apellido—. Todo el mundo habrá visto ya, a estas horas, la rueda de prensa de *mi amigo* —enfatizó el tono de voz al pronunciar esas dos palabras—, el comisario Medrano. —El público estalló en carcajadas—. Estoy seguro de ello porque acabo de mirar en YouTube el vídeo y ya tiene más de dos millones de visualizaciones, ha sido cabecera de los dos noticiarios de la cadena y hasta circulan *memes* por las redes sociales. Algunos muy graciosos, por cierto. Pero también estoy seguro de que todos os estáis preguntando: ¿a quién se refería el comisario Medrano como «equipo de confianza»? ¿Quién era esa joven en prácticas que viajaba con Santiago Sorní en su *jet* privado? Esta noche yo, Víctor Acosta, os la voy a presentar. —En ese instante guardó unos segundos de silencio para aumentar el misterio. Unos instantes que el público del plató respetó impaciente y que solo fueron interrumpidos por un ligero carraspeo de Israel en las gradas—. Demos la bienvenida a Alba Gómez.

Por la puerta del plató entró una chica a la que Israel casi no reconoció. No había rastro de la joven descarada, maquillada y provocadoramente vestida que había conocido en el aeropuerto. La Alba Gómez que se sentó en el sillón del plató se asemejaba más a una tímida alumna de un colegio de monjas. No había duda de que estaba interpretando el papel que Acosta le había pedido que desempeñara.

—Buenas noches, señorita Gómez.

—Buenas noches. Puedes llamarme Alba —repuso con una sonrisa tan dulce como fingida.

—Lo primero que quiero es darte las gracias por estar esta noche con nosotros. Imagino que no está siendo un día fácil para ti. No todos los días se presencia una muerte tan trágica como la que has tenido que ver.

—Gracias, Víctor. La verdad es que aún sigo en *shock*. Nunca, en mi vida, había visto una muerte tan de cerca... —musitó la chica.

—Tampoco es que hayas tenido demasiado tiempo. Eres muy joven... —Víctor dejó caer la frase como un juez deja caer su mazo al dictar sentencia.

—Gracias, Víctor —contestó Alba haciéndose la halagada.

—¿Qué edad tienes? ¿Dieciséis? ¿Diecisiete años?

Israel apretó los puños en su asiento. Estaba seguro de que Acosta conocía a la perfección la edad de Alba. Insinuar que era menor de edad solo pretendía llevar la conversación al terreno que buscaba. Al hacerlo en forma de pregunta se aseguraba de no estar cometiendo ningún delito y, a la vez, influenciaba a sus espectadores del mismo modo.

—No. Tengo veintiún años, pero siempre me han dicho que aparento menos edad.

—¿Le comentaste alguna vez tu edad a Santiago Sorní? —continuó Acosta. La juventud de la entrevistada era la mejor arma que tenía para convertir el programa de esa noche en un éxito de audiencia.

—No surgió en nuestras conversaciones, ¿por qué?

—Porque es probable que Sorní también pensara que tenías menos edad de la que tienes en realidad. ¿No crees?

Israel se puso en pie entre el público. No iba a permitir que aquello siguiera por aquellos derroteros. No iba a dejar que Acosta ensuciara más la imagen de Sorní acusándolo, veladamente, de pedofilia. El muy cabrón hasta le había lanzado una mirada desafiante al formular la pregunta. Tuvo que ser David quien, poniéndole una mano en el hombro, le calmara y le invitara a sentarse.

—Al mínimo error que cometa, pedimos una orden y hacemos todo lo posible para evitar que el programa se emita. Recuerda que esto no se emite hasta dentro de unas horas... —susurró David al oído de Israel para intentar apaciguarlo.

—Se portaba muy bien conmigo, nada más —respondía Alba cuando Israel volvió a prestar atención a la entrevista.

—Cuéntanos. ¿Cómo fue el viaje en el avión privado?

—No sé... diferente. Era la primera vez que viajaba en esa clase de aviones. ¡Tienen de todo! —exclamó Alba como una niña a la que le regalan su primer set de maquillaje.

—¿Y qué pasó durante el vuelo? Cuéntanos algún detalle interesante de Santiago Sorní que el resto de los mortales que no hemos podido viajar en su avión ni somos personal de su confianza, no conozcamos.

—Era muy impaciente. Se enfadó mucho cuando el vuelo tardó en despegar. No entendía que se hubiera gastado un montón de millones en tener su avión privado y que tuviera que atenerse a las normas de un aeropuerto. El resto del vuelo lo dedicó, en exclusiva, a atenderme y halagarme. Me hizo sentir especial. Solo hubo un momento en el que algo le hizo perder su interés en mí.

—¿Cuál fue ese momento? —preguntó Acosta y se acercó a Alba con fingido interés. No quería desviar la conversación del tema de la edad.

—Cuando recibió un *email* en su móvil. No era el primero que recibía durante el par de días que estuvimos juntos, pero sí fue la primera vez que captó su atención y lo abrió. Era un *email* de Bárbara Latorre.

—¿La actriz? ¿La exmujer de Alejandro Soto? ¿La esposa de *Killer Cards*?

Todo el público, incluidos Israel y David, se habían quedado en silencio. Otro nombre relacionado con el anterior caso que aparecía en escena. ¿Seguía siendo casualidad?

Hasta el propio Acosta se había quedado asombrado. No esperaba esa respuesta. Su idea al invitar a la joven a su programa era la de enfocar la muerte de Sorní hacia sus escándalos sexuales. No esperaba que el caso que le había llevado a la fama surgiera.

—La misma. Al parecer, conocía a Santiago, porque se sintió entusiasmado al recibir noticias de ella, pero enseguida se le pasó la euforia.

—¿Bárbara Latorre no está en Miami? —preguntó Acosta. Él sabía que no. Había seguido la vida de Latorre muy de cerca en los últimos meses, pero quería que fuera la entrevistada quien diera su respuesta.

—Al parecer, por lo que dijo Santiago, regresó hace unos días. Debe de estar grabando una película. No presté mucha atención a lo que me contó de ella. No me gusta que me hablen de otras mujeres mientras están conmigo. Quiero que centren toda su atención en mí. Soy un poco celosa...

—¿Qué ponía en el *email*? ¿Llegaste a verlo? —Acosta recondujo enseguida la entrevista. Poder mencionar, aunque fuera de pasada, el caso de *Killer Cards* en el programa le resultaba beneficioso para las audiencias.

—No. Yo estaba sentada en mi asiento, estábamos a punto de aterrizar, pero sí que me habló de él. Creo que esperaba alguna invitación para alguna presentación de película o algo parecido, porque no dejaba de rememorar alguna fiesta en la que había coincidido con Bárbara. Pero en el interior del *email* no era más que una de esas cadenas de mensajes que si rompes te trae mala suerte. Visto lo visto, no pienso romper una de esas cadenas en mi vida, porque Santiago se negó a reenviarlo y acabó muerto.

—¿Te comentó cuál era el contenido de ese mensaje? Más que nada para que, si me llega, no olvidarme de reenviarlo —comentó Acosta con ironía.

—Sí. Me dijo que no había nada más que la imagen de una jota de corazones.

13

¿A qué nos enfrentamos?

Israel no aguantó más entre el público. Decidido a parar la grabación del programa, se levantó de su asiento y bajó de las gradas para dirigirse a la redacción. David bajó tras él.

—¿Adónde vas? —interrogó al darle alcance y agarrarle por los hombros.

—¡A impedir que este programa se emita!

—¿Con qué motivo? ¿Con qué autoridad?

—¡No lo sé! Soy el inspector jefe de homicidios, ¡de algo me tiene que servir! Si se emite esta entrevista, si se filtra siquiera, vamos a tener a todos los periodistas, tertulianos y políticos hablando del regreso de *Killer Cards*. ¡No voy a permitirlo! Medrano se me echaría encima como un buitre sobre un ciervo muerto. ¡Me va a despedazar!

—Piensa un poco, Israel. ¿Qué vas a conseguir impidiendo que se emita la entrevista? Empeorar la situación.

—¿Empeorarla? ¿Se puede empeorar?

—Acosta ya ha anunciado su emisión en cada espacio publicitario de su cadena durante todo el día. Aunque llegara la orden a tiempo para retrasarla, porque sabes tan bien como yo que ningún juez va a impedir la emisión de un programa, lo único que conseguirías es crear hacia ella una mayor expectación. ¿Por qué la policía se niega a que podamos emitir nuestro programa? ¿Qué quieren ocultar? Acosta aprovecharía el filón. En cuanto la emisión saliera a la luz, tendría a todo el país delante del televisor, solo por el morbo generado. Además, hay cien personas en el público, redactores, cámaras, maquilladoras... que, en cuanto les dejen salir del plató y comentarlo, van a llenar las redes sociales de rumores, cotilleos y *fake news*. No podemos hacer como los burros, Israel, tenemos que aprovechar el tiempo y empezar a investigar.

—¿Y por dónde empezamos?

—Tú y yo sabemos que las dos muertes están relacionadas. Dudo que sea una casualidad que en casa de Aginagalde su mujer encuentre un diez de corazones y que en el móvil de Sorní se reciba una jota del mismo palo minutos antes de su muerte, pero, por ahora, somos los únicos que lo sabemos y tenemos a una persona retenida que me confesó el primero de los asesinatos. Tenemos que hablar con Carvajal.

—Y con Bárbara Latorre. Por lo que ha dicho la chica, fue desde su *email* desde donde recibió Sorní el correo.

—Hablemos con los dos antes de que se emita la entrevista. Así, cuando llegue a oídos del comisario, tendremos algo que decirle.

—Va a montar en cólera en cuanto se entere —repuso Israel, a quien lo que se le venía encima le producía sudores fríos.

—Intentemos para entonces tener algo que pueda aplacar sus ánimos. ¿Sabes qué hicieron con el móvil de Sorní?

—¿Para qué quieres saberlo?

—Porque no sé tú, pero yo no tengo el número de teléfono de una actriz famosa. Seguro que Sorní lo tenía en su agenda. Y, si revisamos los informes de Casado para encontrar el número, van a saltar todas las alarmas en comisaría.

—Creo que se lo llevó la científica para estudiar los motivos por los que el móvil explotó.

—Genial. Vamos a hablar con ellos y si, además del número de Bárbara Latorre, nos dan información sobre el motivo de la explosión del celular, ya sería la hostia.

Tenían unas pocas horas antes de que la entrevista se emitiera. Sin perder más tiempo, se dirigieron a la sede del grupo de informática. Allí les recibió Álvaro, que no dejaba de teclear delante de una pantalla como un escritor compulsivo.

—Buenos días. ¿En qué puedo ayudarles?

—Álvaro, no hace falta que nos trates de usted. Ya nos vamos conociendo… —repuso Israel. Desde que había ascendido al cargo había tenido que tratar con el chaval un buen número de veces.

—Lo siento, pero desde que he empezado a trabajar con la policía en nómina me veo en la obligación de mostrarme políticamente correcto.

—No te contratamos por ser correcto. Lo hicimos porque eres un puto *crack* con la informática.

—Me contratasteis después de tenerme trabajando para vosotros por la *face* con la excusa de mis delitos informáticos. Si no fuera porque ayudé a la inspectora Casado descifrando el portátil de Vanessa Rubio y encontrando el vídeo que les puso sobre la pista de Alejandro Soto, aún me tendríais trabajando gratis. Cómo echo de menos a la inspectora. Estaba *in love* con ella —suspiró Álvaro al recordar lo atractiva que le parecía su anterior jefa.

—Ya sabes que no tenías ninguna posibilidad, ¿verdad?

—¿Tú me has visto? No tengo ninguna posibilidad con ninguna mujer. No importa si le gustan las mujeres o los hombres. A ninguna le gustan los *frikis*, pero eso no quita que a uno se le alegrara la vista cuando ella bajaba a preguntarme algo.

—No necesitamos que nos hagas un informe de tus fantasías pajilleras —repuso Israel tras dar una colleja al joven informático—. Venimos a que nos cuentes todo lo que hayas podido sacar del móvil de Sorní.

—Insisto, cómo echo de menos a la inspectora. Ella intentaba disimular mostrándome algo de comprensión —replicó Álvaro al tiempo que se frotaba la cabeza—. Muy bien. Os diré que el móvil de Sorní quedó *destroyed*, apenas pude recuperar algo de la tarjeta. Para explotar de esa manera tuvo que ponerse más *hot* que yo viendo PornTube.

—Pero cómo piensas que alguna chica se va a fijar en ti diciendo esas cosas —dijo Israel y agitó la silla del chaval.

—¡Qué poco *cool* eres, inspector! Las *ratchets* de mi edad hablan todas así.

—A nosotros háblanos de manera que podamos entenderte. ¿Qué demonios es una *ratchet*?

—Un ligue de una noche. Si es que tengo que explicarlo todo. En fin, al lío. Que la batería se calentó por una sobrecarga y dejó el móvil hecho una *chusta*, una mierda, vamos.

—¿Qué pudo provocar esa sobrecarga? —inquirió David.

—Una mala carga de la batería, un sobreuso del terminal o un defecto de fábrica.

—El móvil estaba en el bolsillo interior de la chaqueta de Sorní. No estaba cargándose ni usándose en ese momento.

—Entonces tuvo que ser un defecto de fábrica de la batería. Estos móviles ultramodernos y caros tienen más fallos que los antiguos. Antes no había nadie capaz de cargarse un Nokia. Son como los coches. Antes te dabas un golpe con un seiscientos y rompías el muro contra el que chocabas. Ahora alguien estornuda cerca de tu coche y te abolla la carrocería. Antes no había manera de piratear los móviles y si se te caían, agujereaban el asfalto, ahora hasta un crío de diez años te mete un *malware* y se rompen con mirarlos.

—¿Se puede sobrecargar la batería usando un *malware*? —interrogó David. Estaba seguro de que la muerte de Sorní no había sido un accidente, como tampoco había sido natural el infarto de Aginagalde.

—Claro que se puede. Solo tienes que meter un virus al terminal para que este mantenga activadas las aplicaciones en un segundo plano.

—Explícanoslo para tontos, por favor —pidió Israel, al que todo lo relacionado con la informática le sonaba a chino.

—Joder, inspector, que usted no tiene ochenta años. Que usted ya es de la generación de las videoconsolas, ya se ha criado jugando a la serpiente en un móvil. ¿Usted cuando entra en Internet en su ordenador abre varias ventanas a la vez?

—Sí, claro.

—Y cuando lo hace solo tiene una pantalla en su escritorio. Las demás se mantienen activas en segundo plano, ¿no es así? —Israel asintió—. Estos programas lo que hacen es mantener activos todos los programas del móvil, aunque el usuario no esté usándolos, lo que baja su rendimiento, consume batería o la sobrecarga.

—¿Y para qué querría alguien hacer eso?

—No sé, se me ocurren razones como perjudicar a la competencia haciendo que a sus móviles les dure poco la batería, apropiarse de datos de los usuarios, espiar a través de sus cámaras o, simplemente, asesinar a alguien haciendo que el móvil le explote en la chaqueta. Por ejemplo.

—¿Puedes averiguar si la sobrecarga del móvil de Sorní fue provocada por este tipo de *malware*?

—Es difícil, agente. Como le digo, el móvil quedó hecho polvo. ¿Cómo creen que le metieron el *malware*?

—Por *email*.

—Entonces quizás podamos hacer algo a través de la cuenta de correo, porque con el terminal lo llevamos chungo —replicó Álvaro sin dejar de teclear.

—¿Y de la tarjeta has sacado algo?

—Poca cosa. Media agenda de teléfonos y un par de fotografías. Nada importante.

—Entre esos números de la agenda no estará el de Bárbara Latorre, ¿verdad? —inquirió David.

—De milagro, pero sí. El número de la *sexyladie* lo tenía el muy cabrón guardado en su grupo de contactos importantes y es uno de los pocos que he podido rescatar.

—Dime el número. Y espero que no te lo hayas guardado...

—Inspector, qué poca confianza en mí —repuso Álvaro mientras memorizaba que tendría que deshacerse de los números que se había guardado para fardar con sus amigos—. ¿No lo tienen ya en sus registros? Estoy seguro de que Casado y Abengoza la llamaron un par de veces...

—No queremos, por el momento, que nadie sepa que estamos investigando esta muerte. Y menos aún que la relacionen con el caso de *Killer Cards*. Por ahora será mejor que no miremos esos informes. Y espero discreción por tu parte —añadió Israel.

—Cuenten con mi espada. Estaré más callado que Kenny en un capítulo de *South Park*.

—¿Que quién?

—¡Joder, inspector! Y yo intentando usar analogías de su época para que pudiera entenderlas. ¿De qué planeta ha venido?

David guardó silencio, aunque estaba de acuerdo en la apreciación de Álvaro, e Israel no hizo ningún caso a los comentarios. Se limitó a coger el número de Bárbara Latorre y a llamarla. Para su sorpresa, la famosa actriz descolgó al segundo tono.

—¿Quién es?

—Disculpe la molestia, señora Latorre. Soy el inspector jefe de la policía de homicidios...

—Bárbara —replicó ella sin temor a interrumpir.

—¿Cómo dice?

—Que no me llame señora Latorre. Me hace sentir mayor. Puede llamarme Bárbara. No son necesarios los formalismos.

—Muy bien, Bárbara, entonces. Le llamaba para preguntarle por su relación con Santiago Sorní.

—Éramos conocidos. Me he sentido consternada al enterarme de su muerte esta mañana, pero no comprendo por qué me llaman a mí. Hace meses que ni siquiera coincidimos en una fiesta. Desde antes de irme a Miami no nos vemos. Y tampoco he sabido nada de él desde mi reciente regreso, hasta lo de su accidente, claro. —La voz de Bárbara sonaba cansada, distante.

—¿Es por eso que ayer por la noche le envió usted un *email*?

—Lo lamento, pero no sé a qué se refiere. Yo ayer estuve todo el día en el set de grabación, no hacen más que meternos prisa con la película que estamos grabando. Ni siquiera consulté mi correo en todo el día. Ahora estoy en un descanso porque no me toca grabar la escena.

—¿No envió usted ningún correo electrónico al señor Sorní ayer?

—Ni a Sorní ni a nadie. Y a él en particular ni ayer ni nunca. ¿Por qué?

—Por nada. Disculpe las molestias —concluyó Israel y colgó la llamada—. ¡Álvaro! ¿Podrías entrar en la cuenta de correo de Santiago Sorní? —gritó desde la puerta.

—¡Estaba en ello! —exclamó Álvaro desde el pequeño habitáculo que la policía reservaba para el departamento informático.

—Que sea rápido. ¡Se nos acaba el tiempo!

14

Teorías sin sentido

Israel y David volvían a comisaría cansados y con malas sensaciones. La entrevista había sido emitida y el comisario no había tardado ni dos minutos en llamar al teléfono de Israel. Estaba enfurecido, rabioso. El resto de las cadenas televisivas habían contraprogramado su emisión, y a esas horas de la noche ya había varios programas de debate hablando sobre lo sorprendente que era que en el *email* de Sorní apareciera una carta de la baraja de póker justo antes de morir o sobre la credibilidad de Alba Gómez al respecto.

Además, no tenían nada con lo que calmar los ánimos del comisario. Álvaro había conseguido acceder a la cuenta de correo de Sorní a través del ordenador. Solo había necesitado la dirección del correo electrónico y cinco minutos de un programa para desvelar contraseñas para entrar. No habían tardado en ver el último recibido esa noche antes del accidente. Un *email* que se había enviado desde la cuenta Barbara-Latorre@latorreoficial.es y en su interior la imagen de la jota de corazones que había mencionado Alba Gómez. Pero Álvaro había encontrado dos detalles más en el *email*. Uno: que la cuenta no pertenecía a Bárbara Latorre y que ni siquiera se había creado en su página oficial, pero que se asemejaba tanto que era normal que Sorní hubiera pensado que era suya, más preocupado por mirar las piernas de su acompañante. El correo electrónico real de Bárbara Latorre era: Barbara_Latorre@Blatorreoficial.es, solo el guion bajo y la inicial del nombre las diferenciaban. Y, además de la carta, lo que más miedo le daba a Israel tener que comunicarle al comisario: un *malware* que sobrecargaba la batería del móvil. La muerte de Sorní había sido provocada. No había que ser muy avispado para entender que el infarto de Aginagalde también había sido inducido.

Nada más abrirse las puertas del despacho del comisario, este les recibió a gritos.

—¡Qué demonios ha sido eso, Otero! Le dije que evitara esa entrevista y no solo no la ha evitado, sino que ha permitido que esa mocosa suelte ese bombazo.

—Señor, sabe tan bien como yo que no tenía motivos para evitar esa entrevista. Además, tarde o temprano, esa información habría salido a la luz. Tanto el agente Expósito como yo llevamos toda la tarde intentando aclarar algunas cuestiones del caso.

—¿Qué cuestiones?

—Señor... en la casa de Aginagalde también encontramos una carta de la baraja de póker. El diez de corazones.

—¡¿Y por qué no se me informó?! ¿Es usted gilipollas, Otero?

—No, señor. Es difícil de explicar, señor...

—Ya puede explicármelo paso a paso, si no quiere que le despida antes de salir por esa puerta —exclamó Medrano. En el gesto de su cara se veía que no estaba exagerando.

—¿Se acuerda de Enrique Carvajal? —preguntó Israel. Quería ponerle en antecedentes.

—¿Carvajal? ¿El loco ese de la conspiración que asegura que Alejandro Soto no cometió los asesinatos de *Killer Cards*?

—El mismo. Hablé con usted de él hace unos días.

—¿Y qué cojones tiene que ver ese chiflado con toda la mierda que nos va a caer encima? —inquirió Medrano y se dejó caer en la silla de su despacho haciéndola girar.

—Sorní ha muerto tras recibir una jota de corazones en su móvil. En el lugar donde Aginagalde sufrió un infarto encontramos un diez de corazones. Eso relaciona ambos casos. Y Carvajal le confesó el asesinato de Aginagalde al agente Expósito media hora antes de que tuviéramos noticias de su fallecimiento. Lo tenemos en una celda desde hace casi cuarenta y ocho horas —relató Israel con voz insegura. Todo lo que estaba diciendo le sonaba estúpido. Y estaba seguro de que a Medrano le iba a sonar igual.

—Pero ¿de qué coño me está hablando? ¿De que tenemos un nuevo asesino en serie y de que lo tienen encerrado porque confesó el primer crimen media hora antes de producirse? ¡Cómo cojones puede ser eso posible, Otero!

—No lo sé. Esto cada vez tiene menos sentido, pero Expósito pondría la mano en el fuego por defender lo que le acabo de decir.

—¿Y pondría su puesto de trabajo, agente? —interrogó Medrano. Había dejado de mirar a Israel y ahora su mirada furiosa se clavaba en David como el aguijón de un escorpión enrabietado.

—Señor, ayer a primera hora de la mañana, como cada día de las últimas semanas, el señor Carvajal entró en comisaría pidiendo hablar con usted. Como cada día, yo me negué a dejarle pasar y le invité a volver a su casa. Me dijo que estaba seguro de que esa mañana usted iba a querer hablar con él porque había asesinado al presidente del Tribunal Supremo. De inmediato comuniqué esta información al inspector jefe. Él me ordenó encerrar a Carvajal en una celda por obstrucción a la justicia dado que, en ese momento, no había ninguna información sobre la muerte de Aginagalde. En menos de una hora recibimos la llamada comunicando dicha muerte. Pero, señor, hay algo más.

—Por Dios, agente, ¡qué más!

—En la casa de Aginagalde encontré, personalmente, el informe de la autopsia de la inspectora jefe Casado y Velázquez nos ha informado de que en el cadáver de Aginagalde no había rastro de medicamento contra su enfermedad, aunque su mujer jura que se la tomaba respetando escrupulosamente los consejos médicos. Venimos ahora de la científica que ha analizado las pastillas que nos ha entregado la mujer y ninguna de ellas contiene el medicamento señalado. Alguien manipuló las pastillas de Aginagalde.

—No me jodas, Expósito. Entonces, ambos están seguros de que las dos muertes no han sido accidentales —caviló Medrano. Intentó relajarse antes de continuar, pero solo lo consiguió a medias—. Y dicen que Carvajal confesó el primero de esos crímenes. ¡Hagan que confiese el segundo y enciérrenlo para siempre! Así daremos por finalizado el caso.

—Señor, es que me temo que las muertes no han terminado...

—¡Tenemos al asesino confeso encerrado! ¿Cómo no van a terminar?

—También estaba encerrado antes de producirse las dos primeras, señor. No va a ser fácil demostrar que ha sido él quien lo hizo —replicó Israel.

—¡Pero si ya ha confesado el primer crimen!

—Señor, pero esa confesión me la hizo a mí al oído. No hay pruebas, ni testigos, y ahora se niega a repetir dicha confesión en un interrogatorio.

—¡Inútiles! Preparen a Carvajal. ¡Yo mismo hablaré con él!

—Muy bien, señor. Así lo haremos —musitó Israel. Una vez más, agachaba la cabeza ante las exigencias del comisario.

Salió del despacho de Medrano antes de que el enfado de su jefe fuera a más y pagó su frustración con el primer agente que se encontró por el camino.

—¡Traiga a Carvajal a la sala de interrogatorios de inmediato! ¡Es una orden! —vociferó ante la sorpresa del agente que llevaba un fajo de informes que estuvieron a punto de caérsele.

—No te preocupes —añadió David—. Ya lo hago yo. Sigue con lo que estuvieras haciendo.

Mientras tanto, Medrano se había quedado sentado en su despacho con la cabeza entre las manos. Dio un golpe en el escritorio volviendo en sí y cogió el teléfono de la mesilla. Marcó un número y esperó a que descolgaran al otro lado.

—Tenemos un problema —musitó—. Sí. Yo también he escuchado la entrevista, pero esa no es la mayor de nuestras preocupaciones. Es mucho más gorda... De acuerdo. Tenemos que ponerle solución de inmediato. En estos momentos no nos interesan los escándalos... Sí, estoy de acuerdo, haré todo lo posible, aunque mis subordinados me van a hacer perder la paciencia. Entiendo que no es el mejor momento y que sin él mi situación cambia, pero le aseguro que sigo siendo la mejor opción para usted. Sí, lo entiendo. Por favor, tenga paciencia. Es posible que tengamos al responsable ya encerrado y que todo esto se solucione pronto. Eso me haría ganar puntos ante la imagen pública y eso puede beneficiarle a usted. Deme unos días, se lo ruego. Sorní se ha llevado mucha mierda con él a la tumba, si consigo que este caso no nos dé mucha guerra, puede resultarnos hasta beneficioso habernos librado de él. Sí, ya sé que era su amigo, también el mío... Sí. De acuerdo. Intentaré que todo se solucione pronto.

15

Ante sus ojos

¡Por fin! Qué largas se me han hecho estas últimas horas en la celda sin nada que hacer, aunque parece que las cosas ahí fuera han empezado a moverse. Todos los agentes que bajan a encerrar a alguien o a llevar a alguno de los detenidos ante el juez vienen murmurando sobre lo mismo. Esto servirá para que el próximo paso se ponga en marcha. Pronto tendremos nuevas noticias.

Están preocupados por una entrevista en televisión. Acosta ha debido de volver a liarla en su programa. Muy habitual en él eso de echar sal en las heridas abiertas. Sabe cómo tocar las narices a los que quieren ocultar sus mierdas. Pronto tendrá contenedores de sal gorda para sazonar la carne de todos esos cerdos. Se lo merece por lo que hizo por mí, aun sin saberlo.

El día ha sido duro, casi veinticuatro horas aquí encerrado sin poder hablar con nadie. Es curioso, durante mi vida, y sobre todo en el último año, han sido muchos los días en los que no he cruzado una sola palabra y no me he sentido incómodo por ello, pero ahora, con todas las ganas que tengo de que se me escuche, se me hace complicado no gritarlo a voces. Aunque todavía no es el momento. Tengo que ser paciente y saber esperar. De mí depende que se haga justicia para todos y que Alejandro Soto salga de la cárcel. No es justo que esté encarcelado por unos delitos que no ha cometido y que, quienes sí lo han hecho, no estén pagando por ello. Pero eso también va a acabar. Ya son dos las víctimas que han recibido justicia y pronto, muy pronto, serán tres.

Cuando David bajó a los calabozos le sorprendió ver a Carvajal sentado en su camastro con una sonrisa dibujada en los labios. Era como si le estuviera esperando.

—Por fin va a tener ese encuentro con el comisario Medrano que tanto me pidió —anunció David al llegar a las celdas.

—¿En serio? —preguntó Carvajal tras carraspear para que le saliera la voz—. Si llego a saber antes cómo conseguir hablar con él, no le hubiera molestado tantos días, agente —mintió.

—No bromee con estas cosas. El comisario está que echa pestes. No creo que vaya a ser una charla entre amigos.

—Nunca lo he pretendido. El comisario nunca será mi amigo, pero estoy deseando tener esa charla con él, mirarle a los ojos. Después de un día y medio aquí encerrado y solo, va a ser de lo más divertido. Además, el corto paseo me va a servir para estirar las piernas. Gracias a las pastillas que me trajo he podido dormir, pero el resto del día aquí encerrado me tiene entumecido.

David acompañó a Enrique hasta la sala de interrogatorios y le pidió que se sentara frente a la mesa para poder atarle a ella las esposas.

—¿Quiere que llamemos a su abogado? Tiene derecho a no declarar si no es en presencia de uno.

—No se preocupe, Expósito. Sabe que tengo todas las ganas del mundo de declarar. No tengo ninguna intención de marcharme a ningún lado. Llevo semanas esperando este momento. ¿De verdad considera necesario mantenerme atado a la mesa? Tenga consideración con este pobre hombre y déjeme esperar, al menos, dando un paseo por la habitación. No hace falta ni que me suelte las esposas.

—Muy bien. Como quiera, pero en cuanto llegue Medrano tendré que volver a atarle.

—Lo entiendo. Gracias.

David cerró la puerta y Enrique se quedó dando vueltas por la habitación. No era más del doble de grande que su celda, pero después de casi cuarenta y ocho horas encerrado era como si le hubieran dejado salir al campo a respirar aire libre. El pobre mobiliario de la estancia aumentaba esa sensación de espacio. Una única mesa y cuatro sillas en medio de la habitación enfrente de un cristal tintado.

Medrano abrió la puerta como un vaquero entrando en la cantina en el lejano oeste pasados quince minutos. Haciendo notar su presencia para que todos supieran que había llegado el *sheriff* del condado. Tras él entró el inspector jefe Otero. Enrique torció el gesto.

—¡Que alguien ate a este hombre a la mesa! —vociferó Medrano sin atreverse a dar un paso más dentro de la habitación al verle paseando.

En ese momento entró David. Enrique relajó el gesto al verle. El agente se acercó a su lado y le ató las esposas a la mesa.

—¿Usted no se queda?

—Yo soy solo un simple agente y usted se ha metido en un buen lío... —murmuró David.

—Creo que debería escuchar el interrogatorio. Aunque sea al otro lado de esa ventana —replicó en un susurro Enrique, antes de guiñarle un ojo.

—Muy bien. Dejémonos de tonterías. ¿Le han informado de sus derechos? —preguntó Israel en cuanto David abandonó la habitación.

—Así es, y hago constar que renuncio a mi derecho de que haya un abogado durante el interrogatorio.

—Perfecto. Me encanta la gente que renuncia a derechos y nos lo pone fácil. ¿Mató usted a Aginagalde? —interrogó Medrano. Enrique recorrió todas las paredes de la estancia con la mirada. Después miró al techo y se quedó un rato observándolo—. ¿Se puede saber qué coño está mirando? —increpó Medrano, en quien la paciencia no era una de sus virtudes.

—Es que me ha surgido una duda así de pronto, comisario —dijo Carvajal al empezar a hablar—. Juraría que me han traído a una sala de interrogatorios. Por la mesa, el cristal tintado y las esposas estaba seguro de que así era, pero, por su pregunta, he empezado a buscar crucifijos o reclinatorios. ¿En qué momento esto se ha convertido en un confesionario?

—¡No estoy para bromas! —bramó Medrano al que se le empezaba a marcar una vena en su orondo cuello—. ¿Mató usted a Aginagalde?, ¿sí o no?

—Ni yo estoy para preguntas estúpidas. Haga su trabajo, encuentre pruebas. ¿Tan tonto me considera como para confesar un delito sin más?

—Lo que pienso de usted es que está completamente loco.

—Yo también tengo muy claro lo que pienso de usted. No hay más que verle en televisión para hacerse una idea. Eso y rascar un poco en ese traje impoluto que lleva como disfraz. Yo no sé si estoy loco, de lo que sí estoy seguro es de que tienen encerrado al hombre equivocado.

—¿Quiere usted decir que es inocente? —inquirió Medrano antes de tomar asiento frente al interrogado. Quería mirarlo fijamente a los ojos.

—No hablo de mí. Hablo de Alejandro Soto. Él no es *Killer Cards*.

—¡Usted y esa manía conspiranoica! Todo el departamento de policía se dedicó en cuerpo y alma a ese caso con la colaboración de la Guardia Civil. Lo resolvimos en un tiempo récord y todas las pruebas indicaron a Alejandro Soto como responsable de los asesinatos. Y todas fueron confirmadas por nuestra inspectora jefe en el juicio.

—Y días más tarde la inspectora falleció en un trágico accidente...

—¡Exacto! —repuso Medrano y atizó un golpe a la mesa con su puño para enfatizar sus palabras y soltar parte de su rabia. El golpe hizo que las esposas de Enrique le golpearan las muñecas.

—Qué casualidad. ¿No cree?

—Por supuesto que lo creo. Fue un trágico accidente fruto de las malas costumbres de la inspectora a la hora de conducir. Yo no creo que todo lo que ocurra en el mundo sea una conspiración.

—No. Usted es más de aquellas teorías, o mentiras, que le solucionan problemas. No era la primera vez, ¿verdad? —inquirió Enrique y dejó unos segundos de tenso silencio antes de continuar—. Sería muy difícil de explicar la muerte de una inspectora jefe si se supiera que no fue un accidente, y el caso quedaría en entredicho. Porque, ¿quién iba a querer matarla si el asesino estaba en la cárcel?

David observaba al otro lado del espejo. Carvajal se mostraba confiado, sereno. Como si estuviera disputando un partido de tenis y él fuera Rafa

Nadal y el comisario un mero aficionado. Estaba seguro de llevar ventaja y de ir a ganar el duelo.

—¡Déjese de tonterías! Otero me asegura que usted confesó el primero de los crímenes. Díganos cómo hizo para cometerlo estando ya encerrado.

—Para entender ciertas cosas deberían ser ustedes abiertos de miras, pero es entonces cuando se empeñan en comportarse como asnos detrás de una zanahoria. Sin ser capaces de ver más allá.

—¿Qué está insinuando? ¿Está llamando burros a mi departamento? —La vena del comisario amenazaba con estallar.

—Rebuznó el burro mayor del reino —musitó Enrique entre dientes y en medio de una sonrisa—. Tienen un informe del accidente de Casado que deberían revisar cuanto antes en lugar de estar perdiendo el tiempo aquí —respondió, pero en lugar de mirar hacia el comisario miró hacia el cristal tintado donde esperaba que David estuviera escuchando el interrogatorio.

—Si usted tiene algo que ver con las muertes de Aginagalde y Sorní, se lo voy a hacer pagar caro —amenazó Medrano y golpeó de nuevo sobre la mesa con tanta fuerza que tuvo que agitar después la mano.

—¿Sorní ha muerto? ¿Santiago Sorní? —preguntó, sin inmutarse, Enrique pese a el dolor que el golpe volvió a ocasionarle en las muñecas.

—¡Usted ya lo sabe! —vociferó Medrano—. Deje de tratarme como a un estúpido, o lo encerraré hasta que se lo coman las putas ratas.

—Disculpe. Es la costumbre —dijo Enrique con una sonrisa que destilaba ironía—. ¿Cuándo dice que ha muerto Sorní?

—Ayer por la noche —respondió Israel, que se encontraba de pie junto a la puerta, ante el temor de que el comisario sufriera un ataque cardíaco.

—¿Y cómo piensan que he podido enterarme de ello? —replicó Enrique a la vez que se encogía de hombros todo lo que sus manos atadas a la mesa le permitían—. Ustedes saben, tan bien como yo, que la prensa, la televisión y la radio no son privilegios que nos sean otorgados en las celdas, mucho menos Internet o un móvil. Bastante que nos dan de comer...

—Creemos que la muerte de Sorní y la de Aginalgalde pueden estar relacionadas. Y, si usted confesó la muerte de Aginagalde, deducimos que estará informado de este segundo fallecimiento —repuso Otero retomando la palabra. El comisario tenía las venas tan hinchadas que el aire no debía de circularle por la garganta.

—Y luego el amante de las teorías conspirativas soy yo. Ya le dije la primera vez que hablamos que yo estoy aquí encerrado desde antes de que ninguna de las dos muertes se produjera. ¿Me explica cómo he podido llevarlas a cabo?

—Sorní murió al explotarle el móvil por una sobrecarga causada por un *email* que contenía un *malware* en su interior. Ese *email* pudo ser programado para su envío hace días.

—¿Y la procedencia de ese correo electrónico les ha llevado hasta mí? —preguntó Enrique sin que en su voz se atisbara ningún signo de preocupación. El rival parecía jugar sin raqueta.

—Estamos investigándolo.

—¿Y cómo supone que llevé a cabo la otra muerte?

—Aún no lo sabemos. Estamos intentando hallar el motivo por el que Aginagalde no mostraba rastros de medicamento en su cuerpo. Creemos que alguien cercano a él pudo cambiarle las pastillas.

—¿Me considera alguien cercano al presidente del Tribunal Supremo? ¿A mí? ¿Me ve capacitado para acercarme tanto a él como para poder cambiarle las pastillas? —Enrique volvía a comportarse como el interrogador y no el interrogado, y eso estaba sacando de quicio al comisario y a Israel.

—¡Usted no le llegaba ni a la altura del barro de sus zapatos a Aginagalde! —exclamó Medrano al recuperar el habla, harto de que fuera Enrique quien estuviera haciendo las preguntas—. ¡Usted es un descerebrado! Un loco que terminará en un manicomio.

—No creo que ese día llegue. El tiempo pasa muy rápido para algunos de nosotros, señor comisario. No nos quedan muchos días a los que enfrentarnos. Y a mí me queda menos de un día aquí dentro. Salvo que vayan a acusarme de algo.

—Tenemos todavía unas horas antes de tener que ponerlo en libertad. Puede que las pruebas que encontremos le hagan pasar un tiempo más con nosotros, hasta que le podamos poner a disposición judicial —repuso Israel.

—Lo dudo, pero no se olviden de investigarlo todo —repitió Enrique y, de nuevo, miró hacia al cristal tintado—. Estoy deseando saber qué es lo que descubren. Como les digo, no me queda mucho tiempo y quiero saber cómo termina todo esto.

El comisario salió de la sala de interrogatorios de la misma manera que había entrado. Dando un golpe a la puerta. Israel salió detrás. Miró a ambos lados en busca de David para que se llevara a Enrique, pero ya no estaba allí.

—Herrera, lleva a Carvajal a su celda —ordenó contrariado al primer agente que se encontró en el camino.

—¿Eso no lo tendría que hacer el agente que lo ha traído? —protestó Herrera.

—Debería... —murmuró Israel—, pero no tengo tiempo para formalidades. Llévalo tú. Es una orden.

David se había marchado a buscar el informe del accidente.

16

Cara de póker

Ya eran varias las veces que Enrique había mencionado aquel informe y Velázquez también había recomendado que le echaran un vistazo. El caso ya había saltado a los medios de forma irreversible y ya no importaba que saltaran las alarmas en comisaría si alguien revisaba cualquier dato del anterior caso. David no estaba seguro de lo que esperaba encontrar. Varios oficiales habían estado presentes en el levantamiento del cadáver de la inspectora cuando habían encontrado el coche accidentado. Ellos habían sido los encargados de redactar el informe y, si no habían visto nada que les llamara especialmente la atención, no sabía qué era lo que podía encontrar y que con tanto énfasis se empeñaba en mencionar Enrique en sus interrogatorios.

Cuando buscó el archivo en la base de datos, a primera vista, sus premisas se confirmaron. No había nada raro. Ángela Casado se había salido de la carretera por un descuido y se había precipitado por un puente hasta chocar con violencia con la carretera que pasaba por debajo. Las huellas encontradas en el asfalto así lo indicaban y no había señales de reventón en los neumáticos ni nada dentro del coche que señalase que el accidente se hubiera producido por una avería. Lo único que le llamó la atención era que el informe estuviera firmado por el propio Medrano. ¿Por qué no lo habían firmado alguno de los inspectores u oficiales?

Con la duda y una copia del informe impresa se marchó a casa. Después de que Medrano les despertara la noche anterior, tras asistir al programa de Acosta y presenciar tras el cristal el interrogatorio a Carvajal, se sentía tan cansado que no se veía capaz de pensar con claridad. Lo mejor que podía hacer era irse a descansar. Quizás así podría entender qué era lo que había llamado la atención a Carvajal de aquel informe o cómo esa información había llegado a su poder. En ese momento sonó su teléfono.

—¿Se puede saber dónde coño estás? —preguntó Israel al otro lado de la línea.

—Carvajal no deja de mencionarnos el informe del accidente de Casado y he decidido echarle un vistazo.

—¿Sin mi autorización? —preguntó Israel. En su tono de voz se notaba que estaba estresado y que buscaba con quien pagar su frustración. David no iba a ponérselo tan fácil.

—No necesito la autorización de un superior para repasar el informe de un caso cerrado. Mi puesto de agente me da autoridad suficiente. Además, tengo la intuición de que pronto vamos a tener un nuevo caso sobre la mesa y que este es el mejor camino para evitarlo.

—¿Un nuevo caso? ¿Esperas que haya más muertes? Tú eres quien no deja de insistir en que el culpable es Carvajal. ¿Cuántas muertes crees que puede cometer estando encerrado?

—No lo sé, pero espero poder evitarlo, si tú me ayudas y dejas de protestar. *Killer Cards* cometió cuatro asesinatos y dejó cuatro ases en sus víctimas. Completó su póker de asesinatos, y me temo que, por las cartas encontradas hasta ahora, Carvajal quiere, para demostrar su teoría, completar la única jugada que puede ganar a un póker de ases. Se cree más listo que nosotros. No deja de decirlo en cada interrogatorio. Hoy estaba en su salsa. Se sabía ganador antes de empezar.

—¿Una escalera de color?

—Una escalera real. Ya tenemos el diez y la jota de corazones. Nos faltan tres víctimas, Israel.

—¡Vamos, no me jodas! ¿Y quién crees que va a ser la próxima?

—No tengo ni idea, pero creo que deberíamos hacerle caso y revisar el informe del accidente. Ya me encontré cosas raras en el informe forense. Así que me voy a casa con una copia. Si quieres, podemos revisarlo juntos.

Israel aceptó, aunque no de muy buen grado. Ambos se cruzaron en la entrada del *parking* y ni siquiera hablaron. Había más gente allí. Se limitaron a saludarse y meterse cada uno en su coche. Israel fue el primero en abandonar el aparcamiento, David se quedó unos segundos pensativo antes de arrancar. Estaba harto de disimulos.

Cuando aparcó su coche, vio luz en la cocina de su apartamento. Israel estaría haciendo la cena. Respiró profundo. Tenía que hablar seriamente con él.

—¿Tienes hambre? Ya sabes que se me da fatal calcular cantidades, y creo que me he pasado con la ensalada —exclamó Israel desde la cocina cuando le escuchó abrir la puerta.

—No es lo único que se te da fatal...

—¿Qué quieres decir? —preguntó Israel y asomó la cabeza desde la cocina.

—Que no aguanto más. ¿Cuánto tiempo vamos a estar ocultando nuestra relación?

—¿A qué viene eso ahora, David? —Israel se secó las manos con un trapo y entró en el salón.

—¿Has oído qué bonito suena mi nombre cuando lo pronuncias así? David...

—Ya sé cómo suena tu nombre...

—¿Y no estás harto de llamarme agente Expósito? —preguntó David, quien cansado se dejó caer sobre el sofá como un saco de patatas.

—Son las normas en el trabajo. Sabes que quiero evitar rumores y cotilleos sobre nosotros.

—¡Ya hay rumores y cotilleos! ¿No te has fijado en cómo nos miran cada vez que nos cruzamos por el pasillo? Todo el mundo sabe lo nuestro, como todo el mundo sabe que Herrera y Bolaño se liaron en la fiesta de Navidad del año pasado.

—¿Que el agente Herrera y la inspectora Bolaño se liaron? ¿En serio?

—Vale, rectifico. Todo el mundo lo sabe menos tú, que pareces vivir en otra puta galaxia. ¿Sabes lo que más me duele? —preguntó David desanimado. Su novio parecía no tener arreglo.

—Pues la verdad es que no...

—No es el hecho de que me llames Expósito en el trabajo, sino lo fácil que te resulta hacerlo. La facilidad con la que pasas de tratarme como tu novio a considerarme un subordinado más.

—Sabes que para mí no eres uno más —dijo Israel, se sentó al lado de David y le rodeó con sus brazos antes de darle un beso.

—Y tú sabes que yo necesito que me lo demuestres cada día. Y, si por mi fuera, a cada momento.

—Todo llegará... Ahora necesito un poco más de tiempo. Cuando resolvamos este caso y todos vean que me merezco mi puesto... ¿Te parece?

—Me parece que lo único que quieres es ganar tiempo. No dejas que nuestra relación coja velocidad. Eres como el profesor de autoescuela que va todo el tiempo pisando el freno porque no se fía de sus novatos alumnos —protestó David y apartó, sin mucho convencimiento, las manos de Israel.

—Venga, no seas tonto —replicó Israel—. Sabes que a mí me encanta cuando coges velocidad... —añadió al tiempo que se mordisqueaba el labio.

Israel volvió a besar, más apasionadamente, a su chico. Nada le atraía más que provocarle hasta hacerle olvidar sus preocupaciones. Convertir la energía de su enfado en pasión. Y tampoco se le ocurría mejor manera de aliviar tensiones que teniendo sexo.

Sin dejar de besarle comenzó a desabotonar su camisa. David no parecía mostrarse disgustado con la idea. Correspondía con pasión al beso y se dejaba hacer. Israel se aventuró a soltarle el cinturón y a desabrocharle los pantalones. Empezó a besarle el cuello a la vez que metía la mano dentro de su ropa interior. Estaba claro que a él le estaban gustado sus besos y caricias.

—¡Eso es! —exclamó David.

—Te gusta, ¿verdad?

—No. No es eso. Bueno, sí, me gusta, pero no me refería a eso. ¡Ya sé que era lo que quería Carvajal que viéramos en el informe del accidente! Tenemos que ir al lugar en el que murió Casado.

—Han pasado meses, casi un año. Allí ya no habrá nada que encontrar, David —replicó Israel sin ninguna gana de soltar a su presa y llenando de besos el torso desnudo de su chico.

—Hay algo que me ha llamado la atención y que quiero comprobar.

—¿Y no puede esperar a mañana a primera hora? Ahora es de noche y no vamos a ver nada. Es mucho mejor que vayamos cuando ya sea de día. Ahora tengo un tema mucho más interesante entre manos...

—Está bien... —murmuró David, incapaz de presentar resistencia a las caricias.

17

Cuestión de probabilidades

A primera hora de la mañana David estaba apoyado en su coche. Estaba impaciente. Se sentía culpable por haberse dejado convencer por Israel. Pese a que el sexo esa noche había sido especialmente placentero, ahora, pasado el deseo, solo le quedaban remordimientos. Algo le hacía pensar que la siguiente muerte no iba a tardar en producirse, y había dejado pasar unas horas por no poder resistir las tentaciones de su novio. Entre la muerte de Aginagalde y la de Sorní no habían pasado ni veinticuatro horas. Y tenía la sensación de que la siguiente carta no iba a tardar en aparecer. Enrique, aún no sabía por qué, no parecía disponer de mucho tiempo.

—Muy bien —dijo Israel al llegar a su lado—. ¿Qué es eso que tanto te llamó la atención?

—Fue cuando hablaste de lo mucho que te gusta que me acelere y cuando te hablé de que tú frenabas nuestra relación. Es el frenazo lo que no me cuadra. Sube, vamos a ver qué encontramos.

El camino hasta el lugar del accidente era bastante inaccesible. Tras una hora circulando por la carretera principal, tuvieron que tomar un desvío que les llevó por una carretera mal asfaltada hasta llegar al puente donde se accidentó Casado. David detuvo el coche en el minúsculo arcén de la vía.

—Encontraron el coche ahí abajo —indicó David después de bajar del vehículo—. La inspectora se precipitó por allí, justo en el tramo antes del muro.

—Iría distraída, perdería el control en alguno de los baches de la carretera y no pudo evitar que el coche se precipitara por el puente. Eso, o se quedó dormida como te comentó Velázquez.

—Por eso no me cuadra el frenazo... Si se quedó dormida, ¿cuándo frenó? Y Velázquez dijo que era una posibilidad, pero remota. Era demasiado temprano como para que la inspectora se quedara dormida. Además, un metro más adelante, y hubiera chocado contra el muro; un metro más atrás, y se habría estrellado contra aquel árbol. ¿Mala suerte? ¿Casualidad?

—Puede ser.

—¿A qué velocidad máxima crees que podría ir por aquí alguien como la inspectora? ¿Cuarenta? ¿Cincuenta kilómetros por hora? —preguntó David. No dejaba de pasear y de observar cada tramo de carretera. Aunque habían pasado meses del accidente, esperaba que aquel lugar tuviera algo que contarle. Había intentado lo mismo en el callejón en el que apareció muerto su padre, una vez entró en la policía años más tarde, pero el callejón nunca le desveló sus secretos. Esperaba que en aquel sitio fuera distinto. Había pasado menos tiempo.

—No creo que nadie se atreviera a conducir por aquí a más de eso. Sería un suicidio —repuso Israel, más distraído, mientras echaba una ojeada a la vía que circulaba por debajo del puente—. La carretera de abajo tampoco parece muy transitada.

—La inspectora acababa de tener otro accidente de tráfico en una persecución policial. Se cayó nada menos que al Manzanares. Si no llega a ser por Abengoza, que se tiró al río a rescatarla, hubiera muerto antes de resolver el caso. Alguien que acaba de tener un accidente de ese tipo, por muy temerario que sea, tiene que tener unos días de temor al volante. Según el informe, encontraron unas huellas de frenada justo antes de que el coche se precipitara. Justo aquí —explicó David colocándose en el lugar donde habían aparecido las marcas de neumático—. Lo que a mi entender descarta la teoría de que Casado se quedara dormida. Al menos, despertó antes de precipitarse. Y el frenazo es extraño...

—¿Por? Si se despertó, lo normal es que la inspectora intentara frenar al ver que perdía el control.

David no respondió. Se limitó a pedir a Israel que le esperara y se dirigió al coche. Israel pensó que iba a coger el informe del asiento trasero y se quedó en el puente, pero cuando vio que David se montaba en el vehículo, que cerraba la puerta y que empezaba a dar marcha atrás. reaccionó.

—¿Se puede saber a dónde coño vas? —preguntó. David le hizo un gesto desde el coche en señal de que tuviera paciencia y esperara.

Algo no le cuadraba, y David no sabía cómo explicarlo con palabras, así que había decidido hacerlo con hechos. Retrocedió unos cien metros por la carretera y después aceleró. Cuando llegó al puente había alcanzado los cincuenta kilómetros por hora. Entonces frenó en seco. El coche se detuvo unos diez metros más adelante. David se bajó del coche.

—¿Se puede saber qué demonios haces?

—Mira la frenada. ¿La ves? Ahora mira la de la foto que sacaron nuestros compañeros. ¿Qué te parece?

—Que a la inspectora no le dio tiempo a frenar. Su frenada dejó una huella más corta. Lo que tú dices, se despertaría justo antes de caer por el puente y no le dio tiempo a frenar.

—No. No es eso. A ver si consigo explicarme. Por la fotografía, no podemos saber si la huella de la frenada llegó a terminar justo en el borde de la carretera o si a la inspectora no le dio tiempo a frenar, pero sí sabemos cuándo empezó a hacerlo. Por la foto vemos que la marca tiene unos dos metros en el suelo. Yo, yendo a cincuenta kilómetros por hora, he dejado una huella de casi diez metros. Si la inspectora hubiera ido a esa velocidad y hubiera empezado a frenar donde empezó... el coche no habría caído prácticamente debajo del puente. Se hubiera ido unos cuantos metros más adelante. ¿Entiendes qué quiero decir? —inquirió David. No sabía si se había sabido expresar correctamente.

—No sé. Iría más despacio.

—¿A cuarenta kilómetros hora? Igual. La distancia de frenado sería más de cinco metros. El coche habría salido despedido más adelante.

—¡Joder, David! Pues iría a treinta o a veinte kilómetros por hora. Tú mismo has dicho que la inspectora podría estar conmocionada por su anterior accidente. Igual se había vuelto muy prudente al conducir.

—Prudente, sí. Ir entre veinte o treinta kilómetros hora y salirse de la carretera justo entre un árbol y un muro sin girar el volante... ¿en una conductora de la policía? ¿No lo ves raro? ¿Qué probabilidad calculas que hay de que una inspectora, conduciendo a una velocidad anormalmente lenta para sus costumbres, vaya a caer con su coche por el único espacio, ligeramente superior al tamaño del vehículo, que le haga precipitarse al vacío? ¿Cuántas, Israel?

—¡Joder, David! Pocas, pero alguna habrá. Las leyes de Murphy están para eso. Para que se den casualidades. O se quedó dormida, despertó justo antes de caer y por eso frenó, pero no le dio tiempo a girar lo suficiente para evitar la caída —repuso Israel.

—¡Que no! Que eso tampoco cuadra. Si se despertó para frenar, después debería de haberse protegido en el accidente. Y el informe forense dice que ni se agarró con fuerza al volante ni se protegió la cara. Dejó los brazos inertes. Y frenar y no protegerse son incompatibles. O no frena porque se durmió, o frena y se protege al caer. ¡Lo demás es imposible!

—¿Y qué sugieres que pasó?

—Solo me quedan dos opciones posibles. Suicidio o asesinato. Y la inspectora acababa de obtener la gloria al resolver un caso complicado. No parecía tener motivos para suicidarse, pese a la presión a la que estaba sometida en comisaría. Me queda solo el asesinato.

—Creo que has hablado demasiadas veces con Carvajal. Te está pegando sus teorías. ¿Quién, y por qué narices, iba a querer matar a Casado? —preguntó Israel. Aunque pensaba que David podía tener cierta razón en lo que estaba diciendo, deseaba que todo fuera una casualidad y no tener que ponerse a investigar otra muerte más.

—No lo sé, pero creo que alguien trajo a la inspectora hasta este punto y después precipitó el coche —soltó David sin meditar demasiado.

—¿Quién?

—Siguiendo las teorías de Carvajal... ¿el verdadero *Killer Cards*?

—El verdadero *Killer Cards* es Alejandro Soto y está en la cárcel. ¿No ves que no tendría sentido? Imagina que tú eres el asesino. La policía ha encarcelado a otro sospechoso y te has salido con la tuya. ¿Para qué vas a matar a la inspectora? —Israel estaba perdiendo la paciencia.

—Muy bien. Una pregunta más entonces. ¿Adónde lleva esta carretera? O en otras palabras, ¿de dónde venía la inspectora? Aquí solo hay un par de casas lujosas y una carretera que termina en un camino de cabras. Lo miré en Google Maps antes de venir.

—No tenía ningún interés en la vida privada de la inspectora. Sé que tuvo el accidente en su primer día de vacaciones. Se había cogido unos días libres después de cerrar el caso. Vendría aquí a desconectar del mundo. Yo que sé.

—Son solo dos o tres casas. ¿Por qué no haces una llamada y preguntas a nombre de quién están? Así igual podemos hablar con los dueños y saber si la inspectora alquiló alguna de ellas esos días. Dudo que alguna fuera de su propiedad. Vuestro sueldo de inspectores jefe no da para comprar una casa de estas por muy inaccesible que sea la calzada. Tienen hasta piscina.

—Está bien. Haré la llamada, pero solo para quitarte de la cabeza esas teorías e ir a la comisaría. Puede que Álvaro sepa ya algo de la dirección desde la que se mandó el *email* y tenemos que ir a preguntar a la señora Pons quién pudo cambiarle las pastillas a su marido.

—Te hubiera llamado él de haber descubierto algo.

Israel hizo la llamada. Se puso en contacto con quien pudiera darle la información del registro de la propiedad y preguntó por las casas de la zona. David no tardó en darse cuenta de que algo había llamado su atención. Conocía cada gesto o mueca de su cara y acababa de poner la misma que cuando veía un capítulo de alguna serie sin estar con él en casa.

—¿Está segura, oficial? —insistió Israel—. Muy bien. Muchas gracias. —David lo miraba como quien espera un regalo de cumpleaños al que hay que quitarle el envoltorio—. Santiago Sorní. Una de las casas pertenece a Sorní.

—¿Casualidad también? ¿Qué te parece si vamos a ver si nos abre alguien? Ya que estamos aquí... Después vamos a preguntar por las pastillas.

David e Israel se volvieron a montar en el coche. No había más de medio kilómetro hasta la vivienda, pero ninguno de los dos tenía intención de hacerlo andando. Detuvieron el vehículo en un pequeño camino de piedras justo delante de una pequeña verja que rodeaba el jardín.

Fue Israel el encargado de llamar a la puerta. Cuando ya estaba a punto de insistir, oyó unos pasos acercándose.

—Policía —dijo al sentir como al otro lado les observaban—. ¿Puede abrirnos?

Un joven, de unos treinta años, atlético y asustado, abrió la puerta.

—Buenos días, agentes. ¿Qué ocurre?

—Esta casa es propiedad de Santiago Sorní. ¿Quién es usted?

—Carlos. Mi nombre es Carlos Zamora. El señor Sorní me paga para que le riegue las plantas y le cuide el jardín.

—¿También le paga por cocinar? —interrumpió David.

—¿Por cocinar? Qué va. Yo soy solo jardinero.

—¿Y por qué me llega el olor a comida desde la cocina?

—¡Ah, eso! El señor Sorní me deja usar la cocina para prepararme el desayuno o el almuerzo mientras trabajo. Siempre y cuando vuelva a dejar todo limpio y ordenado. ¿Qué querían?

—¿Sabe que el señor Sorní ha fallecido? —interrogó Israel.

—¿Muerto? ¿Cuándo? ¡No tenía ni idea!

—El lunes por la noche. ¿No ha visto las noticias?

—No. Llevo dos días trabajando y ni tiempo a mirar el móvil he tenido.

Desde el fondo de la casa una voz femenina interrumpió.

—¿Quién era? ¿Vienes ya con el desayuno? —La cara del joven cambió de pronto.

—¡Tranquila! ¡Dame cinco minutos! —replicó Carlos mientras entornaba la puerta a su espalda.

—¿Su compañera de trabajo? —preguntó David con cierta ironía.

—Está bien. Yo les explico. Es verdad que soy el jardinero del señor Sorní. Vengo a la casa una o dos veces al mes. Llevo trabajando para él más de dos años y para evitar tener que estar yendo y viniendo con las llaves me dejó una copia.

—Y usted aprovecha esa confianza para traerse amiguitas a la casa... —añadió Israel mientras negaba con la cabeza.

—Les juro que solo han sido un par de veces. Aquí casi nunca hay nadie, y menos entre semana. El señor Sorní tiene esta casa como inversión, pero no la usa. Dice que no piensa venir hasta que arreglen el acceso. Suele dejársela a amigos para organizar fiestas, aprovechando su intimidad, y siempre que va a prestársela a alguien suele llamarme para que me asegure de que está todo en orden.

—Así que sabe cuándo va a venir alguien y aprovecha las ocasiones en las que la casa está vacía para usarla en su beneficio.

—Si al señor Sorní no le importa que sus amigos organicen fiestas en la casa, imagino que tampoco le molestará mucho que, muy de vez en cuando, yo la use. Siempre la dejo tal y como la encontré. Se lo juro.

—¿Sabe a qué tipo de amigos solía prestarle la casa? —preguntó David, que no dejaba de pensar en el motivo por el que Casado podría haberse acercado a aquel lugar. ¿Quizás un altercado en alguna de las fiestas? Casado era la inspectora jefe de homicidios, pero de la misma manera que a Israel el comisario le usaba, a veces, como el chico de los recados, puede que con la inspectora hiciera lo mismo, pese al fuerte carácter que ella tenía. El comisario parecía conocer bien a Santiago Sorní y puede que hiciera acudir a la inspectora, aunque fuera en sus vacaciones, para mantener la discreción con lo que allí pudiera haber ocurrido. Dudaba que Casado fuera amiga de Sorní como para pedirle prestada la casa.

—Pues no sé. Empresarios como él, políticos, banqueros, deportistas, actores y actrices famosas... Las amistades del señor Sorní siempre han sido de alto nivel.

—¿Y suele prestarla muy a menudo? —Siguió con el interrogatorio David.

—No mucho. Una o dos veces cada par de meses. Como le digo, siempre me avisaba para que viniera el día anterior a dejarlo todo en orden.

—No recordará, por casualidad, a quién prestó su casa Sorní a principios de febrero, ¿verdad?

—¿Hace casi un año? No pretenderá que lo recuerde. Como no sea un poco más específico. ¿Por qué? ¿Es importante para descubrir quién lo ha matado?

—Nosotros en ningún momento hemos dicho que a Sorní lo hayan matado —replicó Israel.

—Joder, pero son agentes de policía. No creo que hubieran venido a preguntar nada si se hubiera muerto él solo, ¿no?

—Intente hacer memoria —retomó David—. Fue una semana fácil de recordar. Fue la semana en la que salió la sentencia del caso *Killer Cards*.

—¡Coño! ¡Sí! ¡Me acuerdo! —exclamó Carlos más orgulloso que si hubiera logrado una medalla en las olimpiadas—. Me acuerdo porque me llamó la atención. El señor Sorní me pidió que viniera a arreglar el jardín y la casa como solía hacer otras veces, pero en esa ocasión me rogó que, además de cortar el césped o arreglar las flores del jardín, colocara flores también en el interior de la casa.

—¿Le dijo por qué?

—Sí. Normalmente no solía darme nombres sobre los amigos a los que invitaba, pero en esta ocasión era una invitada, quería sorprenderla y creo que me lo dijo intentando fanfarronear. Era una actriz muy famosa. Me he acordado ahora que ha dicho lo del caso de *Killer Cards* porque la invitada era la mujer del asesino.

—¿Bárbara Latorre? —exclamaron casi al unísono Israel y David.

—La misma. Me acuerdo porque pensé que la mujer le habría pedido la casa al señor Sorní para alejarse de la ciudad y de todo el ruido mediático de la prensa. Imaginé que querría pasar unos días tranquila sin que la acosaran en su casa a preguntas. Coloqué flores por toda la casa.

No podía ser casualidad, pero ninguno de los dos terminaba de encajar bien las piezas. Era como si para resolver un puzle de treinta piezas les hubieran dado solamente veinticinco y, además, de dos diferentes.

—Puede que la inspectora viniese a ver cómo se encontraba Bárbara después de la sentencia contra su marido. Saber que se ha estado conviviendo tantos años con un asesino debe de resultar traumático para cualquiera. Por muy actriz que se sea —reflexionó Israel cuando ya iban de regreso al coche.

—¿Y cómo sabía la inspectora dónde encontrar a Bárbara?

—Imagino que ella se lo diría.

—¿Y para qué iba a decirle a la inspectora que había encarcelado a su marido dónde iba a estar esos días? Se supone que, si venía aquí, era para alejarse de todo lo relacionado con el caso —replicó David.

—Puede que quisiera que la mantuvieran informada por si había novedades. No se me ocurre otro motivo. ¿Tienes tú algún otro?

—Ninguno con el que no me acuses de fantasioso —repuso David. Al hacerlo se detuvo en mitad del camino, como si la idea que le estaba pasando por la cabeza le pesara tanto que le impidiera moverse.

—A ver, dime esa teoría tuya —pidió resignado Israel.

—Todos sabíamos los gustos de la inspectora, ¿verdad? Y también sabemos que era muy atractiva, pero que no tenía pareja.

—¿A dónde quieres llegar?

—¿Y si durante la investigación del caso la inspectora conoció a Bárbara Latorre y entre ellas surgió algo?

—David eres un romántico empedernido. Tú y tus historias de amor. ¿Cómo va a surgir algo en medio de una investigación por asesinato?

—Tú y yo empezamos a salir en la celebración por la resolución de tu primer caso como inspector jefe.

—Sí, eso sí, pero con el caso ya terminado. Además Latorre estaba casada y, durante la investigación, se supo que mantenía relaciones fuera del matrimonio con el político Pablo García. Vamos, que a Bárbara Latorre le gustan los hombres. No se le conoce ninguna relación, ni siquiera un descuido, con una mujer.

—¿Y si vamos a hablar con ella y se lo preguntamos? Es la única de esta ecuación que sigue con vida. Ni Sorní ni Casado van a poder aclararnos nada. Hablamos con ella y, con la excusa del *email* que recibió Sorní, le podemos preguntar por su estancia en esta casa y el motivo de la visita de la inspectora. Tú me dirás lo que quieras, pero yo es la única manera que encuentro de que me encaje la presencia de Casado.

18

Bárbara Latorre entra en escena

El calor de los focos y el gentío allí reunido hacían que el aire del lugar fuera casi irrespirable. El aire acondicionado estaba estropeado y, pese al ambiente frío del exterior, los estudios de grabación parecían una sauna. Todo el mundo tenía ganas de terminar aquella jornada y de empezar a empaquetar lo necesario para iniciar, la semana siguiente, las grabaciones en exteriores. Aunque grabar en pleno mes de diciembre en los desiertos de Almería iba a ser como pasar del infierno a un congelador.

—Todos atentos, ¿de acuerdo? Esta es la penúltima escena de interior que vamos a grabar. ¡Tiene que salir todo perfecto! No estamos para pasarnos con el gasto en el alquiler de los estudios. ¡Hoy salimos de aquí con todas las escenas grabadas, aunque no podamos irnos ni a comer! ¿Queda claro? —gritó el director. Un sí resonó al unísono de la boca de todos los allí presentes—. Bárbara, cariño, hoy tienes que estar perfecta. Si nos retrasamos más con la grabación, no vamos a llegar a tiempo de entregar la película, y los productores la quieren ya.

—Lo siento, Marcos, pero yo en estas condiciones no puedo estar perfecta nunca. ¡Si me tienen que secar el canalillo cada dos segundos! ¿Cómo quieres que grabe toda la escena sin parecer una sudorosa camarera de cantina?

—Te pondremos un ventilador debajo de la barra. Uno que te de aire por debajo de la cintura, pero más no podemos hacer, ¿de acuerdo?

—De acuerdo, pero entonces no me pidas milagros —replicó Bárbara antes de ir a colocarse en su posición.

Marcos se dejó caer en su silla. Si algo no soportaba de su profesión, era el ego de alguno de los actores y actrices con los que le tocaba trabajar.

Era una de las dificultades con las que tenía que lidiar si quería alcanzar la fama. Los directores de producciones de bajo coste trabajan más a gusto. Hay más arte en todo lo que hacen, los actores se dejan aconsejar y el trabajo del director es más importante, pero lo único que consigues trabajando en ellas es perder el tiempo y comer una sola vez al día con suerte. Las grandes producciones son tediosas y los guiones, la fotografía —más de la mitad del resultado final se consigue con ordenadores y efectos especiales— y la labor del director quedan relegados a un segundo plano, pero es lo que la gente va a ver a los cines y lo que le permite vivir en una casa de dos plantas con jardín.

—¡Todos en posición! Tres, dos, uno… ¡Grabamos!

Cuando la productora le habló de aquel proyecto no podía salir de su asombro. No entendía a dónde iban a llegar por vender unos miles más de entradas. Les dejó hablar por educación, escuchó en silencio todas las sandeces que tenían que decirle antes de declinar la oferta y marcharse de allí. O al menos esa era su intención antes de escuchar la cantidad que estaban dispuestos a pagarle por hacer aquella película.

Deseaban recuperar los wésterns antiguos, pero, en un ataque de originalidad, querían que la protagonista fuera una mujer. La dueña de una cantina que, además de servir *whisky* a sus clientes, también fuera en sus ratos libres atracadora de bancos. La protagonista viviría una historia de amor con el *sheriff* del condado del que tenía que huir tras cada atraco, pero del que no podía escapar por las noches. Un *romantic western* se habían atrevido a llamarlo.

Por si fuera poco, la productora había elegido protagonista a Bárbara Latorre, la actriz con el ego más difícil de soportar del panorama español.

—¡No! ¡Corten! Pero ¿es que nadie ve que el aire del ventilador está moviendo el pelo de la actriz? ¡Que esto no es un anuncio de Pantene, coño! ¡Desde el principio! Y tú, Bárbara, cariño, alegra un poco esa cara, que se supone que estás hablando con el amor de tu vida, no con el carnicero del barrio.

—Señor, dos personas quieren hablar con la señora Latorre. Dicen que es importante —anunció uno de los ayudantes de dirección.

—¡Que se esperen! Más importante es que yo termine esta mierda de película. Salvo que sean el presidente del gobierno y el Papa de Roma, se van a tener que aguantar.

—Son el inspector jefe de homicidios y uno de sus agentes, señor.

—Aquí no se ha muerto nadie todavía. Y, si no me dejan grabar esta puta escena, el único homicidio que van a tener que investigar es el mío, porque los productores van a pedir mi cabeza.

—No se preocupe —dijo David al llegar su lado—. Puede grabar la escena con tranquilidad. Hablaremos con Bárbara después. Eso, si no le importa que nos quedemos aquí. —Aquel mundo de focos y rodajes le entusiasmaba. Era su sueño adolescente y no perdían más que un poco de tiempo. Israel, que conocía sus gustos, tampoco puso objeciones. La actriz no se iba a marchar a ninguna parte.

—Por supuesto que no. Mientras tengan la boca cerrada y no aplaudan al acabar la escena, por mí como si se quedan aquí dentro a vivir. Esto es un puto horno —exclamó Marcos mientras se secaba el sudor con el dorso de la mano—. ¡Se acabó el descanso! ¡Desde el principio!

Tuvieron que intentarlo tres veces más antes de conseguir acabar la escena, pero al final Marcos se dio por satisfecho y no tuvo ningún problema en que Israel y David fueran a hablar con Bárbara.

Ella estaba rodeada de maquilladoras y ayudantes y no hacía otra cosa que protestar.

—Mira que se lo tengo dicho, que en estas condiciones no se puede grabar, pero no me hace ningún caso. ¿Nadie va a arreglar el aire acondicionado? ¿Están por ahí mis pantalones? ¡No penséis que voy a grabar la siguiente escena con este vestido! Venga, rapidito que no tenemos todo el día. Mi vuelo para Almería sale en menos de seis horas y no pienso perderlo por trabajar con una banda de holgazanes. ¡Mis pantalones! —vociferaba cuando Israel y David llegaron a su lado.

—Señora Latorre. Buenos días. Soy el inspector jefe de homicidios. Hablé con usted ayer por el *email* que había recibido Santiago Sorní antes de morir.

—Y yo ya le dije que yo no he mandado ningún *email* y que me llamara

Bárbara. ¿Ha visto el ritmo de trabajo que llevamos? ¿Cree que tengo tiempo de enviar *emails*? —preguntó Latorre y sonrió con un gesto antinatural.

—Ya hemos comprobado que no salió de su cuenta. No se preocupe.

—¿Y a qué debo entonces su visita, inspector? ¡Mis pantalones! ¡¿Voy a tener que ir yo a buscarlos?!

—Querría hacerle un par de preguntas sobre otro tema, si no le molesta.

—Si a usted no le importa que le responda mientras me cambio de ropa y me maquillan, puede preguntarme lo que quiera, pero solo tenemos cinco minutos antes de que Marcos se ponga a gritar.

—Seré rápido. ¿Hace cuánto que regresó usted de Miami? —inquirió Israel.

—Menos de tres semanas. El tiempo que llevo metida en este estudio. Se acabó la serie que estuve grabando durante casi un año en América y decidí regresar cuando me ofrecieron este proyecto.

—¿De qué conocía usted al señor Sorní? ¿Eran amigos?

—No especialmente. Uno de los muchos ricos lameculos que intentan seducirme con su dinero. Siempre que coincidíamos en alguna cena o presentación de alguna de mis películas intentaba acercarse a mí.

—¿Y lo consiguió? —interrogó David a modo de presentación.

—¿Y usted es? —preguntó Bárbara. La pregunta parecía haberla molestado porque le lanzó una mirada tan gélida que David sintió el frío paralizando su cara.

—El agente Expósito. Ya imagino que el dinero no es una cualidad que a usted pueda llegar a impresionarla —continuó, quería explicar su pregunta—, pero tenemos información que dice que el señor Sorní y usted eran algo más que simples conocidos. Según dice, él quería seducirla, y creo que se dejaba querer... Al fin y al cabo solía invitarle a sus estrenos.

—¡¿Qué está insinuando?! ¿Que me acostaba con ese viejo? Invito a mucha gente a mis películas, y más si son influyentes y poderosos como Santiago Sorní, con capacidad de invertir en el cine, pero espero que no esté queriendo decir que entre él y yo pudiera haber algo. —Latorre parecía, de verdad, ofendida.

—No me malinterprete, yo no he insinuado eso. Lo que quiero decir es que no rechazaba de plano al señor Sorní, le dejaba hacerse ilusiones. Aceptaba alguno de sus regalos, coqueteaba con él, le pedía favores...

—No voy a negar que acepté alguno de sus regalos, pero como hago con muchos otros admiradores. En ningún momento le di falsas ilusiones y nunca le pedí ningún favor. Y mucho menos coqueteé con él. Por favor...

—¿Nunca? —preguntó David—. No es esa la información que tenemos.

—Revisen su información. Nunca coqueteé ni le pedí nada a Sorní.

—¿Ni siquiera cuando acusaron a su marido de ser *Killer Cards*? —Fue el turno de Israel. Latorre, además de ofendida, parecía nerviosa.

—Por favor, no me hablen de él. Pensar que compartí años de mi vida con un asesino me revuelve el estómago. ¿Y si hubiera pensado en librarse de mí? ¡Oh, Dios! Solo de pensarlo me mareo... ¡Nadie va a arreglar este calor!

—¿No le pidió usted que le dejara su casa en las afueras para pasar unos días desapercibida después de la sentencia a su marido? —insistió Israel.

—Esos días la prensa no me dejaba en paz. Fue tan grande el acoso de los medios de comunicación queriendo conocer más detalles del que era mi marido que tuve que marcharme fuera. Pero ¿a la casa de Sorní? ¡Ni siquiera sabía que tenía una casa en las afueras! Pasados unos días, y viendo que no aguantaba el acoso de la prensa, me marché al extranjero. A Miami. Pueden comprobarlo si quieren. Vuelo directo Madrid-Miami. La idea era marcharme un corto espacio de tiempo, hasta que se calmaran los rumores sobre mi marido, y después regresar, pero me surgió una oportunidad de trabajo y he permanecido allí casi un año.

—¿Conocía usted a nuestra compañera, la inspectora jefe Casado? —interrogó David. La idea de que entre ellas dos pudiera haber surgido algo no se le quitaba de la cabeza, como el estribillo de una canción pegadiza de la que no te puedes librar.

—Claro que la conocía. Vino un par de veces a mi casa y en otra ocasión estuvimos hablando en una situación similar a esta, mientras me cambiaba de ropa en mi camerino. Una mujer interesante. Una lástima su pérdida. ¿Fue usted quien ascendió a su puesto? —dijo Bárbara. Había cierta malicia en sus ojos cuando miró a Israel mientras hacía la pregunta.

—¿No coincidieron nunca fuera del trabajo? ¿No volvieron a verse después de la sentencia del caso? ¿Ella no intentó nada con usted?

—¿La inspectora? ¿Conmigo? ¿En serio? No me digan que era de esas... ¡Qué fuerte! No lo hubiera sospechado nunca. Se la veía tan femenina... Al que no me hubiera importado volver a ver era a su compañero. Al sargento de la Guardia Civil... ¿Cómo se apellidaba? Tenía un apellido muy particular.

—Abengoza. Sargento primero Gabriel Abengoza.

—¡Eso! Muy guapo. Una pena que falleciera durante el caso. Mi marido era muy celoso. No era la primera vez que se ponía violento si me veía coquetear, aunque fuera inocentemente, con alguien. Estoy segura de que lo eligió como víctima por eso. Igual que al pobre Pablo... Pero, respondiendo a su pregunta, desde que terminó el caso hasta su muerte no volví a ver nunca a la inspectora. Sí que recuerdo que me enteré de su fallecimiento al llegar a Miami, gracias a Internet.

—Agentes... tenemos que seguir con la grabación. El director empieza a impacientarse. Nos queda por grabar una última escena en la cantina y los vuelos a Almería no esperan. Pueden continuar la conversación cuando terminemos, si no les importa —intervino un ayudante de dirección mientras les invitaba a colocarse tras las cámaras.

—¿Qué van a grabar ahora? —preguntó David con cierto entusiasmo. Si le dejaran hacer de figurante en alguna de las escenas, sería el día más feliz de su vida, pese a su miedo escénico.

—Ellen, el papel que hace la señora Latorre, va a celebrar con su banda el éxito de uno de los atracos. En ese momento entrará el *sheriff* y descubrirá toda la verdad. Que la mujer por la que se siente atraído es, en realidad, el forajido al que lleva meses intentando dar caza —comentó el ayudante mientras los acompañaba detrás de las cámaras.

Un grupo de personas entró por la puerta de la cantina cuando el director gritó acción. Venían riendo y se empujaban unos a otros. Por delante de todos, uno de ellos se quitó el pañuelo que le tapaba la cara y el sombrero vaquero. Era Bárbara interpretando a Ellen.

—¡Ya son nuestros, chicos! El octavo atraco a un banco. ¡Nadie puede detener a la banda de Oakley! Dejad el botín. Yo voy a por unas copas de *whisky* para celebrarlo.

El resto de los hombres dejaron unos sacos sobre el mostrador. Los abrieron y fueron poniendo sobre la barra fajos de billetes y lingotes de oro. Esperaron en la barra a que Bárbara sirviera los *whiskies* y vaciaron sus vasos de un trago al grito de ¡Oakley!

Bárbara volvió a llenar las copas y varios de los hombres se fueron a sentar a una de las mesas para iniciar una partida de cartas mientras que Bárbara iniciaba un discurso tras la barra.

—¡Bebed toda la noche! ¡Esto hay que celebrarlo! Pero no olvidéis mantener vuestras lenguas enfundadas. Que el alcohol no os haga disparar vuestras palabras. ¡Nuestro próximo atraco nos convertirá en leyendas!

Todos volvieron a brindar entre gritos y volvieron a vaciar sus vasos.

—¿Ellen? Aún es temprano para abrir la cantina… ¿Estás ahí? —Se escuchó la voz de un hombre proveniente de fuera del plató.

Pese a que intentó ocultar el botín bajo la barra, el *sheriff* entró en la cantina antes de poder esconder todos los lingotes de oro. Se les había olvidado cerrar la puerta.

—¿Ellen? ¿Qué demonios es todo esto?

Sus compañeros de fechorías sacaron sus armas. El *sheriff* les apuntó con sus dos pistolas.

—Bill, lo siento. No era así como debías enterarte.

—No. No puedes ser tú. ¡Tú no puedes ser Oakley!

—Lo soy y te presento a mi banda. Chicos, saludad al *sheriff.*

Tras unos minutos de tensión en los que Bill explicaba a Ellen sus sentimientos y sus principios éticos para no permitir que se saliera con la suya, ella le pidió que bajara las armas.

—Estás en minoría, Bill. Somos más y mucho más rápidos. Apenas podrás disparar a uno o dos de nosotros antes de que te acribillemos a balazos. —Las palabras de Bárbara iban perdiendo fuerza mientras las pronunciaba—. Deberías ser sensato y unirte a mí...

Bárbara se apoyó en la barra y después cayó al suelo.

—¡Corten! ¡¿Qué le pasa ahora?!

—Es este calor, señor, creo que se ha desmayado —advirtió uno de los ayudantes, que ya corría hacia ella.

El resto de compañeros se había quedado mirando sin saber qué ocurría ni qué hacer. Todos estaban un poco hartos de las rarezas de la excéntrica actriz.

Cuando el ayudante llegó a la altura de Bárbara gritó:

—¡Señor! ¡No respira! ¡Creo que está muerta!

Mientras los servicios médicos intentaban reanimar, sin éxito, a Bárbara, David echó una ojeada al plató. La barra, las lámparas, las mesas de madera típicas de aquellas épocas. Se fijó en la mesa donde habían estado jugando a las cartas los compañeros de reparto. Al hacerlo, empezó a dar codazos a Israel.

—¿Qué ocurre?

—Mira las cartas con las que estaban jugando al póker mientras se grababa la escena.

Israel miró con desgana. Más por complacer a David que por interés. Estaban intentando reanimar a la actriz más popular del momento, que se había desvanecido delante de ellos. No entendía qué importancia podían tener las cartas con las que habían estado jugando durante la grabación.

Echó un vistazo rápido y regresó la vista hacia donde estaban atendiendo a la actriz. Después, cuando su cerebro procesó la información que sus ojos habían captado, volvió a mirar a las cartas para asegurarse de haber visto bien.

—¡Inspector jefe de homicidios! ¡De aquí no se mueve nadie! —gritó al cerciorarse de que todas las cartas que estaban sobre la mesa eran la misma: la reina de corazones.

19

Reina de corazones

Mientras sus invitados no dejaban de discutir, cada vez elevando más el tono de voz, Carmen, la presentadora del programa con más audiencia de las mañanas, se esforzaba por intentar hacer de mediadora y encauzar el programa hacia los temas que estaban tratando de debatir. No era sencillo, y menos con la voz del director del programa taladrándole los oídos por el pinganillo.

—Si hablamos todos a la vez, la audiencia no va a entender nada. Por favor, respetemos el turno de palabra —repitió por quinta vez en lo que iba de emisión.

Esa mañana, con las recientes polémicas sentencias judiciales y la muerte del presidente del Tribunal Supremo como tema de conversación, los ánimos estaban caldeados. El Tribunal Supremo había dado mucho que hablar con sus sentencias en casos de violencia de género y Aginagalde había sido el más polémico con sus declaraciones. A Carmen esos debates vacíos la sacaban de quicio, pero era lo que la cadena quería emitir y lo que mejores audiencias daba. Cuanto mayor era la bronca entre los invitados, más gente se sentaba delante del televisor a verlos, aunque no sacaran nada en claro del debate. Carmen solo un dolor de cabeza y una saneada cuenta corriente. La voz del director volvió a resonar en su oído.

—Carmen, haz que se callen. Tienes que dar paso a una noticia de última hora. Tu compañero Víctor Acosta va a entrar en plató. Es urgente.

Si algo no soportaba, era que interrumpieran su programa. Ella era la reina de las mañanas. Si alguien tenía que dar una noticia, era ella. No comprendía qué diablos hacía el pedante de Acosta solicitando entrar en su plató. Con la rabia por dentro, pero con una medio sonrisa en su cara y la mayor de las profesionalidades, obedeció al director.

—Un segundo, por favor. Silencio. Sé que el tema que estamos tratando es complicado y polémico y que todos queréis ofrecer vuestro punto de vista, pero la actualidad es lo prioritario en este programa y tenemos una noticia importante. Tenemos con nosotros, en nuestro plató, a Víctor Acosta, que viene a darnos una información de última hora. ¿Qué es lo que ha ocurrido, Víctor?

En ese momento, Acosta entró por uno de los laterales del plató. El público arreció en aplausos, lo que hizo que Carmen torciera el gesto. Acosta saludó y se colocó frente a la cámara principal, de pie, en medio del plató, dejándola en un segundo plano. Carmen movió ligeramente su silla para seguir saliendo en pantalla.

—Tenemos una noticia impactante. Tanto, que esta noche vamos a hacer un programa especial de *A toda costa* que se emitirá, en riguroso directo, en *prime time*. Desde las diez y media hasta que el cuerpo aguante, porque estamos seguros de que la noticia va a dar mucho que hablar. La analizaremos con especialistas, tertulianos, y pondremos muchas preguntas encima de la mesa porque, esta mañana... —Guardó un segundo de silencio— durante el rodaje de su última película... —Otro segundo— ha fallecido la actriz Bárbara Latorre —concluyó subiendo el tono de su voz.

La exclamación de asombro entre el público presente ya le reveló que su programa de la noche iba a ser todo un éxito, pero guardaba un aliciente más.

—No tenemos mucha información a esta hora. La policía está en el lugar de los hechos, lo que nos hace pensar que no se ha tratado de un accidente, aunque los médicos siguen investigando las posibles causas de tan repentino fallecimiento. Pero, antes de marcharme, Carmen, si me permites —dijo Acosta sin apenas mirar a su compañera. Se lo permitiera o no, él iba a continuar—, quisiera lanzar alguna de esas preguntas que vamos a intentar dar respuesta esta noche a tus televidentes... En los últimos tres días han fallecido, en extrañas circunstancias, tres personalidades de nuestra sociedad. El presidente del Tribunal Supremo, Juan Ramón Aginagalde, polémico juez, falleció el pasado lunes por la mañana en el despacho de su casa; el empresario más conocido, envidiado y odiado de nuestro país, Santiago Sorní, lo hizo ese mismo día por la noche en la parte trasera de su coche; y la actriz que más portadas de la prensa del corazón ha llenado en los últimos meses, Bárbara Latorre, acaba de fallecer de forma repentina, esta mañana. Y ahora, pregúntense ustedes conmigo: ¿no les resulta familiar? ¿No les recuerda a unos acontecimientos que convulsionaron a la ciudad, incluso al país entero, hace apenas unos meses? Que el nombre de Bárbara Latorre esté entre los fallecidos, ¿no les evoca a un caso anterior? ¿Que a una de las víctimas se le enviara un *email* con una carta de la baraja de póker no les dice nada? Todas estas preguntas y muchas más esta noche en *A toda costa*. Muchas gracias. Ahora, Carmen, puedes continuar con tu programa.

Velázquez había llegado al plató para certificar la muerte de Bárbara y levantar el cadáver. Israel y David esperaban a que les informara sobre la posible causa de la muerte para iniciar un interrogatorio a todos los allí presentes.

—¿Y bien? ¿Sabemos a qué se debe su muerte? —interrogó Israel cuando Velázquez se acercó a su lado.

—No puedo especificar mucho antes de realizar la autopsia, pero, por el enrojecimiento de la piel de la víctima, la hinchazón en rostro y labios y por lo que me han contado que ocurrió antes de caer al suelo, yo diría que ha sufrido un choque anafiláctico. ¿Saben si la víctima era alérgica a algo?

—Ni idea, pero le preguntaremos a sus compañeros. Igual alguno sabe algo. Llámeme en cuanto tenga el resultado de la autopsia.

Con el primero que fueron a hablar fue con el director. Marcos estaba sentado en su silla, parecía no haberse movido de allí. Estaba sollozando y no levantaba la mirada del suelo.

—Quisiéramos hacerle algunas preguntas —comenzó Israel, como pidiendo permiso ante la imagen de un hombre desolado.

—Hagan lo que tengan que hacer.

—¿Sabe si la señora Latorre tenía alguna alergia?

—¿A la modestia? ¿A la generosidad? ¿Al compañerismo? Creo que son las únicas alergias que le conozco. Por lo demás, podría ser alérgica a cualquier cosa, no he tenido trato personal con ella, solo profesional.

—Veo que su estrella no le caía muy bien —replicó Israel.

—Ni a mí ni a ninguno con los que trabajaba. La fama hizo de ella una mujer arrogante, engreída, insoportable. O quizás ya era así y la fama solo consiguió que saliera a la luz. Prefería trabajar con animales antes que con ella, hágase una idea. Lo que no entiendo es cómo alguien que se quería tanto ha podido morir. Pensaba que su ego la mantendría viva, aunque por dentro estuviera podrida. Ya saben el refrán de que mala hierba nunca muere.

—La señora Latorre no ha muerto. Creemos que la han asesinado.

—¿Cómo dice? ¿Asesinada? ¡Pero si la hemos visto desplomarse delante de nuestras narices!

—Creemos que ha fallecido por una reacción alérgica. En cuanto sepamos qué es lo que le ha producido esa reacción, sabremos en qué momento ocurrió y el causante de tan trágico desenlace.

—Muy bien. Descúbranlo, pero ya les puedo asegurar que no lo ha provocado, intencionadamente, ninguno de los aquí presentes.

—¿Por qué está tan seguro? Por lo que le he escuchado decir, trabajar con ella no era fácil. Con seguridad, tendría más enemigos que amigos en el plató. Mucha gente dispuesta a hacerle pagar sus desplantes.

—Le aseguro que amigos no tenía ninguno. Enemigos unos cuantos, pero enemigos idiotas le puedo asegurar que cero. ¿Quién iba a ser tan imbécil como para boicotear el proyecto que le da de comer? Puede que ninguno soportáramos a Bárbara después de dos semanas y media de trabajo, pero sin ella no hay película, sin película no hay trabajo, y sin trabajo ninguno va a poder llegar a fin de mes. No digo que no haya gente con ganas de matarla, aunque dudo que haya alguno con el valor suficiente para hacerlo, pero, en todo caso, lo hubieran hecho el último día de grabación o cuando Bárbara ya hubiera terminado de grabar sus escenas.

Ahora mismo, sin grabar las escenas de exteriores, nos quedamos sin película, y ninguno de ellos va a cobrar nada por el trabajo que llevamos. Nada. En cuanto los productores se enteren, se acabó.

—Aun así, de todos los que trabajaban con ella, ¿quién cree que podría tener más motivos para asesinarla? —preguntó Israel.

—Bill... digo Mario, el que hace de *sheriff* en la película. No la soportaba. Alguna de las escenas las hemos tenido que grabar por separado. Solo los juntamos en plató cuando es irremediable. En la escena de hoy estaban grabando juntos porque al final de la misma tenían que besarse.

—¿Dónde podemos encontrarle?

—Estará en su camerino. Es el tercero empezando por el fondo de aquel pasillo. Ahora, si me disculpan, tengo que hacer una llamada a los productores, y para eso me tengo que ir a mi oficina. Tengo tantas llamadas suyas en el móvil que me lo han dejado sin batería.

David iba en silencio al lado de Israel mientras caminaban hacia el camerino de Mario. No podía evitar pensar que estaban perdiendo el tiempo.

—¿Qué te ocurre? —preguntó Israel cuando ya estaban a solas en el pasillo.

—¿Por qué estamos interrogando a posibles sospechosos en el plató? —preguntó David tras unos segundos de pensativo silencio.

—¿Porque es lo que se hace cuando ocurre un asesinato? —replicó Israel sin llegar a entender. David había detenido su andar.

—Vale, piensas que ha sido un asesinato. En eso estamos de acuerdo...

—Tú mismo me has enseñado las cartas con la figura de la dama de corazones sobre la mesa, David. Eso relaciona la muerte de Bárbara Latorre con las muertes de Aginagalde y de Sorní.

—Exacto.

—No sé a dónde quieres llegar.

—Si estamos de acuerdo en que ninguna de las tres muertes ha sido un accidente, ni el infarto, ni la explosión del móvil, ni la reacción alérgica... Si estamos de acuerdo en que las tres muertes están relacionadas... ¿Por qué no estamos de acuerdo en que con quien deberíamos estar hablando es con Carvajal, que me confesó el primero de los tres asesinatos, en lugar de estar interrogando al compañero de reparto? Ya te lo ha dicho el director: nadie de los aquí presentes sería tan estúpido como para matarla sin acabar la película. Así que ha tenido que ser alguien de fuera.

—¡Joder, David! Es imposible que Carvajal tenga algo que ver con la muerte de Latorre. ¡Lleva más de cuarenta y ocho horas en nuestro calabozo! Es más, mañana a primera hora vamos a tener que soltarlo porque ya se cumplen las setenta y dos horas que nos permite la ley mantenerlo retenido sin presentar pruebas. ¿Me explicas cómo ha podido ser Carvajal el responsable del choque anafiláctico?

—No lo sé —repuso David tras quedarse unos segundos en silencio. No se le ocurría ninguna respuesta lógica.

—Entonces vamos a hablar con Mario. No perdemos nada por hacer unas cuantas preguntas.

—Más tiempo... —murmuró David—. Y aún quedan dos muertes.

—No te ha importado perderlo para ver cómo se grababa la película —protestó Israel.

David aguantó el golpe bajo. No le quedó otro remedio.

Cuando llamaron a la puerta del camerino, una voz quebrada les respondió al otro lado.

—¿Quién es?

—Somos de la policía. Nos gustaría hacerle un par de preguntas.

—Pasen.

Mario, al que ya habían visto en el plató caracterizado de *sheriff*, ahora estaba tumbado en un diván, vestido con su ropa de calle. Ni siquiera bajó la mirada cuando ambos entraron en el camerino. Siguió con ella ausente, fija en las manchas azuladas del techo.

—Se le ve afectado —dijo Israel para iniciar la conversación.

—¿Cómo no iba a estarlo? ¿Qué se supone que va a pasar ahora con la película?

—¿Es la película lo único que le preocupa? ¿No siente ninguna pena por el fallecimiento de una compañera?

—No tengo por qué disimular. Mi enemistad con Bárbara es conocida por todos. No voy a decir que me alegra su muerte, no se la deseo ni a mi peor enemigo, pero tampoco voy a fingir sentirme apenado por su pérdida. Aunque a veces es gratificante comprobar que el refranero español no es tan sabio como algunos piensan. —Mario hablaba como si estuviera tumbado en la consulta de un psiquiatra.

—¿A qué se refiere?

—Mala hierba nunca muere... Siempre se van los mejores... Es agradable comprobar que a veces la vida es más justa que todo eso. A veces, algunas malas personas reciben lo que se merecen.

—¿Piensa usted que Latorre merecía que la asesinaran?

—¿Cómo dice? —replicó Mario al tiempo que se ponía de pie de un salto, como si hubiera pasado de estar tumbado en un diván a la cama de un faquir—. ¿Asesinada? Pensé que había muerto de forma natural. Una alergia me ha parecido entender...

—Una alergia, al parecer, provocada por algo que le fue suministrado con intención de matarla.

—¿Y vienen a hablar conmigo porque piensan que fui yo? —preguntó Mario, a quien se le notaba el repentino nerviosismo en la voz.

—Tranquilícese. Vamos a hablar con todos los presentes, pero nos han dicho que usted era el que más motivos tenía para querer verla muerta... —dejó caer Israel.

—¡Eso es una locura! No oculto mi animadversión hacia ella y tampoco que me parece bien que el karma, a veces, actúe contra aquellos que más daño hacen, pero ¿matarla? ¿En medio de la grabación de una película? ¡No soy tan estúpido!

—Eso mismo nos ha dicho su director. Que hay mucha gente que no soportaba a Latorre, pero que ninguno la mataría en medio del rodaje.

—Es que es de género tonto. Muchos de los aquí presentes no salimos en la prensa rosa, pasamos más tiempo en el paro que trabajando, y ¿vamos a estropear una superproducción asesinando a la estrella principal? Lo más seguro es que ahora mismo los productores estén cancelando el proyecto y de aquí nos iremos todos a la cola del SEPE. Por muchas ganas de matarla que nos entraran cada vez que pisaba el plató, todos hubiéramos esperado a cobrar por nuestro trabajo.

—¿Qué le hacía odiar tanto a Latorre?

—¿Ve mi cara? ¿Esta cicatriz? ¿Sabe que es maquillaje y que tengo que pasar media hora cada día para que me la pongan porque Bárbara exigió que la cara más bonita que se tenía que ver en pantalla durante la película fuera la suya? ¿Sabe que exigió que la cicatriz estuviera en el lado derecho porque su perfil bueno también es ese y solicitaba que cuando nos besaramos la cámara grabara desde ese lado? No quería que se la viera besando a un rostro con cicatriz, pero solo cuando la cámara enfoca su mejor perfil. Y así podría estar dándole motivos para odiarla hasta que se me secara la garganta. Boicots, censuras, puñaladas por la espalda a compañeros... Bárbara Latorre era la peor compañera del mundo, pero más de la mitad de los proyectos cinematográficos que se ruedan contaban con ella en el reparto, así que, o cedemos a sus absurdas exigencias, o no trabajamos. Con lo bien que hemos estado, con ella un año en el extranjero... Este no sería el primer trabajo que pierdo por no ponerme a los pies de la señorita malcriada.

—Si no fue usted y tanta gente la odiaba, ¿quién cree que pudo no aguantar más y asesinarla pese a todo?

—Es curioso, ¿sabe? Si me preguntara por quién creo que sería capaz de matar por alcanzar su objetivo, el primer nombre que se me vendría a la cabeza es, precisamente, el de Bárbara Latorre. Creo que era la única capaz de hacer algo así. ¿Les cuento un secreto? —comentó Mario y se sentó en el borde del asiento.

—Adelante —instó Israel.

—Hace unos meses, cuando Bárbara se vio implicada en el caso ese de los asesinatos con cartas de la baraja de póker y la policía la interrogó, estaba seguro de que era la asesina. Se lo juro. En realidad, media España hacía conjeturas sobre quién podría ser el culpable, y creo que muchos pensaban como yo. Cuando se demostró que el asesino era su marido, recuerdo que pensé: dos que duermen en el mismo colchón se vuelven de la misma condición.

20

Killer Cards ha regresado

El resto de conversaciones —no se podían llegar a considerar interrogatorios hasta que se confirmara que la muerte de Bárbara Latorre había sido intencionada— dieron los mismos resultados. A nadie le caía bien, pero ninguno hubiera osado matarla. Las respuestas eran tan unánimes que Israel llegó a pensar que todos los integrantes del plató se habían puesto de acuerdo en matarla y en responder todos lo mismo, como habitantes de Fuenteovejuna ante el comendador, pero sabía que eso no podía ser así. En una sociedad en la que todo crea controversia y debate, en la que es imposible que un grupo de más de dos personas se ponga de acuerdo para decidir cuál es el mejor plan para pasar una tarde, era impensable pensar que más de cien personas se podrían poner de acuerdo en algo. Incluso que todas odiaran a la misma persona ya era sospechoso.

En otra cuestión en la que todos se ponían de acuerdo era en protestar porque no les dejaran salir de allí. Era tal la sensación de asfixia dentro del set de grabaciones que alguno de los presentes amenazaba con poner una denuncia a la policía si acababa sufriendo un desmayo, pero Israel tenía claro que no iba a dejar salir a nadie hasta que se confirmaran las causas del fallecimiento de Latorre.

Esperaba con impaciencia la llamada de Velázquez, pero la única llamada que no dejaba de recibir era la de Medrano. Ya le dolía suficiente la cabeza. Tras media docena de llamadas perdidas decidió contestar. Corría el riesgo de que la insistencia del comisario mantuviera la línea ocupada ante la próxima llamada del forense.

—¡¿Se puede saber por qué coño no me coge el puto teléfono, Otero?!

—Señor, estoy muy ocupado interrogando a más de cien personas para poder esclarecer los hechos. No tengo tiempo para estar informándole cada cinco minutos de todo lo que hago —replicó Israel mientras intentaba no perder la paciencia y plantarle cara, por una vez, al comisario.

—¡Yo soy su superior! Y si quiero que me esté lamiendo los zapatos cada cinco minutos, usted se calla y chupa. ¿Me ha entendido? ¿Sabe que el impresentable de Acosta ha salido en televisión anunciando un programa especial para esta noche? ¿Sabe que ya de manera poco sutil ha relacionado las muertes de Aginagalde, Sorní y Latorre con el caso de *Killer Cards*? ¿Sabe que, si esto salpica a mi carrera, me lo voy a llevar a usted por delante?

—Disculpe, comisario. Yo solo intento hacer lo mejor posible mi trabajo. Y este consiste en esclarecer, cuanto antes, lo acontecido para que no le salpique a nadie. Estoy interrogando a todos los testigos y esperando el informe forense de Velázquez.

—Quiero todos los detalles encima de mi mesa antes de la hora de comer, o lo próximo que va a investigar son las páginas de empleo. ¿Le queda claro? —Medrano sonaba como una máquina a vapor. Se le escapaba el mal humor por entre los dientes.

—Sí, comisario. Todo claro.

—¡Y la próxima vez que le llame por teléfono más le vale que lo coja a la primera!

Cuando colgó la llamada, a Israel le temblaba la mano. Estaba de los nervios y estos amenazaban con provocarle un ataque de ansiedad.

—¿Estás bien? —preguntó David.

—No. No lo estoy. Medrano me acaba de amenazar con despedirme. Y, si te digo la verdad, eso es lo menos malo que creo que puede llegar a hacerme si no avanzamos en este caso. Y no sé cómo, pero el cabrón de Acosta se ha enterado de la muerte de Latorre y ya ha salido en televisión anunciando un especial para esta noche. ¡Y ha relacionado los casos con el de *Killer Cards*!

—Ya van tres cartas de la baraja de póker. Es normal que ambos casos se relacionen. E imagino que alguno de los aquí presentes habrá colgado algo en su perfil de Facebook o en Instagram. No me extrañaría que ambas redes sociales ya estén repletas de imágenes del cuerpo de Bárbara Latorre tirada en el suelo. Con tanto teléfono móvil es imposible mantener nada en secreto más de diez segundos.

—Pero lo de las cartas solo lo sabemos tú y yo. Nadie, salvo el comisario, conoce lo de la carta en casa de Aginagalde y nadie más sabe lo de las reinas de corazones en el estudio de grabación. Hemos puesto mucho cuidado a la hora de recogerlas y etiquetarlas para que se las llevara Velázquez. ¿Cómo ha podido Acosta relacionar el caso?

—Ya le conoces, es un experto en tergiversar las cosas. Y relacionar a Bárbara Latorre con el caso no es complicado, ¿no crees? Ya sabes que Acosta alcanzó la fama gracias a esos sucesos, es normal que intente relacionarlo en cuanto ha salido a la luz el nombre de Latorre. De todas formas, tendremos que ver su programa esta noche...

—Si es que para entonces hemos conseguido salir de aquí... Seguimos sin noticias de Álvaro, y Velázquez tampoco llama. ¿Cuánto se puede tardar en descubrir el motivo de una reacción alérgica? —preguntó Israel. En ese momento sonó su móvil.

—Creo que tres horas... —replicó David al ver que quien llamaba era Velázquez.

—Inspector, tengo malas noticias —dijo Velázquez sin que Israel llegara siquiera a saludarle—. Ya sé qué le ha provocado la muerte a la señora Latorre. Porque sí, la muerte ha sido provocada.

—¿Y bien?

—Amoxicilina. La señora Latorre ingirió una buena cantidad de este medicamento.

—¿Era alérgica?

—Así es. Aparece en su informe médico. La señora Latorre no ingeriría ese medicamento de forma voluntaria.

—¿Y cómo pudo serle administrado ese medicamento sin su conocimiento?

—Imagino que por algo que bebió. La amoxicilina se puede

suministrar en pastillas o en polvo.

—Pero imagino que para conseguirla se tendrá que usar una receta. Los antibióticos no se administran sin ella.

—¡Ay, inspector! En un mundo perfecto así sería, pero no estamos en uno —replicó Velázquez.

—¿Qué quiere decir?

—Que la ley también dice que hay que pagar impuestos y siempre hay alguno que intenta evadirlos. La ley dice que los antibióticos no pueden administrarse sin receta, pero no hay ningún sistema que lo controle. Lo que deja al criterio del farmacéutico que puedas conseguirlos o no.

—¿En serio?

—Pruebe usted a decirle a un cliente que le duelen las muelas hasta el delirio que no va a poder suministrarle el antibiótico porque no trae receta. En la mayoría de los casos, el farmacéutico no cederá, pero en otros hará la vista gorda y te dará tu caja de medicamentos —confesó Velázquez.

—Así que no tendremos forma de saber cómo se consiguió la amoxicilina que ha matado a Latorre. —Estaba claro que por ahí no iban a poder encontrar nada.

—Ni aunque todos los medicamentos se obtuvieran con receta. La amoxicilina no tiene huellas dactilares, inspector. Además, hace tiempo que existe la compra de medicamentos por Internet. Ha podido ser adquirida en decenas de páginas web.

—Intentaremos averiguar cómo le fue suministrada.

Israel y David acudieron a hablar, de nuevo, con Marcos. Querían saber todo lo que pudiera haber bebido Bárbara hasta el momento de su muerte. Este no dudó en enviarles a hablar con el auxiliar de producción asignado, en exclusiva, a la actriz.

Hegoi corría de un lado para otro del *stage* cuando Israel consiguió detenerlo poniéndole una mano en el hombro. El joven reaccionó de manera exagerada. Como si la mano del inspector le quemara al rozarle la piel. Incluso llegó a gritar. Un grito ahogado que le hizo detenerse en seco, y se quedó paralizado.

—Disculpa, ¿eres el auxiliar de dirección que atendía a la señora

Latorre?

—El mismo —replicó Hegoi mientras recuperaba el resuello e intentaba zafarse de la mano de Israel—. ¿Quién es usted? Estoy muy ocupado.

—Soy el inspector jefe de homicidios. Y me gustaría hablar unos minutos con usted.

—De acuerdo —accedió Hegoi sin dejar de mirar a todos lados. Se le veía inquieto, nervioso. Aquella situación le incomodaba.

—¿Se puede saber qué le tiene así de estresado? —preguntó Israel, que temía que si quitaba la mano del hombro del chico este saliera corriendo como un coche acelerado al que le sueltas el embrague.

—La gente se ha vuelto loca. Todo el mundo necesita agua, refrescos o lo que sea para calmar este calor. No es normal.

—¿Y todos se lo piden a usted? ¿Es el encargado de atender a todos?

—¡Qué va! Yo solo estaba encargado de atender las peticiones de Bárbara, pero, ahora que ella no está, deben de pensar que me he quedado sin nada que hacer y que soy el que más tiempo libre tiene —protestó Hegoi, que no quitaba la mirada de la mano de Israel.

—Así que usted era el encargado de llevarle todas las bebidas que Latorre pidiera. ¿Es así?

—Sí, así es.

—¿Podría intentar recordar todo lo que bebió hoy antes de fallecer?

—Dos cafés solos con hielo y una botella de Fillico.

—¿Eso qué es? —preguntó Israel.

—Un agua mineral que procede de Kobe, en Japón. La señora Latorre se negaba a beber un agua distinta a esa. Tuvimos que hacer un pedido de botellas antes de iniciar el rodaje. Una de esas excentricidades de actriz famosa. ¡Más de ciento cincuenta euros por menos de tres cuartos de litro de agua! —exclamó Hegoi, que seguía inquieto y mirando la mano que Israel no quitaba de su hombro como quien mira a una araña amenazante en lo alto de una pared—. Esa y que todas las bebidas estuvieran etiquetadas por fechas de consumición. Todo tenía que estar perfectamente sellado y etiquetado.

—¿No bebió nada más? —inquirió Israel seguro de que la amoxicilina disuelta en un agua tan cara alertaría a Bárbara al tomársela.

—Fuera de la grabación, no. En la escena que estaban grabando, Bárbara se tomaba un par de copas de té. Es lo que usamos para sustituir al *whisky*. No recuerdo que la señora Latorre bebiera nada más esta mañana.

—Muchas gracias. Consiga todos los envases. Nos los vamos a llevar a analizar —pidió Israel. En cuanto soltó la mano del hombro de Hegoi, este salió casi a la carrera.

21

Callejón sin salida

Ya había pasado la hora de comer cuando Israel y David salieron del estudio de grabación. Tras centenares de preguntas que no llevaban a ninguna parte, se sentían como el saco de boxeo de un gimnasio.

—Te lo dije, preguntar en el estudio era perder el tiempo.

—En unas horas nos darán el resultado de los análisis de todo lo que bebió Latorre esta mañana. Entonces sabremos dónde estaba la amoxicilina y, si hay huellas, sabremos quién la puso ahí.

—Huellas habrá, pero no nos van a servir de nada. Auxiliares, técnicos, actores... esas cosas habrán pasado por decenas de manos. Como las cartas que recogimos de la mesa.

—Interrogaremos otra vez a todos si es necesario. Vamos a comer algo y después volvemos a la casa de Aginagalde. Quiero hablar con la mujer y con la chica de la limpieza. A ver quién más tenía acceso al pastillero. A ver si conseguimos descubrir en qué momento se cambiaron las pastillas.

A David le agradó la idea de ir a comer juntos. Desde que eran pareja no habían trabajado conjuntamente en ningún caso y no habían tenido ocasión de compartir tiempo durante las horas de oficina. David solía aprovechar la hora de la comida para ir a casa a comer las sobras de la noche anterior mientras que Israel siempre lo hacía en el despacho. Ni siquiera habían compartido esos momentos cuando habían empezado a salir. Sus primeros encuentros, tras aquella noche de celebración, habían sido siempre en el gimnasio, una vez salían del trabajo. Y siempre de manera furtiva, asegurándose de que no hubiera nadie cerca. Poder sentarse con él en un restaurante a comer rodeados de gente le hacía ilusión.

Cuando Israel propuso comprar unos bocadillos y comerlos con prisa en la comisaría mientras revisaban el informe de la autopsia de Sorní la ilusión se desvaneció.

—¿En serio? ¿En comisaría?

—¿Qué esperabas? No tenemos tiempo que perder. Tenemos que revisar el informe antes de que el asesino siga con su macabra sucesión de asesinatos. No tengo ninguna gana de encontrarme otro muerto con un rey de corazones.

—Y, sin embargo, hemos perdido toda la mañana interrogando a gente que no tenía nada que ver con el caso...

—¿Cómo que no? Todos odiaban a Bárbara Latorre. Todos tenían motivos para querer verla muerta y todos tuvieron la ocasión para hacerlo. Nadie conocía mejor las alergias de Latorre que quien pasaba con ella el día entero.

—¿Y cuál de todos ellos crees que, además de odiar a Latorre, pudiera querer matar a Sorní y a Aginagalde? —preguntó David para no reconocer que en eso Israel tenía un poco de razón—. Porque, si los casos están relacionados, y tú y yo sabemos que sí, no solo buscamos a alguien que odiara a la actriz, también que tuviera motivos para matar al presidente del Tribunal Supremo y al empresario más poderoso del país. ¿Crees que Hegoi, Marcos, Mario o cualquiera de los otros a los que hemos interrogado tenían acceso a las pastillas de Aginagalde o al móvil de Sorní?

—¿Y tú crees que Carvajal lo tiene? ¡Es un pobre hombre! Cuando me encargué del caso de su hija, hace un año, su mujer se había divorciado de él por inútil, por no llegar a nada, por vivir en un mundo de sueños inalcanzables. El juez hasta le otorgó la custodia de su hija porque no veía al padre capacitado para cuidarla. Solo le dejaron hacerse cargo de ella fines de semana alternos. Y era tan incapaz que su hija se suicidó en la bañera de su casa en uno de esos fines de semana. ¿Crees que él tenía acceso a las pastillas de Aginagalde, al móvil de Sorní o al estudio de grabación donde trabajaba la actriz más cotizada de España? ¿Lo crees? No tengo ni puta idea de quién ha podido hacer todo esto. Lo que sí tengo claro es que no ha podido ser Carvajal. ¡Lo tenemos encerrado! ¿Lo entiendes?

David se limitó a quedarse callado. Israel volvía a tener razón. Carvajal no tenía acceso a ninguna de las tres víctimas. Al menos que ellos conocieran. Por mucho que se presentara ante él y confesara el primero de los asesinatos antes de que este se produjera, por mucho que su instinto le insistiera en que era la clave para resolver el caso, no dejaba de ser menos cierto que no había nada tangible que le llevara a pensar que era el asesino. Tenía que ceñirse a las pruebas. Si eliminaba las palabras de Carvajal la mañana del lunes, ¿qué tenía? Nada. Solo el informe de la autopsia de Casado y tres cartas de la baraja de póker que anunciaban dos próximas muertes. Lo mejor que podía hacer era revisar la autopsia de Sorní y acompañar a Israel a la casa de Aginagalde para ver si conseguía encontrar algo que uniera aquellas muertes con alguien. Aunque ese alguien no fuera Carvajal.

La autopsia de Sorní no aportaba nada nuevo. Había muerto por las heridas causadas al explotarle el teléfono móvil y eso, en lugar de ofrecer respuestas, lanzaba nuevas preguntas. ¿Cómo sabía el asesino que la explosión del teléfono le iba a causar la muerte? Debía de saber que el empresario guardaba el móvil en el bolsillo interior de la chaqueta y que iba a llevarla puesta en el momento de la explosión. ¿Qué hubiera pasado si la víctima le hubiera prestado su chaqueta a Alba Gómez? ¿Sería ella la víctima?

—¿Algún avance? —preguntó Medrano sin darles tiempo siquiera a vaciar sus bocas del último mordisco al bocadillo cuando entró en el despacho sin llamar a la puerta.

—No, señor. No tenemos nada. Seguimos sin saber quién mandó el *email* a Sorní, y en el estudio de grabación lo único que hemos sacado en claro es que Latorre era tan popular como insoportable, no le caía bien a nadie. Pero hasta que no lleguen los resultados de los análisis no sabremos cómo se produjo la reacción alérgica.

—¿Y qué sabemos de Aginagalde?

—Que alguien debió de cambiarle las pastillas contra su dolencia cardíaca por otras.

—¿Carvajal?

—Eso no lo sabemos todavía. Vamos a volver a la casa para interrogar a la mujer y a la sirvienta. A ver si ellas nos pueden aclarar algo —repuso Israel tras echar una mirada furtiva a su bocadillo deseando volver a darle un mordisco.

—¿Y a qué cojones están esperando? ¿A que las preguntas se hagan solas? ¡Acosta va a hacer un programa especial esta noche y, como para entonces no tengamos algo, les aseguro que voy a empezar a ponerme nervioso! Y cuando me pongo nervioso me gusta hacer cambios. ¿Queda claro?

En esta ocasión, cuando llegaron a la casa de Aginagalde, fue la sirvienta quien les abrió la puerta. Era una joven de unos veinticinco años, pero el uniforme, las canas esparcidas por su pelo castaño y la seriedad de su rostro le hacían aparentar ser algo más mayor.

—¿Qué desean? —preguntó con voz cansada, aunque en su rostro intentaba dibujar una sonrisa cordial.

—Somos de la policía. Quisiéramos hablar con la señora Pons.

—La señora no está en casa —replicó la chica con rapidez y entornó la puerta.

—Y con usted —repuso Israel y sujetó el marco para que no pudiera cerrarla.

—¿Conmigo? —preguntó extrañada—. ¿Qué puedo hacer yo?

—Responder a un par de preguntas mientras esperamos a que regrese la señora. ¿Podemos pasar?

La chica les franqueó el paso, después se encaminó a la cocina. Allí sacó un par de sillas de debajo de la mesa y se sentó en una de ellas.

—¿Cuánto tiempo lleva trabajando en la casa, señorita...?

—Suhaychara, pero pueden llamarme Luz Marina, o Luz a secas.

—¿De dónde es, Luz? —preguntó Israel. Decidió llamarla por su nombre para ganarse la cercanía de la mujer y porque se veía incapaz de pronunciar de manera adecuada su apellido.

—Soy colombiana. Llevo viviendo en España dos años. El mismo tiempo que llevo trabajando para la familia. Estoy muy amañada[1] en mi trabajo.

—Dos años. Entonces debe de conocer muy bien las costumbres de la casa.

—Así es. Los señores son gente de hábitos sencillos y de una rutina fija. Les gusta el orden y la limpieza y no suele gustarles que esa rutina se vea alterada.

—¿Por qué no estaba en casa cuando sufrió el infarto el señor Aginagalde? —inquirió Israel. La mujer se mostraba extrañamente calmada.

—No soy interna. Los señores duermen más que un gato con anemia. Solo vengo a limpiar y a cocinar pasadas las once de la mañana. Al señor le gustaba prepararse él mismo el desayuno y hacer sus ejercicios antes de marcharse a trabajar sin que nadie le molestara. Después yo llego a limpiar y preparo la comida para la señora. La ayudo con las compras, organizamos la cena y, si no tienen visitas o hay alguna reunión en la casa, hago la cena y me marcho a mi casa a dormir. Solo me quedo más tiempo en caso de tener que atender a algún invitado.

—Cuando vinimos la mañana del fallecimiento, no estaba en la casa, ¿dónde estaba?

—Creo que ustedes se fueron antes de que yo llegara. La señora me dijo que había hablado con la policía y aún había compañeros suyos en la casa. Cuando llegué, a eso de las once de la mañana, me sorprendí al ver coches de la policía en la entrada. Imaginé que durante la noche habrían intentado robar o algo así. ¡Qué jartera! No era la primera vez que pasaba. Cuando entré y vi el cuerpo del señor en el suelo, casi sufro un desmayo. Acompañé a la señora hasta que el doctor dio permiso para retirar el cuerpo. Una vez que sus compañeros se marcharon, llegó la hermana de la

---

1 Amañada: En el español de Colombia, «estar a gusto, encariñado, aclimatado, a un lugar o puesto de trabajo».

señora y esta me dijo que no me preocupara por la comida, que no iba a tener hambre en mucho tiempo, y me dio permiso para marcharme a casa. Yo estaba casi en *shock*, así que acepté el permiso para poder irme con mi familia.

—Por eso, cuando acudí más tarde a la casa, la que salió a recibirme fue su hermana —dijo David. No había dejado de observar a la criada. Se mostraba muy entera y serena. La muerte de su jefe no parecía afectarle en demasía.

—Me tomé todo el día del lunes y el martes libres. No he vuelto hasta esta mañana que la señora me ha pedido que venga a ayudarla con la casa mientras ella prepara el funeral.

—¿Tiene a su familia aquí, en España, Luz?

—Sí, mis hermanos vinieron acá hace diez años. Hace algo más de dos, tras el fallecimiento de mi padre, nos vinimos mi madre y yo, que soy la pequeña de sus hijas. Unos meses más tarde comencé a trabajar acá.

—¿Sabe si Aginagalde tomaba su medicación todos los días?

—Religiosamente. En cada comida y en cada cena.

—¿Era usted la encargada de entregarle las pastillas en ambos servicios?

—No, señor. Yo solo me encargaba de hacer y servir las comidas. El señor sacaba de su pastillero, personalmente, los medicamentos.

—¿Sabía dónde estaba el pastillero?

—Por supuesto. ¿Por qué lo pregunta? —Por primera vez, la mujer pareció alterarse.

—A Aginagalde le cambiaron las pastillas por otras que no estaban destinadas a su enfermedad. Quien lo hizo debía de conocer dónde se guardaban los medicamentos y de qué tipo eran para que el cambio no fuera detectado.

—¡*Paila*[2]! ¡No estará insinuando que pude ser yo, ¡¿verdad?!! —replicó Luz a la vez que se ponía en pie de un salto.

---

2 Paila: En el español de Colombia, «feo, desastroso, que algo está mal». En exclamativo puede ser interpretado como «¡mierda!».

—Tranquilícese. Solo digo que quien lo hizo tenía que conocer esos detalles. Nada más. ¿Podría decirnos quién, además de usted, los conocía?

—Su mujer, la hermana de su mujer, que pasa mucho tiempo en la casa; su doctor, que le hacía visitas en el domicilio, su hijo... aunque hace tiempo que no pasa por aquí. No sé decirle exactamente cuántas personas lo sabían, pero le puedo asegurar que varias —respondió Luz. Según iba enumerando personas se iba tranquilizando y, al terminar la lista, ya había vuelto a tomar asiento en una de las sillas de la cocina.

—¿Sabe si Aginagalde mantenía algún tipo de relación con Santiago Sorní y con Bárbara Latorre? —preguntó Israel. Quería saber si las víctimas tenían alguna relación entre sí, además de las ya conocidas.

—El señor Sorní vino alguna vez a cenar a la casa. Solía hablar de política y negocios con el señor. La señora Latorre, en cambio, nunca estuvo en la casa. Al menos mientras yo estuviera trabajando. ¿Por qué lo pregunta?

—Creemos que sus muertes pueden estar relacionadas —replicó Israel.

—¿Cómo se lleva usted con los dueños de la casa? —preguntó David.

—Bien. Una relación profesional. Ellos son unas personas muy serias, pero siempre han valorado bien mi trabajo. Yo me limito a *boliar parejo*[3].

—No la veo muy afectada por la muerte... —repuso David.

—El señor, desde que entré a trabajar en la casa, siempre ha estado enfermo. Su muerte repentina entraba dentro de lo posible. No por eso me deja de sorprender que estén ustedes acá. Siempre pensé que fallecería de muerte natural.

—¿Conoce usted a esta persona? —interrogó David. No se podía quitar de la cabeza esa idea de que Carvajal había tenido algo que ver en todo aquello y, pese a que se había propuesto continuar con la investigación del caso ignorando sus palabras, que hubiera usado un cómplice en el exterior para llevar a cabo los crímenes le seguía pareciendo plausible.

—No. ¿Quién es? —preguntó Luz.

---

3 En el español de Colombia, expresión que se utiliza para decir que se trabaja duro.

—Nadie importante. Simple curiosidad policial —replicó David. Ante la mirada inquisitiva de Israel, se guardó el móvil y no dijo nada más.

Mientras esperaban la llegada de la señora, Luz les ofreció algo para picar. David aceptó gustoso. El bocadillo que se había visto obligado a comer con prisas no le había saciado el apetito. Siempre que estaba inquieto sus ganas de comer aumentaban, sobre todo, desde que había dejado de fumar, y aquella situación iba a conseguir que no entrara en su uniforme.

Pons entró en la casa cuando ya había dado buena cuenta de dos platos de embutidos. Sin conocer la presencia de los policías en la cocina, entró dando órdenes.

—¡Luz, ayúdame! —gritó tras dejar caer bolsas de una tienda de ropa al suelo—. El funeral es en tres horas y no puedo llegar tarde.

Israel y David salieron de la cocina. La primera reacción de Pons fue dar un respingo, la segunda fue de incredulidad.

—¿Qué hacen ustedes aquí otra vez? No vendrán a retrasar el funeral de mi marido, ¿verdad?

—No se preocupe por eso. No es nuestra intención. Solo queríamos preguntarle por quién podría haber cambiado las pastillas a su marido.

—¿Cambiado?

—¿Recuerda que le pregunté si su marido se tomaba las pastillas, dado que el forense no había encontrado restos del medicamento y que nos llevamos a analizar las que había en su pastillero? Pues bien, las que tenía no eran las que el médico le había recetado. Según la científica, ninguna de esas pastillas tenía medicamento. Eran simples placebos.

—¿Está usted seguro? —inquirió Pons con incredulidad.

—Completamente. Los análisis de la científica son rotundos. No hay ni una sola pastilla en el pastillero que nos entregó que pudiera mitigar la enfermedad de su marido. Y eso nos lleva a la pregunta que quería hacerle. ¿Quién, además de usted y de la sirvienta, pudo cambiar esas pastillas?

—Pero eso quiere decir que a mi marido lo han asesinado —murmuró Pons tras unos segundos interminables de silencio. El cuerpo de la mujer pareció tambalearse.

—¿Recuerda la carta que encontró y que pensó que era de nuestros compañeros de la científica? Hemos encontrado otras cartas en otros escenarios —contó David sin llegar a especificar.

—¡Oh, Dios mío! ¿Insinúa que a mi marido lo ha asesinado el mismo que mató a otras cuatro personas a principios del año? ¿No lo habían metido en la cárcel?

—Sospechamos que se trata de un imitador —intervino Israel para intentar tranquilizarla, aunque de forma equivocada—. Es por eso que queremos saber quién pudo tener acceso a esas medicinas.

—Cualquiera que haya entrado en esta casa en el último mes. No guardamos las pastillas bajo llave. Oh, Dios. ¿Creen que debería hacerlo? No importa, ya es tarde... Mi Juanra... —Pons se mostraba nerviosa, confusa, desubicada. Parecía que aceptar la muerte natural de su marido no le había sido difícil, pero comprender que pudiera haber sido asesinado la había afectado. Si Luz no hubiera estado atenta para acercarle una silla, se hubiera desplomado en el pasillo.

—¿No podría ser más específica? ¿Alguno que no supiera cuál era su pastillero o cuál el de su marido?

—Lo lamento, pero no. Mi marido siempre se tomaba los medicamentos antes de las comidas y lo hacía delante de todos nuestros invitados. Hasta solía bromear con ello. Las llamaba los entremeses. Todo el que ha venido a comer o cenar en nuestra casa sabe cuál era el pastillero de mi marido y cómo eran sus pastillas. Por eso le digo que pudo cambiarlas cualquiera en los últimos días.

—¿Por qué en los últimos días?

—Porque el primer día de cada mes yo misma relleno los pastilleros con las pastillas recién compradas en la farmacia. Ha tenido que ser después.

—¿En estos últimos días han tenido alguna cena en la casa?

—Sí. Hicimos una a principios de mes. Mi marido estaba de celebración. Fue su cumpleaños.

—¿Quién acudió a la cena? —inquirió David.

—Un pequeño grupo de amigos... Asier Landaburu, el ministro, y su esposa. Alejandra Limones, la empresaria, y su marido, y Santiago Sorní. ¡Oh, Dios! ¿Creen que a Santiago también lo han matado?

—Eso nos tememos, señora.

—¿Creen que mis amigos o yo misma podemos estar en peligro? Creo que deberían ponerme vigilancia. ¿No les parece?

—Haremos lo posible. No se preocupe. ¿Alguna vez estuvo Bárbara Latorre en su casa?

—No, inspector. Esa mujer no estuvo nunca en mi casa. ¿También la han asesinado?

En ese momento sonó el teléfono de Israel. Eran de la científica con información de la amoxicilina.

—Inspector, ya hemos analizado los recipientes que nos hizo llegar. La amoxicilina está en el té que usaban para sustituir al *whisky* en una concentración muy alta. Quien la colocara se aseguró de que no se iba a quedar corto en la dosis. Hemos buscado también las huellas que tenía dicho recipiente. Además de las de la víctima hemos encontrado otros dos tipos de huella. Se están cotejando en la base de datos, pero por el momento no ha habido coincidencias.

—De acuerdo, no se preocupe. Imagino que las huellas pertenecerán a miembros del equipo y ambos tendrán motivos más que lógicos para haber tenido que tocar ese recipiente durante la grabación. Dudo que nuestro asesino sea tan torpe de dejar las huellas voluntariamente. Estoy seguro de que nos llevarán a otro callejón sin salida. De todos modos, en cuanto tenga la coincidencia, hágamelo saber.

—¿Me puede decir en qué farmacia adquiere usted los medicamentos, señora Pons? —interrogó David una vez que Israel compartió la información con él.

—En la que está en la avenida Osa Mayor, cerca de la Glorieta de María Reina. Enfrente hay una heladería y suelo darme un capricho cuando tengo que ir a comprarlas. Ya saben, el yin y el yang de la vida, contrarrestar algo malo con algo bueno. Y a mi edad cada vez son menos las cosas buenas que me puedo permitir.

—Muchas gracias. No le robamos más tiempo para que pueda usted prepararse para el funeral de su marido. Nuestro más sentido pésame.

—Déjense de pésames y atrapen a quien cambió las pastillas.

David salió de la casa con paso acelerado. Israel tuvo casi que perseguirlo tras despedirse de ambas mujeres.

—¿A qué vienen esas prisas de pronto?

—No íbamos a sacar nada más ni de la señora Pons ni de Luz, al menos nada útil, pero se me ha pasado una idea por la cabeza. Creo que deberíamos ir a la farmacia donde adquiere la señora Pons las pastillas y debemos aprovechar ahora que, según su horario en Google, está abierta. Tenemos tiempo antes del programa especial de esta noche de Acosta.

—¿Y cuál es esa idea si puede saberse?

—¿Crees que el asesino de Aginagalde tendría acceso a su casa?

—La verdad… dudo que un ministro o una empresaria sean nuestro asesino, pero ¿por qué lo preguntas?

—Si no tuvieras acceso y quisieras cambiar las pastillas, ¿cómo lo harías?

—Yo que sé. No soy un asesino en serie.

—Yo espiaría las costumbres de la casa. Me enteraría de que la señora Pons siempre va a comprar los medicamentos a la misma farmacia, comprobaría que después de cada compra acostumbra a comprarse un helado y buscaría la manera de acercarme a ella y darle el cambiazo.

—Joder, David. ¿En serio has pensado todo eso así, de pronto?

—Eso y que, ya que estoy cerca de una farmacia, puede ser un buen sitio para intentar conseguir la amoxicilina que necesito para provocar la reacción alérgica a Latorre —dijo David. En su cabeza tenía la esperanza de encontrar imágenes de Carvajal en esa farmacia y así poder explicar cómo se había acercado a Aginagalde para después confesar su asesinato.

—Ya nos dijo Velázquez que lo más probable es que el asesino comprara el medicamento por Internet.

—Pero yo no lo creo. Toda compra por Internet deja un rastro porque siempre hay que pagarla con tarjeta. Solo tendríamos que comprobar los extractos de la tarjeta de nuestro sospechoso para saber si hizo algún pago en alguna farmacia *online*. Yo creo que nuestro asesino la compró en una farmacia, sin receta y en metálico.

David terminó de hablar justo cuando estacionaba el coche, pero lo que parecía una idea prometedora no tardó en llegar a un nuevo callejón sin salida.

Las cámaras de seguridad tanto de la farmacia como de la heladería no guardaban las imágenes más allá de una semana. Estando a mediados de mes, no iban a encontrar nada.

Tampoco tuvo suerte enseñando la imagen de Enrique. Ni el farmacéutico que les atendió ni la chica que servía en la heladería parecían haberlo visto en la vida.

22

Errores de novato

Media hora antes del inicio del programa todo eran carreras y gritos por los pasillos de los estudios de grabación. Era el primer programa que iban a emitir en riguroso directo y los nervios y la tensión se palpaban. Acosta era el que mejor estaba controlando los suyos.

—Tranquilos. Todo saldrá bien —dijo en la última reunión con guionistas y directores—. Simplemente tenemos que limitarnos a no cagarla demasiado. Lo que tenemos es tan potente que la gente ni se va a acordar de los pequeños errores del directo.

—Estamos de acuerdo —continuó Débora, directora de *A toda costa* desde el primer programa—. Solo tenemos que recordar todos unas pequeñas directrices. Realización: si los invitados empiezan a alterarse, emitimos un primer plano del presentador. Así evitamos que salgan en pantalla gestos groseros. Sonido: si empiezan a hablar todos al mismo tiempo, bajamos el volumen de aquellos que hacen de abogados del diablo. Recordad que lo que más nos interesa para la audiencia es que los casos de estos días se relacionen con los asesinatos de *Killer Cards*, eso añadirá mucho morbo al programa y mantendrá a la gente delante de la pantalla hasta la madrugada si hace falta. Iluminación: lo mismo, mayor luminosidad en los rostros de aquellos contertulios que defiendan la teoría de la relación. Que no se note demasiado, pero que esté. ¡Y no olvidéis cuál es el lado bueno de Carmen! Bastante que la vamos a tener en el bando de los malos como para que encima nos empiece a gritar a todos en su programa. Producción: avisad siempre a Víctor cinco minutos antes de que tenga que entrar la publicidad y recordárselo cuando queden solo dos.

Y tú, Víctor, haz lo de siempre. Cada vez que vayamos a irnos a publicidad, que el programa quede arriba. ¿De acuerdo? —terminó Débora mientras señalaba con su mano por encima de su cabeza.

—Sabes que soy un especialista en *cliffhangers*[4] televisivos —respondió Acosta con orgullo.

—Sé que se te dan muy bien cuando grabamos en falso directo, pero esta noche vamos a estar en directo muchas horas. Sabes que confío en ti, pero, si queremos asegurarnos una nueva temporada de *A toda costa*, vamos a tener que esforzarnos todos esta noche. Nuestros sueldos no se pagan solos, y los publicistas quieren resultados. Ya sabes cómo son los jefazos, en cuanto bajamos del doce por ciento de *share* ya se empiezan a poner nerviosos.

—¡Quince minutos! —exclamó una voz desde el plató.

—Vamos allá. Esta noche va a ser histórica, chicos —animó Acosta a la vez que se ajustaba la chaqueta y salía hacia el plató.

Allí ya le esperaban sentados cinco contertulios y dos sillas vacías. Una de ellas la habían dejado a posta. Era una idea que se le había ocurrido. Antes de tomar asiento saludó uno a uno a los presentes.

Junto a la silla vacía estaba Félix Arnedo, contertulio habitual de la cadena, conocido por su costumbre de interrumpir constantemente al resto de invitados. A su lado, como invitada especial, estaba Carmen Piedra, reina de los matinales en la cadena y a la que Acosta había invitado personalmente tras la interrupción de su programa. Era una manera perfecta de asegurarse de que a la mañana siguiente ella hablara del programa y la bola de nieve continuara creciendo. Que lo hiciera de una manera amable o en forma de crítica era algo que le daba igual. Al otro lado de su silla estaba sentada Alba Gómez, la joven que había acompañado a Sorní en su último viaje y testigo directo de cómo el empresario había recibido un *email* con una carta de la baraja de póker

---

4 *Cliffhanger*: Termino inglés que da nombre al recurso narrativo que consiste en terminar un relato, capítulo o programa en un momento de gran interés para conseguir que el espectador aumente el deseo de continuar con la historia.

como único contenido. A su lado, Gonzalo Iglesias, experto informático que iba a poner sobre la mesa las posibilidades reales de que el móvil de Sorní hubiera sido boicoteado para la explosión. Por último, sentada frente al asiento vacío, Virginia Apestegui, abogada defensora de Alejandro Soto durante el juicio por el caso *Killer Cards*. Después del desastre que había sido el transcurso del litigio para ella y su bufete, no había sido difícil convencerla para que acudiera a un programa de televisión en el que se iba a sugerir una duda sobre la autoría de los crímenes.

Acosta tomó asiento justo cuando el regidor ya mandaba guardar silencio. Los focos del plató se apagaron y empezó a sonar la sintonía del programa. Respiró hondo y, cuando los focos se encendieron, inició su presentación.

—Buenas noches y bienvenidos a mi casa en este programa especial de *A toda costa*. Estaremos con ustedes el tiempo que sea necesario para desvelarles los sorprendentes detalles y curiosidades de las recientes muertes acaecidas en nuestra capital. Verán que en el plató, junto a mí, tenemos a cinco invitados de lujo, pero que también tenemos una silla vacía. Nos hubiera gustado que esa silla la ocupara algún miembro de la policía, pero los recientes acontecimientos, como la muerte de Bárbara Latorre esta misma mañana, tienen a nuestras fuerzas del orden demasiado ocupadas, y no hemos sido capaces de ponernos en contacto con ellos para invitarles a venir. —Sabía a la perfección que ni lo habían intentado, pero la audiencia no—. Podríamos haber eliminado la silla y contar solo con cinco invitados, pero en este especial de *A toda costa* queremos contar también con su opinión. Sí, la de usted que nos está viendo. Queremos saber qué opina la calle, qué late en el corazón de nuestra ciudad, de nuestro país, y eso sin ustedes sería imposible. Así que esa silla vacía será su voz. En pantalla aparecerá el número de teléfono al que pueden llamar durante el debate. Buenas noches y bienvenidos a *A toda costa*, especial: ¿Ha regresado *Killer Cards*?

El público, animado por el regidor, arreció en aplausos.

En su casa, Medrano terminaba de apurar una copa de ginebra frente al televisor. Sobre la mesita de lectura tenía un cuaderno y un bolígrafo y estaba sentado al borde de su sillón con los músculos en tensión. Iba a tomar nota de todo lo relevante que ocurriera durante el programa y al más mínimo descuido por parte de Acosta pensaba demandar a la cadena. Simplemente, esperaba encontrar el motivo suficiente para conseguir que le despidieran. Se sentiría feliz si volvía a verlo durmiendo en el suelo de un cajero.

El programa daba inicio cuando el sonido de su móvil le sobresaltó.

—¿Sí? Sí, estoy en ello. No se preocupe. Sí. Sabe que haré todo lo que esté en mi mano. A ninguno de los dos nos conviene este programa, pero, como entenderá, por muy comisario que sea, no puedo prohibir un programa de televisión yo solo. Si al menos usted ejerciera alguna presión... Sí, su imagen, lo entiendo. Le aseguro que no voy a permitir que este muerto de hambre nos joda los planes. Puedo asegurarle que a mí también me tiene de los nervios. Esperemos que no remueva mucho la mierda de Sorní, podría terminar por salpicarnos. Sí. Sí. Entendido. Veré qué puedo hacer. No se preocupe, para la campaña nos habremos quitado este problema de encima, se lo aseguro. Nadie se acordará de este tema. Incluso, si lo resolvemos con eficacia, podría favorecer a mi imagen. Sí, no afectará para nada a la campaña. Confíe en mí... Lo entiendo, sí, ya sé que en quien confiaba usted era en Santiago, pero le doy mi palabra de que...

Medrano arrojó el móvil sobre el sofá, cuando se dio cuenta de que al otro lado de la línea habían colgado, y maldijo el nombre de Víctor Acosta entre dientes mientras apretaba la punta del bolígrafo contra el cuaderno.

Israel y David también estaban viendo el programa en su casa. Tras regresar a comisaría de la farmacia se habían pasado el resto de la tarde intentando recopilar información, pero a esas horas de la noche ya no podían hacer otra cosa que esperar acontecimientos. A la mañana siguiente tendrían que poner en libertad a Enrique, así que lo mejor que podían hacer esa noche era tumbarse juntos en el sofá y ver el programa de Acosta para saber a qué se iban a enfrentar el día siguiente en comisaría.

Tras veinte minutos de programa sin mucho contenido, en el que dos de los contertulios no habían hecho otra cosa que interrumpirse e increparse sin llegar a decir nada de interés, Acosta mandó guardar silencio a sus invitados.

—Ahora vamos a marcharnos a publicidad, pero recuerden que a la vuelta vamos a hablar de esa jota de corazones que recibió en su *email* el señor Sorní antes de morir y que podría relacionar su muerte con la de los asesinatos que vivimos en enero. No se vayan. La publicidad será muy corta.

—Estoy seguro de que más de la mitad de la gente está viendo el programa —comentó David mientras acariciaba el pelo de Israel, que estaba tumbado sobre sus piernas. Le gustaba pasar los dedos por el pelo corto de su chico. Era un gesto que le ayudaba a tranquilizarse.

—Buff, ojalá te equivoques, pero yo también me temo lo mismo. Es más, creo que nadie va a cambiar de canal durante los anuncios.

—Ni siquiera están dejando de hablar del programa durante la publicidad. El *hashtag* *#RegresoKillerCards* es *Trending Topic* a nivel nacional... —dijo David tras ojear las redes sociales en su móvil.

—A la gente le encantan las noticias sensacionalistas, los vídeos de gente poniéndose en peligro y el alarmismo. Y Acosta le sabe sacar partido a todo eso. Estoy seguro de que las interrupciones serán cortas, pero continuadas. Sabe que sus potenciales espectadores no tienen mucha capacidad de concentración —repuso Israel.

Y no se equivocaba. Solo cuatro minutos más tarde ya volvía a estar Acosta frente a la cámara.

—No hagamos esperar más a nuestros televidentes. Alba Gómez, buenas noches —saludó en cuanto el piloto rojo de la cámara que le enfocaba se encendió. Si algo había aprendido como periodista, era que, al contar una historia, hay que captar la atención del público en el primer minuto.

—Buenas noches, Víctor.

—Cuenta a los espectadores que no nos vieron ayer qué recibió en su móvil Santiago Sorní en su avión.

—Una jota de corazones. Me la enseñó mientras me hablaba contrariado.

—Una jota de corazones. Una carta de la baraja de póker. ¿Os recuerda algo? —preguntó Acosta con la mirada fija hacia los espectadores—. Tenemos con nosotros a Gonzalo Iglesias, experto en informática. Gonzalo, ¿qué piensas de este tipo de *email*?

—Bien, Víctor, este tipo de mensajes sin texto y con un archivo adjunto tan enigmático suelen ser virus que pretenden infectar el terminal en el que son recibidos.

—¿Qué opina usted que podría buscar ese virus en el correo del señor Sorní?

—Santiago Sorní era muy popular y conocido por sus escándalos. Yo creo que el *email* solo podía buscar dos cosas: información comprometedora o sobrecargar el dispositivo.

—¿Con qué intenciones? —preguntó Acosta, conocedor ya de la respuesta que el experto informático iba a dar. No en vano, lo había estado hablando con él antes de empezar el programa.

—Si buscaba información comprometedora, lo haría con la intención de usar lo que pudiera encontrar para chantajear a Sorní, pero, visto el desenlace final, yo diría que lo que quería conseguir quien lo envió era provocar una sobrecarga en el dispositivo para que este explotara.

—Así que usted cree que Sorní no sufrió un accidente, sino que su muerte fue intencionada. Un asesinato.

—Es una posibilidad. Si la señorita Alba dice la verdad sobre el *email* recibido, creo que es una probabilidad más que plausible.

—Así que, según el experto, podríamos estar ante un asesinato —dijo Acosta tras dirigir su mirada a cámara—. Un asesinato cometido por alguien que manda cartas de la baraja de póker a sus víctimas. Teniendo en cuenta que el anterior asesino que mandó cartas de este tipo está en la cárcel, ¿nos enfrentamos a un segundo *Killer Cards*? O, por el contrario, ¿seguimos enfrentándonos al primero? ¿Podría ser inocente quien la policía metió en la cárcel tras los primeros asesinatos?

—Tenga por seguro de que en ese caso no tardaré en recurrir dicha sentencia —interrumpió Virginia Apestegui.

—¿Qué siente, señora Apestegui, ahora que se abre una pequeña luz de esperanza para su cliente?

—No sabría qué decirle. Si bien es una buena noticia para él, el hecho de que para que tenga una posibilidad de demostrar su inocencia haya tenido que morir gente, me entristece. Creo que, de ser cierta la suposición de que el verdadero *Killer Cards* está libre mientras mi cliente está en la cárcel, esta muerte se podría haber evitado si la policía hubiera hecho bien su trabajo.

—Víctor, ¡lo tenemos! —exclamó la directora en su oído. Acosta recibió por el pinganillo la noticia que esperaba desde redacción mientras la abogada defensora hablaba.

—Como he dicho al inicio del programa, hemos dejado un hueco vacío en nuestros sillones porque queríamos tener también la opinión del público representada en el plató, y acabamos de recibir una llamada que creo que a todos ustedes va a interesarles. Comisario Medrano, buenas noches.

Israel dio un salto en el sofá mientras David buscaba el mando a distancia para subir el volumen de la tele. Se avecinaba una tormenta y los dos estaban seguros de que no se iban a librar de acabar empapados.

—¡Acosta, le voy a demandar! ¡Como vuelva a poner en duda la labor de mi departamento, le juro que hago que le despidan! —exclamó Medrano fuera de sí.

—Tranquilícese, comisario. ¿Está usted seguro de la labor realizada por su departamento en este caso?

—¡Por supuesto que estoy seguro! El caso le costó la vida a un sargento primero de la Guardia Civil y mi inspectora jefe hizo todo lo que estuvo en su mano para dar caza al asesino de su compañero.

—Se refiere usted a Gabriel Abengoza. Un Guardia Civil que en el momento de ser asesinado, y pese a estar en medio de una investigación, iba borracho.

—¡No se atreva a ensuciar su nombre, Acosta!

—Le recuerdo, comisario, que ellos no tuvieron ningún problema en ensuciar el mío. Si no fuera porque la muerte del sargento primero se produjo cuando yo estaba encerrado, injustamente —Acosta enfatizó la palabra—, es probable que, en lugar de sobre Alejandro Soto, sus agentes, tan profesionales, hubieran cargado los muertos sobre mis espaldas.

—¡Su nombre no era necesario ensuciarlo!¡Usted vivía en el suelo de una puta lonja! ¡Además, continuamos investigando y dimos con el verdadero culpable!

—No continuaron investigando. El asesino mató al Guardia Civil y me dio una coartada. —A pesar de las palabras de Medrano, Acosta supo conservar la calma—. Sus policías ya habían intentado dármela inventándose una falsa testigo. ¿Está usted seguro de que hicieron un buen trabajo? ¿Está seguro de que no volvieron a equivocarse tras soltarme a mí? ¿Cómo explica si no la carta recibida por el señor Sorní?

—¡Algún loco imitador que quiere su puto minuto de gloria en programas de mierda como el suyo! ¡Pero si las cartas encontradas en la casa de Aginagalde y en el móvil de Sorní ni siquiera son ases de la baraja! ¡Es un maldito impostor al que no tardaremos en atrapar y meter entre rejas como hicimos con Soto!

Acosta se puso en pie de un salto. Estaba seguro de que solo tenía que pinchar un poco la moral del comisario para que este corriera a llamar a su programa. Medrano tenía alma de contertulio televisivo. Adoraba los focos y salir en televisión. Se creía la estrella del espectáculo. Lo que no esperaba es que fuera tan gilipollas como para soltar aquel bombazo en directo durante su programa. Tenía aseguradas horas de televisión por delante, y la cadena iba a renovar el contrato del programa al alza.

—¿Puede repetir eso que ha dicho, comisario? —preguntó con voz pausada en un intento de mantener la seriedad, pero feliz como unas castañuelas por dentro.

—Que meteremos al imitador entre rejas muy pronto, como hicimos con el señor Soto y como haré con usted si sigue difamando.

—No. Eso no. Me refiero a lo que ha mencionado de la carta de póker encontrada en casa de Aginagalde. ¿Puede confirmar entonces que la carta recibida por Sorní no fue la primera?

Medrano, dándose cuenta de su imperdonable error, colgó el teléfono sin dar una respuesta. Acosta lo aprovechó para seguir hurgando en la herida. Ya tenía lo que quería.

Tras cientos de llamadas de los televidentes en las que la mayoría de ellos opinaban escandalizados que la policía había cometido un error y que *Killer Cards* seguía libre, tras decenas de cortes publicitarios y tras horas de debate televisivo sobre el nuevo caso, dio por terminado el programa a las tres de la mañana, seguro de que tendría mejor audiencia que el último partido de la Champions.

23

Repartiendo responsabilidades

David e Israel ni siquiera se fueron a acostar. La intervención del comisario en el programa les había desvelado. Y más cuando, después de cagarla en directo y ante millones de espectadores, había llamado a Israel para exigirle que lo arreglara. Como si sacarle de la mierda en la que él se había metido fuera responsabilidad de sus subordinados.

No habían perdido detalle del resto del programa, aunque para entonces Israel ya no estaba tumbado sobre las piernas de David, sino que estaba tenso, sentado en el sofá y con las manos tapándole la cara, esperando escuchar algún desliz que le permitiera desacreditar la emisión. No tuvo esa suerte. Cuando Acosta despidió su programa especial, seguía sin saber cómo solucionar el marrón en el que acababa de meterles su jefe.

—¿Y si haces una rueda de prensa? —propuso David. Llevaba tres horas en silencio, sentado al lado de su chico, buscando algo que decir que pudiera ayudar a relajarlo.

—¿Una rueda de prensa? ¿Y qué digo? ¿Que quien ha llamado al programa no era en realidad Medrano, sino un farsante contratado por Acosta? ¿Miento? ¿Digo que en la casa de Aginagalde no encontraste ninguna carta y cuando no podamos evitar que salga a la luz toda la mierda quedo como un estúpido?

—Tú lo has dicho: la mierda va a salir a la luz —comentó David. No se había girado ni a mirar a Israel. Quería que él mismo se diera cuenta de lo que estaba pensando.

—Y me va a caer encima. No me puedo permitir un caso como este cuando apenas llevo unos meses en el cargo de inspector jefe. Medrano va a pagar su error conmigo. Me va a usar de chivo expiatorio y va a terminar con mi carrera. No sé cómo cojones voy a ocultar toda esta mierda para que no me ensucie.

—No creo que ocultarla sea la solución...

—¿Y qué propones? —inquirió Israel. El tono de su voz delataba que estaba nervioso.

—Que digas la verdad. Que des una rueda de prensa, confirmes la noticia de Medrano, añadas el tema de la carta con la reina de corazones que encontramos en el asesinato de Bárbara y que la opinión pública sepa que nos enfrentamos a *Killer Cards*, otra vez.

—¿Tú estás loco? ¿Quieres que reconozca en público que es posible que Alejandro Soto no sea el verdadero asesino de las cartas y que la policía se equivocó al detenerlo?

—Fue Ángela Casado quien lo detuvo, no tú. Sería su error, no el tuyo. Su error y el del comisario Medrano. Tú solo fuiste inspector cuando encerraron a Soto y no estuviste involucrado en el caso. Si hubo errores, no fueron tuyos. Además, yo no he dicho que se equivocaran. He dicho que nos enfrentamos a un asesino que deja cartas en sus víctimas.

—¿Crees que nos enfrentamos a un imitador?

—¡Nos enfrentamos a Carvajal! ¿Recuerdas? ¡Me confesó el primer asesinato!

—¡Pero eso es imposible! Tiene la mejor puta coartada del mundo. Carvajal solo quiere llamar nuestra atención porque es incapaz de asimilar que su hija se suicidó y me culpa a mí.

—¿Y si no trabaja solo? Tú lo has dicho: quiere llamar la atención, confundirnos. Confesó el primer asesinato antes de que se produjera y ya tenía planeados con su cómplice los otros dos. Lo mejor que podemos hacer es confirmar que estamos ante unos asesinatos en serie e intentar tranquilizar a la opinión pública diciendo que todo el departamento está trabajando en el caso y que tenemos una teoría sobre la que estamos trabajando.

—¿Esa teoría incluye la versión de Carvajal de que Alejandro Soto no es el verdadero *Killer Cards*?

—No lo sé, pero no es imposible. Seamos objetivos. ¿No te parece demasiada casualidad que investigando las pruebas sin explicación del accidente de Ángela acabemos cruzándonos con Bárbara Latorre y con Santiago Sorní? Las víctimas de este asesino no están elegidas al azar.

—¿Y qué pinta Aginagalde en todo esto? ¿Por qué fue la primera víctima? Y lo peor: ¿quién va a ser la siguiente?

—Eso es lo que vamos a tener que investigar, pero, si quieres librarte de la mierda que va a soltar la televisión desde ahora, lo mejor que puedes hacer es cortar las especulaciones de raíz. No importa si el asesino es el mismo que la vez anterior o si es uno nuevo. No importa que sea Enrique Carvajal, alguien que trabaja con él u otra persona. Lo importante es lo que tú vas a decir en la rueda de prensa. Hay un nuevo asesino, lo estamos investigando y hay varias líneas abiertas.

Israel aceptó hacer la rueda de prensa. Casi sin dormir se presentó en la oficina de Medrano y le expuso su idea. El comisario aceptó de buen grado. Que Israel saliera a hablar sobre el caso y expusiera sus investigaciones al gran público le apartaba a él del foco mediático en el que se había puesto involuntariamente la noche anterior. A partir de ese instante, si alguien cometía un error, podría echárselo en cara a su inspector jefe. Cualquier llamada que recibiera desde ese momento la remitiría a la rueda de prensa. Israel y David contaban con ello.

Las solicitudes de los medios de comunicación para acudir se desbordaron, lo que les hizo entender la repercusión que había tenido el programa de Acosta. Todo el mundo hablaba ya de los asesinatos del nuevo *Killer Cards* y hacían quinielas sobre si el asesino sería un imitador o el auténtico asesino de la baraja de póker. Las redes sociales bullían con memes, *fake news* y noticias rescatadas del olvido. Hasta una casa de apuestas ubicada en las Islas Caimán se había permitido la desfachatez de abrir una apuesta sobre quién sería la próxima víctima del nuevo asesino. A esas horas de la mañana, Víctor Acosta era el candidato con menos cuota de apuesta, el favorito de los apostantes. Israel aparecía en el quinto lugar justo por detrás de Medrano.

Israel se sentía inseguro. Durante la noche, la idea de David le había parecido aceptable. Soltar la mierda antes de que le cayera encima. Eran los únicos que sabían que la muerte de Latorre también estaba relacionada con el caso, aunque después del programa ya todos lo daban por evidente. Aun así, la confirmación policial sería un auténtico bombazo que eclipsaría por completo el desliz cometido por el comisario. Pero los fuegos no siempre se apagan de la misma manera. No es lo mismo un incendio forestal al que hay que echarle agua para sofocarlo que un incendio en una cocina, al que, si le echas agua, corres el riesgo de provocar el efecto contrario. Temía que su rueda de prensa tuviera el mismo efecto que lanzar litros de agua sobre el aceite hirviendo. Apagar un bombazo con otro podía ser letal.

Se colocó bien la corbata y se aclaró la voz antes de abrir el micrófono. Mientras lo hacía, decenas de *flashes* de las cámaras ya estaban empezando a agobiarlo.

—Buenos días y bienvenidos. Veo que, pese a la premura de la cita, les ha dado tiempo a preparar la rueda de prensa a casi todos los medios. Espero que para próximas convocatorias sobre información policial acudan con la misma rapidez —dijo Israel mientras fingía colocar en orden unos papeles para no tener que levantar la cabeza y mirar a la cara a los periodistas.

Si algo había intentado cambiar, desde su ascenso, era el trato con los medios de comunicación. Su predecesora no era muy amigable con ellos, y eso había creado tensiones entre los periodistas y la comisaría, pero, pese a sus buenas intenciones iniciales, no había conseguido cambiar nada y el ambiente era el mismo.

—Ante los recientes acontecimientos, nos vemos en la obligación de aclarar ciertas cuestiones. La primera: la divulgación de noticias falsas puede ser constitutiva de delito. Con esto quiero decirles que no olviden revisar sus fuentes antes de emitir una información. La segunda: la policía no está forzada a dar información ninguna sobre un caso abierto. Es decir, ni yo ni nadie de mi departamento estamos obligados a dar detalles sobre el caso, por mucho que ustedes insistan en el derecho de su público a estar informados. Si lo hacemos, será por voluntad propia y porque consideramos que es lo más oportuno para la investigación en ese momento.

»Y por eso he decidido reunirles aquí esta mañana, porque creo que lo mejor para el caso en este instante es informar a los medios de que, once meses más tarde, volvemos a encontrarnos ante un nuevo caso de asesinatos en serie en nuestra capital.

»Tenemos varias líneas de investigación abiertas, de las cuales no puedo informarles. Solo puedo decirles que la policía no descarta, de momento, ninguna posibilidad y que baraja diferentes opciones para esclarecer el caso.

»Les pido, por favor, que en la medida de lo posible todos nos permitamos realizar nuestro trabajo. El vuestro es informar; el nuestro, atrapar al asesino. Espero que no convirtamos el caso en una guerra entre periodistas y policías, sino en una colaboración abierta para evitar que se produzcan nuevos asesinatos.

»Ayer el comisario Medrano informó —Israel utilizó ese verbo con toda la intención para aparentar que el comisario no había cometido un descuido— durante la emisión del programa especial de *A toda costa* de que los casos del presidente del Tribunal Supremo, Aginagalde, y del empresario Sorní, podrían estar relacionados por el hallazgo en las escenas de los crímenes de dos cartas de la baraja. —Cogió aire—. Esta mañana quiero comunicarles que son ya tres los casos que pueden estar relacionados. —Un murmullo se extendió por la sala de prensa—. Ayer por la mañana falleció la actriz Bárbara Latorre, y creemos que su muerte puede estar conectada por unas cartas que yo mismo, junto con uno de mis agentes, encontramos en la escena.

El murmullo fue *in crescendo*. Israel guardó silencio mientras dejaba que los allí presentes asimilaran la noticia.

—Del mismo modo, manejamos una teoría con respecto a estos asesinatos. Creemos que el asesino en cuestión quiere alcanzar mayor fama que su predecesor. Alejandro Soto cometió cuatro crímenes y dejó cartas en sus víctimas hasta completar un póker de ases. Por las cartas encontradas hasta ahora, sospechamos que este nuevo asesino quiere completar una escalera real de crímenes. Hasta el momento ha dejado tres cartas, y esperamos poder atraparlo antes de que se localicen las dos que faltan para completar la jugada.

Una voz destacó por encima de todas las demás silenciando los rumores que se extendían por la sala.

—Inspector jefe, ¿cree que se van a cometer dos próximos asesinatos?

—Señor Acosta, buenos días, ¿usted nunca duerme? —respondió Israel. Intentaba sonreír para aparentar que la pregunta no le afectaba, pero las pocas horas de sueño y su animadversión hacia el periodista provocaban que la sonrisa se quedara en una mueca.

—Poco, y cuando lo hago es con la grabadora del móvil encendida por si en sueños se me ocurre alguna información relevante y la digo en voz alta.

—Viniendo de usted no me cabe ninguna duda de ello...

—Por supuesto, inspector. La veracidad es la llama que mantiene vivo al buen periodista. Yo nunca miento. Dígame, ¿cree que se van a cometer dos asesinatos más?

—Es una de las posibilidades que barajamos, pero, como he dicho, intentaremos, entre todos, que eso no ocurra y atrapar al asesino cuanto antes.

—¿Cree que se equivocaron al encarcelar a Alejandro Soto? —inquirió Acosta metiendo el dedo en la llaga que más intentaba evitar Israel.

—Veo que usted escucha lo que le conviene. He dejado claro en mi presentación que nos enfrentamos a un nuevo caso. No hay nada que ponga en duda la investigación de mi excompañera Casado ni del sargento primero Abengoza.

—Pero también ha dicho que no descartan ninguna posibilidad. ¿Descarta que estemos ante el mismo asesino?

—Es más probable que una vaca mate a un mosquito con su cola a que el mosquito mate a la vaca. Sin embargo, no es imposible que esto último ocurra. Por el momento, investigamos que la vaca aplasta al mosquito.

—Pero no lo descarta. Hay mosquitos muy cabrones, inspector.

Tras la rueda de prensa, Israel se dejó caer en la silla de su despacho. Se sentía agotado. Su agotamiento era más mental que físico, pero este es, a veces, mucho peor. Lo que había empezado siendo un caso de infarto se había convertido, de la noche a la mañana, en tres casos de asesinato sobre su mesa y no tenía ni idea de cómo afrontarlos.

Estaba claro que no eran casos aislados. Ya había quedado demostrado que Bárbara y Sorní se conocían, aunque su relación no había quedado clara todavía; y que Aginagalde y Sorní compartían amistad y cenas en familia. Aún sin confirmar, estaba seguro de que las tres víctimas habían coincidido en algún momento. Tres personas tan conocidas y populares acaban frecuentando los mismos círculos. Pero ¿cómo enfocar el caso?

Tenía dos opciones y ninguna de las dos acababa de convencerle: por un lado, estaba la opción de Carvajal. Él había iniciado aquella locura presentándose en comisaría y confesando el primer asesinato, pero ¿cómo relacionarlo con las muertes si en todas ellas se encontraba en la celda de comisaría? Además, su clase social ni se acercaba a la de las víctimas. No parecía tener ninguna posible relación con ellas. Y estaba su teoría de que Alejandro Soto no era el verdadero asesino, lo que pondría la credibilidad de la policía patas arriba y a sus jefes en su contra.

La otra opción era que se enfrentaran a un imitador. A favor de esta teoría estaba que las cartas fueran diferentes o que no todas fueran encontradas físicamente. Esta era la teoría más probable y la que iba a investigar. Tenía que centrarse en recopilar todas las pruebas de los casos y en intentar encontrar un hilo del que tirar. Un nexo común. Pero esta hipótesis también presentaba problemas. ¿Qué pintaba en ella el accidente de Casado? ¿Por qué había dudas sobre su muerte?

Además, estaban a punto de cumplirse las setenta y dos horas que podía permitirse tener encerrado a Carvajal. Sin nada contra él, y pese a la segura oposición de Medrano, tenía que sacarlo de su celda y mandarlo a su casa. David tampoco estaría muy contento con esa decisión, por lo que determinó que lo mejor era que fuera él quien se lo contara.

David entró en la oficina con gesto serio. Siempre se le amargaba la mañana cuando Israel asomaba la cabeza por la puerta de su despacho y le llamaba por su apellido.

—¿Y bien? —preguntó sin llegar a sentarse en la silla que Israel le ofrecía.

—Baja a las celdas y suelta a Carvajal. Se van a cumplir las setenta y dos horas y no podemos mantenerlo más tiempo encerrado.

—¿Vas a soltar al asesino?

—¿Y qué cojones quieres que haga? ¡No tenemos ninguna prueba contra él! No podemos centrar la investigación en un hombre resentido y amargado que solo dice tonterías.

—Me gustaría hablar con él antes de que se marche —propuso David tras meditarlo unos instantes.

—Por mí como si lo vigilas todo el día —replicó Israel—. Lo que no quiero es tenerlo aquí cada mañana dando la murga con sus teorías. ¿Queda claro? Voy a estar demasiado ocupado como para prestarles siquiera un minuto de atención a las estupideces de ese hombre. Lo único que va a conseguir es hacerme perder el tiempo.

—¿Quieres decir que puedo dedicar mi tiempo a vigilarlo y a investigar siempre y cuando él no pise esta comisaría? —A David la idea de abandonar la recepción de quejas le había despertado los nervios en el estómago.

—Si me aseguras que no va a venir a molestar más por aquí, yo te libero de tus responsabilidades en recepción. Si quieres vigilarlo, hazlo. Si quieres investigar, hazlo también, pero que no interfiera en la investigación oficial. Tú mismo si quieres perder el tiempo en sus conspiraciones. No quiero que Carvajal aparezca en la televisión contando sus tonterías. Si lo hace, te responsabilizaré a ti. ¿De acuerdo?

David asintió, cogió las llaves de las celdas y se fue a buscar a Enrique. No sabía si sentirse enfadado o entusiasmado. Que Israel pagara su frustración con él le cabreaba, pero poder investigar por su cuenta el accidente de Casado le daba una oportunidad que hacía tiempo esperaba. No dejaba de darle vueltas a una idea. Lo que había descubierto del informe forense y del accidente le hacían pensar que Enrique podría estar en lo cierto. Al menos en lo referente a su excompañera. Él también empezaba a pensar que no había sido un accidente. Aunque se equivocara en lo de Alejandro Soto, la inspectora se merecía que aclararan su muerte, y Enrique era la excusa que necesitaba para tener tiempo para hacerlo.

Carvajal estaba dando cortos paseos por la celda cuando David terminó de bajar las escaleras. Se le veía cansado, pero cuando le vio aparecer dibujó una sonrisa en su cara.

—¡Agente Expósito, qué alegría verle! ¿Alguna novedad?

—Unas cuantas, Carvajal, pero ninguna que a usted le incumba. Se puede marchar a su casa. Ya han pasado las setenta y dos horas.

—Puede llamarme Enrique. Después de estas semanas vamos teniendo confianza.

—Muy bien, Enrique, hay algo que me gustaría hablar con usted —dijo David tras franquear la salida de la celda.

—Dígame. Soy todo oídos.

—Mejor fuera de comisaría. ¿Le importa si le acompaño a su casa?

—Por supuesto que no. Aunque me temo que allí no voy a poderle ofrecer ni un triste café. Hace tiempo que no hago la compra —repuso Enrique tras recoger las pocas pertenencias que le habían quitado al llegar y abrocharse la chaqueta.

—No se preocupe. No es un café lo que quiero de usted. Simplemente quiero proponerle un trato.

—Entonces, será un placer que me acompañe.

Durante el trayecto en coche ninguno de los dos dijo nada. Enrique parecía esperar a que David tomara la palabra y él no sabía por dónde empezar. Al entrar en la casa, una caja de galletas tirada por el suelo, la basura sin recoger y un olor a cerrado insoportable le delató el estado mental de Enrique. David estuvo a punto de arrepentirse de haberlo acompañado. Aquel hombre estaba desequilibrado y sospechar siquiera que pudiera tener razón en algo de lo que decía no le dejaba en buen lugar.

—Ya puede disculpar... le aseguro que yo antes no era así, pero la vida, las circunstancias, me han llevado por un camino inesperado. Ha hecho que cierto tipo de cosas, como el orden o la limpieza, hayan dejado de parecerme importantes.

—No tiene que justificarse. Puede hacer lo que quiera en su casa.

Imagino que la pérdida de su hija fue un mordisco de la vida difícil de digerir.

—El divorcio de mi mujer y la muerte de mi hija hicieron que pensara que mi vida no servía para nada. No fui bueno para mantener mi matrimonio y tampoco para proteger la vida de la persona que más quería en este mundo. ¿Para qué servía yo entonces?

—Seguro que algo puede usted ofrecer... —replicó David en un intento de comprensión y de consuelo. Pese a todo, aquel hombre le infundía ternura.

—Sí, tardé un tiempo, y, si no llega a ser por los avatares del destino, puede que no me hubiera dado cuenta, pero yo también llegué a la misma conclusión. Para algo tenía que tener sentido mi vida: para hacer justicia.

—¿Justicia? Para eso están las autoridades, Enrique —protestó David. Nunca le habían gustado los justicieros. Ni siquiera en los cómics.

El ataque de risa que le dio a Enrique se vio interrumpido por uno de tos.

—¿Las autoridades? ¿Policía? ¿Abogados? ¿Jueces? Bendita inocencia la suya, David. ¿Te importa que te llame David?

—No. Puede llamarme como quiera.

—Te tutearé entonces. Ya hay confianza. ¿De veras piensas que el mundo es justo? ¿Que hay justicia?

—Como policía, intento que la haya. Es mi deber y para eso entré en el cuerpo —contestó David al tiempo que echaba una ojeada por la cocina. Pasó un dedo sobre la encimera y dejó la huella en la capa de polvo.

—¿Es justo que por robar seiscientos euros con una tarjeta de crédito que te encuentras en la calle para comprar comida para tus hijos te caigan dos años y medio de cárcel y que once de los quince condenados por robar con las *tarjetas black*, cientos de miles de euros, vayan a la cárcel solo a dormir? ¿Es justo? ¿Es justicia que el fiscal pida años de cárcel al padre de una niña violada por insultarlo, pero que los violadores paseen por la calle al cabo de tres años? ¿De veras piensas que es justo?

—El sistema tiene fallos, pero es nuestro deber mejorarlo. Lo que no podemos permitir es saltarnos la ley.

—Ese es otro problema, David, que quienes no pueden permitir saltarse la ley siempre son los menos favorecidos. Los ricos tienen más manga ancha para jugar con ella, porque la justicia es ciega, pero no tonta y, si le pagan bien, se prostituye con facilidad.

—¿Es por eso que cambió las pastillas al presidente del Tribunal Supremo? —soltó David en busca de una respuesta directa—. ¿Para vengarse de una justicia corrupta? Aquí no hay micros, estamos en su casa.

—Tampoco somos todos iguales ante la ley. Tu palabra, por ejemplo, por ser un agente de la autoridad, es más valiosa que la mía ante un juez. Conste que yo era igual que tú, no te creas. Creía en la justicia, creía en la ley, respetaba las normas. ¿Y de qué me sirvió? Me sirvió para que mi mujer se quedara con casi todo lo que era mío durante el divorcio y para que solo pudiera ver a mi hija fines de semana alternos. Me sirvió para que mi hija terminara suicidándose —repuso Enrique, al que el recuerdo de su hija humedeció la mirada. Tuvo que tomar asiento. De pronto, se sintió agotado.

—Cambió las pastillas, ¿sí o no?—preguntó David cuando Enrique dejó de frotarse los ojos y pareció recuperar el aliento.

—Como te dije ya una vez, yo nunca te he mentido. Permíteme que siga sin hacerlo.

Durante unos segundos, se instaló el silencio en el salón de la casa. David miraba a Enrique con seriedad y este le devolvía una mirada comprensiva, pero inmutable. El agente decidió romper ese incómodo silencio con otra pregunta:

—¿Qué es lo que quiere de mí?

—Que hagas tu trabajo. Que lo hagas, pero bien. No como tu novio.

—¡¿Mi novio?! —exclamó David. Su cara no podía reflejar mayor extrañeza.

—El inspector jefe Otero. ¿Acaso pensáis que se lo ocultáis a alguien?

—La verdad es que eso pretendíamos...

—Lo habéis hecho igual de mal que investigar, pero yo confío en ti, David. Creo que eres mucho mejor como policía que eligiendo pareja, pero tienes que atreverte a dar el paso.

—¿Y qué quiere que investigue? Además de la muerte de la inspectora... —replicó David. Aunque intentaba seguir atento a la conversación parte de su cabeza divagaba sobre el hecho de que hasta Enrique conociera su relación con Israel.

—Estoy seguro de que has visto algo raro, ¿verdad?

—No le voy a negar que hay cosas que no cuadran, lo que no sé es cómo le llegó esa información o cómo acabó el informe de su autopsia sobre la mesa de Aginagalde.

—Estoy seguro de que terminarás por descubrirlo, pero dime, ¿qué te dice ahora tu instinto? ¿Crees que fue un accidente? —preguntó Enrique sin dar una respuesta a las preguntas que David había dejado caer.

—No estoy seguro.

—¡Una duda! Aún hay esperanza para este viejo loco. —A Enrique se le iluminaron los ojos—. Sigue esa duda a ver hasta dónde te lleva. ¿Ya habéis descubierto la relación entre Aginagalde y Sorní?

—¿Y no puede decírmelo directamente?

—No necesita mucho esfuerzo de investigación. Ya se lo comenté estando en la celda. Es tan sencillo que creo que incluso Otero puede ser capaz de descubrirlo sin ayuda. En estos tiempos que vivimos, toda la información se puede encontrar en el mismo sitio —dijo Enrique. La seriedad volvió a su rostro y volvió a reflejar cansancio. No se podía creer que, pasados tres días, no hubieran buscado todavía esa información.

—Está bien, se lo diré a Israel y le prometo que investigaré personalmente todo lo relacionado con la muerte de Ángela Casado, pero tiene que hacerme una promesa.

—Al menos ya he conseguido algo. Ya no lo llamas accidente. Muy bien, ¿qué es eso que tengo que prometer? —preguntó Enrique y cruzó los dedos como un niño.

—Que no volverá a comisaría cada mañana hasta que todo esto termine y que no saldrá en ningún programa de televisión hablando de este caso ni del de hace casi un año. Quiero que, si Acosta se pone en contacto con usted, o cualquier otro periodista, guarde silencio.

—Se lo prometo. No tengo ningún interés en salir en televisión.

Tampoco es justa. Ahora que todo se ha puesto en marcha, tampoco pienso volver a poner un pie en comisaría por propia voluntad hasta que esto termine. Creo que ya va a estar presente y que a nadie se le va a olvidar. Y confío en que esa duda que tienes sobre la muerte de tu compañera te haga seguir adelante. Te aseguro que todo esto te interesa personalmente.

—Muy bien, ahora lo mejor que puede hacer es limpiar su casa y esperar a que la policía haga su trabajo. Y no haga ninguna tontería más.

—Me temo que eso no voy a poder prometerlo —repuso Enrique y descruzó los dedos.

24

Un padre arrepentido

Dejó a solas a Enrique en su casa y se fue a comisaría. Quería decirle a Israel que había cumplido su parte y comunicarle el recordatorio que este le había hecho sobre buscar la relación de Sorní y Aginagalde.

Pese a las ganas que tenía de hablar con él, aparcó el coche a unas manzanas. Necesitaba dar un paseo para intentar aclarar cómo se sentía. Si las emociones pudieran desmembrarse como los cuerpos, a él podrían trocearlo como a un cerdo. Se sentía feliz por el hecho de poder iniciar su primera investigación y salir de atención ciudadana; desde que era policía, su trabajo se había limitado a patrullar por las calles o a atender a los ciudadanos tras un mostrador. Poder salir a la calle, investigar, sentirse útil, le hacía sentirse bien. Era con lo que había soñado cuando se metió en el cuerpo de policía, que le dejaran investigar casos como el de la muerte de su padre y atrapar a los culpables. Que nunca atraparan al ladrón que lo mató era lo que le había hecho decidirse a ser policía. Después, la vida le había llevado por otros caminos y un par de errores cometidos en sus primeros años, como estrellar dos coches patrulla, habían conseguido que terminara en otras labores dentro del cuerpo, pero aquella seguía siendo su meta en la policía. Sin embargo, que esa oportunidad hubiera llegado de aquella manera, como si Israel quisiera apartarle del foco mediático de la investigación principal, emborronaba ese entusiasmo con un halo de tristeza, como cuando a un buen filete lo cubres con una mala salsa.

Enfrentarse a su primera investigación también le hacía sentir ansiedad y miedo. Temía no ser capaz. ¿Y si se equivocaba? ¿Y si Israel tenía razón y el mejor sitio que podía ocupar era el mostrador de atención al cliente para evitar que volviera a meter la pata? La batalla interna que estaba librando entre el entusiasmo y el miedo le tenía confundido. Otra emoción más que combatir. Se sentía como un esquizofrénico con varias personalidades que batallaban por tomar el control de su mente. Una valerosa y confiada en sí misma, la otra miedosa e insegura, incluso una tercera que solo quería afecto y que la valoraran. Sentía envidia de aquellos que se enfrentan al día a día con seguridad y estaba ansioso por empezar. Y enfadado, con él mismo y con Israel por no ser capaces ni de ocultar su relación a los ojos de un extraño como Enrique. Un enfado que brotaba de sus inseguridades y de la falta de comprensión de su pareja. Si hubiera un cartón de emociones que rellenar, estaría a punto de cantar bingo.

No se sorprendió al no encontrar a Israel en su despacho. Con todo lo que tenía entre manos, lo normal era que estuviera ocupado. Aprovechó su ausencia para hacer una consulta en el ordenador. Al menos, el paseo le había servido para decidirse por dónde empezar a investigar. Buscó el nombre y todos los datos disponibles del padre de Ángela Casado. Quería preguntarle por qué había pedido la autopsia de su hija si hacía años que no se hablaban.

Después, salió del despacho y preguntó por Israel. Herrera, con la misma cara de amargado de cada día, le dijo que acababa de irse donde Álvaro. Al parecer, el informático tenía información sobre el *email*. Cuando llegó al departamento de informática, Israel y el chaval estaban discutiendo frente al ordenador.

—¡Te digo que no puedo hacer nada más! —exclamaba Álvaro cuando David cruzó la puerta.

—¿Y qué cojones hago yo con esto? ¿Una biblioteca pública?

—No pensarías que el asesino iba a ser tan *loser* como para enviar el *email* desde su móvil o desde el ordenador de su casa, ¿verdad? Bastante que no lo ha rebotado ni usado un encriptador. Lo cual indica que no es muy profesional, solo alguien cuidadoso.

—¡Muy bien! Voy a arrestar ahora mismo a todas las personas cuidadosas de Madrid —replicó Israel.

—Puedes eliminarte de esa lista... —murmuró Álvaro.

—¿Qué has dicho?

—Que puedes eliminar de esa lista a todos aquellos que no hayan pisado la biblioteca pública de Moratalaz el miércoles de la semana pasada, que es cuando se envió el *email*.

—Es un sitio por el que empezar —dijo David desde la puerta—. Peor sería que hubieran mandado el *email* desde una discoteca. Las bibliotecas, fuera de la época de exámenes, no son lugares muy concurridos.

—Preguntaré a ver qué puedo sacar. ¿Qué haces aquí? —interrogó Israel—. ¿No ibas a soltar a Carvajal e investigar?

—Y eso he hecho, inspector jefe Otero. —Las palabras de David sonaron a enfado—. Y venía a comentarle que Carvajal me ha prometido no regresar a la comisaría mientras dure la investigación del caso.

—Muy bien. Un pesado menos interrumpiendo nuestro trabajo. ¿Eso es todo?

—También me recordó una sugerencia para su investigación, inspector, que nos hizo la primera vez que habló con él. —La rabia ganaba terreno entre sus emociones. Si hasta Enrique se había dado cuenta de su relación, ¿por qué coño tenía que seguir fingiendo? Estaba tentado de mandarlo todo a la mierda—. Dice que deberíamos buscar la relación entre Aginagalde y Sorní.

—Buenísima sugerencia, cómo no se me habrá ocurrido —replicó Israel con toda la ironía que fue capaz, haciendo alarde, una vez más, de su falta de tacto—. Ya sabemos que Sorní acudía a casa de Aginagalde en alguna de sus cenas.

—¿Y tiene algo, inspector? Porque Carvajal me dijo que era tan sencillo como buscar la información en un ordenador —replicó David. Israel ni se había dado cuenta de que estaba enfadado.

—No he tenido tiempo todavía. Me llamó Álvaro cuando iba a ponerme a ello, pero ya que estamos aquí podría encargarse él. Veamos qué encuentras en el ordenador, chaval. Espero que me sea más útil que lo del *email*.

Álvaro lanzó una mirada de desesperación a David. Este le devolvió una de comprensión. Israel estaba tan acostumbrado a vivir dentro de una coraza de protección que parecía haber perdido la capacidad empática con el resto del mundo. Solo cuando se quedaban a solas en casa parecía deshacerse de esa coraza y se mostraba como realmente era, pero eso solo lo sabía David. ¿O eran solo imaginaciones suyas cegadas por el amor y el deseo que sentía por él?

Álvaro solo necesitó teclear ambos nombres en el buscador de Google.

«La Audiencia Provincial de Justicia de Barcelona absuelve a Santiago Sorní de la acusación de prostitución, explotación sexual y corrupción de menores.

»El juez, Juan Ramón Aginagalde, ha desestimado la acusación ante la falta de pruebas incriminatorias. Tras el recurso a la sentencia del juzgado de instrucción, Santiago Sorní quedará en libertad sin cargos tras la resolución de la Audiencia Provincial a la espera de si la acusación presenta recurso ante el Tribunal Superior de justicia».

—Recuerdo el caso. Fue hace cosa de seis años. Al parecer, se había relacionado a Santiago Sorní con una red de pornografía infantil, pero quedó demostrado que todo era una campaña para intentar dañar su imagen —dijo Israel.

—Sí, yo también lo recuerdo —expuso David—. La acusación decidió no presentar recurso y el caso quedó archivado. Álvaro, ¿puedes mirar, por favor, cuándo fue propuesto Juan Ramón Aginagalde para consejero general del poder judicial?

—Al año siguiente —respondió Álvaro tras teclear un par de veces—. Para ser exactos, once meses después de la sentencia que acabamos de leer.

—¿Qué estás pensando, Expósito?

—Nada, Otero, conspiraciones de las mías. —David cada vez se sentía más airado. Si Israel volvía a llamarle Expósito, iba a erupcionar como un volcán—. Tú ya tienes tu nexo de unión entre las víctimas. Una buena razón para que Sorní cenara en casa de Aginagalde. Yo voy a ver si continúo con mi propia investigación sobre conspiraciones, no quiero molestar demasiado. Buenos días.

David se sentó en su coche y tuvo que respirar profundo varias veces al salir de comisaría. No soportaba al Israel profesional y le costaba más cada día lidiar con él. Intentó no pensar mucho en ello y decidió centrarse en la investigación. Si no, acabaría regresando y montando una escena. Ya hablaría con Israel en casa.

Si los datos de los que disponía eran correctos, los padres de Ángela seguían viviendo en la misma casa de la que ella se marchó con diecisiete años. Amelia Izquierdo y Alfredo Casado no habían tenido más hijos. Fue Amelia la que abrió la puerta cuando David llamó.

—Buenas tardes. ¿Es usted la madre de Ángela Casado?

—Buenas tardes —replicó Amelia con voz seria. No le gustaba que fueran a preguntar por su hija. Le traía malos recuerdos—. ¿Quién es usted?

—Me presento: mi nombre es David Expósito. Trabajo en la misma comisaría en la que trabajaba su hija.

—No tengo nada que decirle de Ángela. Ella se marchó de casa hace muchos años. Siempre fue desobediente y descuidada, no me extraña que sufriera un accidente, pero no entiendo a qué viene a preguntar por ella casi un año después de su muerte.

—Tengo entendido que su marido solicitó una autopsia de su hija. Quisiera saber por qué lo hizo.

—Tendrá que hablarlo con él. Yo no quería que lo hiciera. A los muertos hay que dejarlos en paz, pero él insistió —dijo Amelia sin llegar a abrir del todo. Se le notaban las ganas que tenía de dar por terminada la conversación.

—¿Y dónde está su marido para que pueda hablar con él? —inquirió David al tiempo que ponía la mano en la puerta para evitar que la mujer le diera con ella en las narices.

—Ha salido a dar un paseo, como cada mañana. Desde que se jubiló, le gusta salir a pasear. Volverá para la hora de comer —contestó Amelia. Miró el reloj y continuó—. Si no le importa, debo terminar de hacer la comida. Estará a punto de llegar.

—¿Le importa si espero dentro?

—La verdad es que sí. Ni siquiera me ha enseñado su acreditación de policía. Usted podría ser tanto excompañero de Ángela como un ladrón que se quiere aprovechar de una mujer mayor.

—Le aseguro que solo quiero hacer un par de preguntas a su marido —repuso David y soltó la puerta para buscar su acreditación de policía.

—Puede usted esperarle ahí si quiere. Ahora, si me disculpa... —dijo Amelia antes de cerrar, aprovechando el descuido.

David no se movió del rellano durante los quince minutos que pasaron antes de que llegara el padre de Ángela. Terminó sentado en las escaleras frente a la puerta. Cuando le vio acercarse, se sorprendió. Esperaba ver a alguien alto, fuerte, enérgico, tal y como era la inspectora Casado, pero el hombre que se esforzaba en meter la llave en la puerta entrecerrando los ojos no daba aquella imagen. Al contrario, se le veía débil, incluso para su edad.

—Disculpe —comenzó David desde el descansillo—. ¿Es usted Alfredo Casado?

—El mismo —respondió el hombre tras dar un respingo sorprendido porque alguien le hablara a su espalda—. ¿Quién es usted?

—Soy el agente Expósito de la policía. Quisiera hacerle un par de preguntas sobre la muerte de su hija.

—¿Y qué hace escondido en la escalera? Casi me da un infarto.

—Eso dígaselo a su mujer, que no me ha dejado entrar en la casa.

—Discúlpela. Es muy desconfiada. Ha habido varios robos por la zona en las últimas semanas, y nunca ha sido de fiarse de la gente. Pase —pidió Alfredo cuando consiguió abrir la puerta—. Espéreme en el salón. Es la segunda puerta a la derecha.

David le hizo caso. Entró en la casa, hizo un gesto de saludo a Amelia que le miraba con desconfianza desde la cocina y, sin decir nada, entró en el salón. Tomó asiento y se dispuso a esperar. El tono de las voces que llegaban desde la cocina le permitió escuchar la conversación.

—¿Por qué le dejas pasar? —inquirió Amelia.

—¿Y por qué no? Solo quiere hacer un par de preguntas sobre nuestra hija.

—¿Y qué sabemos nosotros de ella? ¡Se fue de casa con diecisiete años!

Si ni siquiera sabíamos que era policía hasta que la vimos en las noticias.

—¿Y no te arrepientes de eso? —preguntó Alfredo en medio de un sollozo.

—¿Arrepentirme? Ni siquiera nos llamó durante más de quince años. ¿Por qué iba a arrepentirme?

—No fue ella quien se marchó de casa. Fuimos nosotros quienes la echamos. Y tampoco hicimos nunca nada para ponernos en contacto con ella.

—Era desobediente, malcriada, estaba enferma —alegó Amelia sin inmutarse.

—Era nuestra hija... y no estaba enferma. Era lesbiana.

—Por Dios, ¿qué hicimos mal?

—Echarla de casa. Es lo único que hicimos mal.

Esa última respuesta dio por terminada la conversación. David se quedó en silencio esperando. Alfredo entró en el salón sin decir nada. Después, se acercó a la ventana y miró a la calle durante casi un minuto antes de empezar a hablar.

—¿Qué es lo que quiere preguntar sobre mi hija?

—Su hija y yo trabajábamos en la misma comisaría. Yo soy un simple agente, pero solíamos cruzarnos por los pasillos.

—¿Cómo era?

—Introvertida, muy centrada en su trabajo.

—¿Sabe que me llamó la tarde antes de morir? —murmuró Alfredo como si sacar ese recuerdo de su cabeza supusiera arrancarlo del alma.

—¿Le llamó? Tenía entendido que Ángela se marchó de casa y ya nunca más habló con ustedes.

—No hablamos. No cogí el teléfono. No suelo atender llamadas de números desconocidos. Siempre suelen ser comerciales que quieren venderte algo. Dejé sonar la llamada con la esperanza de que se cansaran pronto.

—Y, si no cogió la llamada, ¿cómo sabe que era su hija quien le llamaba?

—Porque dejó un mensaje. ¿Quiere oírlo?

—Por favor, se lo agradecería.

Alfredo sacó el teléfono del bolsillo y rebuscó en el terminal. Sus ojos reflejaban tristeza y un brillo que amenazaba con convertirse en lágrimas.

«Hola». La voz severa de Ángela resonó en el salón. «Imagino que no esperabas esta llamada... Soy Ángela, tu hija. Sí, ya sé que llevo quince años sin llamar, y la verdad es que, si no fuera por mi compañero Gabriel, hubiera estado, seguramente, otros quince años sin hacerlo, puede que más. El caso es que él me sugirió que lo hiciera. Él no pudo despedirse de su padre antes de que muriera y se arrepentía de ello. No quiero que a mí me pase lo mismo. Quiero tener al menos la oportunidad de hacerlo. Imagino que ya os habréis enterado de que soy inspectora de policía... Y, aunque ahora el caso de *Killer Cards* ya ha terminado, no será la última vez que mi vida esté en peligro. Hace unos días estuve a punto de morir ahogada en el Manzanares. ¿Te lo puedes creer? Si casi nunca lleva agua... Me gustaría volver a hablar contigo. No hace falta que se lo digas a Amelia si no quieres. Cuando escuches este mensaje, si te apetece, llámame».

—No llegué a tiempo... —murmuró, otra vez, Alfredo—. Para cuando escuché el mensaje, nuestra hija ya estaba muerta.

—¿Fue por eso por lo que pidió la autopsia?

—Quise tener algo de ella. Después, en el velatorio, quise verla por última vez, aunque fuera allí tumbada. No sé si me entenderá, pero incluso su imagen después del accidente era mejor recuerdo que el último que tenía de ella en mi mente.

—¿Mejor?

—Ángela se marchó de casa entre gritos. Rompiendo cosas de la casa. Enfadada. Siendo casi una niña... Allí era una mujer serena, adulta. Nada menos que inspectora jefe de la brigada de homicidios. Acababa de resolver el caso del mayor asesino en serie que ha tenido Madrid. Mi hija... Por primera vez me sentí orgulloso de ella. Aunque ya no pudiera decírselo. ¿Lo entiende?

—Creo que sí —respondió de forma lacónica David.

Le habían llegado rumores en comisaría de la historia de Casado tiempo antes de que ella muriera. Cuando supo que los padres de Ángela la habían echado de casa cuando les confesó que era homosexual, se hizo a la idea de cómo eran. Por suerte, a él le habían tocado unos progenitores comprensivos y de mente más abierta. Cuando él les dijo que era gay, ni siquiera se sorprendieron, pese a que solo tenía catorce años. Hay verdades que unos padres ya saben si no se han puesto una venda en los ojos para no verlo. Que Amelia y Alfredo hubieran dejado marcharse a su hija menor de edad de casa simplemente por su condición sexual ya los catalogaba, a sus ojos, como malos padres. Sin embargo, entendía la reacción de Alfredo al saber que ella había fallecido.

—¿Sabe? Yo tampoco pude despedirme de mi padre —dijo para intentar retomar la conversación y que el padre de Casado no se quedara callado, hundido en su melancolía.

—¿Y eso? ¿Qué ocurrió?

—Un atracador le mató cuando volvía a casa de la oficina. Nos enteramos cuando un policía llamó a la puerta. Su muerte fue lo que me llevó a meterme a policía, hasta entonces mis aspiraciones eran el cine o el teatro. Que no encontraran al asesino fue lo que me hizo elegir esta profesión. Poder hacer justicia con su muerte.

—Le sonará estúpido, pero pedí la autopsia para tener algo de ella que me la recordara. Cuando se fue de casa, mi mujer quemó o tiró a la basura todo lo que era suyo. Juguetes de niña, recuerdos de su habitación, la poca ropa que dejó, hasta sus notas del colegio. Mi mujer no quería tener nada en casa que le recordara su fracaso como madre. Porque para ella, que nuestra hija fuera lesbiana, era un fracaso.

—¿Solo para ella? ¿Para usted no? —cuestionó David.

—En aquel momento para mí también lo fue. Yo reaccioné igual de mal que mi esposa. No lo entendí. No comprendía por qué mi hija tenía que ser distinta a las demás niñas. Tardé muchos años en darme cuenta de mi error, pero para entonces ya era muy tarde. Ya no tenía idea de cómo localizarla. Solo supe de ella cuando la vimos salir por televisión con el caso de los asesinatos e incluso entonces tuvimos que leer su nombre escrito en la pantalla porque no fuimos capaces de reconocerla físicamente. ¿Se imagina lo triste que es para un padre no reconocer a su hija? Pero ni siquiera entonces me atreví a ponerme en contacto. Supuse que ella no querría saber nada de mí, hasta que me hizo esa llamada. Los papeles de la autopsia son el único recuerdo que me queda de ella. Ese, su voz en la llamada y los recortes de prensa que junté sobre el caso...

—Y, si pidió la autopsia de su hija para tener un recuerdo de ella, ¿por qué el informe apareció en la casa de Aginagalde? ¿Por qué se deshizo de él?

—¿Cómo dice? ¿Deshacerme del informe? ¿En casa de quién? Yo lo guardo en este armario. No se ha movido de aquí desde que lo traje —dijo Alfredo. Se acercó a uno de los cajones y abrió la puerta—. Lo tengo aquí, entre los papeles de mi antiguo trabajo para que mi espo... ¿Dónde está el informe? No lo encuentro. ¡Amelia!

—¿Qué? —replicó la mujer. Había aparecido en la puerta del salón tras oír el grito.

—¿Qué has hecho con el informe forense de nuestra hija?

—¿Qué informe?

—No lo habrás tirado, ¿verdad? Mira que como también te hayas deshecho de él no te lo voy a perdonar nunca.

—¿El sobre amarillo que tenías guardado en el armario?

—Sí. El sobre amarillo del armario. ¿Qué has hecho con él?

—Yo no he hecho nada. Tú sabrás dónde lo has dejado.

—¡Yo no lo he sacado de este armario! —bramó Alfredo a punto de perder los nervios.

—Pues yo tampoco. Así que a mí no me chilles.

—Además de a mí, ¿le ha dicho a alguien más dónde guardaba el informe? —preguntó David con la intención de intervenir y serenar los ánimos.

—No que yo recuer... ¡Espere! Sí. Fue unos meses después de su muerte. Vino a hablar conmigo un periodista. Uno que ahora es muy famoso...

—¿Acosta? ¿Víctor Acosta?

—¡El mismo! Estuvo haciendo preguntas sobre mi hija y le mostré el informe forense. Quería información para hacer un programa especial sobre la labor de Ángela al frente del departamento de policía, pero después de aquel día no he vuelto a tener noticias suyas y no he visto ese programa especial. Imagino que el tema pasó de moda...

—¿Sabe si él pudo llevarse el informe forense?

—No. Él no fue. Recuerdo haberlo mirado más veces después de que él estuviera en casa y el informe seguía aquí —replicó Alfredo.

—¿Y no ha hablado con nadie más?

—No señor, con nadie.

—¿Le suena de algo esta cara? —preguntó David. Había enseñado tantas veces la foto de Enrique que estaba pensando en ponerla como fondo de pantalla en su móvil.

—Yo diría que no. Por mi trabajo, veía muchas caras al cabo del día, pero esa es una cara demasiado común. No tiene ningún rasgo diferencial. Podría haberme cruzado con él cien veces que no me habría fijado.

—¿No ha venido este señor nunca a su casa?

—¿Aquí? Eso sí que le puedo asegurar que no. Hace mucho tiempo que no viene nadie, ni de visita —repuso Alfredo—. No tenemos muchos amigos...

—¿Y a usted, señora? ¿Le suena de algo esta cara?

—No —respondió de manera tajante Amelia tras echar un corto vistazo a la imagen que le mostraba David.

—Muchas gracias por su tiempo. Por el informe de su hija no se preocupe. En estos momentos lo tengo yo. Apareció en la mesa del presidente del Tribunal Supremo hace un par de días. En cuanto el caso se aclare, yo mismo se lo devolveré.

—¿Y qué hacía el informe de mi hija allí?

—Eso, y cómo llegó allí, es lo que me gustaría descubrir. Al menos ahora tengo a alguien más a quien preguntar.

25

Aliados inesperados

David aprovechó las últimas horas del día para acercarse a los estudios de grabación. Tenía la esperanza de encontrarse por allí merodeando a Acosta para tener una charla con él o, al menos, que alguien pudiera decirle dónde podría encontrarlo. No tuvo suerte con lo primero, pero sí con lo segundo. Acosta había grabado el programa unas horas antes de lo normal para acudir, personalmente, a la rueda de prensa que el Presidente del Gobierno iba a dar a la salida de una reunión con el jefe de la oposición. Un intenso año electoral se avecinaba y la política iba a ser una fuente inagotable de información.

La rueda de prensa tenía lugar en el mismo Palacio de la Moncloa y David decidió que lo más adecuado era esperar en el exterior a la salida de los periodistas. Podría haber usado su condición de agente de policía para solicitar una acreditación, pero no lo consideró necesario. Intentar hablar con Acosta dentro del palacio habría resultado infructuoso.

Era en esos momentos de tensa espera cuando se arrepentía de haber dejado de fumar. Cuando era patrullero, solía fumarse casi medio paquete de tabaco diario, pero, cuando en una persecución policial que tuvo que hacer a pie le faltó el aire en los pulmones, decidió dejarlo. Ese había sido otro de los errores que le habían condenado a trabajos burocráticos. No le resultó fácil, pero que su novio por aquel entonces le dijera que sus besos sabían mucho mejor desde que lo había dejado le ayudó a mantenerse firme en su decisión. La relación no había durado mucho tiempo, pero había conservado esa fuerza de voluntad para no volver al tabaco. Sin embargo, aquellas esperas sin un cigarrillo en la boca se le hacían complicadas, pese al tiempo transcurrido.

Intentó no pensar en ello, distraerse mirando el móvil a ver si en Internet aparecía alguna noticia de interés o alguna información relevante con respecto a la rueda de prensa del Presidente, aunque solo fuera para saber cuánto tiempo iban a tardar en salir los periodistas. Se impacientó al darse cuenta de que ni siquiera estaba seguro de que Acosta estuviese dentro, que no se hubiese marchado ya, y en Internet solo se hablaba del caso que Israel tenía entre manos. Todas las redes sociales estaban hablando del mismo tema. Las cartas encontradas en los asesinatos.

Terminó mirando la página de un periódico deportivo y su muro de las redes sociales para no saturarse, hasta que vio empezar a salir a gente del edificio. Se acercó a la puerta para asegurarse de que Acosta no se montaba en ningún coche antes de que pudiera hablar con él.

—¡Acosta! —exclamó al ver aparecer al periodista entre la gente—. ¿Tiene un minuto?

—No, si no es para algo importante. Usted es policía. Estaba con el inspector Otero cuando vino a intentar coaccionarme antes de mi entrevista con Alba Gómez.

—Mi nombre es David Expósito. Soy agente. Me gustaría hablar con usted.

—¿Conmigo? ¿Sobre qué? No será sobre los nuevos asesinatos, ¿verdad? Dígame que han espabilado y que no vuelven a considerarme sospechoso de nada. Sería una decepción —dijo Acosta, sin detener sus pasos hacia el coche.

—No es un interrogatorio y usted no está siendo considerado sospechoso de nada, por el momento. En realidad, y aunque está al parecer relacionado, no quiero hablar con usted de ese caso. Me gustaría hacerle unas preguntas extraoficiales respecto a su investigación sobre el accidente de Ángela Casado.

—¡Ah! Interesante mujer la antigua inspectora jefe. ¿Quién ha sido el policía avispado que, por fin, ha puesto el ojo en su accidente? —El rostro de Acosta se destensó. Hablar de aquel caso le apasionaba. No en vano, le había otorgado la fama de la que ahora podía vivir.

—No estoy aquí para contarle nada de la policía, sino para interesarme en por qué usted estuvo hablando con el padre de la inspectora meses después de que ella falleciera. ¿Qué es lo que quería averiguar?

—Le dejo que me haga las preguntas que quiera si me invita a un trago. Estas ruedas de prensa de políticos siempre terminan por secarme la garganta. Se me hacen bola, como la carne con nervios a los niños al masticar.

Sentados a la mesa de un bar, David no sabía cómo iniciar la conversación. Tenía dudas sobre lo que podía llegar a contarle al presentador más bocazas de la televisión. Estaba seguro de que cualquier cosa que le dijera terminaría siendo titular en su siguiente programa. Era casi más seguro publicarlo en el BOE, que nadie lo lee, que mencionárselo a Acosta.

—¿Y bien? —inquirió el periodista tras apurar su primera copa—. ¿Va a preguntarme algo o voy pidiendo otra? Cuanto antes haga las preguntas, más barato le saldrá nuestro encuentro.

—¿Por qué fue a casa de los padres de Casado después de su accidente? —preguntó David ante la posibilidad de que la sequedad de garganta de Acosta le dejara temblando la cartera.

—Quedaría muy bien si le dijera que fue por instinto periodístico o por una corazonada, pero la verdad es que lo hice por necesidad. Ya sabrá que hace solo un año vivía casi en la calle y de la mendicidad. Si no hubiese sido por la PAH, me hubiera pasado meses durmiendo con las estrellas como techo. Pese a mis buenas notas en la universidad de periodismo, nadie quería contratarme. Nunca pensé que la popularidad me fuera a llegar por ser el principal sospechoso de tres asesinatos. Mi cara salió en televisión, prensa, Internet, memes... Cuando se demostró que yo no tenía nada que ver con los asesinatos de *Killer Cards,* esos mismos medios de comunicación que nunca se interesaron en mí para ofrecerme un puesto de trabajo empezaron a llamarme para hacerme entrevistas o para que participara como tertuliano en programas dedicados al caso. Al principio, solo me querían allí por haber sido sospechoso de los asesinatos, después, cuando me fui informando sobre los sucesos, me empezaron a tener en cuenta como especialista.

—Pero el juicio terminó, Alejandro Soto fue declarado culpable de los asesinatos y el caso empezó a dejar de tener relevancia en los medios. Pasó a un segundo plano.

—Y yo temí que dejaran de llamarme. Con el dinero que me pagaban como tertuliano me pude permitir alquilar un pequeño apartamento compartido y dormir en una cama. Incluso empecé a comer tres veces al día cuando ya estaba acostumbrándome a comer solo cuando se terciaba. Necesitaba aportar nueva información al caso. Otro enfoque —dijo Acosta y después terminó de un trago su segunda copa.

—Y decidió investigar la vida de la mujer que había resuelto el caso.

—Y que había fallecido en un extraño accidente un par de días después de que se sentenciara. Los dos agentes, la inspectora Casado y el Guardia Civil Abengoza, encargados de investigar, habían muerto. Era como una de esas maldiciones que asolan a quienes profanan tumbas en el antiguo Egipto. La maldición del caso *Killer Cards*. Me pareció un hilo interesante del que tirar. Si todos los relacionados con el caso tenían que morir, qué menos que hacerlo aprovechándome de ello para seguir comiendo. Yo también podría verme afectado por dicha maldición.

—¿Qué descubrió del accidente de Casado? ¿Por qué fue a hablar con su padre y le pidió ver la autopsia?

—Cuando la policía emitió el informe del accidente, hubo detalles que no terminaron de cuadrarme. ¿Ha visto el informe? —preguntó Acosta. Se le veía en los ojos que hablar de ese tema le entusiasmaba.

—Sí, lo he visto.

—Y, si está aquí preguntándome, es porque algo le llamó la atención. Demasiada casualidad, ¿no le parece?

—No voy a darle detalles sobre mi opinión personal —repuso David.

—Muy bien, le daré yo la mía. No me pude creer que lo de Ángela Casado fuera mala suerte. Porque hay que tenerla muy mala para despeñarse por el único espacio por el que cabía el coche. Esa circunstancia me tuvo varios días sin poder conciliar bien el sueño intentando explicarlo. No sé si se ha dado cuenta de que soy bastante meticuloso en todo lo que hago. Si veo un cuadro torcido, tengo la necesidad imperiosa de enderezarlo. Y el informe del accidente era un cuadro torcido. Después me enteré de que su padre había pedido una autopsia del cadáver, así que me fui a hablar con él.

—¿Y qué dedujo del informe forense?

—Que las casualidades no existen, pero tengo la sensación de que usted ha llegado a la misma conclusión.

—Hay algo que me sorprende. ¿Por qué no ha hecho públicas esas sospechas? Ni siquiera las mencionó en sus encarnizados duelos con Medrano en televisión. Hubieran sido una buena arma arrojadiza.

—Quedar por encima de Medrano en una discusión no es difícil. No necesitaba más armas que las que él mismo proporciona con su incompetencia. Pero, si no lo hice público, fue principalmente por dos motivos. El primero es que mis preguntas no me llevaron a más que a eso, a sospechas. Más o menos plausibles, pero simples sospechas. No tengo ninguna prueba que lo corrobore. Creo que Casado no sufrió ningún accidente, pero ¿por qué?, ¿quién? No tengo esas respuestas. Que Alejandro Soto no fuera el verdadero asesino sería una explicación, pero ¿entonces, quién? ¿Quién está cometiendo ahora los asesinatos? No tengo ninguna pista de quién puede ser.

»El segundo motivo es puramente egoísta. Digamos que soy como la hormiga que guarda parte de la cosecha para cuando llegue el invierno. Cuando el caso de los asesinatos se enfrió, al contrario de lo que yo suponía, me llegó una oferta de trabajo. Presentar y conducir un programa de televisión. Y que, para sorpresa de muchos, he conseguido que sea líder de audiencia. Pero nunca se sabe cuándo van a pasar los tiempos de bonanza y van a volver las vacas flacas. La información de Ángela Casado me la guardo para esas vacas flacas. Tengo intención de publicarla en un libro cuando sea el momento adecuado, que, si se confirma que estamos ante una nueva serie de asesinatos relacionados de alguna manera con los crímenes de hace unos meses, no tardará en llegar y se convertirá en un auténtico bombazo. La información que tengo, mis pesquisas y mis sospechas son mi plan de pensiones.

—¿Habló con alguien más del tema? ¿Hay más gente que conozca su investigación o detalles de ese libro que piensa publicar? —inquirió David, que observaba a Acosta con detenimiento. Pese a la sombra de querer aprovecharse de los asesinatos que proyectaba, se podía ver en él la determinación del periodista que busca la verdad.

—Por supuesto que hay más gente. Están el dueño de la editorial que lo va a publicar, mi agente literaria, mi antiguo editor que dejó el trabajo poco después... hay varias personas interesadas en ganar dinero que incluso se impacientan cuando les digo que todavía no es el momento de que vean la luz. Sigo recopilando información y sigo trabajando en la idea.

—¿Me puede dar sus nombres? Se lo agradecería.

—Como no estoy siendo interrogado, creo que podríamos llegar a un acuerdo. Yo le doy los nombres de esas personas y usted me informa de las averiguaciones a las que pueda llegar y que se puedan incluir en mi libro. Sería de gran ayuda la colaboración de la policía. Una colaboración que no he tenido hasta ahora.

—¿Quiere que yo sea su informante? —preguntó, extrañado y confuso, David—. ¿Para qué? ¿Para seguir hundiendo la imagen de la policía en cada uno de sus programas?

—Precisamente para dejar de hacerlo. La imagen de la policía, en este caso, ya se daña sola. Le recuerdo que me tuvieron encerrado como sospechoso y que solo una última muerte me salvó de terminar en la cárcel. Quien daña la imagen de la policía es gente como su jefe, el comisario Medrano, ese se lleva la palma en incompetencia policial. Debe de estar que se sube por las paredes con este nuevo caso. No puede ser más inoportuno para él.

—¿Para el comisario? Ningún asesinato es bien recibido en comisaría. Nos da igual cuándo sucedan.

—A Medrano no le da igual. Hay rumores de que su jefe quiere pasar su vida profesional al ámbito de la política. Que este caso se produzca a pocas semanas de entrar en el curso electoral más intenso de la democracia española, con elecciones europeas, municipales y generales a la vista, le aseguro que no le hace ninguna gracia a su jefe.

—Eso son solo rumores malintencionados. No creo que el comisario quiera meterse en política a estas alturas de su carrera.

—Puede que mis informaciones no sean del todo correctas —comentó Acosta con una sonrisa de incredulidad—. Es por eso que su colaboración añadiría veracidad al relato. Y le aseguro que yo solo quiero contar la verdad —añadió.

Tener información de primera mano del caso podría hacer de su libro el nuevo éxito en ventas. Muy por encima del que había publicado Vanessa Rubio y que había estado arrasando en las listas desde su muerte.

—Muy bien. Dígame los nombres y le prometo que le informaré de todo aquello relevante que pueda verificar.

—El dueño de la editorial es Gonzalo Escalante, del grupo Planeta; mi agente literaria es Eva Fraile; y el editor que dejó el trabajo poco después de presentarle mi libro se llamaba Enrique Carvajal...

—¿Cómo has dicho? —preguntó David y se puso de pie de un salto. El corazón se le había acelerado de pronto.

—Enrique Carvajal. ¿Es importante?

—¿Este Enrique Carvajal? —preguntó David y enseñó por enésima vez la foto de su móvil.

—El mismo. Cuando Eva, mi agente, le presentó la idea de mi novela, se mostró entusiasmado con el proyecto. Cuando le envié el primer borrador del libro, enseguida le dio el visto bueno y firmamos el contrato con el director de la editorial, pero días después alegó motivos familiares para abandonar el trabajo y ya no había vuelto a verle hasta ahora. ¿Por qué tiene su foto? —preguntó Acosta.

—Como le he dicho, le daré la información cuando pueda verificarla —respondió David que, de pronto, se sentía eufórico. Aquella era la primera verdadera pista que involucraba a Enrique en el caso.

—Espero que usted sea un hombre de palabra. No quisiera tener que informar en mi programa o en mi libro sobre su falta de profesionalidad —amenazó, de forma velada, Acosta.

—Lo soy, no se preocupe. Por muy mal concepto que pueda tener sobre usted o su forma de trabajar, le aseguro que mi intención también es que se conozca la verdad. Y en eso creo que estamos en el mismo barco. Una última pregunta. ¿En el borrador de su libro se menciona el informe forense de Casado? ¿Habló de él con Enrique Carvajal?

—Por supuesto. Es uno de los capítulos más interesantes. Su padre estuvo muy interesado en mostrármelo cuando le visité —repuso Acosta.

El regreso a casa tendría que esperar. Antes tenía que volver a la de Enrique y hablar con él.

26

Por el buen camino

Enrique se había preparado algo de cenar, muy poca cosa —había comido incluso más en la celda—, y se disponía a irse a la cama. Estaba cansado después de dormir tres días incómodo en el camastro y estaba dispuesto a aprovechar la comodidad de su colchón cuando llamaron a la puerta.

—David..., ¿a qué se debe tu visita? Después de vernos esta mañana pensé que ya me habías dejado claras las directrices sobre el caso —dijo cuando vio al agente.

—¿Puedo pasar?

—Por supuesto. Eres siempre bien recibido en esta casa. He hecho algo de compra esta tarde. Si quieres, te puedo invitar a un café.

—No. Muchas gracias. Si tomo café a estas horas, luego no soy capaz de dormir. Además, solo vengo a hacerle un par de preguntas.

—Muy bien. Dime —repuso Enrique. Se sentó en el sofá del salón e invitó a David a hacer lo mismo.

—Nunca me dijo que conociera, personalmente, a Víctor Acosta.

—Nunca lo vi necesario.

—Fue uno de los principales sospechosos en el caso que insiste en decir que nos equivocamos al encerrar a Alejandro Soto, ¿y no considera necesario decir que lo conoce?

—No entiendo por qué. ¿Cuál sería el motivo? —se extrañó Enrique.

—Si está en lo cierto y Alejandro Soto no es el asesino de las cartas de póker, Víctor Acosta era el otro sospechoso.

—La inocencia de Acosta quedó demostrada cuando se produjo la muerte de Gabriel Abengoza. Él estaba en los calabozos cuando lo asesinaron a golpes en un callejón y dejaron en su cadáver el último de los ases de la baraja. No puede ser el asesino.

—Esa coartada, la de estar encerrado en los calabozos, también le descartaría, Enrique, como culpable en cualquiera de los tres asesinatos que se han cometido hasta ahora. Y, sin embargo, me confesó el primero de ellos.

—La muerte de Aginagalde no se produjo a golpes, David... —musitó Enrique contrariado.

—¿Qué quiere decir?

—Que para matar a Gabriel Abengoza el asesino tuvo que estar presente en el momento exacto de su muerte. No así en el caso del presidente del Tribunal Supremo.

—Insiste en que es el responsable de estas muertes. ¿Es así?

—Y veo que tú insistes en hacerme las preguntas equivocadas. Tenía un mejor concepto de ti, pero creo que se te está pegando algo de tu pareja.

—Muy bien. Lo haremos a su manera. No haré más preguntas, me limitaré a escuchar su versión. Cuénteme eso que día tras día insistía en querer contarle al comisario Medrano. Le escucho.

—Por fin unas palabras sabias. Si las hubiera escuchado hace tiempo, quizás no nos encontraríamos en esta situación, pero será un placer hablar contigo.

—Adelante.

—Conocí a Acosta hará seis meses, en junio —empezó a relatar Enrique—. Yo trabajaba en una editorial y él quería editar un libro sobre el caso *Killer Cards*. Como usted ha dicho, había sido uno de los principales sospechosos y, si no llega a ser por la muerte del sargento primero Abengoza, posiblemente habría terminado acusado frente a un tribunal. Tenía los motivos y la oportunidad para cometer los crímenes. Quería aprovechar el tirón de la historia para sacar tajada. Fui el primero en leer su manuscrito y la verdad es que lo que contaba consiguió captar mi atención.

—¿Por el informe forense de la muerte de Casado?

—Y el del supuesto accidente.

—Y estuvo de acuerdo con él en que la muerte de la inspectora fue provocada. ¿No es así?

—Fui un poco más allá. Algo que Acosta no hizo en el primer borrador de su libro. Si la muerte de la inspectora no había sido un accidente, ¿quién, por qué y para qué la mató?

—¿Y a qué conclusión llegó? —preguntó, con infinita curiosidad, David.

—Espero que a la misma que llegues tú cuando sigas investigando. A lo que le he dicho varias veces. Que Alejandro Soto no es el asesino de la baraja de póker.

—¿Y quién es, entonces? No me diga que fue usted.

—¿Yo? ¡Qué estupidez! Si fuera yo, no habría necesitado conocer el informe forense de la inspectora para empezar a investigar —rio Enrique.

—Lo digo porque quien ha asesinado a Aginagalde, Sorní y Latorre también ha dejado una carta de la baraja de póker en los escenarios y como me confesó el primer asesinato...

—Insiste, insiste, que arriba hay luz —bromeó Enrique.

—¿Cómo?

—Nada. Un chiste muy gracioso de dos borrachos llamando a una farola. Tienes el informe forense y el informe del accidente. Ya sabes, si no, no estarías aquí, que la muerte de Ángela Casado no fue accidental. ¿Has averiguado algo más?

—Que murió cerca de una propiedad de Santiago Sorní que, supuestamente, había dejado a Bárbara Latorre esos días.

—¡Pero si ya lo tienes! —exclamó Carvajal.

—¿Ya tengo el qué? ¿Que las víctimas actuales se conocían? ¿Que conocían a Casado? Son todo «supuestamente» y «quizás». No tengo nada.

—Santiago Sorní y Juan Ramón Aginagalde no conocían a la inspectora —corrigió Carvajal.

—¿Insinúa que Bárbara Latorre y la inspectora Casado se conocían de algo más que de la investigación del caso? —inquirió David. Esa idea llevaba rondando en su cabeza desde que hablaron con el jardinero.

—Mis insinuaciones no valen para nada, David. Eres tú quien tienes que encontrar las pruebas y ver a dónde te llevan. Yo, en este momento, no te puedo decir nada más. Investígalo. ¿Qué relación tenían Ángela Casado y Bárbara Latorre? ¿Se conocían solo del caso, o ya se conocían de antes? ¿Se imagina que impacto sería que ambas ya se conocieran antes del primer asesinato?

—No sé cómo voy a investigar eso ahora. Ninguna de las dos está viva para poder preguntarle nada.

—Seguro que se le ocurre la manera. Bárbara Latorre era una actriz muy famosa. Tanto que se conocen casi todos sus detalles personales. A qué fiestas iba, con quién, sus proyectos laborales... todo. Y su marido sigue con vida. Encerrado, pero vivo y acusado de unos delitos que no cometió.

—¿Y por qué no me contó nada de esto todos esos días que vino a comisaría?

—Porque no tenía pruebas.

—Tenía el libro de Acosta que hablaba del informe forense de la inspectora.

—¿E iba a creer en la palabra escrita de Acosta? —replicó Enrique.

—¿Cómo consiguió el informe forense de Casado? ¿Cómo lo robó de casa de sus padres?

—¿Robar? Yo no he robado nunca nada. En mi vida. Investiga la relación de Latorre y Casado. Ese es el buen camino que debes seguir.

—¿Y si me lo cuenta y me ahorra la búsqueda?

—Ya te ahorré la búsqueda de la relación de Santiago Sorní con Juan Ramón Aginagalde. ¿No te parece suficiente por ahora? Si me disculpas, se hace muy tarde y me disponía a descansar. Te recuerdo que llevo tres días mal durmiendo en un camastro de comisaría y a mi edad uno está acostumbrado a dormir en su cama. Mi salud no está para muchos trotes.

—¿Cómo hizo para conseguir el informe forense y dejarlo sobre la mesa de Aguinagalde?

—Yo no dejé el informe sobre la mesa de nadie —replicó, con

autoridad, Enrique.

—¡Pero usted me dijo que lo asesinó! Estoy seguro.

—¿Estarías aquí ahora investigando el asesinato de tu compañera si no lo hubiera hecho?

—Así que no lo hizo —repuso David. Estaba seguro de que, si no daba respuesta a esas preguntas, su cabeza iba a terminar por cortocircuitarse.

—¿Dejar el informe? No.

27

Divide y vencerás

Israel daba paseos por su oficina intentando encajar las piezas que tenía sobre la mesa en forma de informes y notas. Allí estaba toda la información que había podido reunir sobre las tres víctimas, sus muertes y sus relaciones entre sí.

Ya no tenía ninguna duda de que estaba ante tres asesinatos, pero esa era a la única conclusión a la que había llegado. A Aginagalde le habían cambiado las pastillas, pero en el pastillero no había más huellas que la del propio Aginagalde y su mujer. La falta de medicamentos le había provocado el infarto. A Sorní le habían asesinado con un virus informático en su teléfono móvil y a Bárbara Latorre la habían matado provocándole una reacción alérgica. En la botella de té que habían usado para la escena se habían encontrado tres tipos de huellas. Las de la propia Bárbara Latorre, las del ayudante de producción y las del auxiliar encargado. Nada relevante, todos tenían motivos para poner allí sus manos. No tenía sentido, pero tendría que volver a hablar con ellos.

Solo había habido un asesino en serie en toda la historia de Madrid que hubiera asesinado a sus primeras víctimas intentando fingir un accidente. Solo uno. Y estaba en la cárcel.

Se enfrentaban, o bien a un admirador que quería alcanzar la misma notoriedad que el primer asesino, o a alguien dispuesto a cometer el mismo tipo de crímenes para que a la sociedad le surgieran dudas de la autoría de los primeros asesinatos. En esta segunda opción era donde encajaba Carvajal, pero ¿cómo iba a cometer los crímenes estando en comisaría? Era imposible. Tenía que descartar esa opción, por mucho que David se empeñara en ella, y estudiar todas las demás.

Pero ese era el principal problema. No había ninguna opción más que estudiar. Nadie que pudiera estar involucrado en los tres asesinatos.

La biblioteca había sido otra pérdida de tiempo. Sin saber cuál era con exactitud el ordenador que habían usado para enviar el mensaje, se había pasado media mañana observando las grabaciones de las cámaras sin ver nada más que aburridas personas entrando y saliendo del lugar. Nada de interés. Quienes se sentaban delante de los ordenadores podrían estar mandando el *email* como viendo redes sociales o pornografía, no podía saberlo. Y tampoco había visto ninguna cara conocida.

Era como si fueran tres casos diferentes, sin relación aparente, pero que, sin duda, estaban relacionados. Estaban las cartas dejadas por el asesino y ese tufo conspiranoico que hacía que todo le oliera mal. Él no creía en esas cosas, pero, sin embargo, allí estaba esa peste nauseabunda que le inutilizaba su olfato policial.

Aginagalde había sido el juez que había librado de las acusaciones de pedofilia a Sorní y poco tiempo después había sido ascendido al Tribunal Supremo. Santiago Sorní era el dueño de la casa que Bárbara Latorre le había pedido para alejarse del acoso de los medios. Aunque ella lo hubiese negado antes de caer muerta, Carlos, el jardinero, así lo aseguraba. Una casa, cerca de la cual había muerto su antigua jefa, la inspectora jefe Casado, en unas, no podía negarlo, extrañas circunstancias. Unas circunstancias que había descubierto David porque alguien había dejado el informe forense de su muerte sobre la mesa del primer asesinado. No tenía ni idea de qué podía esconderse tras esa espesa niebla, tras ese humo con olor a conspiración.

Era tarde, le dolía la cabeza y la noche anterior no le habían dejado dormir. No podía pensar con claridad y lo único que iba a conseguir quedándose en su despacho dándole vueltas era terminar más enredado que los cables de unos auriculares. Lo mejor que podía hacer era ir a casa y hablar con David.

Se sorprendió al ver que la puerta estaba cerrada con doble vuelta al llegar. Solo la dejaban así cuando no estaba ninguno de los dos en casa. Era muy tarde y lo normal era que a esas horas su novio estuviera ya cenado y tumbado en el sofá, pero no había nadie y no había rastro de que hubiera pasado por allí en todo el día. Ni siquiera a comer, como solía acostumbrar. Decidió llamarle por teléfono por si le había pasado algo.

—No te preocupes. Estoy llegando —respondió David cuando cogió la llamada en el manos libres del coche.

—¿Dónde estás a estas horas? —replicó Israel. No le había gustado la respuesta. Le había sonado distante, como la que se le da a un operario de telefonía cuando quieres rechazar su oferta.

—Lo mismo podría preguntarte si llegas ahora a casa. Hablamos cuando llegue. Ve preparando la cena. No tardo más de diez minutos.

Israel se quitó la ropa y se puso la de andar por casa. Después fue a la cocina y empezó a preparar la cena. En ese momento se escucharon las llaves de David en la puerta.

—¿Cómo te ha ido el día? —preguntó Israel tras salir a recibirle y darle un beso. David no lo correspondió.

—¿De verdad te importa? —replicó mientras se lo quitaba de encima e iba a la habitación a guardar la chaqueta en el armario—. Pensé que me mandabas a investigar las elucubraciones de Carvajal para no tenerme cerca del caso estorbando.

—Sabes que eso no es así, pero no puedo permitirme errores en este caso, aunque eso suponga tener que apartarte —repuso Israel mientras lo seguía por el pasillo—. Ya tengo a Medrano todo el día encima. Si queremos mantener en secreto lo nuestro, vamos a tener que distanciarnos, al menos en el trabajo.

—¡Joder, Israel! Que nosotros no guardamos ya nada en secreto. Que lo sabe todo el mundo. ¡Hasta Carvajal se refiere a ti como «tu novio» cuando habla conmigo! Lo sabe todo Dios.

—¿En serio? Pero si vamos a trabajar en coches separados, si nunca hemos... ¿cómo puede saberlo todo el mundo?

—Porque la gente no es tonta. No es como tú.

—¿Me estás llamando tonto? —bramó Israel al que se le cayó la cuchara que llevaba en la mano y que estaba usando para cocinar.

—No es eso. Lo que quiero decir es que la gente observa. La gente se fija, cotillea, murmura y llega a conclusiones. Tú parece que vives fuera de la realidad y piensas que todos los demás se comportan como tú. Eres como el avestruz que esconde la cabeza pensando que, como no ve nada, nadie más puede verle.

—Sabes que eso de que el avestruz esconde la cabeza es un mito, ¿verdad? —contestó Israel y recogió la cuchara del suelo.

—¡Hostias, Israel! Ya sé que es un mito, pero me has entendido —gritó David—. Lo que te quiero decir es que todo el mundo sabe lo nuestro. Que lo único que hacemos, esforzándonos en disimular, es el gilipollas. Y me agobia, me estresa, me produce ansiedad.

—Espero que no sea verdad. Este caso va a ser noticia los próximos días, o semanas, hasta que consigamos resolverlo. No voy a poder evitar estar en el foco mediático mientras el caso llene portadas. Viene con mi cargo de inspector jefe de homicidios, pero no quiero que te salpique. Si todo el mundo sabe lo nuestro, los periodistas no tardarán en airearlo y la opinión pública hablará de dos maricones persiguiendo a un asesino en serie.

—¿En serio piensas que a la prensa le importa si quien investiga el caso es homosexual, hetero, blanco o negro? —preguntó David mientras se cambiaba de ropa y empezaba a ponerse la de estar en casa.

—¡Por supuesto que lo pienso!

—No vi nunca en las noticias ninguna referencia a la identidad sexual de Casado —replicó David.

—Porque ella no tenía pareja durante la investigación y nadie lo sacó a la luz. Pero ¿cuánta gente hablaba de lo buena pareja que hacía con Abengoza? ¿Cuántos insinuaron que entre ellos había algo? Les encantan los cotilleos, el marujeo. Si la prensa se entera de que tú y yo somos pareja, vamos a ser carne de tertuliano y se van a poner en valor todas nuestras decisiones. Si lo hacemos bien, será porque somos buenos policías, pero, si lo hacemos mal, saldrá a relucir nuestra condición sexual —repuso Israel mientras gesticulaba de forma enérgica con sus manos intentando enfatizar su opinión.

—¿Piensas que la sociedad es todavía así?

—¿Que si lo pienso? Y luego me dices a mí que estoy fuera de la realidad y que no observo. Estamos en una sociedad que, si no aparcas bien, es casi seguro que es porque eres mujer, en la que nadie pone en duda la sexualidad de una bailarina, pero en la que, si eres bailarín, es porque eres maricón seguro. Una sociedad en la que la diferencia no es un valor sino una traba. Vivimos en una realidad machista, homófoba y racista y, si no lo quieres ver, es que el que está fuera de la realidad eres tú.

David abrió la boca para replicar, pero no tardó en darse cuenta de que Israel, en esta ocasión, tenía razón. No había día en el que le sacara de quicio una noticia, un comentario en redes sociales o una conversación en un bar. Se negaba a creer que esa gente fuera la mayoría de la sociedad, pero era evidente que existían y que hacían mucho ruido. Solo había que mirar cómo se habían comportado los padres de Casado cuando ella les dijo que era homosexual. Y no podía negarle a su novio que cada día parecían ser más y salir de hasta debajo de las piedras.

—¿Y qué hacemos entonces? —preguntó dispuesto a aceptar el punto de vista de Israel.

—Le he estado dando vueltas esta tarde, incapaz de encontrar por dónde hincarle el diente a este caso. Estás convencido de que el hilo del que hay que tirar es Carvajal y su teoría de que Alejandro Soto no es *Killer Cards*. Yo creo que para ver qué relación tienen las víctimas de este caso debemos investigarlas. No soy capaz de encontrar un enlace entre ellas interrogando a los diferentes sospechosos, así que creo que debemos seguir la pista también de las víctimas a ver si encontramos algo.

—¿Y cómo propones hacerlo? —preguntó David. Salió de la habitación e Israel fue tras él hasta la cocina.

—Como cuando hacemos una batida buscando un cuerpo. Separándonos para abarcar más terreno. Yo me encargaré de las víctimas y tú de lo relacionado con la muerte de Casado.

—¿En serio crees que puede haber algo raro o lo haces para apartarme? —David todavía no tenía claro cómo se sentía ante esa decisión de su novio.

—¿De verdad piensas eso? Estoy de acuerdo contigo en que lo del accidente fue demasiada casualidad. Por eso quiero que lo investigues.

—Ya lo he estado haciendo. Es por lo que llegaba tarde esta noche. Ya sé cómo llegó el informe forense a Carvajal.

—¿Ah, sí? —reaccionó Israel. Dejó de cocinar para escuchar con atención lo que David tuviera que decirle.

—Víctor Acosta.

—Cómo no, ese periodista metiendo las narices. —Acosta le sacaba tanto de quicio que el puño se le quedó blanco de apretarlo para contener la rabia.

—He hablado con él. Estuvo investigando el caso después de ser considerado sospechoso y descubrió que el padre de Casado pidió un informe forense tras la muerte de su hija. Tiene intención de recopilar toda la información posible sobre el caso que no haya salido a la luz y publicarla en un libro.

—Otro aprovechado de las desgracias ajenas. ¿Y qué tiene que ver Carvajal con eso?

—Era el editor que leyó primero el borrador del libro de Acosta y, al hacerlo, llegó a la conclusión de que la inspectora no murió en un accidente, pero no me ha querido contar a que más conclusiones llegó. Solo que debo investigar la relación de la inspectora con Bárbara Latorre y con la casa de Sorní —expuso David. Por la reacción de Israel parecía que había conseguido captar su interés.

—¡Joder! Pues hazlo. A ver si así conseguimos encontrar algo. Porque estoy perdido y Medrano va a exigir avances pronto. Ya son tres muertos y no tenemos absolutamente nada a lo que aferrarnos.

—Y recuerda que, si no hacemos algo pronto, nos esperan dos muertos más, y tampoco tenemos ni idea de quiénes pueden ser.

—Por eso voy a investigar a las víctimas. Si encuentro el motivo que lleva a que el asesino las elija para matarlas, igual puedo descubrir quién va a ser la siguiente antes de que decida entregar la siguiente carta.

—Tenemos que darnos prisa, porque las tres primeras muertes se produjeron en los tres primeros días y hoy no hemos tenido ninguna desagradable sorpresa. No creo que el asesino se demore mucho.

28

Se acerca mi momento

No ha podido ser tanto tiempo como necesitaba, pero al menos dormir en mi cama me ha servido para descansar mejor y que esta mañana no me duela tanto la espalda. Eso me hace estar de mejor humor. Eso y que todo va tal y como tenía pensado. Han sido tres días encerrado en comisaría, pero han merecido la pena. Los tres actos de justicia planeados se han cometido, yo no puedo tener mejor coartada y David está involucrado hasta las cejas en la investigación y sobre los pasos que yo seguí hace unos meses. Espero que su olfato policial le lleve más lejos que a mí en mi investigación. Estoy seguro de que, si lo hace, Alejandro Soto no tardará en ser declarado inocente y que pronto saldrá a la calle. No es justo que esté encerrado por unos delitos que no ha cometido. Esa no es la manera de impartir justicia.

Ver que todo se ha puesto en marcha me hace estar más animado que nunca. Por primera vez en meses me he levantado de la cama con ganas de ver qué me ofrece el día. Estoy tan contento que hoy he desayunado dos galletas en lugar de una y me he vestido con la intención de bajar a la calle y de comprarle un par de periódicos al quiosquero. Va a alucinar cuando vea que no le pregunto por las noticias, sino que estoy dispuesto a pagar por ellas.

—Buenos días, Ernesto.

—Buenos días, Enrique. Tienes muy buena cara esta mañana —me dice cuando me ve aparecer.

—Gracias, he dormido bien. Me llevo *El País* y *El Mundo*.

—¡Vaya! ¿Estamos hoy de celebración? —responde mientras ya coge los periódicos del mostrador al ver las monedas en la palma de mi mano para que no me dé tiempo a arrepentirme.

—Algo así. Ya sabes que siempre quiero estar informado del caso del asesino de las cartas de póker, y me han llegado noticias de que en los últimos días han aparecido tres cadáveres. Quiero saber qué dice la prensa al respecto.

—Te vas a hartar, porque no hablan de otra cosa. Vas a tener lectura para toda la mañana. Por cierto, ahora que lo comentas, ¿dónde te has metido tú estos días? —me pregunta extrañado por mi ausencia.

—Me han ofrecido tres días con alojamiento y comida pagados y no he podido rechazarlos —respondo sin mentir—. Ya sabes que ando corto de efectivo desde que dejé el trabajo.

—A ver si te ofrecen más veces ese chollo, que se te nota mejorado y encima me compras periódicos —replica con una carcajada.

—No te creas que eran todo ventajas. Tenía muy malas vistas —añado ya con los dos periódicos bajo el brazo e iniciando el camino de vuelta a casa.

He comprado los periódicos, además de por la información, para matar el tiempo que durante un par de semanas he estado ocupando en ir a la comisaría. Tras la promesa a David, mi rutina diaria de presentarme allí ha terminado, pero ya me había acostumbrado a emplear un par de horas de cada día en ir y venir, y ahora que no tengo que hacerlo me parece que me sobra mucho tiempo. Dicen que el cuerpo se acostumbra a una rutina en veintiún días... No es cierto, yo he tardado menos.

Pedir cada día hablar con Medrano ha sido como ser feo y pedir para salir a la chica más guapa de la clase: sabes que las opciones de que te diga que sí son nulas. Pero, si no tienes necesidad de salir con nadie pero sí la necesidad de aparentar interés, es tu mejor opción. Mi intención nunca ha sido hablar con el comisario. Me hubiera sorprendido mucho que aceptara hablar conmigo. Es demasiado altivo como para recibir a cualquier ciudadano que se presente en su comisaría exigiendo verse con él. Para atender a los ciudadanos están sus subordinados. Por eso he pedido día tras día hablar, de forma específica, con él, para asegurarme el rechazo.

Mis intenciones eran otras. Dejarme ver, provocar, dar que hablar, meterme en el subconsciente de David y sembrar para, llegado el momento, poder recoger. Sin mi molesta presencia y mi tozudez, nunca habría conseguido que me amenazaran con detenerme. Y para el plan era necesario que estuviera encerrado cuando ocurrieran los asesinatos.

Vaya, el teléfono. Ahora que iba a sentarme a leer la prensa tranquilo...

—¿Sí?

—Enrique, soy yo.

—¿Qué ocurre?

—¿Estás seguro de todo esto? Mira que empiezo a estar asustado.

—Ya te dije que estuvieras tranquilo —respondo comprensivo. Sabía que, a estas alturas, iban a empezar a surgir las dudas.

—Sí, me acuerdo, pero la policía vino a hacerme preguntas tras la muerte de Bárbara.

—La policía va a estar dando palos de ciego un tiempo y, como un reloj estropeado que da dos veces bien al día la hora, puede que alguno de esos palos acierte por casualidad, pero sin verdadera intención. Tú compórtate como hasta ahora y nada más. Ya te dije que me responsabilizaré de todo. Es normal que la policía interrogue a todos los presentes en el lugar. No te debes preocupar por ello. Tienes que confiar en lo que te dije y en que se va a hacer justicia.

—Lo sé, y sabes que confío en ti. Si no, nunca me hubiera atrevido a hacer lo que estamos haciendo, pero la policía hace preguntas y hay veces que no sé qué responderles.

—Ya lo hablamos. La mejor mentira es una buena verdad bien envuelta. Diles, siempre que sea posible, la verdad, y no tendrás nada que temer —respondo al intuir sus dudas.

—Espero que tengas razón. Hay veces que me entra miedo. ¿Y si encuentran mis huellas? Ya te dije que no acababa de entender por qué querías que no me pusiera guantes.

—Que estén tus huellas es lo lógico. Recuerda que es tu trabajo. Lo raro sería que no estuvieran. Entonces sí que la policía sospecharía. ¿No lo entiendes? —interrogo para buscar su asentimiento—. Cuando vuelvan a hablar contigo sobre ese tema, diles la verdad.

—Pero van a volver a interrogarme y tengo miedo de meter la pata. De decir algo que no deba decir y de que nos descubran.

—Te pasa a ti, les pasa a los demás y me pasa a mí. Te puedo asegurar que también he tenido miedo en comisaría durante estos tres días encerrado, pero estoy seguro de que todo va a salir bien y eso me ayuda a seguir adelante.

—¿Quiénes son esas otras personas? No conocerlas me genera nerviosismo y ciertas dudas. No sé si puedo confiar en ellas.

—Ya te dije que cuanta menos relación tuviéramos unos con otros mejor para todos. Es preferible que solo os puedan relacionar conmigo y no entre vosotros. Si queremos recibir nuestra dosis de justicia, lo mejor que puedes hacer es confiar en mí. —Me esfuerzo en mantener la calma. Noto en la voz de mi interlocutor que los nervios se están apoderando de él y quiero que se serene.

—Creo en usted, pero no puedo confiar en gente a la que no conozco. Yo ya he hecho mi parte y, sin embargo, no se ha hecho lo que se me prometió.

—Te fías de mí y yo de ellos. Con eso es suficiente. Te lo dije cuando hablamos la última vez. Todo a su debido tiempo. El lobo saldrá de su madriguera y podremos darle caza. Todas las promesas se han ido cumpliendo. ¡Somos noticia nacional! La que a ti te incumbe es la última por ser la más complicada, pero se hará el lunes. Yo, personalmente, estaré allí. Solo debes tener paciencia.

—De acuerdo. Te haré caso. Tendré paciencia. Mucha suerte el lunes, Enrique. Me vas a quitar una gran carga de encima. Si todo sale bien, te estaré eternamente agradecido.

—No te preocupes por la suerte. Esa la necesitan aquellos que mañana estarán pendientes del sorteo de la Lotería de Navidad. Nosotros lo tenemos todo muy bien pensado y nuestro premio será la paz de espíritu: recuerda, si la policía vuelve a preguntarte, simplemente diles la verdad. Tus huellas están porque es tu trabajo que estén. Saldrá bien. Tres de nosotros ya han recibido su premio gordo. Solo quedamos tú y yo. Solo quedan dos cartas por entregar. Todos recibiremos nuestra dosis de justicia. No vuelvas a llamarme. Cuanto menos contacto tengamos, más difícil será que nos relacionen —digo con seriedad al final. No quiero que las ansias de los demás lo estropeen todo—. Cuando se lleve a cabo tu parte, yo mismo te llamaré.

Cuelgo la llamada. Eran de esperar los nervios y la impaciencia, y más de alguien como un pobre chico que se ha pasado media vida traumatizado. Me hubiera gustado poder hacer todo esto yo solo, pero a veces no es posible y, si quieres obtener buenos resultados, tienes que buscar la mejor manera de hacerlo. No la más fácil ni la que uno quiere.

Como para sacar un libro, para repartir justicia hace falta más de una persona. Necesitas un editor, un portadista, un maquetador, un corrector y, por supuesto, un autor... Si de paso más personas reciben justicia, bienvenida sea la ayuda.

Dos portadas, dos editoriales, tres artículos de opinión sobre los asesinatos recientes. No está mal para un viejo conspiranoico. El fin de semana compartiremos páginas con el sorteo de la lotería y con el fútbol, pero la próxima semana volveremos a ser el centro de atención mediática.

El libro de Acosta, cuando todo esto termine, será un éxito mundial en ventas. Será mi agradecimiento personal por haber alumbrado el camino de este pobre hombre que solo quiere que los culpables sean condenados. Ya queda menos para entrar en acción y para hacer justicia con mi hija.

29

Nuevas incongruencias

Acababa de empezar el día y ya le dolía tanto la cabeza que se había tenido que tomar dos aspirinas con el café. Herrera le había puesto la cabeza como un bombo cuando le había ordenado encargarse de la atención ciudadana los próximos días. Había tenido que sacar a relucir su rango y autoridad para que obedeciera sus órdenes, aunque fuera a regañadientes.

Liberar a David de acudir a comisaría todos los días era una manera de mantenerlo alejado del foco del caso y, si algún agente era capaz de encontrar algo y arrojar luz sobre el accidente de Casado, ese era él. Fue su tenacidad lo que le hizo fijarse en él.

Hasta tres veces se le había acercado el día de la fiesta antes de dejarse convencer. La última cuando ya todos se habían ido marchando y quedaban muy pocas personas en la celebración. El pobre David había tenido que aguantar estoicamente toda la velada para poderse ganar un par de minutos a solas con él. El esfuerzo le mereció la pena cuando amanecieron juntos.

Se habían visto varias veces en comisaría y le había estado observando con atención, pero de manera disimulada. Le parecía un chico sumamente atractivo. No le había dicho nada nunca porque, si algo tenía claro, era que no quería que su condición sexual se aireara en el trabajo, y no había nada peor para ello que salir con un compañero. Pero aquella noche no había podido resistirse a sus encantos y a su insistencia. Tenía claro que, si alguien no se iba a rendir hasta conseguir lo que quería, ese era David.

Israel dejó los papeles que había estado revisando sobre la mesa y se asomó a la puerta de su despacho.

—Inspectora Bolaño, por favor, a mi oficina.

Tras unos segundos, la inspectora entró con paso tímido.

—A sus órdenes, inspector jefe —dijo tras cerrar la puerta a su espalda intentando no hacer ruido.

—Déjese de formalidades, Bolaño, y no tenga miedo, que parece una adolescente americana bajando al sótano. Tenemos tres asesinatos sobre la mesa y nos tenemos que poner a trabajar de inmediato. Ninguno de los dos queremos que Medrano pierda la paciencia. ¿Verdad que no?

—No, señor.

—Necesito sobre mi mesa toda la información que me pueda conseguir de las víctimas. Agendas, amistades, reuniones de trabajo, aficiones... quiero saber hasta cuántas veces al día cagaban los señores Aginagalde, Sorní y la señora Latorre. ¿Entendido?

—Sí, señor —respondió Bolaño tras un suspiro.

—Lo sé. No es un trabajo sencillo y lo quiero para ayer. Puede pedir ayuda a un par de oficiales, pero, por favor, sea meticulosa y no se olvide de ningún detalle. Si le soy sincero, no tengo ni la más remota idea de lo que espero encontrar, pero más nos vale que aparezca algo si queremos resolver el caso.

—Seré todo lo meticulosa que pueda, señor.

—¿Qué le he dicho de las formalidades? Está más recta que una carretera de Burgos. Relájese.

David había terminado de desayunar mientras tomaba notas en un cuaderno. Podía haberlo hecho en el bloc de notas de su iPhone, pero se sentía más cómodo haciéndolo con papel y bolígrafo. El simple hecho de tener que escribirlas a mano le ayudaba a memorizarlas mejor, como cuando quería prepararse un examen en el colegio y se hacía las chuletas. La de broncas que le había echado su padre cuando le había descubierto escribiendo aquellos minúsculos trozos de papel. Echaba de menos aquellas broncas y collejas cariñosas. Si él siguiera vivo, casi con seguridad no sería policía, le hubiera quitado el miedo escénico con esas collejas y su comprensión, y ahora sería un actor famoso llenando teatros o rodando películas.

Agitó la cabeza para salir de la ensoñación. En sus notas había subrayado la relación entre Acosta y Carvajal y había revisado los informes del caso de *Killer Cards* en busca de personas relacionadas con él que le pudieran decir si había una relación previa entre Bárbara Latorre y Ángela Casado. No había muchas personas en esa lista. Casi todos los implicados, como bien había dicho Acosta, parecían atacados por una plaga o maldición. Quien no estaba muerto estaba en la cárcel. Todos salvo el propio Acosta.

Daba la casualidad de que el periodista, acusado injustamente, era el único que había salido beneficiado de todo aquello. Todos los demás implicados estaban muertos o en la cárcel, y él había pasado de dormir casi en la calle a ser famoso. Solo había otras cuatro personas implicadas durante el caso que seguían vivas: Gorka Elizalde, encarcelado por malversación de fondos, tráfico de influencias y sobornos políticos; Rubén Rubio, hermano de la segunda víctima y encarcelado por intento de asesinato de su hermana y tráfico de drogas; Jessica Granada, novia de Rubén Rubio y también encarcelada por el intento de asesinato, y el propio Alejandro Soto.

Había otra persona que había salido indemne en aquel momento, pero parecía que la maldición no había terminado. Como en las películas de *Destino final*, la muerte seguía persiguiendo a los implicados. Bárbara Latorre, esposa del asesino y víctima de los nuevos asesinatos. David decidió hablar con ellos antes de que la maldición le dejara sin gente a la que interrogar.

Eligió empezar por Jessica Granada por ser la única que estaba encarcelada en la cárcel de mujeres de Alcalá Meco. Después, si era necesario, ya iría a Soto del Real, donde estaba cumpliendo condena Gorka Elizalde y a Navalcarnero, donde estaban encerrados Rubén Rubio y Alejandro Soto.

La cárcel de mujeres de Alcalá Meco era la única cárcel de la comunidad de Madrid que no estaba saturada de presos. Jessica Granada estaba en uno de los cursos de cerámica que se imparten en prisión cuando el funcionario fue a buscarla. Se sorprendió al enterarse de que tenía visita un viernes —sus familiares, las pocas veces que habían ido a verla en esos meses que llevaba encarcelada, siempre habían ido los primeros días de la semana para tener la excusa de que estaban muy ocupados y poder marcharse rápido—, pero su sorpresa fue a más cuando se enteró de que quien quería hablar con ella era un agente de policía.

—Buenos días, señorita Granada.

—Buenos días, ¿quién es usted y por qué quiere hablar conmigo?

—Soy el agente Expósito y quiero hablar con usted sobre el caso que la ha traído aquí.

—Tuve muy mala suerte. Eso es todo —repuso Jessica al dejarse caer en la silla.

—¿Por que la pillaron intentando asesinar a una compañera de trabajo?

—Me pillaron porque Alejandro la asesinó ese mismo día. Si se llega a accidentar con el coche, como era mi intención, nadie habría investigado su muerte. Si esa noche nadie la hubiera matado, no habrían analizado su sangre y me la habría encontrado al día siguiente en el trabajo. Pero ni una cosa ni otra, y yo terminé aquí condenada a cinco años de cárcel por tentativa de homicidio. Mala suerte, nada más. Me portaré bien, seré una buena chica y el próximo año obtendré el tercer grado —respondió Jessica al tiempo que daba golpes con las uñas en la mesa.

—¿Está segura de que Alejandro Soto fue quien mató a Vanessa Rubio?

—Está en la cárcel por ello, ¿no? Son ustedes quienes le han metido allí. Aunque quién sabe, con lo mal que investigan ustedes puede que se hayan equivocado en eso también.

—¿Cómo que también? —increpó David—. No me dirá que cuando la inspectora Casado y el sargento primero Abengoza la detuvieron por intento de homicidio se equivocaron y es usted inocente —añadió, no sin cierto aire de incredulidad.

—No. Yo intenté matar a Vanessa Rubio por lo que le hizo a mi novio y por cómo me trataba a mí, pero se equivocaron con la muerte de

Ricardo Robles.

—¿Ricardo Robles? —preguntó David mientras echaba un vistazo a sus notas—. ¡Ah, sí! El exnovio de Vanessa Rubio, amigo suyo, que apareció muerto por sobredosis de cocaína que su novio, Rubén Rubio, le vendió.

—Ahí es donde estoy segura de que se equivocan.

—¿Su novio no le vendió la droga a Ricardo?

—No, en eso no. Se equivocan en que murió de sobredosis. A Ricardo lo mataron. De eso estoy convencida —replicó Jessica.

—¿Mataron? Si no tengo mal entendido, lo encontraron en su casa con la aguja pinchada en el brazo.

—¡Por eso mismo! Ricardo consumía droga. Mi novio Rubén se la vendía. Yo misma he consumido droga con él después de alguno de sus conciertos. Y le puedo asegurar una cosa: Ricardo esnifaba cocaína. Jamás, nunca, se la pinchaba.

—¿Está segura de eso?

—Completamente —repuso Jessica. Por el brillo de sus ojos, David sospechó que ella se creía lo que estaba diciendo.

—¿Y quién cree que pudo querer matar a su amigo?

—No tengo ni idea, pero alguien quiso que se quedara calladito. Se lo aseguro. Y ustedes no investigaron nada. Dieron por hecho que era un pobre drogadicto más y lo archivaron en algún cajón.

Si Jessica Granada tenía razón, la de Robles era la segunda muerte en extrañas circunstancias que se había producido en aquel caso después de que Alejandro Soto fuera acusado de los delitos. ¿Quién había estado matando a los implicados una vez encarcelado el culpable? Al final iba a terminar creyendo en la maldición *Killer Cards*. Tenía que confirmar que lo que le había dicho Jessica era cierto, pero antes debía formular las preguntas por las que había ido allí.

—Le prometo que le echaré una ojeada, pero antes me gustaría hacerle un par de preguntas. Usted conocía a Alejandro Soto. Trabajaba con él. ¿Conocía a su mujer?

—¿A Bárbara? Más de dar noticias de ella que en persona. Nos vimos unas cuantas veces, pero casi nunca cruzamos palabra. ¿Por qué me pregunta por ella?

—¿Cree que además de con Pablo García podía mantener relaciones con más personas?

—Seguramente, pero no tengo ni idea. Como le digo, hablamos pocas veces.

—¿Alguna de esas veces la vio coqueteando con alguna mujer?

—¿A Bárbara? ¡Qué va! Bastante tenía la mujer con quitarse a los moscones de encima como para dar miel a las mosconas.

David regresó a comisaría. Pese a que daba cierta credibilidad a su teoría de que entre Bárbara y Casado había surgido algo durante la investigación, no parecía poder confirmarlo. Antes de seguir preguntado, decidió echar un vistazo al informe de la muerte de Robles.

No hacía falta ser muy observador para darse cuenta de que aquel hombre desaliñado y de ojos hundidos se drogaba. En el informe había varias fotos del lugar donde lo encontraron muerto y un par de fotos del cadáver. David amplió la foto en la que se veía a Robles muerto sobre el sofá del salón.

—¡Joder! —exclamó al ver la imagen. Jessica podía tener razón. Salvo la marca de la aguja que colgaba del brazo, no había ninguna otra marca de pinchazos en ninguno de los dos brazos de la víctima.

David siguió pasando páginas hasta encontrar la firma del responsable del caso. Casado firmaba el informe y dictaminaba que el fallecido había muerto por sobredosis. Habían iniciado una rápida investigación sobre el origen de la droga y no habían tardado en descubrir que se la había vendido Ricardo Rubio y habían dado por cerrado el caso.

¿Cómo era posible que no se hubiera fijado en aquel detalle? No es habitual que un esnifador de cocaína pase, de pronto, a inyectársela. Que el cambio de manera de drogarse pudiera provocar el error en la dosis y morir era más probable. Pero Jessica estaba segura de que su amigo nunca se pincharía. ¿Y por qué el informe lo firmaba la inspectora jefe de homicidios en lugar del encargado de la Udyco[5], responsable de los casos de drogas?

David marcó un número de teléfono.

—¿Macarena? —dijo cuando descolgaron al otro lado—. Soy David.

—¿David? ¡Qué haces llamando después de tanto tiempo! ¿Cómo te va con Israel?

—¿Tú también lo sabes? —preguntó David incrédulo. Estaba claro que ni él ni su novio valían para infiltrarse en una operación. Les pillarían en diez minutos.

—Yo y todo el departamento. Se os veía en los ojos en la fiesta.

—Desde entonces que no nos vemos. ¿Qué tal te va en la Udyco?

—Con mucho trabajo. Creo que cada día entra una nueva droga en Madrid. ¿A qué se debe tu llamada? Dudo que sea porque me echaras de menos.

—Sabes que a ti siempre te echo de menos. —Macarena había sido compañera de David en la escuela de policía. Había sido una de sus primeras amigas dentro del cuerpo y su apoyo en los momentos duros, como cuando le expedientaron por sus errores de novato. Si no hubiera sido por ella, hubiera abandonado.

—No seas adulador, que nos conocemos, tortuguita. —Ese era el mote que le habían puesto los compañeros cuando se le había escapado un ladrón a la carrera—. A ver, cuéntame.

—Tengo delante de mis narices el informe de la muerte de Ricardo Robles. ¿Te suena el caso?

—Refréscame la memoria. Ya sabes que siempre he sido malísima para los nombres. Como tú para los deportes...

—¡No te pases! Llevo tiempo apuntado al gimnasio... Robles fue investigado durante los asesinatos de *Killer Cards* el enero pasado. Era sospechoso de la muerte de una de las víctimas: Vanessa Rubio. Apareció muerto en su casa en las fechas en las que se celebraba el juicio contra Alejandro Soto —explicó David mientras leía la información de la pantalla

---

5 Udyco: Unidad de Drogas y Crimen Organizado dentro de la Policía Nacional.

de su ordenador.

—¡Me acuerdo! La Udyco investigó la procedencia de la droga que se encontró en su casa. Si no recuerdo mal, se la había vendido el hermano de la víctima. ¿No es así?

—Eso pone en el informe, pero el motivo de mi llamada es otra pregunta. ¿Por qué el informe de la muerte lo firma la inspectora jefe de homicidios si la causa del fallecimiento fue una sobredosis?

—Casado fue informada de su muerte por su implicación en el caso de *Killer Cards*. Su compañero Abengoza, de la Guardia Civil, ya había sido asesinado y ella era la única que quedaba al frente del caso. Imagino que se encargaría del informe de la muerte mientras que los de la Udyco nos encargamos de investigar las drogas. Es algo común entre departamentos.

—Hay algo en el informe que me ha llamado la atención, y me gustaría pedirte un favor.

—Sabes que, si puedo ayudarte, estaré encantada. Aunque desde que te has echado novio ya no me llamas tanto como antes.

—Si me ayudas, prometo enmendar ese error... En el informe de la muerte de Robles no aparece nada de la investigación de la Udyco. Nada sobre cómo se llegó a descubrir la procedencia de la droga.

—Fue sencillo. Solo tuvimos que pedir un registro de las llamadas realizadas por Robles. El número que más veces había marcado nos llevó a Ricardo Rubio y él, que ya estaba en prisión por cómplice en el intento de asesinato de su hermana, no dudó en colaborar y en decirnos la procedencia de la droga a cambio de un acuerdo con su sentencia. Imagino que no le quedarán muchos meses en la cárcel.

—¿Me podríais pasar ese registro de llamadas?

—Podría, pero ¿puedo saber qué hace un agente de atención ciudadana preguntando por el informe de Robles?

—Imagino que estarás al tanto de las recientes muertes...

—Claro. Todo el mundo habla de ellas.

—Israel está al frente de la investigación —dijo David ya sin importarle que se notara su relación—. Y yo estoy investigando una de las líneas que se está siguiendo. Estoy revisando sucesos extraños que se produjeron después del caso. Por si se nos escapa algo que nos pueda ayudar en esta investigación...

—¿Y qué suceso raro se produjo en la muerte de Robles? El tío llevaba años drogándose. Simplemente esa noche se le fue la mano.

—Si confirmo mis sospechas, te lo contaré. Solo quiero echar una ojeada a los registros telefónicos, por curiosidad.

—Muy bien. No creo que encuentres nada, pero te los mando. Ya me dirás.

Macarena no tardó ni cinco minutos en enviarle el *email*. Efectivamente, un número destacaba por encima de todos. Robles llamaba más a Rubén Rubio que una madre a su hijo recién independizado, pero había otro número de teléfono que le llamó la atención. Robles hizo dos de sus últimas llamadas a un mismo teléfono y no era al hermano de Vanessa ni tampoco a un número que hubiera usado en los últimos meses.

Llamó al número en cuestión, pero la señora que cogió la llamada no tenía idea de qué le estaba hablando. Aseguraba que a ella le habían asignado ese número en la compañía la última vez que cambió de número hacía un par de meses. Que la compañía telefónica le diera la información del anterior propietario de la línea iba a ser más complicado e iba a necesitar una orden.

Cansado de esperar a que Bolaño apareciera con la información que le había pedido, Israel decidió volver a interrogar a uno de los implicados en el caso. Podía aprovechar lo que quedaba de mañana para hablar con Hegoi Brasa e interrogarle por las huellas encontradas en la botella que había provocado la muerte de Latorre. La primera vez que había hablado con él se había mostrado huidizo y asustado, y quizás ahora que tenían sus huellas podía presionarle algo más.

Hegoi cogió el teléfono al primer tono cuando le llamó. Tras la muerte de Latorre, los productores habían suspendido la película y había anulado su viaje a Almería. Estaba en casa, preparando currículums. Israel decidió ir a visitarle.

—Buenos días, señor Brasa —saludó tendiendo su mano cuando el joven le abrió la puerta.

—Buenos días. ¿En qué puedo ayudarle? —preguntó sin llegar a devolver el saludo.

—Quería hacerle alguna pregunta más sobre la muerte de Latorre. Seré directo: ¿sabe que sus huellas estaban en la botella utilizada para asesinarla y que eso le convierte en sospechoso? —Israel quería ponerle nervioso. Al chico se le veía frágil. Si se le presionaba un poco, y tenía algo que ocultar, no tardaría en derrumbarse.

—¿Sospechoso? Lo más probable es que mis huellas estén en todos aquellos recipientes que tocara o de los que bebiera Bárbara. Yo era el encargado de llevárselos personalmente. Era parte de mi trabajo. Eso y atender todas sus manías y caprichos.

—¿También las bebidas que se consumían durante el rodaje?

—Por supuesto. Bárbara era muy controladora. Todo lo que fuera a beber tenía que estar precintado o pasar previamente por mis manos para asegurarme de que nadie lo hubiera manipulado antes. Como le dije, todas las bebidas estaban fechadas para su día de utilización por orden suya.

—Pero la botella de té que se usó en esa escena sí había sido manipulada. ¿No se dio usted cuenta?

—Las botellas del plató no están precintadas. Me explico. Las botellas de té que se usan como sustitutivo sí que vienen precintadas, pero las de *whisky* vacías que se rellenan para el rodaje evidentemente no. Yo lo que hice fue coger la botella de té precintada, asegurarme de que lo estaba, comprobar la fecha etiquetada, verter su contenido en la botella vacía de *whisky* y colocarla en el plató donde Bárbara pudiera alcanzarla y rodar la escena.

—Entonces la amoxicilina debió echarse en la botella en el tiempo que transcurrió entre que usted la colocó en el plató y el momento del rodaje de la escena. ¿Cuánto tiempo fue ese?

—Alrededor de una hora.

—¿Y en ese tiempo vio a alguien acercarse a esa botella?

—¿En serio? —La voz de Brasa se mostró perpleja—. Usted me vio en el plató. ¿Cree que tenía tiempo de quedarme mirando la botella durante más de una hora para ver si alguien se acercaba por allí? Bárbara no me dejaba ni cinco minutos de tiempo libre durante todo el día. Lo quería todo incluso antes de pedirlo. Mi trabajo era más cercano a ser un adivino que a un asistente.

—Pero el plató estaba a la vista de todo el mundo. Si alguien se acercó a la botella para echar la amoxicilina, alguien tuvo que verlo.

—Seguro... tan seguro como que nadie se habría fijado en ello. El ritmo en plató es frenético. Todo el mundo tiene un millón de cosas que hacer y todas van con retraso. Podría haber pasado el mismo rey de España desnudo por el medio del plató que nadie se habría percatado.

—Así que, según usted, cualquiera de los allí presentes tuvo una hora para añadir el medicamento al té y nadie se habría dado cuenta —expuso Israel contrariado.

—Así es.

—¿Conoce usted al empresario Santiago Sorní y Juan Ramón Aginagalde? —preguntó Israel a la desesperada. No había encontrado nada todavía que relacionara a las tres víctimas entre sí.

—¿En persona? Porque a Sorní le conozco de verlo en la televisión y en la prensa y Aginagalde ha dado mucho que hablar en los últimos años con sus sentencias sobre abusos y a favor de los bancos, pero no les he visto nunca.

—¿Ni siquiera en alguna fiesta?

—¿Fiestas? Yo soy solo un auxiliar. A nosotros no nos invitan a las alfombras rojas cuando se presentan las películas. La gente como yo no va a fiestas. A mí ni siquiera me gustan. No estoy cómodo en los lugares en los que hay mucha gente.

—¿Por eso le vi incómodo en el plató?

—No me gusta el contacto físico y en los lugares llenos de gente es inevitable que alguien te roce o te agarre del hombro —repuso Brasa. Aún recordaba el incómodo momento que había tenido con el inspector en plató—. Pero mi psicólogo me dice que la mejor manera de superar esos temores es enfrentarme a ellos. Si no, tendría que buscarme otro trabajo.

30

Una relación entre las víctimas

Israel regresó a su oficina. Medrano le había llamado dos veces durante la mañana y con cada llamada que recibía veía más cerca el momento en el que le iba a anunciar su despido.

—Inspector jefe. —La puerta de su despacho se abrió y la inspectora Bolaño asomó la cabeza como una mascota tras la puerta—. Tengo la información que me solicitó.

—¿Y a qué está esperando para pasar?

—Disculpe —musitó—. Esto es todo lo que hemos podido encontrar de las víctimas. Es mucha información, pero no hemos visto nada relevante.

—¿Nada?

—Eran gente importante. Empresario, juez, actriz famosa... Imagino que habría mucha gente envidiosa con deseos de matarles, pero no hemos encontrado ninguna denuncia por amenazas ni ninguna noticia relacionada. Solo sabemos que todos se conocían y que habían coincidido alguna vez en algún evento. Nada más. Podría preguntarle a Medrano.

—¿Al comisario? ¿Y por qué iba a preguntarle a él por las víctimas?

—Él también las conocía. Es más, tenemos una foto de una presentación de una de las películas de la actriz en la que sale en una foto junto a todas ellas —repuso Bolaño mientras rebuscaba entre los papeles que había llevado al despacho—. Mire, aquí está.

La inspectora dejó sobre la mesa una fotografía en la que se veía a Sorní sonriente con un brazo rodeando la cintura de Latorre. A su lado estaba Medrano y, al otro lado de la actriz, Aginagalde.

—¿De cuándo es esta fotografía?

—De la noche en la que murieron Pablo García y Vanessa Rubio. Es de la fiesta que la actriz usó de coartada para confirmar que era imposible que hubiera matado a la periodista, porque decenas de personas la habían visto en esa fiesta hasta altas horas de la noche.

—¡Joder! ¿Y si están asesinando a las personas de esta fotografía por un motivo que todavía desconocemos? —preguntó Israel. Nervioso, se puso a dar vueltas alrededor de su mesa con la fotografía entre las manos.

—¿Cree usted que el comisario puede estar en peligro?

—Hay cuatro personas en esta foto y tres han muerto en los últimos días. ¿Tan descabellado le parece, inspectora? —preguntó Israel—. Voy a hablar con él. Hay que ponerle protección de inmediato.

Medrano estaba sentado en su despacho. Las recientes muertes habían puesto, otra vez, a su departamento en el foco de atención de los medios y de las autoridades. Todo el mundo quería hablar con él, y eso le mantenía encerrado en su oficina. Tenía que dar la imagen de que se estaba haciendo todo lo posible por resolver el caso cuanto antes. Además, a él también le corría prisa. Los asesinatos no podrían haber ocurrido en peor época. La resolución del caso *Killer Cards* en enero le había dado popularidad y estaba deseoso de aprovecharla, pero este nuevo hacía que esa popularidad pudiera volverse en su contra.

—¡Adelante! —voceó desde detrás de su mesa cuando oyó llamar a la puerta—. ¿Tiene alguna información relevante? —preguntó al ver a su inspector jefe entrar.

—Señor, creemos que puede estar usted en peligro.

—¿Yo? ¿En peligro? ¿Por qué iba a estar yo en riesgo?

—Como ya sabe, el asesino está dejando en los escenarios de sus crímenes las cartas que componen una escalera real en el póker. Suponemos que, como en el caso de los asesinatos de enero, el asesino querrá completar su jugada. Hemos encontrado tres, así que suponemos que habrá otras dos víctimas si no conseguimos detenerlo antes.

—¿Y por qué sospecha que puedo ser una de ellas? —interrogó Medrano. Se había puesto en pie y se había apoyado en el borde de la mesa. Miraba a Israel como un tigre dispuesto a saltar sobre su presa.

—Hemos encontrado una foto en la que se le ve junto a las otras tres víctimas, comisario —respondió Israel a la vez que dejaba caer la foto sobre la mesa de su jefe—. Esa foto se hizo la noche en la que murieron Pablo García y Vanessa Rubio y creo, personalmente, que tiene alguna relación con los asesinatos de ahora.

—¿Y cuál cree que puede ser esa relación? —inquirió Medrano sin levantar la mirada de la fotografía.

—Aún no lo sé, pero, si el asesino quiere imitar los asesinatos de Alejandro Soto y tres de las cuatro personas que aparecen en una fotografía sacada la noche en la que comenzaron los crímenes de *Killer Cards* han aparecido muertos en esta ocasión, creo que alguna relación debe tener y que usted está en peligro. Deberíamos ponerle vigilancia.

—Los crímenes de *Killer Cards* no se iniciaron esa noche. No necesito recordarle que Bejarano llevaba muerto varios días. Además, creo que sabré defenderme, Otero. Son muchos años en la policía para ir a acobardarme por la amenaza de un vulgar imitador. Además, los tres asesinatos hasta ahora se han producido a distancia; cambio de pastillas, explosión del terminal móvil e intoxicación. ¿Cree que, si yo fuera la próxima víctima, una vigilancia podría hacer algo para salvarme? Lo único que iban a conseguir es ponerme en el disparadero de la opinión pública y dañar mi imagen. Así que, si no le importa, prefiero cuidarme yo solo. Un policía siempre vive en peligro.

—¿Recuerda que cuando interrogamos a Carvajal insinuó que a los dos les quedaba poco tiempo? ¿Y si era una amenaza?

—¿Piensa que el asesino es ese pobre hombre? ¡Estaba en el calabozo cuando murieron las tres víctimas! Si él es la amenaza, sabré defenderme. Se lo aseguro.

—Señor, no estoy de acuerdo. Creo que debe...

—¡Me importa tres cojones si está de acuerdo o no, Otero! Si de verdad cree que estoy en peligro, detenga al asesino antes de que pueda llevar a cabo los dos crímenes que le faltan. Si no lo hace y está en lo cierto de que voy a ser una de esas víctimas, dejaré escrito en mi testamento que lo degraden hasta que se pase el resto de su vida encerrado en un sótano ordenando documentación. ¿Entendido?

—Entendido —dijo Israel antes de abandonar, poco convencido, el despacho de su jefe.

Cuando Israel cerró la puerta a su espalda, Medrano descolgó el teléfono y marcó uno de los números destacados en su agenda.

—Buenos días. Sí, ya sé que para usted no son buenos y para mí tampoco. Sí, ya sé que esto no le beneficia en nada y le aseguro que estoy haciendo todo lo posible para solucionarlo. Tengo a todos mis hombres disponibles investigando. ¿Y qué quiere que haga? Si acepté su proposición, fue precisamente porque creo que la policía está cada vez peor valorada y que no dispone de los medios suficientes. De acuerdo, sí, la proposición se la hizo Sorní, pero aun así creo que debe seguir teniéndola en consideración. Sí. Ya sé que solo faltan diez días para que termine el año y que el 2019 va a ser difícil para usted y que quiere que todo esto se solucione antes de que se inicien las campañas electorales. Insisto en que, si todo esto se soluciona bien, puede llegar hasta a beneficiar mi imagen. Sí, y la suya, por supuesto. No me elimine todavía de sus planes. Le mantendré informado. Le juro que no se arrepentirá. Buenos días.

Y colgó con rabia.

El presentador de las noticias de la noche estaba sentado en el plató con una sonrisa. Por segunda noche consecutiva no le tocaba informar de ningún nuevo asesinato. Le gustaba dar buenas noticias, aunque esas no le dieran una buena audiencia.

—Buenas noches. Hoy abrimos nuestro informativo sin noticias de última hora ni sucesos dramáticos. Lo que es, ya de por sí, una buena noticia con la que abrir este telediario. Pero además, hoy, 21 de diciembre, iniciamos el informativo con la ilusión de aquellos que tienen un décimo de lotería y que sueñan con que mañana los niños de San Ildefonso extraigan su número como el agraciado con el Gordo de Navidad. Una lotería que, como cada año, repartirá millones e ilusión por toda España. Los telediarios se llenarán de imágenes de alegría de los afortunados y correrán ríos de cava en las puertas de las administraciones premiadas. Por supuesto, en esta cadena, haremos un especial en directo de todo lo que acontezca durante el sorteo y estaremos en todos aquellos lugares en los que el destino quiera llevar alegría.

»Y en la sección de deportes hablaremos de otra ilusión. La de los aficionados del Real Madrid, equipo que mañana al mediodía, hora peninsular, disputará su tercera final del Mundial de clubes.

David, sentado en el sofá de su salón, apagó la tele. Tras investigar las llamadas de Robles no había podido descubrir mucho más durante el resto del día. Había pasado por el gimnasio, pero no se había encontrado con Israel y, cuando lo había llamado por teléfono, este había tardado dos llamadas en cogerle y explicarle que no iba a poder ir y en comentarle que iba a llegar tarde a cenar. Así que se había ido a casa y se había tumbado en el sofá frente a la televisión. Al menos parecía que Israel estaba trabajando en el caso e iban a tener de qué hablar por la noche. La tensión entre ellos dos no se había relajado todavía.

Se levantó del sofá cuando el reloj pasaba de las nueve y media y pensó que era una buena hora para empezar a hacer la cena. Israel entró por la puerta de casa cuando estaba terminando de cocinar.

—Qué bien huele —comentó Israel tras cruzar la puerta y se dirigió a la cocina atraído por el olor, como si del sonido de la flauta de Hamelín se tratara.

—Gracias. ¿Qué tal ha ido el día?

—Mal. Lo único que he conseguido averiguar es que Medrano puede ser la siguiente víctima, pero no quiere protección. Así que no sé qué más puedo hacer. ¿Y tú? ¿Qué tal con las conspiraciones de Carvajal? ¿Ya has desistido? —inquirió Israel. Estaba tan hambriento que metió el dedo en lo que estaba cocinando David y terminó por quemárselo. Hacía aspavientos y soplaba tras llevarse un trozo de la cena a la boca.

—¿Desistir? Al contrario. Cada vez creo más que Carvajal tiene algo de razón en todo esto.

—¿Sigues pensando que es nuestro asesino?

—Me refiero a las investigaciones que hizo sobre el caso de *Killer Cards* —repuso David y le dio un golpe en el dorso de la mano a su novio antes de que este volviera a quemarse cogiendo otro trozo.

—¿Tú también empiezas a pensar que nos equivocamos de asesino? ¡Qué locura!

—No sé qué pensar. Lo que sí sé es que hoy me he encontrado la segunda muerte en extrañas circunstancias relacionada con el caso que se produjo después de que Alejandro Soto estuviera ya detenido, juzgado y encarcelado.

—¿Otra muerte además de la de la inspectora? —preguntó Israel antes de irse a cambiar de ropa al ver que ya no le iban a dejar seguir probando la cena hasta que estuviera lista.

—Sí. La de Robles. Creo que no murió de sobredosis. Creo que lo mataron. He estado hablando con Jessica Granada y ella opina lo mismo.

—¿Y vas a creer a una delincuente acusada de intento de asesinato?

—Yo solo creo a las pruebas, y tanto las del accidente y autopsia de Casado como las del informe de la muerte de Robles no me cuadran y me dicen una cosa distinta a la versión oficial. Estoy esperando a la orden judicial para poder mirar a quién hizo dos de sus últimas llamadas Robles —contestó David al mismo tiempo que servía la cena. Israel le miraba desde la mesa, hambriento.

—A ver si eso te lleva a alguna parte. Yo sigo confiando en los informes de nuestros compañeros.

—Un informe que firmó Casado cuando el caso debería haberlo llevado la Udyco.

—Empiezas a ver conspiraciones en todas partes...

—¿Por qué crees que Medrano puede ser la siguiente víctima? No me lo has contado —preguntó David con la intención de cambiar la dirección de la conversación.

—Bolaño ha encontrado una foto del día de las muertes de García y Rubio en la que el comisario aparece junto a las otras tres víctimas. Creo que esa foto podría tener alguna relación con el caso.

—¿Los cuatro juntos?

—Sí. Sorní intentando acercarse a Latorre con su mano en la cintura y tanto Aginagalde como nuestro comisario flanqueándoles a ambos lados.

—Acosta me comentó que pensaba que todos los que están implicados de alguna manera en este caso sufren una maldición. La maldición de *Killer Cards* la llamó. Espero que al final no termine por afectarnos a nosotros también.

—Yo lo que creo es que deberíamos cenar y después me dejas darte un masaje. A ver si así te quitas esas tonterías de la cabeza —sugirió Israel y se acercó por la espalda a su novio.

—Lo del masaje me parece una buena idea...

31

Un chofer muy profesional

Eran solo las siete de la mañana cuando Israel y David se despertaron. Tampoco habían conseguido conciliar muy bien el sueño cuando se fueron a acostar. Ni siquiera el sexo había conseguido sacar de sus cabezas las preocupaciones, pero al menos había rebajado un poco la tensión entre ellos.

—¿Qué vas a hacer hoy? —preguntó David desde la cama mientras Israel estaba en el cuarto de baño dispuesto a darse una ducha.

—Hemos interrogado a todos los habitantes de la casa de Aginagalde y a todos los compañeros de reparto de Latorre. Ayer volví a hablar con el auxiliar. Me explicó por qué sus huellas estaban en la botella y que quien echó el medicamento dispuso de una hora para hacerlo. Pudo ser cualquiera. También hablé con Alba Gómez el día de la muerte de Sorní, pero no hemos interrogado al chofer. No sé si sacaré algo en limpio de ahí, pero no pierdo nada. También voy a pedir una orden para que me dejen ver el listado de llamadas de las víctimas. A ver si de ahí saco alguna relación más entre ellos, además de la foto. ¿Y tú?

—Además de esperar la orden para ver a quién llamó Robles días antes de morir, voy a ir al funeral de Latorre.

—¿Al funeral? ¿Y eso?

—Allí estará Alejandro Soto. Le han concedido un permiso por muerte de un familiar. Bárbara seguía siendo su esposa al fin y al cabo. A ver si con un poco de suerte, y con permiso de los compañeros que le custodiarán, puedo hablar con él sin tener que ir a la cárcel de Navalcarnero. No pierdo nada por intentarlo. Tal vez me pueda aclarar si

Latorre y la inspectora Casado se conocían de antes o no, o si su esposa había tenido antes alguna relación con otra mujer —comentó David mientras terminaba de salir de la cama y empezaba a vestirse.

—¿Sigues pensando que entre ellas dos había algo?

—Lo que sigo sin saber es por qué Casado sufrió un accidente cerca de la casa que, supuestamente, Latorre le había pedido prestada a Sorní. ¿Qué hacía allí?

—Esperemos sacar algo en claro hoy, porque llevamos desde el miércoles sin ningún muerto y no sé cuánto tardará este asesino en colocar una nueva carta en el cuerpo de una víctima. Parece que se ha tomado un descanso. Puede que al descubrir la relación con el comisario le hayamos frenado en sus planes, pero no sé por cuánto tiempo —reflexionó Israel al salir de la ducha asomando la cabeza por la puerta de la habitación.

—O que, al ya no estar en los calabozos, se queda sin coartada...

—¿Sigues pensando que fue Carvajal?

—Lo que creo es que quien está haciendo todo esto nos sigue llevando ventaja y que tiene la sartén por el mango.

Israel hizo un par de llamadas para pedir al juez las órdenes necesarias para conseguir los listados telefónicos nada más llegar a su despacho. Después, sin haberse dado tiempo siquiera a sentarse, salió en busca de la inspectora Bolaño.

—Se viene conmigo, inspectora. Vamos a interrogar al chofer del coche de Santiago Sorní.

—¿Conmigo? ¿No prefiere ir con Expósito? —inquirió Bolaño tras apartar la mirada de la pantalla de su ordenador bastante sorprendida.

—Expósito tiene otras obligaciones y es, simplemente, un agente. Usted es inspectora y necesito un punto de vista distinto, a ver si saco algo en claro de una puñetera vez. Así que coja su chaqueta y la espero en el coche en cinco minutos.

—Lo decía porque fue con él con quien acudió a la casa de Aginagalde después del primer asesinato y quien le acompañaba cuando murió

Latorre...

Israel no respondió. Le daba igual por qué lo hubiera dicho. Era el tono con el que lo había hecho lo que le crispó el ánimo. David tenía razón, todo el mundo parecía conocer su relación y él se estaba comportando como un avestruz.

—Conduce usted, inspectora —ordenó al mismo tiempo que le lanzaba las llaves del coche. Bolaño estaba tan tiesa que casi le dan en la cara antes de poder reaccionar, pero no dijo nada. Se limitó a sentarse en el lado del conductor y a poner el coche en marcha.

—¿Adónde vamos? —preguntó cuando las luces del vehículo ya iluminaban el aparcamiento.

—A la calle Pensamiento, del barrio de Tetuán. Según los datos que tenemos, allí es donde reside el chofer del coche que pidió Sorní para que fuera a buscarle al aeropuerto. Su nombre es Martín Machón.

Martín salía de casa cuando el coche de la policía casi se cruza en su camino cerrándole el paso en la acera. Cuando vio a los dos policías bajarse del vehículo, su instinto casi le llevó a salir corriendo. No lo hizo porque reconoció la cara de uno de ellos.

—¿Señor Machón? —interrogó Israel—. Soy el inspector jefe de la brigada de homicidios.

—Usted es uno de los policías que estuvo en el aeropuerto. ¿No es así?

—Así es. Me gustaría hacerle un par de preguntas.

—En cuanto vi el programa de Acosta, el otro día en la tele, supuse que iba a llegar este momento. Ya no piensan que la muerte del viejo fuera un accidente, ¿verdad?

—Lo mejor es que vayamos a un bar y tomemos un café, si no lo importa.

—No tengo inconveniente en tomar uno en el de Carmena, pero en media hora tengo que ir al trabajo —repuso Martín mientras señalaba un bar que hacía esquina y de aspecto bastante destartalado.

Tras pedir tres cafés, ocuparon una de las mesas del local. Israel estaba aprovechando esos instantes de silencio para observar al conductor. Se le notaba impaciente, no estaba cómodo con la presencia de la policía.

—¿Tiene algún problema con la autoridad? —preguntó tras dar un sorbo al café, que no estaba malo, pero que casi le abrasa los labios.

—Los tuve hace unos años, y desde entonces me incomodan un poco. Lo siento.

—¿Qué le ocurrió?

—La vida no siempre le trata bien a uno. Pasé muchos años en el paro y tenía que comer.

—¿Robo?

—Hurto, más bien. Nunca fueron grandes cosas y jamás usé la violencia para cometerlos, pero tuve mala suerte y terminé un par de años entre rejas —repuso Machón y se bebió el café de un solo trago sin importarle su temperatura.

—¿Y, pese a esos antecedentes, Sorní le contrató para ser su chofer?

—Solo cuando el señor Sorní venía a Madrid que, aunque era bastante a menudo, no me ocupaba todo el tiempo. No le importaban mis pequeños descuidos con la ley. Solía decir que, si la policía tuviera que detener a alguno de los ocupantes del coche, lo más probable era que terminaran deteniéndolo a él. Le gustaba bromear con ello.

—¿Era muy dado a hacer ese tipo de bromas?

—No sé si le conocían, pero el señor Sorní estaba de vuelta de todo, y así se comportaba. No se paraba a pensar si sus actos eran legales o no. Si quería hacer algo, lo hacía.

—¿Le vio cometer algún acto delictivo? —inquirió Israel mientras que Bolaño sacaba un bloc de notas. Le lanzó una mirada. La inspectora entendió a la primera que no era necesario que apuntara nada de aquello.

—Se supone que no se debe hablar mal de los muertos, pero el señor Sorní era un auténtico cabronazo.

—¿Y por qué trabajaba para él?

—Porque pagaba bien y, si le pillabas en un buen día, dejaba excelentes propinas. Además de que, trabajando para él, uno podía conocer a mucha gente importante. Creo que, salvo el Papa, se han montado en el coche con él todas las autoridades importantes.

—¿Y para qué quería conocer a esa gente importante?

—Es ese tipo de gente el que necesita chofer normalmente y, como le digo, trabajar para Sorní no ocupaba todo mi tiempo. Y no a todos los que quieren contratar un chofer les da igual que tengas antecedentes. Cuanta más gente se conoce, más trabajo te puede salir.

—¿Entre esa gente importante estaban el juez Aginagalde y la actriz Latorre?

—Con el juez sí que viajó un par de veces, ya hace unos meses. Con la actriz no le he visto nunca.

—Así que usted conocía a Aginagalde...

—De vista. Le dejé mi tarjeta por si alguna vez necesitaba de mis servicios, pero nunca me llamó.

—¿Qué pasó en el aeropuerto? ¿Ocurrió algo fuera de lo normal que no hubiera pasado las otras veces que trabajó para él?

—Que le explotó el móvil. Eso no había pasado nunca.

—Me refiero a si vio algo extraño en su comportamiento. —Israel intentó que no se le notara que la respuesta de Machón no le había hecho ninguna gracia. Estaba harto de graciosillos como él o Alba que se lo tomaban todo a broma—. ¿No le extrañó verle acompañado de una joven?

—¿Extrañarme? —rio Machón— No, para nada.

—Así que Sorní siempre se hacía acompañar por jovencitas.

—No es que fuera siempre, pero no era la primera vez. Jovencitas, menos jovencitas, el caso es que fueran mujeres atractivas dispuestas a pasar unas horas con él. Aunque sí, la mayoría de las veces solía dejarse acompañar de mujeres de las que podría haber sido su padre —respondió Machón.

—¿Y gustándole tanto hacerse acompañar de mujeres guapas está seguro de que nunca le vio con Latorre? Ellos dos se conocían. Y Latorre no me podrá negar que era muy guapa.

—No se lo niego. Y tampoco que ellos dos se conocieran. De lo que estoy seguro es de que ella nunca se ha montado en mi coche. Me acordaría y le habría dado mi tarjeta. Puede estar seguro.

Israel se dio cuenta de que, cuantas más preguntas respondía, más cómodo se sentía el interrogado. Las primeras tensiones tras el encuentro estaban dejando de ser apreciables. Machón había relajado los hombros y su mirada ya no era huidiza.

—¿Y a usted eso le parecía bien?

—¿El qué?

—Que Sorní se hiciera acompañar por mujeres mucho más jóvenes que él.

—¿A mí? Yo me limito a hacer mi trabajo. A llevarles a donde quieran ir. Me dicen la dirección, se montan en el coche y yo conduzco. Mientras vayan por su voluntad, a mí me da lo mismo. Los cristales tintados del coche me impiden ver qué ocurre en los asientos traseros.

—Pero me imagino que algo oirá.

—Si yo le contara... El coche está blindado, pero no insonorizado. Desde el asiento del conductor se oye todo lo que pasa ahí detrás, pero no suelo prestar demasiada atención. Me distraería de mis obligaciones al volante —repuso Machón, a quien se le dibujó una sonrisa en los labios al responder.

—¿Qué escuchó el día de la explosión?

—Poca cosa. Creo que ya venían los ambientes caldeados desde el avión, porque desde que se montaron en el coche solo se oyeron risitas y besos, como si alguno de los dos estuviera chupando cabezas de gamba. Luego se quedaron un momento en silencio. Me extrañó. El señor Sorní solía ser muy ruidoso en sus apasionados encuentros. Estaba a punto de salir del aparcamiento del aeropuerto cuando escuché la explosión.

—¿Qué fue exactamente lo que escuchó? —preguntó Israel. Entonces le dio un pequeño codazo a su compañera. Esas respuestas sí que tenía que apuntarlas en alguna parte.

—Fue como un cohete navideño, pero muy rápido. No sé si me explico. Fue como si alguien encendiera una llama, ese zumbido previo a la explosión y después el pum. Sonó como un cohete en Nochevieja.

—¿Qué hizo entonces?

—Escuché gritar a la chica, paré el coche y me bajé. El cristal tintado que separa los dos habitáculos no se puede bajar. Cuando abrí la puerta, trasera vi a la joven, en ropa interior, arrinconada en un lado y al señor Sorní con los pantalones bajados y mirando al techo del vehículo. Tenía la camisa y la chaqueta hechas pedazos y parte de la ropa todavía le ardía. Cuando fui a apagarla, vi la herida que tenía en el pecho y que estaba muerto. Yo que pensaba que eso de morir por la explosión de un móvil era cosa de ciencia ficción...

—No suele ser lo habitual. ¿Sabe usted de alguien que pudiera querer matarlo?

—Hasta que vi el programa de Acosta he creído que había sido un accidente... Imagino que a un hombre como él no le faltarían enemigos. Empresarios celosos, maridos cornudos, mujeres despechadas... Seguro que hay muchos candidatos, pero yo, personalmente, no conozco a nadie. Procuro ser el mono que no ve, no habla y no escucha nada. Como le digo, mi trabajo consiste en llevar y traer sin fijarme en exceso en los detalles. Cuanto menos sepa y más guarde la intimidad de mis clientes, más opciones tengo de que me contraten.

32

Olor a Navidad

Alejandro Soto era incapaz de comprender qué estaba pasando. Su abogada le había dicho que iba a poder salir de la cárcel unas horas, y todo lo que le comentó después dejó de tener sentido. Se convirtió en una masa informe de palabras incoherentes a la que su cerebro fue incapaz de dar significado.

Esa mañana le llevaron ropa de vestir y le dijeron que estuviera listo a las once. Había preguntado por qué le dejaban salir y a dónde le llevaban, y el vigilante se había limitado a pronunciar una serie de palabras entre las que entendió cementerio. Estaba tan confuso que, por un segundo, se preguntó si en España habían instaurado la pena de muerte sin que él se hubiera enterado y esa mañana había llegado la hora de pagar por los delitos cometidos. Eso era más creíble que las palabras que su cerebro creía haber entendido. ¿Funeral de su esposa?

Hasta que no cruzó las puertas, esposado y en un furgón policial, pero en los exteriores de la cárcel, no llegó a creerse del todo la noticia. ¿De verdad había muerto Bárbara?

Cuando las puertas del furgón se abrieron, empezó a creerlo. Estaba en el camposanto y allí decenas de personas se giraron a cotillear y se quedaron con la boca abierta al verlo bajar. Muchas de aquellas caras estupefactas le sonaban de las fiestas a las que había acudido del brazo de su afamada esposa.

La gente le dejaba pasar abriendo hueco a su alrededor como si fuera un enfermo del que no quisieran contagiarse. Los que antes le saludaban con efusividad y le reían las gracias ahora daban pasos hacia atrás y agachaban la cabeza para evitar cruzar con él la mirada. Es lo que suele ocurrir cuando uno pasa de ser el presentador del telediario a un asesino en serie. Ni siquiera le daban el pésame por la muerte de su esposa. La verdad era que él tampoco sentía ninguna lástima por su pérdida.

En los más de diez meses que llevaba en la cárcel, ella no le había ido a visitar ni una sola vez. Lo entendía, tampoco es que se hablaran mucho ni se soportaran cuando vivían juntos.

La policía le colocó frente a un féretro de madera que bien podría ser el de Bárbara como el de su tía de Burgos, porque estaba cerrado y no podía ver el cadáver. Le hubiera gustado poder hacerlo para estar seguro de que aquello estaba ocurriendo de verdad.

Frente al féretro de la que había sido su mujer solo podía pensar en una cosa: que el aire de la calle olía distinto, incluso, al del patio de la cárcel. Aunque los dos se supusieran aires libres, el de la prisión terminaba oliendo a cerrado. En la cárcel olía a desesperación. En la calle, incluso estando en un cementerio, el aire olía a Navidad.

Cuando el cura terminó de dar el sermón y de hablar bien de la fallecida, todos los allí presentes lloraban la pérdida menos él. Había intentado sentir pena y llorar por la muerte de Bárbara, aunque solo fuera por no dar la imagen de un psicópata sin sentimientos. Al fin y al cabo, había estado enamorado de aquella mujer. Pero fue incapaz. Le quedaba el consuelo de que, con las manos atadas a la espalda, tampoco habría podido sonarse la nariz ni enjuagarse las lágrimas sin tener que pedir ayuda a alguno de los policías que lo custodiaban. A los presentes en el funeral no se les veía con muchas ganas de ayudarle en nada.

Terminado el acto, cuando la gente ya se iba marchando, pidió quedarse un rato más frente a la tumba de su esposa. No tenía nada que decirle ni ningún motivo para quedarse allí, pero era una forma de ganar unos minutos extra de poder respirar aquel aire que olía tan distinto antes de tener que regresar, seguramente hasta la muerte de otro familiar, tras los muros de la prisión.

Todo lo a solas que iba a poder estar —con cuatro policías a su lado custodiándolo como los cuatro angelitos que guardaban las esquinitas de su cama cuando era pequeño—, Alejandro cerró los ojos y respiró.

Su detención como acusado de ser *Killer Cards* le había pillado tan por sorpresa que no había tenido tiempo de despedirse de su libertad. Para cuando se dio cuenta, ya estaba encerrado en un calabozo y de allí al tribunal que lo sentenció a una vida entre rejas. Seguía sin ser capaz de recordar nada de aquellos días y de aquellas muertes, pero se lo habían repetido tantas veces, y el papel de asesino en serie le daba tanta notoriedad en prisión, que había llegado a imaginárselo en su cabeza.

Aprovechó aquellos instantes al aire libre para despedirse de su libertad. Fue entonces cuando sí que le resbaló una lágrima por la mejilla.

—¿Quiere un pañuelo? —Una inesperada voz le hizo abrir los ojos.

—Me sería más útil si me limpiara usted —repuso Alejandro al tiempo que hacía sonar las esposas a su espalda—. ¿Y usted es?

—Mi nombre es David Expósito, soy agente de policía.

—No me suena su cara de la cárcel. Usted no es uno de los policías que me custodian.

—No. Yo estoy aquí para hacerle un par de preguntas.

—¿Puedo saber sobre qué? —preguntó Alejandro dispuesto a responder siempre que aquello alargara más sus minutos fuera de la cárcel.

—Sobre la muerte de su esposa.

—No recuerdo haber cometido ninguno de los crímenes de los que se me acusa, salvo de haberme deshecho del cuerpo de Bejarano en una cuneta, pero de lo que estoy seguro es de que no he podido matar a Bárbara —repuso Alejandro con voz cansada.

—No iban por ahí mis preguntas. Quisiera saber si conocía a alguien que quisiera asesinarla.

—En esa lista de sospechosos podría entrar hasta yo, agente. Como no sea más preciso...

—¿Conoce a este hombre? —preguntó David y mostró, por enésima vez, la foto de Enrique.

—No diría que lo conozco, pero me resulta familiar. Le he visto antes, pero no sabría decirle dónde ni por qué.

—Se llama Enrique Carvajal. ¿Le dice algo el nombre?

—Carvajal... Me suena. ¿Un suicidio? —preguntó Alejandro.

—Su hija. Se suicidó hace un año —respondió David confuso. Había algo en la reacción de Soto al ver la foto de Enrique que le había escamado. Se había puesto tenso, como si de pronto le hubieran metido un palo por el culo.

—¡Eso! Tengo buena memoria para los nombres.

—No así para los asesinatos...

—Le aseguro que tengo muy buena memoria para todo. Debe de ser que mato a la gente en trance, porque no suelo olvidar nada. A ese hombre solo le recuerdo de esa noticia —replicó Alejandro inconforme con el comentario del agente—. ¿Es el sospechoso de matar a mi mujer?

—No exactamente... Ya sabrá que se han producido tres muertes y que en todas ellas ha aparecido una carta de la baraja de póker.

—¿Cómo dice? —La sorpresa de Alejandro no era fingida. Ahora las palabras de su abogada empezaban a reordenarse en su cabeza y a tener sentido.

—Que alguien está imitando sus asesinatos, señor Soto.

—¿En serio? —Los ojos de Alejandro se abrieron tanto que David temió que se le fueran a salir de las cuencas. Por primera vez desde que estaba hablando con él, había vida en ellos, pero seguía pareciendo que a Soto lo hubieran ensartado.

—No se haga ilusiones. Las pruebas que presentó la inspectora contra usted son muy esclarecedoras. Su móvil estuvo en todos los escenarios y tenía motivos para matar a todas las víctimas. Creemos que se trata de un imitador.

—Pero yo no recuerdo haberlo hecho... Diez meses después sigo sin recordar nada de lo que me dicen que hice. Y el motivo que dicen que tenía para matar al Guardia Civil es tan...

—¿Tan qué?

—Increíble... Mi esposa y yo hacía tiempo que no éramos un matrimonio amoroso. ¿Matar a un Guardia Civil porque mi mujer tonteara con él? No tiene sentido. Pero, si un juez lo dice...

—¿Qué me puede contar de su mujer?

—No mucho. Nuestra relación estaba rota mucho tiempo antes de que se me acusara de los asesinatos. Ya ve que ella no tenía remordimientos por acostarse con políticos en su coche en lugares públicos. Casi ni coincidíamos en casa, y eso hacía nuestra relación más llevadera. Si hubiéramos tenido que vernos a diario, lo más probable es que ya no hubiéramos estado juntos ni por interés.

—¿No se veían?

—Mi mujer tenía una vida muy ajetreada. Entre rodajes, entrevistas, entregas de premios, gimnasio y fiestas se pasaba la mitad de la semana fuera de casa. Seguramente acostándose en habitaciones de hotel con chicos más jóvenes que conociera en el gimnasio o en alguno de sus rodajes. Yo, por mi parte, solo coincidía con ella en algún acto social en el que tuviéramos que fingir ser una pareja feliz por el bien de nuestras respectivas carreras y algún día en casa, en la que dormíamos en habitaciones separadas. La mitad del tiempo que estábamos juntos era discutiendo y la otra mitad disimulando ante la prensa.

—¿Solo con chicos jóvenes? —preguntó David. Seguía rumiando la idea de la relación entre la actriz y la inspectora.

—¿Qué insinúa?

—Su mujer le era infiel. ¿Cree que solo con hombres?

—¿Bárbara con otra mujer? No creo que se liara con ninguna que no fuera más guapa que ella. Y eso para mi mujer era imposible. Se consideraba la más guapa.

—Así que descarta que su mujer le fuera infiel con otra mujer. —David maldijo para sus adentros. Parecía que su teoría seguía tambaleándose.

—La única vez que he visto a Bárbara tontear con otra mujer y besarla ha sido en una de sus películas. Creo que solo besaría a otra mujer por exigencias del guion.

—Entonces... ¿piensa que alguno de esos hombres con los que cree que le fue infiel pudiera haber querido matarla?

—No lo sé. El único hombre que sé con seguridad que se acostó con mi esposa está muerto y dicen que lo asesiné yo... Aún no entiendo por qué iba a asesinarlo si, como le digo, el afecto que pudiera sentir por mi esposa casi había desaparecido con los años.

—¿Me puede decir cuál era ese gimnasio al que iba su mujer? Ha insinuado que allí podía haber conocido a alguno. Quizás pueda encontrar a alguien que me diga si ella había tenido alguna relación con alguno de los clientes.

—Déjeme hacer memoria... Tiene nombre de hotel... De hotel caro... Sí, venía el cobro cada mes en las facturas... ¡Palacio Santa Ana!

—Muchas gracias —repuso David.

—¿Ve como tengo una memoria excelente? Y, sin embargo, sigo sin recordar nada de los asesinatos.

David hizo un gesto a los agentes, que de forma amable le habían dejado hablar con él, y estos se llevaron a Soto de vuelta al furgón policial. No quiso desaprovechar ni un solo minuto. Aún estaba a tiempo de llegar al gimnasio antes de que este cerrara a la hora de comer.

El lugar estaba casi vacío a esas horas del día. La gente no suele hacer ejercicio antes de llenar el estómago. David se acercó a la mujer que atendía en recepción y que le estaba mirando con extrañeza.

—Buenos días. No admitimos nuevos socios hasta el próximo año —le soltó la chica cuando se acercó al mostrador—. Tiene los folletos en la entrada.

—No vengo a hacerme socio.

—Entonces, si me disculpa, debe irse. No admitimos reservas de última hora y menos en sábado.

—Señorita, soy agente de policía y no he venido a usar sus instalaciones, sino a hablar con el dueño del local o con cualquiera que pueda responderme a un par de preguntas.

—¿De qué tipo? —replicó la chica sin levantar la vista de la pantalla que tenía sobre el mostrador.

—Del tipo o colabora, o la detengo por obstrucción a la justicia y se viene conmigo a comisaría —repuso David. Sabía que la amenaza no era cierta y que nunca iba a poder detener a la mujer por mucho que no respondiera y siguiera ignorándolo, pero solía funcionar si la persona no estaba muy al corriente de cómo funcionaba la ley.

—El dueño no está en estos momentos. Es sábado y solo viene entre semana, cuando hay más ajetreo en el local. ¿En qué puedo intentar ayudarle? —repuso la chica, con una fingida sonrisa, tras alzar la cabeza.

—Tengo entendido que Bárbara Latorre era cliente de este gimnasio.

—Así es. Estamos muy orgullosos de contar con su presencia entre nuestros clientes. Incluso tenemos una foto de ella haciendo ejercicio en nuestro establecimiento como reclamo —respondió a la vez que señalaba a uno de los carteles en el que se veía a la actriz sobre una bicicleta estática, aunque su apariencia era tan elegante que David dudaba que hubiera dado una sola pedalada.

—Querrá decir que estaban orgullosos...

—¡Oh! Sí, disculpe. No me puedo creer que la señora Latorre esté muerta.

—Créaselo. Vengo de su funeral. ¿Acudía frecuentemente a este gimnasio? —interrogó David sin mutar el gesto. Cuanto más serio pareciera, más creíbles sonarían sus advertencias.

—Siempre que sus viajes o compromisos se lo permitían. Si estaba en Madrid, venía al menos dos veces por semana. Ni siquiera había cancelado su suscripción de socia durante este año que ha estado viviendo en el extranjero. Renovó el carnet en enero y aún lo tenía vigente al regresar. En cuanto estuvo en Madrid, vino un día a las instalaciones, antes de que el rodaje de su película ocupara todo su tiempo.

—¿Sabe si aquí se relacionaba con alguien? —preguntó David. Al menos había conseguido que la mujer del mostrador le mirara a los ojos mientras le hablaba.

—¿A qué tipo de relación se refiere?

—A una íntima.

—La señora Latorre estaba casada, agente. Y su marido, por fortuna, no era cliente del gimnasio. Hubiera dañado mucho nuestra imagen tener un asesino entre nuestros socios —repuso la encargada.

—¿Estáis hablando de Bárbara? —Un hombre corpulento, que venía frotándose la cara con una toalla, se acercaba al mostrador por la espalda de David.

—¿Conocía a Latorre? —inquirió este cuando el hombre llegó a su lado.

—Todos la conocíamos. Algunos hasta cambiaban sus horarios para venir a la misma hora que ella. La hemos echado mucho de menos en las clases de *spinning* este año. Era un gustazo sentarse tras ella —comentó burlón—. Creo que medio gimnasio intentó tontear con ella alguna vez.

—Así que la mitad de los hombres del gimnasio intentaron tontear con ella —preguntó David sin desvelar su puesto. Aquel hombre tenía pinta de bocazas y era mejor dejarle hablar sin que supiera que estaba ante un policía.

—Yo no he dicho, en ningún momento, que los que intentaban tontear con ella fueran todos hombres. He dicho medio gimnasio —replicó con tono engreído y sonrisa burlona.

—¿También lo intentaban mujeres?

—¡Por supuesto! Bárbara era muy sensual y atractiva. Había una chica en especial que no le quitaba los ojos de encima. Las vi hablando varias veces y estoy seguro de que entre ellas dos compartían algo más que clases de *spinning*. Eran la comidilla del vestuario de los hombres.

—¿También era famosa? —preguntó David con la esperanza de que aquel charlatán pudiera darle un nombre sin tener que enseñarle su placa.

—Por aquel entonces, no. Era muy guapa, pero bastante arisca cuando intentabas hablar con ella. No dejaba que se le acercara mucha gente. Salvo Bárbara, a ella no le ponía pegas. Pero luego sí que se hizo famosa. A algunos no nos extrañó que fuera inspectora de policía.

—¿Policía? —inquirió David.

—Sí. Era la poli que atrapó al asesino en serie ese que iba dejando cartas de póker en sus asesinatos.

—¿Ángela Casado? —David sintió una ola de euforia subiendo por su espalda.

—¡Esa misma! —exclamó el chico al tiempo que chasqueaba los dedos.

—¿Y desde cuándo hablaban?

—Pues desde antes de que empezaran los asesinatos. Como te digo, por entonces nadie conocía a Ángela. Luego, con todo lo del caso y con su accidente, todo el mundo hablaba de ella por los vestuarios. Si quieres, te puedo enseñar unos vídeos. Ambas eran una preciosidad de mujer.

Israel recibió la orden y obtuvo los datos que esperaba justo después de comer. Ahora les tocaba revisar los listados telefónicos a ver si podían encontrar algún dato o llamada relevante. El listado de llamadas de alguno de los teléfonos era interminable, pero, por suerte, ahora todos esos datos se podían cotejar por ordenador. Si tuviera que hacerlo a mano, el asesino iba a morirse de viejo antes de que pudieran atraparlo.

Lo primero que hizo fue cotejar cuántas llamadas se habían producido entre las víctimas. Entre Aguinagalde y Latorre no se produjo ninguna coincidencia. No se habían llamado por teléfono, al menos, en el último año. No era así, en cambio, entre Aginagalde y Sorní, que se habían llamado por lo menos una veintena de veces en los últimos doce meses. Pero lo que más le llamó la atención fueron las coincidencias entre el número de Sorní y el de Latorre. Solo había tres coincidencias. La primera, un mes antes de que se produjeran los asesinatos de *Killer Cards*, una llamada de Sorní que apenas había durado unos segundos; una segunda llamada de Sorní a Latorre, cuando su marido ya había sido acusado de los crímenes, que había durado un par de minutos; y una última de Latorre, después del juicio, que había durado casi diez minutos. Dos días antes de que se produjera la muerte de Casado cerca de la casa de Sorní.

Por curiosidad, y teniendo en cuenta la fotografía que había encontrado Bolaño, introdujo también en la búsqueda el número de teléfono del comisario. Enseguida, su número apareció resaltado en las listas de llamadas de Aginagalde y de Sorní. Habían hablado varias veces antes y, sobre todo, después de los asesinatos.

En ese instante entró, casi a la carrera, David.

—¡Se conocían! Vaya que sí se conocían —exclamó sin llegar siquiera a tomar aliento.

—¿Quiénes?

—Bárbara y Ángela. Iban al mismo gimnasio. Antes incluso de que se iniciaran los asesinatos de *Killer Cards*.

—Que fueran al mismo gimnasio no significa que se conocieran. Nosotros vamos a un gimnasio y estoy seguro de que no conocemos personalmente ni a la mitad de los miembros —repuso Israel.

—¡Joder, Israel! Que lo he visto. Que ambas eran muy populares entre los hombres del gimnasio. Uno de los socios, un tal Iván Santos, me ha dicho que entre ellas dos había algo más que ser compañeras de pedalada en las clases de *spinning*. Las tenía grabadas en vídeo con su móvil. Tenías que haber visto su cara cuando le dije que era agente de policía. Quería chulearse y casi acaba detenido. Lo que sí he hecho ha sido requisarle los vídeos. No sabía si detenerle por grabar sin permiso a la gente o si ponerle un monumento. El caso es que tengo un vídeo de ambas juntas antes de que se iniciaran los asesinatos. La grabación muestra la fecha en la que se hizo y se las ve hablar de manera bastante distendida mientras daban pedales sobre una bicicleta. Y, aunque el vídeo enfoca mayoritariamente a sus culos, por la manera en la que se miraban, sobre todo Ángela a Bárbara, a mí no me cabe duda de que entre ellas dos había algo más. E Iván también me lo asegura.

—Está bien. Bárbara y Ángela se conocían. ¿Y?

—Que no solo hablaron antes de iniciarse las muertes. Tengo imágenes de ellas dos entrando, por separado, a uno de los baños del gimnasio en medio de las investigaciones.

—¿Cómo?

—Este tipo no solo las grabó en una ocasión. Solía grabar todas las clases. Hay una grabación del mes en el que ya se habían iniciado los asesinatos en la que se ve a Latorre abandonando la clase y entrando en uno de los baños del gimnasio. Tres minutos más tarde, y sin que nadie saliera de ese lugar, se ve entrando en el mismo aseo a la inspectora. Se escuchan las risas y comentarios obscenos, y bastante fuera de lugar, de alguno de los presentes en la clase y veinte minutos más tarde es Ángela la que sale del baño. Dos minutos después sale la actriz y vuelve a su bicicleta.

—De acuerdo —replicó Israel—. Tienes evidencias de que entre la inspectora y la actriz podría haber surgido una relación. Yo he encontrado una llamada de Latorre a Sorní después de celebrarse el juicio a su marido.

—¡Entonces es posible que Latorre sí que le pidiera la casa!

—Después del juicio estuvieron hablando más de diez minutos por teléfono.

—Latorre nos lo negó antes de morir. Y también nos negó haber visto a la inspectora después del caso y conocerla de antes. ¿Por qué nos mintió? Además, cada vez tengo más claro que Casado no sufrió ningún accidente cerca de esa casa. Aquí hay algo muy raro, Israel. Sé que no eres muy aficionado a las teorías de conspiraciones, pero este caso cada vez apesta más. Creo que Carvajal puede tener razón.

—¿Tú qué crees que pasó?

—No lo sé, pero nuestra compañera no sufrió un accidente, Robles no sufrió una sobredosis, Latorre y Casado se conocían y ella nos lo negó y la muerte de Casado, que no el accidente, se produjo cerca de la casa que Sorní, casi con seguridad, prestó a Latorre en esas fechas, algo que también nos negó. Tenemos a Carlos, el jardinero, que así lo afirma, y esa llamada que has encontrado que lo hace posible. Lo que la coloca como principal sospechosa. Creo que deberíamos hablar otra vez con Carlos.

—¿Crees que Latorre tuvo algo que ver con la muerte de la inspectora?

—No soy el único. Mira lo que nos dijo su compañero de reparto en la película. Que si veía a alguien capaz de cometer un asesinato para su beneficio, era a la propia actriz.

—Pero ¿cuál sería el móvil? ¿Crees que mató a Casado porque acababa de meter en la cárcel a su marido?

—La relación entre ambos era nula. El propio Soto me lo ha dicho en el funeral. Dudo que a ella le importara en exceso que su marido estuviera en la cárcel. El papel de víctima le venía que ni pintado para ganar popularidad. Al contrario, creo que se alegraba de que... ¡Joder! ¡Eso es!

—¿Eso es qué?

—¿Y si Latorre y la inspectora acusaron de los crímenes a Soto para librarse de él y poder estar juntas?

—Y, si querían estar juntas, ¿por qué iba a matarla poco tiempo después? ¿Y qué pinta la muerte de Robles en todo esto?

—Ya te he dicho que no lo sé, pero aunque las piezas no terminan de armar el puzle, al menos, empiezan a encajarme... Soto me ha dicho que su esposa solo se relacionaría con otra mujer por exigencias del guion. ¿Y si estaba actuando con Casado?

—Genial. A mí no me encaja ninguna de las piezas de mi caso y tú encajas piezas que lo que van a conseguir es que se termine reabriendo el caso más mediático que hemos tenido en esta comisaría. He estado hablando con Machón, el chofer de Sorní, y, pese a tener antecedentes por robo y haber estado en la cárcel un par de años, tampoco creo que tenga ninguna relación con las muertes. Confirma la relación de Aginagalde con Sorní y que Latorre nunca se montó con él en el coche, pero no he conseguido nada más. Un día estupendo.

—Si confirmo que hay algo turbio en el caso *Killer Cards,* también ayudaría en la investigación actual... —mencionó David.

—¿En qué?

—En que, si Carvajal decía la verdad con respecto a que Soto es inocente de las muertes por las que fue condenado, puede que también estuviera diciendo la verdad cuando me confesó el primer asesinato. Solo habría que encontrar la manera de probar que fue él.

—Y demostrar que cometió tres asesinatos mientras estaba en dependencias policiales. Lo que nos dejaría con el culo al aire.

33

La mala memoria es una virtud

Los nervios empiezan a revolotearme en el estómago. Se acerca el día de seguir cerrando el círculo, y esta vez me toca ejercer un papel activo. Es la primera vez, que no la última, que me voy a ver en la obligación de tomar parte. Es lo justo, casi todos los demás ya han hecho la suya. El lunes me toca a mí y, aunque tengo muy claros los motivos y mis intenciones, no puedo evitar sentirme nervioso.

La impaciencia de los demás tampoco ayuda. Hoy, uno de ellos, acaba de llamarme por teléfono. Y mira que les dejé bien claro desde el principio que no tenían de qué preocuparse y que yo me iba a responsabilizar de todo, pero entiendo que les entren dudas y miedos cuando la policía va a interrogarles. Solo tienen que hacer lo que les dije y, cuantas más veces me llamen por teléfono, aunque eso también lo hayamos previsto, más fácil será que cometamos un error y que terminen pillándonos. Si cada uno se limita a hacer su parte, la policía jamás podrá relacionarlos. Solo pueden relacionarlos conmigo, y yo no voy a tener ningún problema en asumir mis culpas. Al final, va a resultar que la mujer es la que mejor está sabiendo conservar la calma y eso que fue a la que más tiempo me llevó convencer.

Pero les comprendo. Han sufrido mucho y no han recibido justicia, y tenerla al alcance de la mano y no llegar a tocarla es normal que les altere. A mí también me pasa. Espero que pronto Alejandro pueda salir a la calle y que se haga justicia. Calma, Enrique, calma. Llevas un año esperando este momento. Solo tienes que aguantar un poco más. David ya está sobre la buena senda y no tardará en descubrir lo mismo que tú. Y lo que no llegue a descubrir ya se lo desvelarás llegado el momento.

A media tarde le llegó a David la petición que había hecho para descubrir a quién pertenecía el teléfono al que había llamado Ricardo Robles dos veces antes de que se resolviera el caso de *Killer Cards*.

La respuesta no ayudó a tranquilizarle. Al contrario: una nueva pieza encajaba en su puzle. Ricardo Robles había llamado a Gabriel Abengoza. Le había llamado por la tarde y la misma noche que el sargento primero murió. Apenas unas horas antes de que encontraran su cadáver en un callejón. Ahora necesitaba otra orden para investigar las llamadas del número de teléfono de Gabriel. La pena era no poder saber qué le había dicho Ricardo a Gabriel esa noche y si tenía algo que ver con sus repentinas muertes.

Mientras se tramitaba la orden para saber a quién había llamado Gabriel aquella noche, decidió investigar más sobre Ricardo. Hablar con alguien que pudiera saber qué le dijo a Gabriel en aquellas dos llamadas. El primer nombre que le vino a la cabeza fue el de Rubén Rubio. Era el número de teléfono que más había marcado Robles. Si tenía algo que contar, lo más probable era que se lo hubiera dicho a él. Ya había hablado con Jessica Granada, así que ahora le tocaba el turno a su novio.

Pese a llevar unos meses en la cárcel, Rubén tenía buena cara. Incluso entró sonriendo en la habitación que les habían reservado para poder charlar. Era como si estar encerrado no le afectara.

—Buenos días, señor Rubio. Le veo bien —saludó David al verle entrar como un DJ en una discoteca.

—¿Y por qué no iba a estarlo? Tengo buena reputación aquí dentro y me quedan pocas semanas para poder salir. Mi colaboración con la Udyco me dio ciertas compensaciones. ¿Quién es usted?

—Mi nombre es Expósito. Soy agente de policía y me gustaría hablar con usted de Ricardo Robles.

—Un buen tío con muy mala suerte en la vida. Si no fuera por gente como mi hermana, habría llegado muy lejos, pero las mujeres, a veces, son más perjudiciales para la salud que las drogas.

—No fue su hermana la que mató a su amigo. Fueron las drogas que usted le vendió —repuso David. No le gustaba la actitud de Rubio. Se le veía demasiado confiado.

—Mi amigo llevaba tiempo muerto por dentro, por culpa de gente como mi hermana, agente. Mis drogas solo le ayudaban a soportar un día más en esta mierda de sociedad.

—Pero terminaron por matarlo —comentó David. Estaba dejando caer que las drogas habían sido las culpables de su muerte para ver si Rubén tenía la misma opinión que su novia sobre la muerte de Ricardo y para desestabilizarlo culpándolo de la muerte de su amigo.

—Las drogas lo mataron. Eso es cierto. Las malas personas fueron las que lo llevaron a la adicción.

—Usted y su novia, la señorita Granada, también consumían drogas con él, ¿no es así?

—Muy de vez en cuando... Después de alguno de sus conciertos solíamos relajarnos esnifando un poco de coca, pero de forma esporádica. Jessica y yo no estamos enganchados.

—¿Ha dicho esnifando? —inquirió David. Parecía que Rubén no sabía nada de cómo había muerto su amigo.

—Sí. A Ricardo no le gustaba pincharse. Decía que ya tenía suficiente con destrozarse el tabique nasal como para también dejar huella en sus brazos. Daba los conciertos sin camiseta o con camiseta de tirantes. No quería que se le vieran las marcas. En su buena época era todo un presumido.

—¿Sabe que a su amigo lo encontraron con una aguja clavada en el brazo?

—Sí, lo sé. Imagino que ya le daba igual todo. Quien le había hundido ya estaba muerta y, con los últimos fracasos del grupo, imagino que se quedó sin objetivos en la vida. Algo así tuvo que pasar.

—¿Sabe que su novia piensa que su amigo Ricardo nunca se habría pinchado? —interrogó David. La actitud del interrogado le estaba poniendo nervioso.

—Yo tampoco lo creía. Como le digo, Ricardo nos había dicho

muchas veces que pasaba de esas cosas, pero imagino que se cansó de todo.

—Su novia piensa que lo mataron...

—¿A Ricardo? ¿Y por qué iban a querer matarlo? —Por primera vez, el rictus de Rubén cambió. La posibilidad de que a su amigo lo hubieran asesinado le había descolocado.

—Eso es lo que intento descubrir.

—Ricardo era un pobre hombre. No se me ocurre quién iba a querer matarlo. No tenía enemigos ni nada que arrebatarle.

—¿Y sabe con quién podría hablar para intentar averiguarlo?

—Como no hable con sus compañeros del grupo de música... No se me ocurre nadie más. Ellos eran quienes mejor le conocían. Pasaban el día juntos. O ensayando con el grupo o drogándose.

—¿Puede darme sus nombres?

—Puedo darle algo más, puedo decirle dónde se reúnen todas las tardes. En el bar Scorpio.

—¿Siguen reuniéndose ahora que se han quedado sin uno de sus miembros?

—No tienen otra cosa mejor que hacer. Estoy seguro de que, si va al bar, se encontrará con ellos allí.

A Rubén no le faltaba razón. Fue entrar en el bar a media tarde, acercarse a la barra donde atendía una joven de pelo largo y más agujeros en la cara que una mesa de billar y preguntar por los antiguos miembros del grupo de Ricardo para que esta le señalara a tres chicos de aspecto desaliñado que estaban sentados en una de las mesas con seis botellas de cerveza sobre ella.

—¿Los amigos de Ricardo Robles? —preguntó con cordialidad. Le estaban mirando con mala cara nada más acercarse a ellos.

—Los tocapelotas no son bien recibidos —repuso uno de ellos mientras los otros dos ladeaban la cabeza en un intento bastante burdo de gesto de desprecio.

—Espero que los policías con placa tengan mejor recibimiento. —Los tres se metieron las manos en los bolsillos de sus pantalones—. No os preocupéis por las drogas. Si os digo la verdad, me importa bien poco lo que os metáis. Solo quiero haceros algunas preguntas sobre Ricardo Robles.

—El Ricar lleva más de diez meses muerto. ¿Se puede saber qué coño quiere ahora la *pasma* de él cuando no se preocuparon ni una mierda por su muerte? —replicó el que parecía llevar la voz cantante.

—Digamos que hay cosas raras en su comportamiento los últimos días de su vida que me gustaría esclarecer...

—¿Cosas raras como que se pinchara droga?

—¿Vosotros tampoco creéis que Ricardo se pinchara? —inquirió David. Parecía que todo el mundo estaba de acuerdo en lo mismo.

—Qué coño se va a pinchar. Ricardo era drogadicto, no gilipollas. Con los brazos llenos de pinchazos no nos iban a contratar en ningún garito. Ni siquiera en uno como este...

—Entonces, ¿vosotros qué creéis que pasó?

—Yo creo que cabreó a alguien. Al Rubén no puede ser porque ya estaba *empapelao*, pero seguro que el Ricar tenía alguna movida con alguien y se lo llevaron por delante. Alguna deuda por pagar o algo.

—¿Y por qué no se lo dijeron a la policía?

—¿A los *picolos*? ¿Para qué? La inspectora que había llevado su muerte había palmado en un accidente y el resto de la *pasma* nos remitía al informe oficial. Si ellos habían dicho que el Ricar había muerto de sobredosis, era así y punto. Tampoco quisimos meternos en broncas y movidas, no fuera a ser que se pusieran a investigarnos a nosotros. Al Ricar ya no le iba a sacar nadie del agujero.

—Pero por lo que me dices lo comentasteis...

—Y nos mandaron por el mismo sitio por el que habíamos ido. No nos hicieron ni puto caso. A vosotros os da igual cómo muramos los pobres.

—Aquí tenéis a un policía al que no le da igual...

—A buenas horas, *picoleto* —replicó el más hablador antes de darle un largo trago a su botellín de cerveza.

—¿Habló con vosotros Ricardo antes de morir? ¿Os dijo algo?

—¿Algo como qué?

—Algo como por qué alguien que tenía una opinión de la policía tan mala como la vuestra, llamó a un Guardia Civil dos veces el día en el que este apareció muerto.

—No querrán colocarle el marrón de la muerte del *lechuga* a nuestro amigo, ¿verdad? Pensamos que ya había quedado claro que al guardia le había matado el *Killer Cards* ese...

—No quiero echarle la culpa a nadie. Solo quiero saber por qué Ricardo llamó dos veces a Gabriel Abengoza. ¿Qué podía tener que contarle?

—¡Ey! Yo creo que algo me comentó... —intervino el más rubio de sus amigos, como si hubiera regresado de pronto del mundo de los muertos al de los vivos.

—¿El qué?

—Buff, no me acuerdo... Ha pasado la hostia de tiempo y a mí las drogas me afectan a la memoria cantidad. Hay días que no recuerdo ni si he salido con los calzoncillos puestos de casa o he acabado perdiéndolos por la calle.

—Intente recordar. Podría serme útil para aclarar la muerte de su amigo —repuso David. No es que la palabra de un drogadicto fuera muy de fiar, pero quizás le pudiera dar un hilo del que seguir tirando.

—Espere... agente —a su interlocutor se le trababan las palabras como si se hubiera bebido él solo las seis cervezas—, que igual la mala memoria nos va a ser de utilidad esta vez. Creo que me he olvidado de borrar los mensajes del Ricar del WhatsApp ese...

—¿En serio? ¿Después de diez meses y todavía los guardas? —replicó el más hablador.

—Joder, tronco, que se me ha *olvidao*. La mierda esta que no suelo mirarla —contestó el rubio mientras entrecerraba los ojos para poder enfocar la pantalla—. Mira, ¡aquí están! —exclamó mostrando el teléfono más contento que una morsa al recibir un arenque.

David le quitó el teléfono de las manos y miró los últimos mensajes recibidos. El último de ellos era un mensaje de voz.

«¿Te puedes creer que el *lechuga* este me ha colgado el puto teléfono? Que está en una persecución me dice. Y a mí qué cojones me importa. Más le vale que me llame en cuanto pueda... ¡Joder! Para una puta vez que me acuerdo de algo importante. ¿Te acuerdas de que te comenté que la *picolo* buenorra, esa que se me quedó mirando cuando me pilló en pelotas en casa, me sonaba de algo? ¡Ya me he acordado de qué coño me sonaba! No te lo vas a creer, pero la tipa salía en varias fotos que tenía la Vane en su casa cuando estábamos juntos. Mucho más joven, pero era ella fijo. Estaba igual de buena de cría. Te lo digo yo, chaval. A ver si el *lechuga* me llama y se lo explico. Igual me dan una recompensa de esas y todo. Después te cuento, ahora voy a fumarme un porro a ver si se me pasan los nervios hasta que me llame. Nos vemos esta noche en el garito».

—¿La Vane a la que se refiere Ricardo en este mensaje es Vanessa Rubio? —preguntó David. Aquello era mucho más que un hilo del que tirar. La hora del mensaje de voz coincidía, con unos minutos de diferencia, con la primera llamada de Ricardo a Gabriel.

—Joder, pues claro... ¿Qué otra iba a ser? El Ricar no se podía sacar a esa *chorba* de la cabeza por mucho tiempo que hiciera desde que ya no estaban juntos. La de movidas que tuvimos por la *tiparraca* esa. Una harpía era la muy...

David guardó su número de teléfono en la agenda del móvil del rubio, después se reenvió el mensaje de voz y, por último, eliminó el número.

—Muchas gracias por su ayuda. Que pasen una buena tarde.

—¡A ver si encuentra a quien se cargó a nuestro colega! —gritó el que no había hablado en todo el rato a modo de despedida.

34

Otra pieza que encaja

David volvió a comisaría. Tenía que revisar todos los informes y declaraciones del caso. ¿Vanessa y Ángela se conocían? ¿Ángela y Bárbara habían tenido un idilio? Empezaba a hacerse una idea en la cabeza y, si era acertada, Enrique tenía razón y Alejandro Soto no había sido el responsable de las muertes, pero no podía basar su teoría en el mensaje de voz de un drogadicto fallecido. Tenía que encontrar pruebas de que Vanessa y Ángela se conocían. Algo que las relacionara antes del fallecimiento de la periodista, porque la inspectora nunca había mencionado durante el caso su relación con una de las víctimas, y eso era muy sospechoso.

David pasó parte de la tarde revisando una por una las declaraciones de los sospechosos que Ángela y Gabriel tomaron. Revisando las declaraciones que habían tomado a Víctor Acosta encontró algo que le llamó la atención: tanto Gabriel como Ángela hicieron un informe sobre las preguntas que le hicieron la primera vez que hablaron con él en una cafetería. Curiosamente, mientras que Gabriel mencionaba en su informe que Acosta había comentado que en la universidad había rumores de que Vanessa Rubio mantenía una relación con una mujer, la inspectora Casado no mencionaba nada al respecto en el suyo. Tenía que volver a hablar con Víctor Acosta.

—Agente Expósito, qué ilusión volver a escucharle. ¿Tiene algo para mí? —preguntó Acosta en cuanto cogió la llamada.

—Un par de preguntas.

—Pensé que nuestro acuerdo era de intercambio mutuo.

—Y lo será, y le puedo asegurar que, si se confirman mis sospechas, lo que tengo para usted será de su más absoluto interés.

—¿Y qué es?

—Primero las preguntas.

—Muy bien. Pregunte —propuso Acosta con tono de desilusión.

—Una de las veces que habló usted con Abengoza y Casado mencionó que en la universidad de periodismo se rumoreaba que Vanessa Rubio podía tener una relación con una mujer. ¿Es así?

—Sí, así es. Vanessa era una mujer muy guapa, y todos sus compañeros habían intentado de un modo o de otro acercarse a ella. No sé si era cierto, pero creo que fue ella misma la que soltó ese rumor para que dejáramos de atosigarla, y creo que funcionó. Después se la relacionó siempre con hombres, aunque ella nunca confirmó estar en ninguna de esas relaciones. ¿Qué importancia tiene eso?

—¿Me promete que no hablará de esto con nadie hasta que se confirme?

—Palabra de periodista honesto. Si la información es jugosa, le aseguro que la usaré en mi libro y que no saldrá ni un solo rumor antes de su publicación. —Acosta cogió papel y bolígrafo y se dispuso a tomar notas. El tono nervioso de voz del policía le hacía pensar que lo que iba a escuchar iba a merecer mucho la pena.

La respuesta de Acosta le sonó sincera a David y decidió continuar.

—Había una persona que aseguraba que esa mujer con la que salía Vanessa Rubio era la inspectora Casado.

—¡No me jodas! —exclamó Acosta. Por el ruido que se generó al otro lado del teléfono, David estaba seguro de que se había caído de culo allá donde estuviera—. ¿La inspectora y la segunda víctima de *Killer Cards* habían sido pareja? Joder, eso lo cambia todo...

—Tercera, le recuerdo que Bejarano y el político habían fallecido antes que la periodista. No está confirmado, pero es una posibilidad. Ricardo Robles llamó dos veces a Abengoza el día de su muerte y dejó un mensaje de voz en el móvil de uno de sus compañeros de banda asegurando que así era.

—Me cago en la puta... Esto es muy gordo... —Acosta se había puesto tan nervioso que había garabateado las notas y se había levantado de la silla. Caminaba intranquilo sin parar—. Esa misma noche murió Abengoza y unos pocos días después apareció muerto Robles —comentó pensativo.

—Y, tras el juicio, la que murió en un extraño accidente fue la propia inspectora jefe.

—Joder, de esta me dan el Pullizer, el Planeta y el puto Nobel de literatura el mismo año... Ahora empieza a encajar todo...

Acosta se mostraba inquieto, alterado. La información que le había dado le había impactado. David estaba seguro de que el periodista tenía una teoría dando vueltas en su cabeza.

—¿A qué se refiere?

—Que empiezo a entender por qué la policía se inventó una coartada para mí...

—¿La coartada que le mencionó a Medrano cuando este llamó a su programa?

—Sí, esa misma. Tiene que estar en sus informes. Cuando estaba encerrado en la celda de comisaría, me dijeron que se había presentado una mujer diciendo que había pasado la noche de los asesinatos conmigo. Eso, supuestamente, me libraba de ser sospechoso de los crímenes, pero yo sabía que era inocente y que esa noche la había pasado solo en la sede de la PAH y no quise aceptar esa coartada, aunque mi abogado me tildara de loco. Siempre soy muy honesto, incluso cuando mi libertad está en peligro. Creo que con la verdad se llega siempre más lejos, aunque el camino sea más largo y difícil. No sé quién era esa mujer, ni si en realidad se presentó ninguna en comisaría. El caso es que pensé que la policía quería inventarse una coartada para que, cuando la aceptara y pudieran probar que era mentira, tener un motivo para acusarme de los asesinatos. Pero, si la inspectora estaba implicada en todo esto...

—¿Le dijeron cómo se llamaba esa mujer?

—No me dijeron su nombre completo, pero sí que recuerdo que la mencionaron como la señora Almagro, sale en uno de los capítulos de mi libro. Pero dudo que con eso podamos llegar a localizarla. Ya lo intenté cuando terminó el caso y empecé a documentarme.

—Sí... Aquí está. Aparece en los interrogatorios del caso. Verónica Almagro es su nombre.

—Esa mujer no era mi coartada. No recuerdo conocer a ninguna Verónica Almagro. Dudaba hasta de su existencia... Aunque, si aparece en los informes, será que la interrogaron de verdad y que alguien se presentó en comisaría, pero no fui capaz de localizarla y no sé cómo podríamos hacerlo. Seguro que hay más de una Verónica Almagro en Madrid, y lo más probable es que tanto ese nombre como su historia sean falsas.

—Quizás podamos hacer que sea ella la que nos localice a nosotros... —sugirió David tras unos segundos de meditar.

—¿Y cómo vamos a hacer eso?

—Usted es un periodista famoso con un programa de televisión líder de audiencia y llega a muchos hogares.

—Pero ¿no me ha dicho que debo guardar esta información en secreto?

—Y así debe hacer, pero usted puede insinuar que hay varias personas relacionadas con el anterior caso de *Killer Cards* que han fallecido durante este caso y que la policía sospecha que la próxima víctima puede ser alguna persona que estuviera involucrada, para dejar caer que cualquiera que pasara por comisaría en aquellos días podría ser la próxima víctima. Si esa mujer lo ve, puede que consigamos meterle miedo y se presente de forma voluntaria en comisaría.

—Podría funcionar... Lo prepararé todo. Hoy es sábado y yo no tengo programa, pero estoy seguro de que los compañeros no tienen ningún problema en dejarme intervenir unos minutos. No tienen tan buena audiencia como mi programa, pero estoy seguro de que mi intervención en directo se compartirá por Internet como la pólvora.

—Estupendo. A ver si tenemos suerte. Tengo la sensación de estar cerca de algo importante y a cada día que pasa sin que aparezca una nueva víctima más cerca estamos de no poder evitarla.

—Va a ser la bomba.

Una idea se le pasó por la cabeza a David, una vez colgada la llamada. Igual tenía la manera de confirmar la información de Robles, pero para ello debía ir a dos sitios antes de poder regresar a casa. Buscó en los informes del caso y encontró la dirección de la madre de Vanessa Rubio. Abengoza había ido a hablar con ella para comunicarle el fallecimiento de su hija. Por los datos del informe, y teniendo en cuenta que durante el caso había fallecido su hija y habían encarcelado a su otro hijo, era probable que la mujer hubiera perdido del todo la cabeza, pero no perdía nada por ir a su casa. En realidad, lo que necesitaba era encontrar una fotografía de Vanessa Rubio de cuando ella era más joven para poder enseñársela a los padres de Casado y comprobar si ella había sido la mujer por la que se fue de casa siendo menor de edad.

Cuando llegó a la vivienda de la madre de Vanessa y Rubén, una mujer joven salió a abrirle.

—Lo lamento. Ya está en la cama. No creo que pudiera ni entenderle. Hace meses que ni siquiera habla. Tengo que hacerle todo.

—Igual usted podría ayudarme. Solo necesito saber si conserva en la casa alguna imagen de su hija cuando era joven. De la época cuando ella tendría unos veinte años más o menos.

—En eso creo que sí puedo ayudarle. La señora guarda un álbum de fotos de sus hijos, que es lo único que le hace esbozar una leve sonrisa cuando se lo enseño. Creo que lo habré visto como unas cien veces. Es la única manera que tengo de convencerla para que coma algo. Tiene varias fotos de esa época... Pero no sé si podré dejar que se lleve alguna. Estoy segura de que se daría cuenta. ¡Hasta hablaría para echarme la bronca!

—No es necesario que me deje ninguna foto. Con que me deje sacar una copia con mi teléfono móvil será suficiente.

Una vez conseguida la imagen de la Vanessa adolescente, se fue a la casa de los padres de Casado. Se hacía tarde y temía que no le abrieran la puerta, pero tenía que intentarlo. Esperaba que fuera el padre y no la madre quien le abriera, pero no tuvo esa suerte.

—¿Qué horas son estas de molestar? —recriminó la señora cuando abrió la puerta.

—Lo lamento. Sé que es tarde, pero es muy importante que me responda una pregunta sobre su hija.

—Ya le dije que no quería hablar de ella. Estaba enferma.

—Solo dígame si esta es la chica con la que se fue su hija —pidió David y le mostró el teléfono móvil. Lo estaba apretando con tanta fuerza que temía que pudiera acabar rompiendo la pantalla, pero estaba aguantándose las ganas de gritar a aquella señora que se atrevía a llamar enferma a su propia hija solo por su tendencia sexual.

—Aparte a esa desviada de mi vista. Ella es la culpable de todo. Ella engañó a mi hija con sus mentiras. Otra enferma descarriada. —La mujer cerró la puerta de golpe. David pudo escucharla maldecir mientras se alejaba dentro de la casa.

Estuvo tentado de volver a llamar y de decirle cuatro cosas a la cara. Tenía ganas incluso de detenerla y de darle un escarmiento, pero se controló. No era necesario, ya tenía lo que había ido a buscar. Vanessa Rubio era la mujer con la que Casado se había ido a vivir antes de ser mayor de edad. Una relación que mantuvo oculta durante la investigación de su muerte y que Ricardo Robles había descubierto.

35

Yo soy Verónica Almagro

El programa del sábado por la noche había añadido a un nuevo invitado a última hora. Estaba previsto entrevistar a un reconocido chef, de fama mundial, y a una escritora que acababa de publicar su nueva novela y que estaba siendo éxito en ventas durante las Navidades, pero una llamada de última hora a redacción les había obligado a añadir a Acosta, uno de los presentadores de la propia cadena.

—Buenas noches, compañero. Tu presencia no estaba prevista con nosotros esta noche, pero creo que tienes algo importante que contarnos.

—Buenas noches, Iñaki. Así es. Muchas gracias por dejarme salir en antena, porque lo que tengo que decir es muy importante. No le robaré mucho tiempo a tu programa —dijo Acosta. Después miró de forma directa a la cámara—. Sé que este no es mi programa y que no esperaban mi presencia hoy aquí, pero esta noche quiero hacer un llamamiento especial a la audiencia, y es por eso que tengo que desvelar algo personal. Espero que me escuchen con atención, porque puede que la vida de uno de ustedes dependa de ello.

»Me dirijo a usted, Verónica Almagro. Me temo que su nombre es falso, pero estoy seguro de que, si me está escuchando, sabrá a quién me estoy dirigiendo. La policía sospecha que cualquier persona relacionada, directa o indirectamente, con el caso de *Killer Cards* de principios de año puede estar en peligro. Tengo información, de primera mano, de que creen que el actual asesino está matando a personas relacionadas de algún modo con el anterior caso, y por ello me dirijo a usted, ya que es de las pocas personas a las que la policía no ha podido localizar. Usted estuvo en comisaría y declaró ser mi coartada para la noche del asesinato de Pablo García y Vanessa Rubio. Los dos sabemos que era una mentira y por eso creo que puede estar en peligro. Tengo la impresión de que el asesino, y la policía piensa igual, está asesinando a gente que mintió durante la resolución del anterior caso. Creo, señora Almagro, que puede estar en peligro y le ruego que se presente en la comisaría de policía para que puedan protegerla. Aún no sé por qué intentó librarme de unas falsas acusaciones. No quiero que por ello se vea usted en peligro. Por favor, acuda a la policía.

—¿Crees que funcionará? —inquirió Israel, que estaba terminando de prepararse algo de cena en la cocina, pese a que ya era bastante tarde.

—No lo sé. Ni tan siquiera sé qué pretendo conseguir si funciona ni a dónde me va a llevar. De lo que estoy seguro es de que no pierdo nada intentándolo. Desde que el caso ha llenado los medios, Acosta es el más visto a nivel nacional. Si quiero encontrar a esa tal Almagro, quien quiera que sea, es la mejor manera de que se dé por enterada. Si no ha visto el programa, lo más seguro es que vea el vídeo en redes sociales. Acosta ha recalcado muchas veces la palabra peligro. No creo que alguien que mintió en comisaría se presente de forma voluntaria si no cree que pueda estarlo. Es lo primero que se me ocurrió.

—Si yo fuera ella, me presentaría. Hemos dejado claro a los medios lo que el asesino pretende, todo el mundo sabe que faltan dos cartas por entregar, así que, si por el motivo que fuera pudiera estar en esa lista de posibles víctimas, no correría el riesgo.

—Espero que ella piense igual y que haya visto el programa.

Tamara estaba en su salón y daba paseos nerviosa, al borde de un ataque de histeria. No sabía qué hacer.

—¡Joder! Si sabía yo que no tenía que haber aceptado ese encargo. Quién me mandaría a mí meterme en asuntos de la policía. Me aseguraron que no iba a pasar nada, que era algo que solían hacer a veces, y ahora hay un asesino por ahí suelto que puede querer matarme. ¡Joder, que yo no hice nada! Solo acepté hacer un papel. ¿Y ahora qué hago? ¿Voy a la policía? Joder, si ha sido ella la que me ha metido en este lío. No. Lo mejor es que me quede callada. Nadie sabe que fui yo y, si están intentando buscarme con mensajes por la tele, es que no tienen ni idea de cómo localizarme. Sí, es mejor que me quede sin decir nada. Al fin y al cabo, las dos personas que me contrataron están muertas... ¡Oh, Dios! ¿Y si las han matado por eso? ¿Y si el asesino lo sabe? ¡Joder!

Revisó cada una de las puertas y ventanas de su casa. Empezó a obsesionarse tanto que se pasó el resto de la noche buscando datos de los anteriores crímenes por Internet, y cuando vio que todas las víctimas, hasta ese momento, habían muerto envenenadas o por supuestos accidentes, decidió que no iba a volver a probar bocado ni ponerse cerca de ningún aparato eléctrico hasta ir a la mañana siguiente a la comisaría. Y, por supuesto, iría andando. Nada de coger un coche o el transporte público. Y esa noche no iba ni a poner a cargar su móvil en la mesilla.

Pese a tomar todas las precauciones que se le ocurrieron antes de irse a la cama, seguía nerviosa y sin poder conciliar el sueño. A cada ruido que se oía en su casa, ya fuera una pisada del vecino de arriba o el agua bajando por las cañerías, daba un respingo en la cama y el corazón se le aceleraba.

—¡Joder, Tamara! Relájate —se dijo a sí misma—, o al final el asesino no va a necesitar ni matarte. Te vas a morir tú sola de un infarto.

Pero ni sus propios consejos le sirvieron de nada. En cuanto las primeras luces del día entraron por la ventana de su habitación, sin haber conseguido pegar ojo y sin atreverse a darse una ducha ni a peinarse usando el secador, se fue a la comisaría en la que nunca debería haber aceptado entrar.

—Buenos días. Soy Tamara Ruiz y ayer dijeron en la tele que la policía quería hablar conmigo —se presentó tras apoyarse en el mostrador.

—Disculpe, pero hoy no hay atención ciudadana —repuso un agente que pasaba por allí.

—Y yo le digo que son ustedes quienes quieren hablar conmigo porque puedo estar en peligro. Han sido ustedes, en la tele, los que me han pedido que viniera.

—Disculpe, señorita, ¿cómo ha dicho que se llama?

—Ruiz, Tamara Ruiz.

—Muy bien, Tamara Ruiz —replicó el agente tras echar un vistazo a la pantalla de su ordenador—. No tengo ni la más remota idea de lo que me está hablando. Así que, por favor...

—¡Joder! ¡Que el asesino de las cartas me quiere matar! —exclamó Tamara antes de aporrear el mostrador con ambas manos.

Israel salió de su despacho al escuchar los gritos. Él y David llevaban un rato encerrados revisando los últimos interrogatorios cuando las voces de la mujer les interrumpieron.

—Herrera, ¿qué ocurre?

—Soy la persona que están buscando. La mujer que está en peligro que mencionaron ayer en la televisión —contestó Tamara sin dar tiempo al agente a responder.

—¿Verónica Almagro? —preguntó Israel.

—Sí, esa misma, sí.

—¡Pero si a mí me ha dicho que se llama Tamara Ruiz! —vociferó Herrera.

—Ese es mi nombre real.

Israel invitó a Tamara a entrar. Se la veía nerviosa, inquieta, al borde de un ataque de ansiedad. Venía mal peinada y con la ropa mal atada y no daba la imagen que se podía esperar de ella por los informes redactados por Abengoza en los que se hablaba de una mujer elegante que intentaba aparentar un nivel de vida que ya no le correspondía.

—¿Y bien? —preguntó Israel tras invitarla a tomar asiento.

—¿Puedo saber con quién voy a hablar?

—Con el inspector jefe de homicidios y con un agente de policía.

—Así que usted es quien ha sustituido a Ángela... —dijo Tamara, a quien le temblaba el labio inferior al hablar.

—Veo que conocía lo suficiente a la anterior inspectora como para llamarla por su nombre de pila —repuso Israel.

—En realidad, solo la vi dos veces. A quien sí conocía mejor era a la otra persona que me involucró en todo esto.

—¿Quién es esa otra persona y en qué es exactamente en lo que le involucraron?

—Pensé que ustedes ya lo sabrían y que por eso creían que estoy en peligro —respondió Tamara. Miraba a derecha e izquierda buscando comprensión o una respuesta en las miradas de ambos policías.

—Sabemos que todos los involucrados en el anterior caso pueden estar en peligro y que usted es una de ellos. Sabemos que se presentó en comisaría para dar una falsa coartada a Acosta, pero aún no tenemos ni idea de por qué lo hizo.

—Fue cosa de Bárbara...

—¿Qué Bárbara? —interrumpió David.

—Bárbara Latorre. Las dos somos actrices. Ella fue la que se puso en contacto conmigo.

—¿Para qué, exactamente?

—Me dijo que la policía estaba buscando una actriz para representar un pequeño papel en comisaría. Que era algo que solían hacer a menudo y que creía que yo podía hacer muy bien ese trabajo. Estaban dispuestos a pagarme bien y a mí me hacía falta. Ya saben, no todas las actrices tienen fama y dinero —respondió Tamara, que no dejaba de jugar con una sortija intentando tranquilizarse.

—¿Qué clase de trabajo?

—Necesitaban a alguien que se hiciera pasar por la coartada de un sospechoso. Querían ponerle a prueba o algo así, tener una excusa para dejarle libre y ver cómo se comportaba al salir. Ver si cometía algún error. Ángela me dijo que se solía hacer a menudo. Y, siendo la inspectora jefe, la creí. Suelen hacerlo, ¿verdad?

—La verdad es que no. La policía no funciona así...

—¡Oh, Dios! ¿Por eso corro peligro? —Tamara no pudo aguantarse sentada.

—Por favor, intente tranquilizarse —pidió Israel—. Explíquenos con más detalle qué ocurrió entonces.

—Sí, inspector... Me llamó Bárbara por teléfono. En un principio me extrañó porque las pocas veces que habíamos coincidido en algún rodaje o anuncio no habíamos congeniado mucho, pero, cuando me dijo que era para ofrecerme un trabajo, presté atención. Que una actriz famosa como ella se acuerde de una para un trabajo es halagador y puede terminar por abrirte alguna que otra puerta. Me dijo que era un trabajo sencillo para una actriz de mi experiencia y que, si quería el trabajo, tenía que reunirme con una mujer en su casa. Si hubiera sido con un hombre, me hubiera sentido un poco incómoda con la idea de reunirnos en su vivienda, pero con una mujer no puse objeciones. Fue entonces cuando conocí a Ángela. Ella me explicó en qué iba a consistir el trabajo. Tenía que ir a comisaría, hacerme pasar por una esposa de familia arrepentida y decir que había pasado la noche de los asesinatos con un hombre que se llamaba Víctor Acosta. Ella me dio un papel con toda la información que necesitaba y con la respuesta a la mayoría de las preguntas que me iban a hacer. Me dijo que no me preocupara, que ella misma iba a ser quien me interrogara y que todo saldría bien. Que, si veía que su compañero, un sargento de la Guardia Civil, quería hacerme alguna pregunta para la que no tuviera respuesta, que me quedara callada y que ella me sacaría del apuro. Y eso hice. Vine a comisaría, testifiqué que era la coartada de Víctor Acosta y me fui de aquí sin ningún problema. No he vuelto a saber del tema hasta que ayer por la noche el propio Acosta, al que yo no había visto nunca en mi vida antes de hacer la declaración, salió en la televisión pidiéndome que acudiera a comisaría porque estoy en peligro. ¿Creen que el asesino puede querer matarme por eso? Yo solo hice un trabajo, nada más...

—No se preocupe, señorita... En realidad, Acosta también hizo un papel por encargo de la policía ayer. No está en peligro, pero necesitábamos hablar con usted y no sabíamos cómo localizarla. Le agradecemos mucho que haya venido —contestó David, quien tras la historia que había contado Tamara se había quedado cabizbajo.

—¿En serio? ¿No estoy amenazada? Joder... ¿Creen que se puede ir asustando así a la gente? Llevo toda la noche sin dormir y ni me he atrevido a darme una ducha esta mañana por si podía electrocutarme o algo.

—¿Y usted cree que se puede presentar una en comisaría y mentir sobre ser la coartada de un asesino? —increpó Israel.

—¡Joder, que a mí me lo pidió una inspectora! ¡¿Cómo demonios iba a saber que me estaba mintiendo?! Yo solo quise colaborar.

—Y se lo agradecemos —dijo David tras ponerse en pie e invitar a la mujer a salir del despacho—. De veras que se lo agradecemos. No sabe usted lo importante que ha sido para el caso. Y no se preocupe, no corre ningún peligro.

—¿Está seguro? Puede que no lo corriera antes, pero, si el asesino me ha visto entrar en comisaría, puede que ahora vaya a por mí y, si lo hace, será por su culpa.

—Le aseguro que no lo permitiré. Ahora si nos disculpa... —David acompañó a Tamara hasta la puerta—. Otra vez Casado y Bárbara juntas durante los asesinatos —mencionó cuando se quedó a solas con Israel.

—Cada paso que das se confirma más tu teoría...

—Y con ella la de Carvajal. Soto no es *Killer Cards* y tanto Casado como su mujer lo prepararon todo para quitárselo de en medio. Les salió otro sospechoso durante el caso y planearon juntas que una actriz se hiciera pasar por su coartada. Pero Acosta la rechazó y eso les hizo cambiar de planes.

—Francisco Bejarano también robó el dinero a Bárbara, ella fue la última persona en ver con vida a Pablo García y... Vanessa Rubio fue la exnovia que le rompió el corazón a la inspectora como comprobaste ayer en casa de sus padres.

—Y juntas prepararon sus asesinatos para que apareciera Alejandro Soto como culpable y poder vivir juntas su amor... —dijo David—. Y, cuando Ricardo Robles llamó a Abengoza para decirle que Casado y Vanessa Rubio habían sido pareja, temieron que eso pudiera relacionarlas con el caso y se quitaron a los dos de en medio. Asesinar a Abengoza les dio la coartada que necesitaban para exonerar a Acosta, que en ese momento estaba encerrado, y seguir adelante con su plan de acusar a Soto.

—Pero, si lo prepararon juntas y cometieron los crímenes para culpabilizar a Soto y librarse de él, ¿quién mató a la inspectora y por qué?

—Bárbara. Creo que fue ella quien lo hizo. Se enteró de algún modo de que Casado había sido la novia de Vanessa Rubio, que trabajaba con su marido, y la sedujo en el gimnasio para convencerla de llevar a cabo un plan para librarse de ambos. O puede que de eso se enterara después, qué importa. Le diría que su marido la maltrataba o algo así, ya dijo durante el caso que Soto solía ponerse violento. Viendo que las otras víctimas eran gente que había hecho daño a la persona que quería, Casado aceptó. Ella mató a Bejarano y a Rubio, pero querían asegurarse de tener una coartada para la inspectora, así que imagino que fue Bárbara quién mató a Pablo García en el coche antes de acudir a su fiesta. Una vez cometidos los crímenes, y con su marido ya en la cárcel acusado, Bárbara le pidió a Sorní la casa para encontrarse a solas con Casado, y fue entonces cuando la drogó, la montó en su coche, condujo hasta el puente, la colocó en el asiento del piloto y empujó el vehículo al vacío. Después se fue a Miami hasta asegurarse de que todo se tranquilizaba y que nadie investigaba la muerte de la inspectora...

—Como teoría está muy bien, pero... ¿cómo vas a probarla?

—Creo que solo tengo un par de opciones...

—¿Cuáles?

—Que Zamora, el jardinero, encontrara algo en la casa y las drogas. Cruza los dedos para que Bárbara las comprara con tarjeta y dejara algún rastro. Ya cometió un error al dejar las huellas del frenazo en la carretera antes de arrojar el coche. Puede que cometiera alguno más. La experta en ocultar pruebas era Casado, no ella.

36

Fueron ellas

En ese momento, entró Medrano en el despacho. Venía con la cara roja y bufando como un toro a punto de salir al ruedo.

—Otero, dígame que tenemos algo. Lo que sea.

—¿Qué ocurre, señor?

—Que no quiero encontrarme más titulares en la prensa como los de esta mañana —replicó el comisario tirándole un taco de periódicos que llevaba bajo el brazo sobre la mesa.

Israel echó un vistazo a los periódicos. En todos ellos el titular de la portada se la llevaban los premiados por la lotería, pero todas las demás noticias hablaban del caso que tenía entre manos. Titulares como: «¿Ha vuelto *Killer Cards*? La policía sigue sin pistas», o «Un nuevo asesino en serie convulsiona Madrid. La policía sin sospechosos después de casi una semana» se escribían en letras rojas y negras como los palos de la baraja de póker. En las interiores, el tema no iba mejor. Si la noticia de los agraciados ocupaba dos páginas, todo lo relacionado con el caso llenaba las de actualidad, sucesos e incluso alguna de las de economía.

—Lo siento, señor, pero no tenemos nada. Sigo sin encontrar ningún sospechoso que tenga relación con todas las víctimas y sigo pensando que usted está en peligro.

—¿Aún sigue con el tema de la foto?

—También está el tema de las llamadas... Señor, ¿de qué habló usted con Sorní y Aginagalde las semanas anteriores a su asesinato?

—¿Está investigándome, Otero?

—No, señor. Estoy investigando a las víctimas y sus llamadas de las últimas semanas a ver si encuentro alguna relación. Y su número de teléfono aparece varias veces en ambos listados. Sobre todo, en el de Sorní.

—Mis conversaciones privadas no son relevantes para este caso ni de su incumbencia, Otero. No va a encontrar nada por ahí que pueda resolver el caso. ¿Qué tenemos de Carvajal? ¿Le ha puesto vigilancia?

—De Carvajal se está encargando David...

—¿Quién coño es David? —espetó Medrano.

—Yo, señor —intervino el agente Expósito al mismo tiempo que alzaba la mano. Estaba casi tan sorprendido como el comisario de que Israel no le hubiera llamado por su apellido—. He encontrado pruebas que indican que la muerte de Casado no fue accidental y creo que Carvajal podría tener razón con respecto a que Soto no es...

—¿Pruebas? El caso de Soto está cerrado. ¿Me entienden los dos? CE-RRA-DO.

—Pero, señor, creo que puedo probar que Casado fue asesinada.

—¿Asesinada? ¡Yo mismo firmé el informe de su muerte!

—Pienso que hay algo que se les escapó, comisario.

—¡¿Duda de mi profesionalidad, agente?! ¡A mí no se me escapa nada! Más vale que pueda probarlo con pruebas irrefutables, porque, como se atreva a manchar la imagen de este departamento, lo pongo de patitas en la calle con una mano delante y otra detrás.

—Todavía no tengo pruebas, solo sospechas bien fundamentadas, pero espero poder conseguirlas, señor.

—Mientras tanto, guárdese esas teorías estúpidas para usted... Otero, investigue lo que tenga que investigar, pero quiero avances cuanto antes, o le ofreceré de carnaza a la prensa. ¿Entendido?

—Entendido, señor.

—¿Me has llamado David? —preguntó este en cuanto el comisario salió por la puerta y les dejó a solas.

—Qué más da... Está claro que todo el mundo conoce nuestra relación, y, si seguimos sin poder resolver este caso, ninguno de los dos va a permanecer en la policía el tiempo suficiente como para que me afecte que el comisario la conozca. Yo también empiezo a estar harto de tener que ir fingiendo todo el día.

—No sabes cómo me alegro de oír eso —repuso David. De manera espontánea agarró a Israel de la cintura y lo besó en medio de la oficina.

—¡Ey! Tampoco te pases —se quejó Israel con una sonrisa en los labios—. Las formas vamos a tener que seguir manteniéndolas. Al menos, el tiempo que consigamos permanecer en nuestros puestos.

—No te preocupes por eso. Estoy seguro de que resolveremos el caso pronto. Y, cuando probemos que el comisario se equivocó y que Casado estaba implicada en los asesinatos de *Killer Cards*, nadie tendrá el valor de echarnos.

—Espero que no te equivoques...

David puso todas sus esperanzas en las transacciones bancarias de Latorre. El hecho de que la inspectora jefe de la policía pudo haberla ayudado en los crímenes había supuesto una ventaja, pero la confianza de saber que era ella quien se iba a encargar de la investigación y de ocultar las pruebas que salieran en su contra también las había llevado a ser menos cuidadosas y a cometer errores. Por eso, no se preocuparon de ser grabadas en el gimnasio. Nadie iba a ir a buscarlas, si quien investigaba era Casado, y tampoco se esforzaron en ocultar la muerte de Ricardo Robles. ¿Quién se iba a preocupar de un simple músico drogadicto? Ya se había encargado la inspectora de ponerse al frente de la investigación. Pero, en cuanto Latorre dejó de contar con el respaldo de la inspectora y la traicionó, los errores también se volvieron claros para aquel, como Carvajal, que quisiera verlos. El supuesto accidente de la inspectora había sido un cúmulo de errores: un frenazo inoportuno, un lugar imposible, una posición del cuerpo incomprensible en un accidente... Todo pasado por alto por unos compañeros que se habían dejado influenciar por la fama de mala conductora de la inspectora y por su animadversión hacia ella. Se habían quitado el caso de encima con un informe mal redactado y lleno de suposiciones.

Bárbara Latorre, si su teoría era cierta, había sido el cerebro de tan macabro plan para librarse de su marido. Había seducido a la inspectora y la había convencido para llevarlo a cabo. Quien estuviera asesinando en esta ocasión, incluso si era el propio Carvajal, tenía motivos para incluirla como la reina de corazones en su serie de asesinatos.

Ahora todo encajaba y solo quedaba esperar a poder confirmarlo. David solo tenía sospechas y pruebas circunstanciales, pero nada que corroborara su teoría. No iba a ser fácil acusar a dos fallecidas de unos crímenes por los que otra persona estaba en la cárcel. Tenía que esperar a recibir los informes sobre los gastos de la tarjeta de Bárbara y cruzar los dedos. Mientras tanto, decidió llamar a Zamora, el jardinero que arreglaba la casa de Sorní. Era su otra posibilidad.

La llamada del policía le pilló por sorpresa. Después de haber sido sorprendido con una amiga usando la casa, no se había atrevido a volver a poner un pie allí. Esperaba que, tras haber respondido a las preguntas de los policías, estos se olvidaran de él. Por eso, al atender la llamada, se puso nervioso y le temblaba la voz.

—Ya, ya les dije to... todo lo que sabía. Les juro que no volveré a usar la casa sin... sin permiso. Ahora que... que Sorní es... está muerto, ni siquiera sé si me van a volver a con... contratar.

—El motivo de mi llamada no tiene nada que ver con su incursión en la casa. ¿Recuerda que le preguntamos a quién le prestó la casa Sorní después del caso *Killer Cards*?

—Sí, claro que me acuerdo, pero ya se lo dije. Me dijo que iba a ir Bárbara Latorre.

—¿Sorní le pidió que fuera a arreglar la casa después? —inquirió David. Zamora se mostraba muy nervioso, pero no quería perder el tiempo. Solo necesitaba saber una cosa.

—¿A qué se refiere?

—Sorní le pedía que arreglara la vivienda, que colocara flores y cortara el césped antes de que cada invitado fuera a la casa. ¿También hacía ese trabajo después? ¿Le encargaba reordenar el domicilio una vez la visita se hubiera marchado?

—Sí, así es. Todo tenía que estar como antes cuando las visitas se iban.

—¿Recuerda haber encontrado algo que le llamara la atención ese día?

Zamora tardó en responder. Tanto que David estaba a punto de reformular la pregunta cuando este empezó a hablar.

—Ahora que lo dice... Sí que hubo algo que me llamó la atención.

—¿Alguna cosa fuera de lugar? ¿Algún signo de pelea?

—No. Precisamente fue todo lo contrario. Camas sin deshacer, todo en su sitio... Si no fuera por los platos en el fregadero y un par de copas de vino, hubiera pensado que nadie fue a la casa.

—¿Un par de copas?

—Sí. Dos copas y ambas con manchas de pintalabios. Si Bárbara Latorre estuvo en la casa, creo que cenó con una amiga, pero ninguna de las dos se quedó a dormir allí. Me llamó la atención porque Sorní me dijo que ella iba a pasar un par de días, pero, salvo esos detalles, fue como si por allí no hubiera pasado nadie. Me alegré de no tener que hacer nada. Solo retiré las plantas decorativas y me fui.

Tenía sentido. No era bueno para el departamento, pero tenía sentido. Tras cometer los asesinatos y librarse de Alejandro Soto culpabilizándolo de los mismos, Latorre y Casado habían quedado en la casa de Sorní. Casado, por lo que había podido ver en los vídeos, se había enamorado de la actriz y esta, casi con seguridad, estaba haciendo un papel para aprovecharse de esos sentimientos. La invitó a estar juntas en la casa y la drogó durante la cena mientras bebían esas copas de vino que encontró Zamora. Después, la montó en el coche y la llevó al puente por donde la arrojó, apenas a unos metros de la vivienda. Por último, se marchó a Miami hasta asegurarse de que el tema se olvidaba aprovechándose de que sus compañeros no indagarían mucho en su muerte y la atribuirían a su temeridad al volante.

David decidió pasarse por casa de Enrique y hablar con él.

—Enrique, soy David, ¿puedo subir? —preguntó cuando llamó al portero automático.

—¡Por supuesto! —exclamó con un entusiasmo nada fingido Enrique antes de permitirle el paso al abrir la puerta.

Cuando le dejó entrar en su apartamento, David se quedó asombrado. La casa no se asemejaba en nada a la que había visitado la primera vez. Estaba todo limpio y ordenado, e incluso Enrique parecía rejuvenecido y menos senil.

—Veo que ha limpiado la casa.

—Así es. No quiero que quien venga a vivir aquí, dentro de poco, se lleve un mal concepto del anterior propietario.

—¿Va a vender la casa? ¿Se marcha?

—Digamos que me espera un largo viaje por delante, pero para eso falta todavía un poco de tiempo. ¿Qué tal va la investigación?

—De eso mismo quería venir a hablar con usted.

—Soy todo oídos.

—Estoy convencido de que tenía razón. Alejandro Soto no es *Killer Cards*.

—¿En serio? ¿Ha podido probarlo? ¿Van a liberarle? —preguntó Enrique a quien los ojos se le habían abierto como a un niño al ver los regalos bajo un árbol navideño.

—Solo son sospechas fundadas en las pruebas que me he ido encontrando desde que usted me puso a investigar el informe del accidente de Casado, pero, por desgracia, no tengo ninguna prueba que no sea circunstancial que lo demuestre.

—Está usted en el mismo punto al que llegué yo antes de todo esto... —dijo Enrique con menos entusiasmo.

—Eso me temo.

—Fueron ellas, ¿verdad? —preguntó Enrique. Al hacerlo levantó la mirada del suelo.

—¿Quiénes?

—La actriz y la inspectora de policía. Fueron ellas las asesinas.

—Es lo que creo —respondió David. Que aquel hombre hubiera llegado a la misma conclusión que él le provocaba sentimientos encontrados. Le reafirmaba en la idea y a la vez le enfadaba que sus compañeros no hubieran llegado a aquella conclusión meses antes.

—Sabía que podía confiar en ti, David. Sabía que ibas a tener la mente abierta, dispuesta a no dejarse engañar por lo que otros repiten machaconamente.

—¿Y por qué lo sabía? Apenas me conoce más que de hablar conmigo dos minutos al día en la comisaría.

—A veces, la vida crea nexos entre personas que, supuestamente, no se conocen pero que tienen cosas en común.

—¿Y qué cosas tenemos en común? —preguntó David. La afirmación de Enrique le había intrigado.

—Varias. Una de ellas es que no siempre nos creemos lo que otros nos quieren contar y, sin embargo, estamos dispuestos a escuchar a aquellos a los que nadie más quiere prestar atención. Debe de ser un nexo de unión entre la gente que le ha tocado sufrir en esta vida.

—¿Sufrir?

—Tu vida no ha sido un placentero paseo, ¿no es así?

—Imagino que como la de todos... Mi padre murió cuando yo era joven, pero mi madre siempre me ha querido y, desde ese momento, creo que me quiso por dos. Conseguí ser policía, aunque mi sueño era ser actor y todavía no haya conseguido alcanzar el puesto dentro del cuerpo que esperaba, seguramente por mis propios miedos y temores. Y tengo una pareja que me quiere aunque en varios momentos me saque de quicio. Tampoco me voy a quejar.

—¿De qué murió tu padre? —inquirió Enrique. Se había acercado a David al hacer la pregunta. Todos sus movimientos corporales delataban interés y cercanía.

—Le mataron en un atraco que salió mal. No debió resistirse al robo. Si no lo hubiera hecho, solo habríamos perdido su cartera, el reloj y alguna joya, pero los ladrones no le habrían matado, pero mi padre siempre fue un firme defensor de sus principios. Imagino que ese día no pudo evitar actuar como lo había hecho el resto de su vida.

—Puede que ese sea nuestro lazo de unión. Quizás sea porque ambos hemos perdido a un familiar porque actuaron de acuerdo con sus principios sin preocuparse de las consecuencias...

—Ya que cree que hay un lazo de unión entre nosotros, dígame, ¿por qué me confesó un asesinato para empezar todo esto? Un asesinato que usted no pudo cometer...

—Esto todavía no ha acabado, David. Tienes que demostrar que fueron ellas quienes cometieron los crímenes y hacer que liberen a Alejandro Soto. Es esencial.

—¿Por qué tanto interés en que lo liberen?

—Ya se lo dije. No soporto las injusticias. Y creo que usted tampoco. Encuentre las pruebas que necesita para que se subsane ese error, y le prometo que le contaré por qué me presenté día tras día en comisaría y que varias injusticias serán desveladas.

—Le encantan los misterios, ¿verdad? —replicó David. En ese momento sonó su teléfono—. Dime, Israel. ¿Qué ocurre? ¿En serio? Joder, eso es estupendo. Voy para allá ahora mismo.

—¿Qué ocurre? —preguntó Enrique al ver cómo David se ponía en pie y se marchaba sin despedirse.

—Puede que tengamos la prueba que necesitábamos. Bárbara Latorre hizo compras de escopolamina a través de un portal de Internet días antes de iniciarse los asesinatos.

Enrique sonrió en silencio cuando David se marchó. Estaba a punto de conseguirlo. Sabía que podía confiar en aquel policía. Solo le quedaba terminar lo que había empezado.

37

La prueba que necesitaba

David salió a la carrera de la casa de Enrique. Tenía el coche aparcado al otro lado de la calle. Subió corriendo las escaleras que libraban el desnivel entre ambos lugares y se montó en el coche con el corazón golpeándole el pecho. Condujo con tanta prisa y con los pensamientos tan perdidos que a punto estuvo de sufrir un accidente antes de llegar a la comisaría. Bajó del coche con prisas y entró en el despacho de Israel sin llamar.

—¿La tenemos? —preguntó casi sin aliento.

—Es probable —respondió Israel sin tanto entusiasmo.

—¿Qué ocurre? Es una buena noticia.

—¿Que se demuestre que el departamento metió la pata en el caso más mediático que hemos tenido? ¿Que se demuestre que la mayor asesina en serie que ha tenido Madrid era un miembro destacado de la policía? ¿En qué lugar nos deja eso?

—En el de que tú eres mejor policía que tu antecesora. En el de que los asesinos puede que se salgan con la suya en un primer momento, pero que la policía siempre acaba descubriendo la verdad.

—Nosotros no hemos descubierto nada... Fue Carvajal, un pobre hombre que se dedicaba a corregir libros. Un hombre al que le cayó en las manos, por casualidad, el informe del accidente de Casado y que supo atar cabos mejor que todo el departamento, que preferimos aceptar la mentira sencilla, la que nos quitaba el problema de encima, a la dolorosa verdad. Ha resuelto un caso cerrado un periodista que quería ganar dinero y un editor al que se le suicidó una hija en su casa. Y aún nos quedan por resolver los actuales crímenes. Al parecer, a Bejarano, García, Rubio,

Robles y Abengoza los asesinaron Casado y Latorre... Y a Casado, después, Latorre. Pero ¿quién ha matado a Aginagalde, Sorní y a la propia Latorre? ¿Y por qué?

—No sé el cómo ni el porqué, pero mi intuición me dice que Carvajal tiene que ver algo en todo esto. ¿Por qué esa insistencia en querer demostrar la inocencia de Soto? No podemos probarlo, lo sé. Sé que estaba encerrado en todos los asesinatos, como también sé que desde que lo dejamos libre han pasado varios días sin que se cometan más crímenes, y los dos sabemos que faltan dos cartas por entregar. Puede que, como en el caso de *Killer Cards*, vayamos a tardar un tiempo en encontrar la pista que nos lleve a resolver el caso, pero acabaremos haciéndolo.

—Eso, si antes no nos despide Medrano... ¿Cómo va a reaccionar cuando salga a la luz que ha estado fanfarroneando de resolver un caso que no estaba resuelto? ¿Que metió en la cárcel a una persona inocente que lleva casi un año encerrada?

—Tendrá que aceptarlo. Estoy seguro de que sabrá darle la vuelta a su favor. Ya sabes que es como el aceite. Siempre le gusta quedar por encima.

—Muy bien. Te vienes conmigo a explicárselo.

Medrano estaba en su despacho. Desde que el caso se había iniciado, y al contrario que en meses anteriores, era fácil encontrarlo allí. Nunca se lo confesaría a sus subordinados, pero se sentía más seguro en la oficina que en su casa. La fotografía que le había enseñado Otero, rodeado de las otras tres víctimas, le hacía caminar por la calle con ojos en la nuca. Pero no se podía permitir dar la imagen de un cobarde. Menos aún en ese momento.

—¡Adelante! —gritó unos segundos después de escuchar unos golpes en la puerta. Estaba tan de los nervios que había dado un respingo en el asiento al oírlos—. ¿Qué ocurre, Otero?

—Señor, hay algo de lo que debemos informarle.

—¿Alguna pista sobre nuestro asesino?

—Me temo que no, señor. De lo que sí hemos encontrado pruebas es de que encerramos a la persona equivocada en el anterior caso de las cartas de póker.

—¿Pruebas? —inquirió Medrano al tiempo que se ponía en pie de un salto tras su mesa.

—Sí, señor, pruebas. La señora Latorre compró dosis de escopolamina con su tarjeta de crédito días antes de producirse los asesinatos.

—Qué estupidez. Pudo ser Soto quien comprara la escopolamina usando la tarjeta de su mujer —replicó Medrano y se dejó caer en su asiento—. Eso no prueba nada.

—No, señor, no pudo ser Soto. En esas fechas, Latorre se encontraba grabando una serie en Barcelona y la escopolamina fue entregada en un apartado de correos de la ciudad condal. Soto nunca estuvo allí en esas fechas. Estaba en Madrid.

—¿Quieren decir que fue Bárbara Latorre quien cometió los crímenes y que implicó a su marido? ¿Me explican cómo pudo Bárbara Latorre meter el cuerpo de Bejarano en el maletero del coche de su marido? ¿O cómo pudo matar de un golpe a alguien de la corpulencia de Abengoza? —Medrano se seguía mostrando incrédulo.

—Señor... Creemos que Latorre no cometió los asesinatos sola...

—¿Un cómplice? ¿Quién la ayudó?

—La inspectora jefe, Ángela Casado.

—¡Se han vuelto completamente locos! ¿Por qué iba Casado a matar a su compañero? ¿Qué motivos podría tener ella para cometer los crímenes? —Medrano había salido de detrás de la mesa y caminaba por el despacho como un caballo salvaje al que no han conseguido domar.

—El amor. Casado estaba enamorada de Latorre, señor. También tenemos pruebas de eso, unos vídeos en el gimnasio. Creemos que mató al sargento primero de la Guardia Civil porque este había descubierto que Vanessa Rubio y la inspectora habían sido pareja durante la adolescencia.

—¿Pareja? ¿Casado y una de las víctimas? —Parecía que el comisario necesitara repetir algunas de las frases para que su cabeza fuera capaz de asumirlas.

—En realidad, se lo había dicho Ricardo Robles, expareja de Vanessa Rubio, que había visto fotos de la inspectora en casa de esta en el tiempo que habían salido juntos. La noche que asesinaron a Abengoza hay unas llamadas de Robles al sargento primero, y justo antes de su muerte una llamada de Abengoza a la inspectora Casado. Así como un audio que Robles dejó a uno de los compañeros de su grupo de música en el móvil. Después, la inspectora se encargó de eliminar también el cabo suelto... Ricardo Robles murió de una sobredosis, pero provocada.

—¡Joder! ¡Joder! ¿Y dicen que tienen pruebas de todo esto?

—Así es, señor.

Medrano se quedó en silencio, con la cabeza hundida entre las manos, pensativo, como si estuviera procesando toda la información, buscando una salida airosa.

—Y fue Latorre quien asesinó a Casado... —murmuró después de transcurridos unos segundos.

—Así es, señor. Creemos que usó contra ella la misma droga que usaba para hacer perder la memoria a su marido. La citó en la casa que Santiago Sorní tiene en las afueras, cerca del lugar donde apareció el coche de la inspectora. Cenó con ella, la drogó y arrojó el coche por el puente. Hay datos en el informe del accidente y de la autopsia que así lo indican.

—Reabramos el caso... Y preparen una rueda de prensa. Tengo que informar de inmediato de todo esto. Y de las actuales muertes, ¿no tenemos nada?

—Nada, señor.

—¿Qué hay del loco que se presentaba cada día en comisaría? Al parecer, estaba en lo cierto asegurando que Soto era inocente.

—Es un callejón sin salida. Estaba encerrado durante los tres asesinatos y, desde que lo pusimos en libertad, no se ha cometido ningún otro crimen. Es más, señor, he ido varias veces a verlo a su casa y siempre lo he encontrado allí. Creo que solo ha salido para hacer la compra. Algo me dice que tiene alguna relación, sigo asegurando que me confesó el primer asesinato antes de que este se produjera. Pero no podemos probarlo. No tenemos nada que le sitúe en los escenarios de los crímenes ni ninguna pista que le relacione con las víctimas. Lo único que he podido encontrar es cómo llegó a sus manos el informe del accidente de la inspectora. Acosta está escribiendo un libro sobre los asesinatos y Carvajal era su editor.

—Puto Acosta, al final el cabrón va a tener razón y no va a dejar de restregármelo en la cara —musitó Medrano—. Vamos a tener que estar todos alerta. No podemos permitirnos ni el más mínimo error. Bastante nos va a costar explicar la reapertura del caso de los anteriores asesinatos como para que nos encontremos con un nuevo asesinato mientras tanto. Mañana lunes daré una rueda de prensa a primera hora de la mañana. Espero que esos metomentodos se queden conformes con las explicaciones y nos dejen tranquilos para poder pasar la Nochebuena con nuestras familias. Al menos, el día de Navidad no se vende prensa escrita.

David llamó a Acosta tras salir del despacho de Medrano. Aunque el periodista se iba a enterar pronto de todo lo ocurrido, quería cumplir su palabra de informarle. Al fin y al cabo, si no fuera por la investigación que él había iniciado para su libro, esta no habría llegado a manos de Carvajal y no habrían reabierto el caso... aunque también era posible que, sin esa investigación, no tendrían tres asesinatos más sobre la mesa.

—¡Agente! ¿Algo que contarme? —inquirió Acosta sin preámbulos.

—No quería faltar a mi palabra de ser el primero en informarle de cualquier cosa relacionada con el caso. Así que quería hablar con usted antes de que le llegue la convocatoria a la rueda de prensa de Medrano de mañana lunes...

—¡Me cago en la puta! —exclamó Acosta cuando David terminó de contarle lo que había averiguado—. ¿La inspectora? ¡Tócate los cojones! Ni el puto Sherlock Holmes lo hubiera descubierto. Entonces, ¿se reabre el caso?

—Así es. Tu caso favorito va a volver a ser noticia a nivel nacional. Y, si te he dicho algo hoy, es porque sé que esta noche no tienes programa y que no vas a decir nada hasta que mañana a la mañana lo confirme el comisario. Recuerda que aún nos quedan por resolver tres asesinatos y estás entre los mejor colocados para ser la siguiente víctima —repuso David.

En realidad, él no estaba de acuerdo con las casas de apuestas que colocaban a Acosta como una de las personas con más posibilidades de ser asesinada por su relación con el caso anterior. Si Enrique tenía algo que ver con las muertes, Acosta podría considerarse a salvo. Sin su libro, nunca habría iniciado aquella investigación.

—Palabra de periodista. Pero me lo voy a pasar en grande en la rueda de prensa de mañana tocándole las narices a tu superior.

—Todo tuyo...

Los periodistas se olían que aquella rueda de prensa no era convencional. Nadie convoca una rueda de prensa con prisas el día de Nochebuena si no es para dar una noticia importante. Como el comisario les hubiera convocado para alguna de sus habituales insípidas explicaciones, le iban a acabar arrojando los micrófonos y cámaras a la cabeza.

Acosta sonreía en las primeras filas. Estaba disfrutando del momento. Todos los compañeros le preguntaban si él, que siempre solía estar al tanto de todo, sabía algo del motivo de aquella convocatoria. Él se limitaba a levantar los hombros y a no borrar la sonrisa, pero tenía varias preguntas escritas en su *tablet*. Se había pasado la noche pensando en cómo amargar a Medrano aquella rueda de prensa. Había dormido poco, pero se sentía muy orgulloso del resultado final.

Como a los perros de Pávlov, se le hizo la boca agua solo con oír la puerta abrirse. Medrano parecía nervioso. Incluso dio un tropezón al subir al estrado, lo que arrancó las risas ahogadas entre los presentes, y eso hizo que los mirara a todos con cierta ira cuando colocó los papeles sobre el atril. Acosta se frotaba las manos: iba a ser una víctima fácil de cazar.

—Buenos días a todos. Lamento haber tenido que convocarles con tanta premura y en un día tan especial como hoy en el que todos deberíamos poder estar con nuestras familias, pero la noticia es de relevancia y creo que es mi responsabilidad informarles. El departamento de policía de homicidios que dirijo ha decidido reabrir el caso de *Killer Cards* tras las últimas pruebas encontradas.

El momentáneo silencio provocado por el asombro inicial no tardó en explotar en una sucesión de rumores, gritos y preguntas.

—¡Silencio! Por favor... —exigió Medrano—. Si me lo permiten, les daré toda la información que necesiten, pero vamos a procurar mantener el orden.

Pero las explicaciones de Medrano no calmaron los ánimos. Eran muchos los periodistas que querían hacer preguntas sobre cómo la policía pudo tener en sus filas a una asesina sin darse cuenta durante las pruebas de acceso o los exámenes de evaluación.

Acosta no abrió la boca. Se mostraba impasible mientras el resto de los compañeros seguían lanzando preguntas al aire y viendo cómo Medrano iba respondiéndolas, como hacía casi siempre, con medias verdades y evasivas. Solo cuando los ánimos parecieron empezar a calmarse lanzó su primera pregunta.

—Vista su inoperancia en la resolución de crímenes, ¿cree que el asesino que ha devuelto a la luz este caso completará también, como hicieron Latorre y su inspectora, su jugada de póker? ¿Cree que tendremos dos nuevos asesinatos antes de que usted y sus subordinados puedan atrapar al nuevo asesino?

—¿Ya ha descartado su teoría de que en ambos casos era el mismo asesino? —intentó rebatir Medrano.

—Elemental, querido comisario. Las dos asesinas están muertas. ¿Tienen alguna pista del nuevo asesino, o tendrán que esperar a que yo encuentre alguna en la investigación de mi próxima novela? —Medrano se puso rojo de ira, pero no respondió—. ¿Meterán en la cárcel a otro inocente?

—Haremos nuestro trabajo lo mejor posible. Y nunca, le repito, nunca cejaremos en el empeño de encarcelar a los verdaderos culpables aunque para ello cometamos errores.

—En este caso los culpables no pagarán por sus crímenes.

—Ambas han sido asesinadas. ¿Le parece poco pago? —repuso Medrano.

—Me parece que la inspectora fue traicionada y que la otra culpable ha sido ajusticiada por un nuevo asesino. No por la policía. Cuando se presente como candidato en las próximas elecciones ¿también va a dejar que sean otros los que le solucionen sus errores, comisario?

—¿Cómo dice? —bramó Medrano.

—Que si, como futuro miembro de la cámara baja, usted también va a escurrir el bulto cuando se encuentre ante algún problema y si terminará echando la culpa a los demás, como hace siempre.

—No hay más preguntas —replicó Medrano al tiempo que abandonaba, casi a la carrera, la sala de prensa de la comisaría.

Acosta se reclinó en su silla. No había nada que le produjera más satisfacción que hincharle las pelotas al comisario.

38

Y llegó el día

Nochebuena. Noche de ir a misa del gallo, de rezar por los que ya no están. De pedirle a Dios que les proteja y que les cuide hasta que uno pueda regresar a su lado, de celebrar el nacimiento de Jesús... Tonterías de la Iglesia para encubrir rituales paganos. Además, Dios no existe. Y, si existe, no es más que otro vulgar embustero. Un Dios bueno, un Dios protector, no permitiría que una niña inocente se suicide por culpa de unos desgraciados. Un Dios omnipresente no admitiría cerdos mezclados con sus ovejas, los expulsaría de su rebaño y los condenaría, y mucho menos permitiría que los cerdos fueran mayoría. Y que nadie me venga con lo del libre albedrío y la voluntad que Dios nos ha dado para ser emancipados de pensamiento. ¿Qué estupidez es esa?

Si Dios nos quisiera libres de pensamiento, no tendría mandamientos. El libre albedrío incluiría acostarse con la mujer del vecino. ¿O acaso esa no es una decisión libre? O matar... ¿Por qué no vamos a poder matar a los cerdos que ensucian y corrompen el rebaño?

Quienes promulgan la palabra de Dios no hacen más que contradecirse continuamente. Todos somos hermanos dicen, salvo si no promulgas sus mismas ideas o crees en un dios distinto.

Pero hoy es el día. Hoy hay que ir a misa. Confesar nuestros pecados y dejar el alma libre de culpas y de promesas para acudir a la llamada del Señor, libre de cargas. Hoy, que la policía ya ha hecho pública la reapertura del caso de *Killer Cards*. Hoy, que el círculo está más cerca de cerrarse, es el momento de responsabilizarme de mis actos.

No acudo a la parroquia de mi barrio. No. Hoy las palabras del Señor debo escucharlas de labios del mismísimo arzobispo en la catedral de la Almudena.

Son solo las nueve y media de la noche y, tras cenar algo ligero, me encamino hacia allí. No quiero que los feligreses me quiten el sitio. Todos ellos estarán celebrando con sus familias la cena de Nochebuena antes de engalanarse con sus ropas más caras para fingir ser felices delante de Dios. A mí ya no me queda nadie con quien cenar, pero, tras las noticias de hoy, me siento feliz por primera vez en mucho tiempo. Todo va a salir bien, mi pequeña. Pronto estaremos juntos, y esos cerdos que te apartaron de mi lado recolectarán aquello que sembraron.

Quiero un sitio en las primeras filas. Ver, observar desde cerca su homilía. Quiero experimentar lo que él sienta al hablar de bondad, del cielo, de la obra de Jesús, y regodearme en cada una de sus mentiras.

El arzobispo en persona no suele ofrecer muchas misas. Son pocas ocasiones al año las que ceremonia la misa y la eucaristía. Semana Santa, Navidad... Es por eso que mis planes han tenido que esperar aún a riesgo de impacientar a alguno de mis amigos. Hoy, por fin, el lobo sale de su madriguera y se expone a ser juzgado.

No consigo ocupar un sitio en las primeras filas —es increíble, pero, pese a llegar una hora y media antes del acto, la primera está reservada para personajes de renombre y las dos siguientes también están ocupadas—, pero sí que encuentro un sitio desde donde poder ver bien al arzobispo.

Ocupo el tiempo de espera en hacer examen de conciencia de los acontecimientos que me han traído hasta aquí: la primera reacción de un padre cuando su hija muere es venirse abajo. Hundirse. Desear haber sido él quien falleciera y no aquella que tiene toda la vida por delante. Luego vienen la rabia, la negación y la ira provocada por la frustración. El abatimiento ocupa los siguientes días cuando parece que ya todo ha terminado. Esos días, en mi caso, fueron los más difíciles, hasta que la casualidad quiso que hallase unos mensajes de mi hija a un chico semanas antes de morir. Mensajes de niña enamoradiza que la policía, el inspector Otero, pasó por alto. Descubrir que esos mensajes no iban dirigidos al adolescente de la fotografía fue lo que me sacó del abatimiento. Lo que encontré entonces es lo que me ha traído hasta aquí.

Mi hija fue engañada por esos cerdos que no deberían estar en el rebaño de un buen Dios y encima no estaban a mi humilde alcance para clamar venganza. Unos meses más tarde, el destino quiso que eso cambiara. Una luz al final de un oscuro túnel que cayó en mis manos por sorpresa y que me hizo albergar esperanzas. Los informes forenses del cuerpo y policial del accidente de la inspectora Ángela Casado.

Algo no cuadraba en esos informes. La versión de la policía no cuadraba con las heridas que presentaba la inspectora. No hacía falta ser muy listo para saberlo. Hasta un humilde editor como yo, que solo había leído informes forenses en libros bien documentados, se podía dar cuenta. Y el accidente se había producido cerca de la casa de uno de esos cerdos que se había aprovechado de mi pequeña. Un lugar que había descubierto en las investigaciones de su muerte sin la nefasta intervención de la policía.

Tres personas eran las implicadas, por entonces, en las dos muertes que tenía entre manos: la de mi hija y la de la inspectora. Tres descarriados a los que impartir justicia. Y solo había una manera de poder acceder a uno de ellos.

Para ello tenía que encontrar a alguien que estuviera dispuesto a investigar la muerte de Casado. Fue entonces cuando en mi investigación apareció David. Un joven policía que todavía no había sido intoxicado y al que la vida había puesto trabas como a mí.

Un plan fue forjándose, como la espada que porta la justicia, en mi cabeza, pero algunas personas seguían fuera de mi alcance. ¿Cómo conseguir acercarme a un empresario inaccesible al que, según mis investigaciones, hasta la propia justicia protegía de sus habituales delitos? Entonces conocí a Martín.

Un chofer que intentaba salir adelante pese a tener un pasado en prisión. Una prisión en la que terminó durante dos años por culpa de un juez corrupto que endurecía su mano y se mostraba implacable con los indefensos, mientras que se tapaba los ojos con los delitos de los acaudalados. Alguien que condenaba a prisión a un pobre chaval que solo hurtaba para poder comer mientras que perdonaba los asquerosos delitos de los poderosos a cambio de una promoción a un puesto superior. Un juez que, cuando investigué más sobre sus polémicas sentencias, también entró en mi lista de cerdos que merecían castigo. Ya eran cuatro.

Quiso el destino que su criada, una joven migrante, tuviera a bien escuchar a este pobre hombre. Me costó convencerla, pero se mostró dispuesta cuando supo que su hermana había sido una de esas pobres niñas de las que el empresario adinerado había estado compartiendo vídeos y fotografías y que su actual jefe lo había exculpado años atrás.

¿Pero cómo implicar a la policía en el caso? ¿Cómo rescatar del reciente olvido el caso de *Killer Cards*? ¿Cómo acercarme a una actriz siempre rodeada de periodistas que llevaba viviendo casi un año en el extranjero huyendo de sus delitos? Una vez más, el destino tomó parte y, cerca del aniversario de la muerte de mi hija, ella regresó a Madrid.

Fue entonces cuando conocí a Hegoi y cuando un nuevo cerdo se añadió a mi lista. Es un joven asustadizo, atormentado por un pasado en el que aquel que debería haber sido su consuelo y refugio se convirtió en el más depravado de sus demonios. Alguien que hizo que desconfiara de todo y que le hizo albergar tal rechazo hacia la raza humana que cualquier mínimo roce o caricia le hace tensionarse y entrar en pánico. Un miembro de la iglesia.

No fue difícil convencerle. Él es alguien insignificante, pero que estaba cerca de la actriz y que podía llevar a cabo mis intenciones, pero para ello tenía que hacer justicia también con él. Y así ya fueron cinco los culpables a los que ajusticiar. Y fue entonces cuando todo cobró sentido. Tenía que reclamar justicia ante un caso en el que se colocaron cuatro ases de la baraja de póker. Tenía que revelar las injusticias de ese caso. Y el destino ponía ante mí a cinco culpables. Los mismos que cartas se necesitan para completar la única jugada que vence a un póker de ases. Una escalera real.

Pero ¿cómo acercarme a un poderoso miembro de la iglesia? ¿Alguien que se mezcla con la plebe contadas veces al año? Hoy es el día en el que el círculo se cierra.

La madre de Casado me prestó el informe de su hija inconforme con que su marido insistiera en conservarlo. Luz Marina cambió las pastillas de Aginagalde por las que yo le di y se aseguró de añadir en las comidas más sodio del recomendable en la dieta del juez. Después de una semana era inevitable su muerte. También fue la encargada de colocar el informe y la carta sobre la mesa de Aginagalde una vez que la científica ya había abandonado la casa y antes de que yo aconsejara a David que inspeccionara mejor el lugar del asesinato.

Hegoi se encargó de echar la amoxicilina en el té de la escena de Bárbara cuando la policía estuvo allí presente y Martín de activar el malware, que previamente habíamos colocado en el teléfono del empresario, en el momento justo para asegurarnos de que Sorní fuera la víctima. Favor por favor, como en el libro *Extraños en un tren*, uno de mis favoritos, pero con más extraños y un solo nexo en común para hacerlo más difícil.

Sabía que la policía no iba a tardar en descubrir desde dónde se había enviado el *email*, pero no iban a encontrar ninguna cara reconocida en las imágenes, porque quien envió el correo todavía no está implicado en el caso. Desde mi asiento en las primeras filas de la Catedral saludo a Fabián que, con un corto asentimiento, me confirma que todo va como habíamos previsto.

Fabián es, o era, uno de los amigos de mi hija antes de terminar dentro de la iglesia. Cuando le hablé de lo sucedido con mi pequeña y de los delitos del arzobispo, tuvo dudas antes de decidirse a colaborar. Tuve que recurrir a su fe y a sus creencias para convencerle: si Dios todo lo ve, no te permitirá llevarlo a cabo si no considera que es lo justo. Mi hija cerraba el círculo que con su muerte se abrió.

No hay mucha diferencia entre la misa que el arzobispo ofrece y la que ofició el cura de la parroquia de mi barrio un año antes, tras el funeral de mi hija. Las mismas palabras vacías que, año tras año, pronuncian en la misa del gallo. Todo transcurre con normalidad hasta el sacramento de la Eucaristía. Es ahí donde toma la hostia consagrada más grande, y exclusiva para quien ceremonia la misa, y delante de todos la parte en cuatro trozos y la introduce en la copa llena de vino.

—Tomad y comed todos de él, porque este es mi cuerpo. —Después alza la copa y añade—: Tomad y bebed todos de él, porque esta es mi sangre. Haced esto en conmemoración mía.

El arzobispo, Federico Pieldelobo —curioso apellido para una persona tan ruin—, no duda en apurar la copa hasta el fondo. No tenía ninguna duda de ello. El círculo está a punto de cerrarse.

Se forma una larga cola de feligreses que llenan el pasillo central de la Catedral. Aprovecho mi asiento cercano para colocarme de los primeros. Me temo que los últimos no van a tener tiempo de recibir el santo sacramento. Los primeros en recibirlo son las autoridades que ocupan la primera fila y que ni siquiera se tienen que mover de su asiento. Es el propio arzobispo el que pasa, uno a uno, por delante de ellos para darles la comunión. En todas partes se nota siempre quién manda. El resto de las personas van recibiendo la Eucaristía de los otros miembros de la Iglesia allí presentes durante la ceremonia. Solo cuando todas las personas de autoridad presentes han comulgado, el arzobispo se coloca en el centro del pasillo y comienza a repartir la hostia sagrada entre los restantes feligreses. He tenido que hacerme el despistado y ceder mi turno varias veces.

Llegado mi momento, cuando voy a dar el último paso para acercarme, tropiezo con mis propios pies y acabo dando de bruces contra la lustrosa sotana del arzobispo. Un tropezón que casi hace que ambos caigamos al suelo y que levanta un revuelo en toda la catedral que resuena como un cántico de oración improvisado.

—Perdone mi torpeza, arzobispo —hablo cuando el señor Pieldelobo me mira contrariado—. La artrosis de mi rodilla. Mis disculpas.

—No se preocupe. No ha sido nada —responde el arzobispo que, sin embargo, me mira como si me odiara y se tuviera que estar tragando las verdaderas palabras que quiere decirme por estar siendo observado. La misa de la Catedral se emite por televisión. Cuento con ello. Es un hombre con doble cara, la amable que ofrece al público y la podrida que solo enseña en privado.

Al contrario que a muchos de sus feligreses, a mí me deposita la hostia sagrada en las manos en lugar de hacerlo directamente en la boca.

Después, vuelve a la normalidad con quienes me suceden en la fila.

Sin que nadie se dé cuenta, acabo de entregar el rey de corazones. Solo me queda una carta por entregar, y las noticias de la reapertura del caso no pueden ser más esperanzadoras. Los caminos del señor son inescrutables.

El arzobispo continúa con la ceremonia. Sonrío al verle llevarse las manos a las sienes e interrumpir durante un instante la entrega del cuerpo de Cristo. Ya empieza...

Dolor de cabeza, la respiración que se acelera... Él todavía no lo sabe, pero ya está muerto. Intenta mantener la compostura y terminar con su labor, pero las palpitaciones le obligan a detenerse de nuevo. ¿Se pensará el pobre iluso que está sufriendo un infarto?

Se lleva la mano al pecho y una nueva reacción de asombro resuena por toda la Catedral, pero nadie se mueve de su asiento o de la fila. Fabián me mira. Intento insuflarle tranquilidad. Él fue quien envió el *email* a Sorní y quien ha envenenado con cianuro al arzobispo.

Cuando Pieldelobo cae de rodillas al suelo, varias personas salen en su auxilio, pero ya es muy tarde. El frío que siente el arzobispo le hace temblar. Los labios ya lucen azules y pronto tendrán el mismo color el resto de su cara y sus extremidades. El cianuro ha hecho su efecto y no tardarán en descubrir la carta que he colocado entre sus ropajes durante el fingido tropiezo.

Mientras toda la Iglesia cotillea y saca fotos, salgo por uno de los pasillos laterales y abandono la Catedral. No quiero que la policía me encuentre aquí, y no tardarán en llegar. Es el momento de huir, de esconderme. No tardarán en revisar las imágenes emitidas por televisión, y tanto David como su novio me reconocerán. Tengo que esconderme hasta que todo se resuelva. Me falta una carta, la más importante, por entregar, y no pueden localizarme antes. Está todo planeado, sé a dónde tengo que ir. Solo espero que mi cuerpo resista lo suficiente.

Desde mi teléfono desechable hago una última llamada cuando mis pasos ya caminan por las alumbradas calles madrileñas.

—Ya está, la promesa que se te hizo ya ha sido cumplida. Aquel que abusó de ti durante tu infancia ya ha recibido su merecido y tú justicia.

—¿De verdad? ¿Está muerto? Muchas gracias, Enrique.

—Gracias a ti y a los demás. No volveremos a hablar. Tira el teléfono. Para vosotros todo ha terminado. Olvidadlo, rehaced vuestra vida. Ya habéis recibido justicia. Ni siquiera penséis en mí.

Cuelgo, extraigo la tarjeta y la batería del móvil, borro las huellas y lo rompo en pedazos. Unos pedazos que voy esparciendo en distintas papeleras. Mis cómplices ya no necesitan ponerse en contacto conmigo. Y a mí solo me queda esperar que el caso reabierto ponga en libertad a Alejandro Soto. Ya solo queda el As de corazones por entregar. Mi hija será vengada y me podré ir en paz.

39

Rey de corazones

David no dejaba de mirar a Israel. Le divertía verle incómodo y nervioso. Era la primera Nochebuena que compartían, y lo estaban haciendo en casa de su madre. Fue a la única que no intentó ocultar su relación. A ella, con la que nunca guardaba secretos, se la contó a la mañana siguiente de haber pasado su primera noche con Israel. Ya se lo había presentado, pero aquella era la primera cena oficial de familia a la que acudían como pareja. Israel estaba tenso, nervioso, y, aunque su madre se esforzaba por hacerle sentir cómodo, no dejaba de mover las manos y de agitarse en la silla.

—Tranquilízate —comentó David cuando se quedaron a solas en el salón—, a mi madre le caes genial. Ya lo sabes.

—Sí, lo sé. Pero sabes que las relaciones sociales no son mi fuerte y, aunque tu madre es un encanto, no puedo evitar ponerme nervioso. Y no me quito de la cabeza que acabamos de reabrir el caso más mediático de la comisaría.

—No te preocupes, en cuanto volvamos a casa yo me encargaré de calmar tus nervios —repuso David al tiempo que acariciaba la pierna de Israel por debajo de la mesa.

—Para, con esas insinuaciones no vas a conseguir que me calme y voy a tener más ganas de marcharme —replicó Israel, pero no se apartó.

La madre de David, que estaba encantada con la visita de su hijo y de su pareja porque en aquellas fechas era cuando más la atormentaban los recuerdos, regresó al salón cargada con una enorme tarta de frambuesa y chocolate. La favorita de David.

—¡Mamá! ¿Qué vamos a hacer con toda esa tarta? —exclamó David al verla entrar. La tarta podría alimentar a un ejército.

—No lo sé. Ya sabes que era la favorita de tu padre, tenemos todas las Navidades por delante para comérnosla.

—Te dije que Israel y yo vendríamos en Nochebuena y en Navidad. En Nochevieja nos toca ir a casa de sus padres. Está deseando verme igual de nervioso que está hoy él.

—Ya puedes comer mucha tarta hoy, aunque se nos haya hecho tarde con eso de que habéis llegado con mucho retraso a la cena, porque de aquí no os vais a marchar hasta que se termine. Ya sabes cómo se ponía tu padre cuando sobraba comida en la mesa —repuso su madre y le guiñó un ojo a David.

—No te preocupes. Ya sabes que tu hijo siempre protesta, pero al final termina comiéndoselo todo. —Esta vez fue Israel el que dedicó una mirada traviesa a David. Este captó la indirecta.

—Mamá, por aquel entonces tenía doce años y mi metabolismo lo devoraba todo. Ahora tengo que cuidarme si quiero seguir cabiendo en el uniforme. No voy a tirar el sufrimiento de meses de gimnasio por la borda por una tarta en Nochebuena. Seguro que papá lo entendería.

—Si te viera con el uniforme de policía, no se lo creería...

—Lo sé —musitó David—, yo tampoco me lo creo a veces. Él me imaginará sobre algún escenario... Y seguimos sin saber qué pasó.

—Si tu padre siguiera con nosotros, ahora serías un actor famoso. Estoy segura.

—Quién sabe, mamá. Igual, cuando sepamos qué pasó con papá, me animo a dar algunas clases de interpretación —repuso David y guiñó un ojo a su madre.

No habían cortado todavía la tarta cuando el teléfono de Israel interrumpió el momento. Se miraron sin entender quién podía llamar después de la cena de Nochebuena pasadas las doce de la noche. Miró el teléfono con desgana. No podía ser otro.

—Buenas noches, comisario.

—¿Buenas noches? Otero no son buenas. Ni por asomo. Deje lo que esté haciendo y acuda a la Catedral de la Almudena de inmediato.

—No soy muy religioso, comisario...

—¡Me importa tres cojones! Si antes digo que no nos podemos permitir una nueva muerte, antes ocurre. ¡Han asesinado al arzobispo durante la misa del gallo! ¡Su muerte ha salido en directo en televisión!

Israel se levantó de un salto de la mesa.

—Lo siento, pero la tarta tendrá que esperar a otro momento. David, tenemos que irnos. Creo que tenemos a nuestra cuarta víctima.

La Catedral era un hervidero de policías y curiosos cuando Israel y David cruzaron sus puertas. Los primeros agentes en llegar se habían encargado de no permitir la salida a ninguno de los presentes. Los curiosos seguían en la calle agolpados junto al cordón policial sacando fotos y enviando mensajes por sus redes sociales.

Los compañeros de la científica recogían pruebas y un cordón rodeaba el altar y el cuerpo inerte del arzobispo que yacía al borde de las escaleras al fondo de una larga fila de bancos que parecían custodiarlo llenas de gente.

—¿Envenenado? —inquirió Israel al ver el cuerpo azulado del arzobispo.

—Eso creemos, señor. A falta de confirmación, sospechamos que el arzobispo ha sido envenenado con cianuro. Hemos recogido para analizar el cáliz. También hemos encontrado esto entre su ropa.

El agente de la científica le entregó a Israel lo que ya sospechaba. La prueba que confirmaba que aquella muerte estaba relacionada con las anteriores. La carta del rey de corazones dentro de un sobre.

Las autoridades de las primeras filas empezaban a impacientarse. No entendían por qué tenían que permanecer allí encerrados sin poder irse a sus casas teniendo que presenciar aquella desagradable escena. Israel empezó los interrogatorios por ellos. Eran los que más cerca habían estado del arzobispo en el momento de su muerte.

Todos, con ligeras variaciones en sus relatos, dijeron lo mismo. El arzobispo estaba dirigiendo la ceremonia de la eucaristía cuando se había desplomado en el suelo y ya no se había vuelto a levantar. Después, se armó un gran revuelo dentro de la Catedral y la policía no tardó en llegar y en ordenarles que permanecieran allí hasta ser interrogados. Solo un par de testigos añadió un dato más a su declaración: antes de desplomarse en el suelo y durante la ceremonia, un hombre había tropezado contra él y había estado a punto de hacerle caer. Ambas lo describieron como un hombre mayor, de pelo canoso y de apariencia enfermiza, pero, cuando David les enseñó la foto de Enrique en su móvil, no estuvieron seguras de que fuera la misma persona.

—La misa del gallo estaba siendo retransmitida en directo por la televisión pública. Vamos a ver si conseguimos las imágenes —indicó David.

Cuando el operador de televisión les dejó ver las imágenes, confirmó su corazonada.

—¡Es Carvajal! —exclamó—. ¡Lo sabía!

Después, pasaron las imágenes a cámara lenta y aplicaron el zoom sobre las mismas, y pudieron ver cómo, en el momento del intencionado tropezón, Enrique deslizaba una carta bajo la ropa del arzobispo.

—Muy bien, vamos a por él. Y esta vez nos va a tener que explicar muchas cosas. Ahora sí que tenemos unas imágenes que le colocan en el lugar de uno de los crímenes. Ya no necesitamos su confesión para retenerlo —repuso Israel.

No tardaron en llegar a la casa de Enrique, pero allí no había nadie. La vivienda estaba recogida tal y como la había visto la última vez David y ninguno de los vecinos supo decirles nada de su paradero. Solo uno de ellos le había visto salir por la tarde de casa y ya no había vuelto a saber de él. De lo que sí estaba seguro era de que no llevaba ninguna maleta ni más pertenencias de las que pudiera llevar encima puestas.

40

Liberación de Alejandro Soto

Ese día no había otra noticia en España que no fuera la liberación de Alejandro Soto. Decenas, cientos de periodistas, se agolpaban ante las puertas de la cárcel de Navalcarnero intentando, que no siempre consiguiendo, emitir la noticia en directo.

Uno de esos periodistas era Acosta, que seguía trabajando a pie de calle, pese a su cada vez mayor notoriedad. La reapertura del caso *Killer Cards* había hecho de su programa un referente internacional y quien quisiera estar informado sobre el mismo no se lo perdía nunca. Era tanta la popularidad del caso que ni los octavos de final de la Champions, en los que el Real Madrid había caído eliminado por el Ajax y el Atlético de Madrid eliminado por la Juventus, le habían superado en audiencia. Pese a todo, y aunque el tiempo en Madrid era de lo más desapacible recién entrada la primavera, él se había plantado frente a la puerta de la cárcel, micrófono en mano.

—Buenas noches desde Navalcarnero. Una cárcel que hoy se va a abrir para devolver la libertad a alguien que nunca debió haberla perdido. A un hombre injustamente acusado de unos delitos que no cometió.

»Se acaba de cumplir poco más de un año desde que estas puertas que ven tras de mí se cerraron, algunos pensaron que para siempre, tras las espaldas de Alejandro Soto. Sin embargo, hoy, tres meses más tarde de que se reabriera el caso, la vida del que fuera el presentador más reconocido de las noticias de este país ha vuelto a dar un giro de ciento ochenta grados cuando ya nadie se lo esperaba. En poco menos de un año ha pasado de ser acusado de los crímenes de *Killer Cards* y condenado a veinticinco años de cárcel por cada uno de ellos a volver a verse en libertad.

»Los últimos acontecimientos demuestran que Alejandro Soto fue acusado de unos crímenes que, en realidad, cometieron su mujer, Bárbara Latorre, y la inspectora jefe de policía, Ángela Casado. Una inspectora jefe que acabó siendo traicionada por la que era su compañera criminal y que acabó falleciendo en lo que, hasta hace unos meses, se había considerado un accidente de tráfico y que ha acabado demostrándose que fue un asesinato. Como yo ya sospechaba en mi novela.

»La reapertura del juicio llegó de la mano de otra serie de asesinatos que, hoy en día, sigue sin resolverse, ya que el principal sospechoso, Enrique Carvajal, lleva todo este tiempo, tres meses, sin poder ser localizado por una policía que dice dar prioridad a su búsqueda, pero que lleva semanas sin mostrar ni un solo avance, lo que demuestra, una vez más, la inoperancia del departamento de homicidios dirigido por el comisario Medrano. Tenían a la auténtica *Killer Cards* dentro de la comisaría y no supieron verlo. Ni siquiera se dieron cuenta de que quien era su inspectora jefe había sido asesinada. Y ahora son incapaces de encontrar a un pobre hombre que se marchó de su casa con una mano delante y otra detrás. Parece que, finalmente, las ideas políticas de Medrano tendrán que verse aparcadas, puesto que, a poco más de un mes de las elecciones presidenciales, parece claro que ningún candidato va a querer tenerlo en sus listas.

»Al menos, todo esto ha servido para poner en libertad a un inocente. A la espera de tener las imágenes de Alejandro Soto abandonando la cárcel, informa desde el aparcamiento de la prisión Víctor Acosta.

Alejandro recogía sus pertenencias con una mezcla de emociones recorriéndole por dentro. El día que entró en prisión, acusado de unos crímenes que no recordaba haber cometido, se hizo a la idea de que jamás volvería a ver su reloj o su teléfono móvil y que nunca más vestiría con otra ropa que no fuera la que le habían dado al entrar en penitenciaría. La aplicación de la condena de prisión permanente revisable hacía que, con su edad, su vida estuviera sentenciada a terminar entre rejas y, sin embargo, un año más tarde volvía a ser libre.

Se sentía entusiasmado, sorprendido y asustado a partes iguales. Entusiasmado ante la idea de poder abandonar aquel lugar al que tan difícil se le había hecho acostumbrarse y en el que tantas penurias había vivido los primeros días; sorprendido porque hubiera sucedido todo de forma tan rápida e inesperada y por la resolución final de su caso; y asustado por no saber qué iba a encontrarse al otro lado de una verja por la que no contaba volver a cruzar con vida, salvo en contadas ocasiones, como el funeral de Bárbara, y siempre custodiado.

¿Qué iba a hacer a partir de ahora? ¿Volverían a admitirle en su trabajo de informativos o terminaría de tertuliano en uno de esos programas en los que es más importante el enfrentamiento y el espectáculo que la veracidad de la información, aprovechando su imagen de expresidiario? ¿Qué iba a hacer con aquellos que, antes de entrar entre rejas, eran sus amigos y que no habían tardado en darle la espalda, una vez se habían torcido las cosas? ¿Qué iba a pasar con su vida ahora que Bárbara estaba muerta y que volvía a tener que vivir solo? ¿En quién iba a poder confiar si quien había sido su mujer le había metido en la cárcel planeando unos asesinatos?

«Maldita zorra».

Durante esos meses en la cárcel, su cabeza había sufrido una transformación. Del abatimiento con el que había entrado entre rejas y los primeros días en los que se había mostrado acobardado, había pasado a aceptar su situación y a aprovechar el estatus que el rango de asesino en serie le otorgaba entre sus compañeros. Había tenido que adaptarse rápido, porque la primera impresión es difícil quitársela de encima cuando vives encerrado en el módulo de un pabellón con las mismas personas todos los días. Se había hecho a la idea de que el resto de su vida iba a tener que vivirla como un asesino en serie sin escrúpulos si quería mantenerse con vida dentro de la cárcel. Muchos de sus compañeros hasta le vitoreaban por haber asesinado a un Guardia Civil, a un político y a un banquero más ladrón que muchos de los que allí estaban.

Las últimas horas dentro de aquella cárcel, ahora que se había demostrado que era inocente y que él no había cometido ninguno de aquellos asesinatos, habían sido las más difíciles y, aun así, le daba miedo pensar en cómo iban a ser las primeras horas fuera.

La ceguera que le provocaron los *flashes* de las cámaras de fotos y el agobio de micrófonos y preguntas que le asediaron en cuanto cruzó las puertas le dieron una idea. Su vida, al menos los primeros días, iba a convertirse en un espectáculo.

«Igual puedo sacarle provecho con una exclusiva y meter un pie dentro de la televisión».

Lo primero que hizo fue negarse a responder a las preguntas y, escoltado por Virginia Apestegui, su abogada, subirse a un coche y marcharse a casa para librarse de los periodistas y del centenar de fotografías que al día siguiente abrirían portadas de periódicos y que esa misma noche se harían virales en Internet. Solo consiguió encontrar algo de calma cuando cerró la puerta del coche y dejó a toda aquella gente a sus espaldas. Era una de las contradicciones que le iba a tocar vivir: querer salir de la cárcel para encontrarse más cómodo aislado que en la calle, asediado por la prensa.

Dentro del coche, su abogada empezó a darle consejos y consignas de lo que tenía que hacer, de cómo tenía que comportarse a partir de ese instante. No le hizo ningún caso, ni siquiera la escuchó. Pese a su oposición, le exigió que se fuera y la echó de su domicilio en cuanto llegaron. Necesitaba estar a solas. Por fin a solas. Sin compañeros de celda, sin amenazas, sin rutina carcelaria. A solas y en paz.

La casa estaba en silencio, inerte, pero con una sensación extraña en el ambiente que le puso el vello de punta, como si su ausencia y la muerte de Bárbara la hubieran llenado de los fantasmas de su perturbadora relación. Era como si sintiera una presencia allí. Abrió una ventana para respirar e intentar serenarse.

«Qué distinto huele el aire libre».

Dio una bocanada y se dejó caer en su sillón con la brisa de la noche acariciándole el rostro. Cerró los ojos intentando recuperar la calma, pero pensar que había compartido, durante años, aquellas paredes con una persona capaz de urdir un plan tan metódico como sanguinario con la única intención de librarse de él le hizo temblar. En ese momento, se le llenó la cabeza de escenas hogareñas en las que compartía desayuno, cena o cama con la que fue su mujer y, en lugar de distante y apática, como habían sido sus últimos años de convivencia, se la imaginaba echándole veneno en la comida o intentando ahogarle con la almohada. Temía que, ahora que era a ella a quien habían asesinado y él quien volvía a ser libre, pudiera regresar de entre los muertos para acabar el trabajo que no había terminado de salirle bien. Su mujer era tan engreída que la creía capaz solo por seguir amargándole la existencia. Si no le había amargado ya lo suficiente en vida...

Agotado por las emociones y sus pensamientos, decidió que lo mejor que podía hacer era irse a la cama y no volver a levantarse hasta haberse recuperado. No importaba si para ello tenía que dormir diez horas o una semana entera. Descansaría todo lo que fuera necesario, sabiendo que ya no habría golpes en los barrotes que le despertaran cada mañana. Lo necesitaba. Tenía los nervios a punto de estallar.

Tanto que, al abrir la puerta de la habitación, le pareció ver a su mujer esperándole en la cama. Gritó y volvió a cerrar la puerta, se quedó fuera de la habitación casi sin aliento. Solo cuando su cerebro reaccionó y le aseguró que los fantasmas no existen, volvió a atreverse a abrir, dispuesto a acostarse.

—Buenas noches. Le estaba esperando.

Una voz varonil le habló desde la cama y le hizo gritar de nuevo, a la vez que casi le provoca un infarto. Por instinto, encendió la luz. Sentado en su cama estaba un hombre que bien podría venir del mundo de los muertos. Pálido, demacrado, y tan frágil que Alejandro pensó que iba a ser incapaz de levantarse del colchón.

—¿Quién coño es usted? —preguntó sin reconocerlo, mientras intentaba calmar los latidos desbocados de su corazón.

—No se acuerda, ¿verdad? Ha pasado algo más de un año, y usted ha tenido otros asuntos de los que preocuparse antes que de este pobre hombre.

—Enrique Carvajal... —dijo Alejandro, una vez sus nervios se serenaron al reconocer la cara del hombre. Vio su rostro cuando dio la noticia del suicidio de su hija. Lo había vuelto a ver el día del funeral de Bárbara, cuando se lo enseñó aquel policía y se le pusieron los pelos de punta, aunque hubiera disimulado. Recordar a aquel hombre le angustiaba. Ahora lucía más pálido, más demacrado, como si el que hubiera estado encerrado en una cárcel sin que le diera el sol fuera él.

—Se acuerda... recuerda la investigación de la muerte de mi hija. Porque usted estuvo pendiente de ella, ¿verdad, señor Soto?

—Clara Carvajal —musitó Alejandro mientras se acercaba al hombre. Pasado el susto de encontrárselo, de pronto, sentado en su cama, se veía capaz de echarlo a patadas de allí si era necesario. Había tenido que enfrentarse a gente mucho más peligrosa que aquel desvalido hombre en sus primeros días de cárcel, y el gimnasio de prisión había sido el único entretenimiento que había encontrado en aquellos meses. Estaba más en forma que nunca y aquel hombre parecía a punto de morirse si le soplaban.

—Se acuerda de ella...

—¿Se puede saber qué demonios hace usted en mi casa? ¡Haga el favor de marcharse de inmediato! —gritó Alejandro y se dirigió amenazante hacia Enrique, seguro de poder imponerse y de terminar pronto con todo aquello.

—Ahora que he conseguido que le pongan en libertad, he venido a aclarar algunos aspectos de la muerte de mi hija con usted —replicó este, sin levantar el tono de voz, pero empuñando un arma que sacó de debajo de la almohada.

Verse apuntado hizo que Soto no solo detuviera su avance, sino que diera dos pasos hacia la puerta.

—Por favor. Yo no he hecho nada… —murmuró y levantó las manos delante de su cara en un gesto absurdo para protegerse.

—Le prometo que le voy a dar la oportunidad de explicarse si me cuenta toda la verdad —dijo Enrique sin dejar de apuntarle con el arma mientras se ponía en pie—. ¿Sabe cómo murió mi hija?

—La policía y los forenses dictaminaron que su hija se suicidó. Informamos de ello en las noticias —respondió Alejandro con mayor serenidad.

—Efectivamente, mi niña se suicidó. De lo que no informaron en las noticias, ni la policía fue capaz de investigar, fue el motivo que la llevó a hacerlo. ¿Conoce usted ese motivo?

—¿Yo? ¡¿Por qué iba yo a conocer el motivo por el que se suicidó su hija?! —exclamó Soto con fingido asombro. Algo dentro de él se había congelado y le temblaba la voz.

—¡No me mienta! —bramó Enrique y movió nervioso el arma en su mano—. Le aseguro que es la primera vez en mi vida que empuño una pistola. No me ponga nervioso, no intente engañarme, o puede que cometa el error de dispararla sin querer. ¿Entendido?

—Sí, sí, entendido. Por favor, tranquilícese —rogó Soto y volvió a alzar las manos frente a su cara.

—¿De qué conocía usted a mi hija, señor Soto?

—De los informativos...

—¡Miente! ¡Deje de mentirme! ¿No se da cuenta de que lo sé todo y que lo único que quiero es escucharlo de usted? —increpó Enrique. Estaba tan nervioso empuñando un arma que hasta tenía que aferrarla con ambas manos para que no se le cayera.

—¿Y qué es lo que quiere escuchar?

—¡Que fue culpa suya! ¡Que fue usted el culpable de que mi pequeña se suicidara!

—No sé de qué me habla... —repuso Soto. La voz casi no le salió de la garganta e incluso agachó la cabeza al hablar.

—¿Va a negarlo? ¿Me va a hacer explicárselo? —preguntó Enrique y apuntó a su cabeza—. Voy a volverle a preguntar y, por favor, no me mienta, o tendré que dispararle. No estoy seguro de acertar a la primera y puede que le resulte doloroso, pero estoy dispuesto a vaciar el cargador entero de esta pistola contra usted si es necesario antes de que nadie pueda venir a auxiliarle, y creo que tiene unas quince balas. Le juro que con alguna acabaré acertando. ¿De qué conocía a mi hija?

—Si me dispara, no podrá escapar de aquí. Los vecinos alertarán a la policía.

—Eso es algo que también tiene en su contra. No me importa no escapar de aquí, siempre que se haga justicia. Hoy termina mi búsqueda de justicia y paz. ¿De qué conocía a mi hija?

—La conocí en Internet —respondió, finalmente, Soto y dio otro paso hacia la puerta al ver como el arma que empuñaba su asaltante no dejaba de moverse.

—Internet es muy amplio. ¿En dónde conoció a mi hija?

—En una web de citas.

—¿Qué edad tenía usted, entonces? ¿Cuarenta? ¿Cuarenta y cinco años?

—Cuarenta y tres.

—Mi hija tenía diecisiete años. ¿Cómo es que empezó a escribirse con un hombre veintiséis años mayor que ella?

—No lo sé. Le gustarían los hombres maduros... —respondió Soto, que no dejaba de mirar hacia los lados para evitar mirar de frente el arma, buscando una vía de escape.

—Durante muchos años he visto sus informativos, ¿y sabe? Sería usted un pésimo jugador de póker. Es tan malo mintiendo... Hasta cuando en los informativos se veía obligado a dar una noticia que sabía que no era verdad o que estaba manipulada, de algún modo, se le notaba en la voz. Era como si le costara verbalizar la mentira. Y que le acusaran de los asesinatos de la baraja de póker con lo mal jugador que usted sería... Por desgracia para mi hija, las primeras mentiras que usted le dijo las hizo por escrito y no supo darse cuenta. ¿Por qué mi hija empezó a escribirle?

—Porque me creé un perfil falso en el que decía tener veinte años y puse una foto que encontré en Internet en un perfil de Facebook de un chaval de Estados Unidos. Recibía decenas de mensajes al día— respondió Soto, en apariencia avergonzado y viéndose obligado al no encontrar escapatoria posible al arma que le seguía apuntando.

—Decenas de chicas ilusionadas con conocer al chico de la fotografía y a las que usted se dedicaba a seducir, con menor o mayor éxito, para satisfacer sus fantasías sexuales. ¿No es cierto?

—Sí. Es cierto —respondió Soto sin dejar de apartar la mirada del cañón de la pistola.

—Le ruego, por favor, que me mire cuando hable. Creo que me lo merezco. Quiero ver la vergüenza en su mirada. ¿Se acuerda de qué estaba usted haciendo el día que le detuvo Casado, acusándole de unos crímenes que no había cometido?

—Me estaba masturbando, viendo un vídeo erótico para relajarme antes de presentar un informativo —respondió Alejandro, esta vez sí, con la turbación reflejada en su mirada al rememorar el incómodo momento.

—Sus propios compañeros divulgaron la noticia como primicia. Se regodearon en ello. Fue el hazmerreír de todos los españoles. El asesino pajillero... —increpó Enrique—. ¿Cómo accedía a esos vídeos eróticos?

—A través de unas páginas de pago de las que era cliente.

—¿Solo a través de esas páginas de pago? —insistió Enrique. Que Soto estuviera respondiendo a sus preguntas le estaba ayudando a serenarse.

—Sí. Soy adicto al porno, pero eso no es ningún delito...

—Vuelve a mentir, y a mí se me acaba la paciencia —replicó Enrique y volvió a apuntar con firmeza.

—Y chantajeando a las chicas que conocía en las páginas de contactos...

—¿Por qué las chantajeaba? Internet está lleno de vídeos pornográficos con los que satisfacer sus fantasías. ¿Por qué chantajeaba a las chicas?

—Porque me excitan más los vídeos de jóvenes avergonzadas y primerizas que los protagonizados por actrices porno que no hacen más que fingir delante de una cámara —respondió Soto. Su mirada ya no solo reflejaba vergüenza, también cierta ira.

—¿Mi hija fue una de esas jóvenes chantajeadas?

—Sí.

—¿Por qué lo hizo? ¿Por qué mi pequeña?

—¡Fue ella la que empezó a insinuarse! Fue ella la que me mandó fotos en ropa interior para llamar mi atención. Fue ella la que no dejaba de provocarme con sus mensajes ardientes y sus fantasías. ¡Fue ella!

—¡Porque pensaba que estaba hablando con un chico de veinte años! ¡Porque la engañó! ¡Porque no dejaba de decirle que la deseaba y que la quería! ¡Que ella era especial! ¡Y estaba haciendo lo mismo con otra decena de chicas a la vez! ¡Asqueroso de mierda!

—Lo siento... —Soto volvió a agachar la cabeza.

—¡Miente! ¿Qué hizo cuando ella descubrió que no era el chico de la foto? ¿Qué hizo entonces?

—La chantajeé. Le dije que, si me delataba, publicaría sus fotos por todo Internet.

—Hijo de puta... pero mi hija nunca le delató. Aunque con eso no tuvo suficiente, ¿verdad?

—No. La chantajeé para que me enviara vídeos en su habitación.

—Y cuando tuvo esos vídeos también los usó para seguir chantajeándola. ¿No es así? —Enrique bullía de ira. La pistola le temblaba tanto entre las manos que dudaba de ser capaz de sujetarla sin que se le cayera al suelo. Pero necesitaba escuchar la confesión de boca de aquel hombre.

—Sí.

—¿Qué es lo que le hizo hacer a mi hija? ¡Dígamelo!

En ese momento se oyó un ruido en el piso de abajo. Alguien había forzado la puerta.

—¡Socorro! —gritó Soto—. ¡Está loco! ¡Ayuda! ¡En el piso de arriba!

Enrique no pareció inmutarse. Que alguien entrara en la casa no parecía cambiar sus planes. No se inmutó ni cuando vio entrar a David en la habitación. Incluso pareció alegrarse con su inesperada presencia.

David se había acercado a la casa alertado por su instinto después de la liberación de Soto. Algo le decía que Enrique aparecería una vez conseguida su libertad. Tanta insistencia en su inocencia tenía que tener un motivo. Habían pasado tres meses desde el último asesinato y desde entonces habían estado buscando a Enrique por todas partes. Los medios se habían centrado en la reapertura del caso de Soto y la ausencia de nuevas muertes había dejado en segundo plano los cuatro asesinatos cometidos. Pero David sabía que faltaba una carta por entregar. El as de corazones. Como en los asesinatos que se le habían atribuido a Soto.

Alertado por esa intuición se había acercado a la casa y las sombras proyectadas por la luz de la habitación le habían hecho entrar. Alguien estaba apuntando con un arma.

—¡No lo haga, Enrique! Baje la pistola —pidió al entrar en el cuarto, empuñando su revólver.

—Gracias a Dios... —murmuró Soto al ver entrar a un agente de policía. Estuvieron a punto de fallarle las piernas, pero se sujetó a la estantería.

—No puedo hacerlo, David. No puedo. Estaba a punto de confesar qué le hizo a mi hija. Iba a confesarlo todo.

—Baje el arma. Confíe en mí, Enrique, le haremos confesar en comisaría. Todo lo que Soto le haya hecho saldrá a la luz —repuso David en un intento de tranquilizarlo. La pistola temblaba como un pastel de gelatina entre las manos del hombre.

—¿Y de qué me serviría? Le interrogarían, le acusarían y le volverían a meter en la cárcel a vivir a cuerpo de rey sin haber pagado por lo que le hizo a mi hija y a otras muchas chicas. ¿No lo entiendes, David? No he ayudado a demostrar la inocencia de Soto para que le acusen de otro crimen con menor pena y dejarle regresar a prisión. Si le quisiera entre rejas, solo tendría que haberme limitado a dejarlo pasar. Se iba a pudrir en la cárcel. Lo que yo quiero es justicia. Justicia real. Por eso voy a completar una escalera con el mismo nombre. Una última carta por entregar y la escalera real estará completada.

—Enrique, baje el arma. Si no lo hace, será usted quien acabe entre rejas. Es usted un buen hombre. ¿Cree que eso sería justo? —replicó David.

—Eso. Haga caso al agente. Baje el arma, por favor —balbuceó Soto, al que las palabras de Enrique le habían hecho volver a asustarse. Aquel hombre se mostraba decidido en sus planes.

—No soy tan buen hombre. Se lo aseguro. Hasta he disfrutado con cada uno de los crímenes cometidos. Sobre todo con el último, con el del asqueroso arzobispo, que pude ver en directo. Si fuera buena persona, hubiera sentido remordimientos viéndole retorcerse en el suelo, pero no lo hice. Incluso me sentí aliviado al verle morir. Por todos esos niños a los que el muy cerdo había puesto la mano encima.

—Baje la pistola, Enrique, o terminará en prisión.

—Estoy enfermo, David. Muy enfermo. El divorcio, la muerte de mi hija... todo terminó deteriorando mi salud. Tampoco es que me haya cuidado demasiado. Hace tiempo que lo único que deseo es morir... No me importa que los últimos días de mi vida sean en una cárcel de piedra. Llevo más de un año viviendo en una de penas. Pero, no se preocupe, eso tampoco va a llegar a ocurrir. Lo único que aliviará mis últimas horas de vida es saber que se ha hecho justicia con mi pequeña y que ninguna otra chica sufrirá por culpa de estos depravados sin escrúpulos. Me queda por impartir justicia con Alejandro Soto, responsable principal de que mi pequeña Clara se viera envuelta en sus perversiones. ¡Confiese, Soto! ¡Qué le hizo a mi hija además de pedirle vídeos por Internet!

—Agente, está loco. Hágale bajar el arma o péguele un tiro antes de que se le dispare y nos mate a los dos.

David desvió su mirada de Enrique a Soto. Después, volvió a mirar a Enrique y al arma que portaba en la mano. Volvió a mirar a Soto y vio en sus ojos una mezcla de miedo y rabia. Cuando miró a los de Enrique tomó una decisión. Su mirada no expresaba rabia ni temor, solo tristeza.

—Señor Soto, responda a la pregunta de Carvajal. ¿Qué le hizo a su hija?

—¿En serio va a hacer caso a la palabrería de este loco? ¡Ha entrado en mi casa! ¡Ha allanado mi hogar! ¡Debería reducirlo y detenerlo! ¿En serio va a escucharle?

—Si lo hubiera hecho hace meses... si le hubiéramos escuchado la primera vez que vino a comisaría, no estaríamos ahora en esta situación. ¿Verdad, Enrique?

Este asintió con la cabeza, en una piadosa mentira, mientras las lágrimas empezaban a brotar de sus ojos y a nublarle la mirada. La situación hubiera sido la misma. El primer día que entró en comisaría ya tenía todo planeado.

—Responda. ¿Cómo chantajeó a su hija? —inquirió David a Soto.

—¡Están los dos locos! No pienso decir nada. ¡Detenga a ese hombre! ¡Es su responsabilidad como policía! —exclamó Soto.

—No lo hagas, David —pidió Enrique al ver la duda en los ojos del agente—. Sabes que, si me detienes, no se hará justicia con mi hija. Lo sabes. Como tampoco se hizo justicia con la muerte de tu padre.

—¿Qué sabes de su muerte? —preguntó David. Enrique acababa de dejarle completamente descolocado.

—Haz que Soto hable, y te juro que te lo cuento todo, pero no permitas que un padre no pueda escuchar una confesión de los labios del asesino de su hija. Si confiesa, lo entenderás todo. Por favor.

—¿Y bien, Soto? —preguntó David al mismo tiempo que bajaba su arma.

—Tenía sus fotos... tenía sus vídeos... La deseaba —comenzó a decir Soto al ver que el policía no iba a sacarle de allí sin antes confesar—. Quise conocerla. Ella se negó y tuve que amenazarla con enseñar todo lo que me había ido mandando a sus compañeros de instituto, a sus amigos, a su familia... La amenacé diciéndole que era una persona influyente. Que trabajaba en una cadena de televisión y que podía hacer que sus vídeos los viera todo el mundo. Intenté convencerla diciendo que tampoco era tanto lo que le pedía...

—Hijo de puta... —murmuró Enrique—. Cuéntele qué ocurrió en ese encuentro. ¡Cuénteselo!

—La invité a pasar una noche en casa de un amigo. No quise llevarla a mi casa, pese a que mi mujer no estaba en esos momentos. No quería que nadie la viera entrar o salir. La convencí porque le dije que prometía no tocarla. Solo quería ver en directo lo mismo que ella me mandaba en vídeos. Mi idea era tener un encuentro a solas con ella, pero...

—¡Pero el cabrón de su amigo tuvo otra idea! ¿Verdad? ¡Cerdos de mierda! —exclamó Enrique. Todo el cuerpo le temblaba. Solo la rabia parecía mantenerlo en pie.

—Le juro que se presentó allí sin tener yo ni idea de que iba a hacerlo...

¡Se lo juro! —bramó Soto.

—¿A qué se refiere, Enrique? ¿Qué le pasó a su hija en ese encuentro? —preguntó David, que no dejaba de mirar a uno y a otro.

—¡La violaron! ¡Los dos! ¡Violaron a mi pequeña!

—¿Eso es cierto? —preguntó David, esta vez levantando su arma contra Soto, sin poder evitar sentir cómo la rabia empezaba a subirle por dentro—. ¿Violaron a su hija de diecisiete años?

—No era mi plan, se lo juro, pero... Santiago se presentó en su casa. Cuando le pedí las llaves, me preguntó para qué las quería. Fanfarroneé, le conté que era para verme a escondidas con una joven y quiso saber más detalles. Yo conocía sus gustos y sus filias, pero no esperaba que cuando le enseñé las fotos de Clara, se fuera a encaprichar de ella. Quiso participar y se autoinvitó a su casa. Lo juro por mi vida que yo solo quería que ella hiciera, para mí, lo mismo que solía hacer en sus vídeos. Que se desnudara y se acariciara para mí, pero sin cámaras de por medio. Poder sentir su aroma, su deseo impregnando el aire. Estábamos en el salón de la casa, yo sentado en el sofá y ella quitándose la ropa, cuando entró Santiago por la puerta.

—¿Se refiere a Santiago Sorní? —inquirió David.

—Sí. Él era el cerdo. Él fue quien obligó a Clara a tener sexo con él. Yo solo quería mirar...

—¿Pero...? —balbuceó Enrique.

—Pero Santiago quiso que participara. Decía que era una maravilla de mujer y que no podía desaprovecharla. Que no fuera un maricón y que hiciera lo que tenía que hacer. El muy cabrón hasta nos grabó con su móvil...

—Después de aquella noche, mi hija supo que aquello no terminaría nunca. Que se le había ido de las manos, que ya no solo sería una persona quien la chantajearía. Serían dos. No pudo soportarlo. Unas semanas más tarde se quitó la vida. Por eso lo maté con su teléfono, porque en él tenía grabada la violación a mi hija —añadió Enrique, que cayó de rodillas y se echó a llorar, pero sin bajar el arma.

—¡Está bien! Lo lamento. Lo lamento mucho. Yo no quería que eso pasara. Estoy enfermo, sí. —lloriqueó Soto—. Merezco estar en la cárcel. Me excita ver vídeos de jovencitas avergonzadas. ¡Deténgame! Yo soy el culpable de que su hija se suicidara. ¡De acuerdo! Devuélvame a la cárcel, pero esta vez por un delito que sí he cometido —pidió Alejandro y tendió sus manos al agente para que le pusiera las esposas.

—Imagino que sabrá que su vida en la cárcel no va a ser tan placentera como lo ha sido los meses anteriores, ¿verdad? Los violadores de mujeres, y más de chicas de diecisiete años, no están tan bien considerados en prisión como los asesinos.

—No me importa. Arrésteme —repitió Soto sin apartar la mirada del arma de Carvajal. Prefería volver a la cárcel a que aquel hombre le pegara un tiro.

—No lo haga... —murmuró Enrique levantándose despacio del suelo, recomponiéndose—. Mi hija merece justicia. Merece el mismo destino para sus agresores que el que ella tuvo. Todas mis víctimas estaban relacionadas. Aginagalde, Sorní, Pieldelobo, Latorre... Todas.

—Es imposible que usted haya matado a todas esas personas, Enrique. Alguien ha tenido que ayudarle —repuso David. Las investigaciones que había llevado a cabo le hacían sospechar que Enrique no había hecho todo aquello solo. Era imposible que matara a las primeras víctimas estando encerrado.

—Yo quería matarlos. Ellos merecían morir. Qué importa quién cambiara las pastillas, quién enviara el *email*, quién envenenara el té, quién echara el cianuro en la copa del arzobispo o quién vaya a apretar el gatillo. Yo fui quien lo planeó todo. El único culpable. Los demás son solo víctimas. Víctimas de la corrupción de Aginagalde dispuesto a encarcelar a un inocente y de dejar libre a un culpable si eso le daba réditos para su carrera; víctimas de Sorní, que no solo se aprovechó de la inocencia de mi hija y tomaba por la fuerza a cualquier mujer que se le pusiera delante, sin importarle que fuera la hija o la hermana de alguien a quien iba a destrozar la vida, seguro como estaba de que su poder le permitiría comprar a jueces como Aginagalde para quedar en libertad; víctimas de seres repulsivos como Pieldelobo, que se aprovechaba de su autoridad para someter a sus deseos a pobres niños inocentes que desde entonces tiemblan cada vez que alguien les pone una mano encima. El único culpable soy yo, David. Quien ha hecho justicia con todas esas víctimas soy yo. Yo solo. Y, ahora, solo falta hacer justicia con otras dos víctimas. La primera mi hija, la segunda tú.

—¿Yo? ¿De qué soy víctima?

—La muerte de tu padre. No fue un robo...

—¡¿Qué?! —exclamó David.

—Déjame hacer justicia y, como te he prometido, te lo explicaré todo. absolutamente todo, y dejaré en tus manos la decisión que tomar.

En la mirada de Enrique seguía reflejándose solo tristeza. En la de Soto, cuando vio a David volver a bajar su arma, se reflejó también la incredulidad.

—Gracias... —murmuró Enrique antes de que en la habitación resonaran dos disparos.

El cuerpo de Soto cayó al suelo. Enrique dejó caer su arma y se sentó en el borde de la cama. David se acercó a él para esposarlo.

—Diremos que no pude evitarlo —murmuró al oído de Enrique.

—No se preocupe. No diré nada, y dudo que tengan mucho tiempo para preguntármelo. Me muero, David. Por favor, déjeme colocar el As de corazones que tengo reservado para Soto. Así se completará mi jugada y se hará justicia con todas las víctimas.

David dejó que Enrique sacara una carta del bolsillo de su chaqueta y la dejó caer sobre la camisa manchada de sangre de Soto.

—Ya he entregado todas mis cartas y solo me queda una última víctima a la que otorgar justicia.

—¿Qué le ocurrió a mi padre? Le escucho...

—En el bolsillo de mi chaqueta hay una última carta, para ti. Haz con ella lo que estimes oportuno.

41

As de corazones

Cuando las patrullas de policía llegaron a la casa, David estaba solo, sentado en la cama, custodiando el cuerpo inerte de Soto, mirando a la lejanía con la vista perdida, en *shock*.

—¡David! ¿Estás bien? ¿Qué coño ha pasado aquí? —inquirió Israel al verle.

—No lo sé... He llegado tarde... —balbuceó David—. Quise hablar con Soto después de que le liberaran. Ver si él podía decirme por qué Carvajal estaba tan interesado en su caso. Saber si podía ayudarnos a encontrarlo... Ahora ya sé por qué Carvajal quería liberarlo de la cárcel...

—¿Crees que le ha matado Carvajal?

—La última carta está sobre su pecho ensangrentado. El as de corazones. Carvajal ha completado su jugada. Su escalera real de crímenes...

—Pero ¿cómo pudo cometer los primeros crímenes? ¡Le teníamos encerrado!

—¿Y qué más da? Le vimos colocar el rey de corazones en el cuerpo del arzobispo. Confesó el primer asesinato, y estoy seguro de que, ahora que ha completado su jugada, no tendrá problemas en confesar el resto de sus crímenes en cuanto consigamos atraparlo. Ni siquiera me extrañaría que se entregara voluntariamente. Su misión ha terminado y no hemos sabido detenerle.

—Entonces, ¿crees que ya ha terminado? ¿No tendremos más muertes?

—Diez, jota, reina, rey y as de corazones. Escalera real, la mejor jugada del póker. Nadie puede tener una mano mejor que esa. Carvajal ha ganado. Fin de la partida.

El forense levantó el cadáver enseguida. La causa de la muerte era evidente. Dos disparos a quemarropa en cabeza y pecho. Soto había fallecido en el acto.

David e Israel regresaron a comisaría. Tras rellenar unos informes y tomar un café, David se negó a regresar a casa. Tenía unas cuantas cosas más que hacer y comprobar. Seguía mostrándose cabizbajo, no pronunció palabra en toda la noche. Israel le dejó hacer, cayó dormido en su despacho por agotamiento y no habló con él hasta que las primeras luces de la mañana entraron por la ventana.

—¿Estás bien? —interrogó.

—No. No lo estoy —respondió David sin dejar de tomar notas y de revisar su ordenador.

—No es culpa tuya. Desde el primer momento dijiste que Carvajal era el asesino.

—No me estoy echando la culpa. No es ese el motivo por el que no estoy bien. Me siento triste. Dolido. ¿Cómo no lo vimos antes?

—¿El qué?

—Que Casado era la asesina, que Soto era inocente de esos delitos... ¿Cómo pudo verlo un editor de libros y no fuimos capaces de verlo nosotros? Hemos tenido que esperar a que ese hombre se tomara la justicia por su mano para que nos abriera los ojos... Todo para...

Un revuelo en la comisaría le hizo interrumpir la frase. Se oían gritos que llegaban desde la recepción. Israel y David salieron a la carrera.

Allí estaba Enrique, impasible, una mañana más en la cola de atención al ciudadano. Varios agentes de policía le apuntaban con sus armas y él tenía los brazos levantados. Mantenía esa sonrisa enigmática tan característica en él.

—Buenos días, inspector jefe, David... Me gustaría hacer una confesión —expresó en voz alta para que todo el mundo pudiera, esta vez, escucharle.

No tardaron en reducirle y en llevarle a una sala de interrogatorios. Allí le dejaron atado a una mesa, esperando. Minutos después llegaron Medrano y Otero. En esta ocasión, David también entró en la habitación.

—¿Esta vez está dispuesto a confesar? —interrogó Medrano.

—Sí, señor. Una confesión completa.

—Le escuchamos.

—Yo, Enrique Carvajal, he asesinado a Aginagalde, Sorní, Latorre, Pieldelobo y Soto para impartir justicia por la muerte de mi pequeña, dado que la policía fue incapaz de investigar los motivos que llevaron a mi niña a suicidarse hace algo más de un año.

—¿Qué motivos fueron esos, según usted?

—Alejandro Soto y Santiago Sorní la violaron en una casa propiedad del empresario. Soto me confesó su crimen momentos antes de que le matara, aunque yo ya conocía la verdad.

—¿Y qué tienen que ver con eso el resto de las víctimas? —continuó preguntando Medrano.

—También eran culpables. Aginagalde era el responsable de que Sorní siguiera en libertad. Él se había dejado sobornar a cambio de un ascenso y de la amistad de un hombre de la influencia de Sorní. —Enrique pronunció esas palabras sin apartar la mirada de los ojos de Medrano. El comisario se estremeció con cada una de ellas, pero intentó aparentar serenidad y firmeza—. Latorre era, junto con su inspectora fallecida, la verdadera responsable de los asesinatos del año pasado, y su muerte hacía justicia y me ayudaba a que el caso se reabriera para poder liberar a Soto. Y necesitaba una quinta víctima para completar mi jugada de póker. El arzobispo Pieldelobo, otro descarriado que no podía contener sus depravaciones ante cuerpos jóvenes e inocentes. Un pedófilo, como Sorní, que escapaba de la ley por su posición y que recibió su castigo de la única forma que este podía alcanzarle. De mano de alguien que ya no tiene nada que perder. Justicia divina. Hombres como él y como Sorní, poderosos y que se creen por encima de la justicia, capaces, en su perversión, de violarla, son los culpables de que almas inocentes como la de mi hija prefieran abandonar este mundo antes que verse humilladas.

—¿Tiene pruebas de eso? —exclamó Medrano.

—No las necesito, comisario. Mi hija ya ha recibido justicia y ya nada me importa.

—¿Cómo pudo cometer esos asesinatos? Es imposible que usted matara a esas personas. Estaba encerrado en el calabozo cuando sucedieron las tres primeras muertes —preguntó, incrédulo, Otero.

—Tiene al asesino. He confesado los crímenes. Ya he entregado todas mis cartas e impartido justicia. —Enrique miró a David y esbozó una sonrisa. Este le devolvió un camuflado asentimiento—. Le aseguro que no va a haber más muertes. ¿Qué importa cómo las cometí?

—¡A mí sí me importa! Y al juez que va a encargarse de su caso también. No se me ocurre cómo pudo hacerlo. O me lo explica o no voy a parar de investigar hasta descubrir la verdad —amenazó Otero.

—Está bien... —Enrique contaba con ello, no en vano, lo que más tiempo le había llevado planear era la manera de haberlos podido cometer sin haberlos llevado a cabo. Buscar la coartada para no tener coartada. Estaba seguro de ser el primer asesino que hacía algo así. Para eso tuvo que hablar varias veces con los implicados. Quería contarlo para que la policía dejara de investigar, aunque estaba seguro de que, con su incompetencia, no iban a ser capaces de encontrar nada. Había usado móviles desechables distintos para cada uno de sus amigos y todos se habían deshecho de ellos cuando asesinó ante las cámaras de televisión al arzobispo. Jamás encontrarían nada—. Si es lo que desea para que su conciencia quede tranquila... aunque no le vi preocupado por ella cuando dejó la investigación de la muerte de mi hija. Ahí no tuvo problema en cerrar el caso con rapidez. En fin... Cambié las pastillas de Aginagalde aprovechando un descuido de su mujer cuando fue a comprarlas —empezó a relatar Enrique. Luz Marina le había contado las costumbres de la mujer y tenía claro cuál era el momento en el que podría haberlas cambiado aunque en realidad hubiera sido ella—. Envié el *email* a Sorní desde la biblioteca...

—¡Eso no es posible! Revisamos las imágenes de la biblioteca de ese día y usted no estuvo nunca en esos ordenadores —bramó Otero, seguro de haber encontrado un resquicio en sus palabras.

—Inspector, después de su investigación con el caso de mi hija, soy conocedor de sus métodos de trabajo. Sabía que iba a limitarse a lo sencillo, a lo cotidiano, a lo lógico, sin mirar un poco más allá de lo evidente. —Las palabras de Enrique hicieron enrojecer de ira a Otero—. Era sencillo que descubrieran que el *email* se había enviado desde la red de la biblioteca, y no iban a tener problema en descubrir el día y hora en el que había sido enviado, pero ¿por qué iba a tener que usar uno de los ordenadores de la misma si la red Wifi de la biblioteca es de acceso público?

—¡Mierda! Joder. ¡Qué idiota soy! —exclamó Otero.

—Vaya... Gracias por reconocerlo. Veo que ya se ha dado cuenta. Sí, usé un portátil para conectarme a la red de la biblioteca y para enviar el *email* desde allí, pero sin aparecer en las imágenes de la sala de ordenadores. Ni siquiera tuve que entrar en el edificio, a la red wifi se accede también desde el exterior.

—¿Y Latorre? ¿Cómo pudo matarla? —Otero seguía en sus trece.

—Eso fue más complejo. Latorre era una mujer excéntrica. Tanto como para seducir a una inspectora de homicidios, convencerla de cometer una serie de asesinatos para librarse de su marido y después asesinarla a sangre fría y arrojar su cadáver por un puente. Excéntrica, egocéntrica y maniática. Y esas manías me fueron muy útiles.

Hegoi se las había contado y entre los dos habían hablado de cuál era la versión más creíble. Como bien les había dicho siempre a sus amigos, la mejor mentira es aquella que mayor parte de verdad contiene.

—¿Conocía las manías de Latorre? —interrogó Medrano.

—La investigué desde que leí el informe del accidente de Casado en el libro de Acosta. Darme cuenta de que no había sido un accidente me hizo pensar que era posible liberar a Soto. Hacía tiempo que había descubierto que era el responsable de la muerte de mi hija, pero no supe cómo sacarle de la cárcel hasta leer ese informe en el libro de Acosta. Investigando a la inspectora descubrí su relación con Latorre y até cabos. Lo investigué y leí todo sobre ella, y cuando regresó a España supe que era el momento de poner en marcha mi plan. No pude acceder a su pedido de agua especial, pero sí pude hacerlo con una bebida que ella iba a consumir por «exigencias del guion». Entre tanta gente, no me fue difícil hacerme pasar por un auxiliar y, cuando dejaron el cargamento de provisiones de té, lo llevé al interior del set de rodaje. Allí, una mujer que parecía a cargo de todo y que ni siquiera me miró a la cara, me dijo que las llevara a las cámaras frigoríficas donde las guardaban y que las etiquetara por día para asegurarse de tener la cantidad suficiente para los días de rodaje. Y eso hice. Solo tuve que inyectar la amoxicilina a través del tapón de la botella con la ayuda de una aguja en la que estaba marcada con la fecha en la que yo iba a estar encerrado. Eso es todo. Luego cambié los juegos de cartas para que todos tuvieran la reina de corazones como única carta. Lamento que no puedan comprobarlo. Hice las compras en metálico para evitar que me atraparan antes de completar mi jugada —añadió Enrique sin inmutarse.

—¿Dónde se escondió los últimos tres meses? —inquirió Israel.

—En el único sitio en el que suponía que no iban a buscarme. En una casa vacía porque su propietario estaba en la cárcel.

—¿Se escondió en la casa de Soto?

—Hasta el día que lo liberaron y pude entregarle la última carta.

—¡Perfecto! —exclamó Medrano—. Ya lo tenemos. Caso resuelto.

—Iluso... Ustedes no han resuelto nada —murmuró Enrique.

—Una última cosa… ¿Cómo hizo para dejar el informe de Casado en la mesa de Aginagalde? —inquirió Israel.

—No sabía que iba a estar sobre su mesa. Por eso les pregunté si no habían encontrado nada. Yo solo envié el informe por correo junto a la carta. Pueden preguntarle a su madre, ella me lo entregó. No quería tener nada de su hija en casa.

—Encierren a este hombre. No va a volver a ver la luz del día en libertad. ¡Caso cerrado!

—No del todo... —intervino David por primera vez. Enrique volvió a sonreírle. Sabía lo que se disponía a hacer. Habían llegado a un acuerdo cuando le tenía esposado en casa de Soto. Le dejaría ir para que fuera más creíble que David había llegado tarde y él se comprometía a presentarse en comisaría a la mañana siguiente si le dejaba ver cómo detenían a Medrano. Un último acto de justicia.

—¿A qué se refiere, agente? El acusado ya ha confesado sus crímenes y nos ha dicho cómo procedió a ejecutarlos. Tenemos todo para llevarlo ante un juez.

—Pero hay otra persona más implicada en este caso. Otra persona que debe ser juzgada y que tiene que pagar por sus crímenes.

—¿A quién te refieres, David? —inquirió Israel.

—Me refiero al comisario... —La frase de David cayó como una losa de mármol sellando una tumba.

—¿A mí? —exclamó Medrano—. ¿De qué coño habla, Expósito?

—Hablo de que sus delitos no van a quedar impunes.

—¿Mis delitos? ¿Se ha vuelto loco? ¡Soy el comisario! ¿Quiere que le despida de inmediato?

—Usted puede hacer lo que quiera, señor... Si entré en la policía, fue para resolver un caso. Un único caso: el asesinato de mi padre durante un atraco. Una vez resuelto, honraré la memoria de mi padre y volveré al que era mi sueño. Lo haré por él, porque siempre me apoyó. ¿Sabe usted algo de dicho caso?

—¿Su padre? ¿Y quién coño es su padre? —espetó Medrano al que se le escapaban escupitajos de la boca por la ira.

—Mi padre era un empresario, honesto y luchador, que se dejaba la piel y le robaba horas a su tiempo con su mujer y su hijo para sacar adelante sus proyectos. Un soñador que se imaginaba un mundo mejor y que no dejaba de investigar en busca de ideas con las que conseguirlo... Un hombre que tuvo una idea brillante y al que una noche mataron en un callejón, no para robarle una cartera y un reloj como todos pensaron, o al menos eso quisieron hacernos creer a la familia, sino para robarle su idea. Esteban Expósito. ¿Le suena de algo?

—¿Y por qué debería sonarme? —inquirió, confuso, Medrano.

—Porque usted fue el inspector jefe de homicidios que investigó su muerte. O, mejor dicho, quien hizo la vista gorda durante la investigación.

—¿Me está acusando a mí? ¡Queda despedido! —bramó Medrano.

—Con sinceridad, ya le he dicho que me da igual. Lo que tengo claro es que su carrera termina aquí. Tengo pruebas, llamadas, informes, cuentas bancarias, todo lo que necesito para probar su relación, más que de amistad, con Santiago Sorní. Ese impresentable fue quien asesinó a mi padre para robarle su idea después de que este le pidiera financiación para su proyecto, quien se hizo aún más rico y poderoso gracias a ella, quien usó ese dinero para comprar favores de la policía, de la justicia, de quien se pusiera en su camino. Entre ellos de usted. Él compró su silencio a cambio de una serie de favores. El primero: su ascenso a comisario. Después, vinieron las relaciones: jueces, empresarios, actrices de cine con las que posar en fotografías... Fue también Sorní quien le consiguió los contactos dentro del mundo de la política, ¿verdad, comisario? Acosta y este caso truncaron su salto a la vida política. También tengo las llamadas al líder de uno de los partidos políticos que lo confirman. Creo que no le va a hacer ninguna gracia que se hagan públicas.

—¡No sabe a quién se está enfrentado, Expósito! Haré caer sobre usted todas mis influencias.

—Cuando esta historia salga a la luz, todos esos amigos que cree tener van a renegar de usted como si sufriera una enfermedad contagiosa. Nadie se va a poner de su lado. Se va a quedar solo. Como le pasó a Soto cuando le acusaron de los asesinatos. Era famoso y pasó a ser un apestado.

—Comisario, queda usted detenido —dijo Israel.

—¿Se puede saber qué coño hace? —bramó Medrano al ver que Otero le ponía las esposas—. ¡Voy a acabar con ustedes dos, maricones de mierda!

Israel se llevó, no sin dificultad, esposado a Medrano. David se quedó a solas con Enrique en la sala.

—Gracias —musitó David.

—Gracias a ti por cumplir con tu palabra. Yo solo quería hacer justicia, y no era justo que los responsables del asesinato de tu padre quedaran libres.

—¿Cómo lo descubrió? ¿Cómo consiguió estas pruebas?

—Yo también creía en la justicia, ¿recuerdas? Cuando descubrí quiénes eran los responsables de la muerte de mi hija, los investigué. Soto estaba en la cárcel de por vida, pero Sorní seguía haciendo de las suyas. Indagué durante meses, con la ayuda de algunos conocidos que habían publicado sus libros conmigo, sus idas y venidas, sus filias y sus fobias, sus costumbres, sus gustos, cómo había pasado de ser un simple empresario de una pequeña empresa al más poderoso de los empresarios del país. Y, como siempre en estos casos, la mierda no tardó en salir. Sorní tenía muchos «cadáveres» bajo sus alfombras relucientes por los que no le importaba trepar para seguir escalando. Hay gigantes con pies de barro: Sorní era uno con los pies de mierda hasta las rodillas.

—Usted tenía razón. Este mundo no es justo.

—Por fortuna siguen quedando algunas, aunque pocas, buenas personas en él —repuso Carvajal con una sonrisa.

—Lamento que para sacar a la luz toda esta mierda vaya a tener que pasarse el resto de su vida en la cárcel.

—No te preocupes por eso. Me conformo con que sea un hombre de palabra —dijo Enrique. En casa de Soto le había hecho prometer que no buscaría a esas otras personas implicadas. Sabía que David podía encontrarlas—. Estoy muy enfermo, y pronto, muy pronto, me encontraré con mi pequeña.

42

Epílogo

Le había costado volver a la normalidad. Habían sido meses de insomnio, de estrés, ansiedad y alguna que otra pesadilla. Pese a que había tenido que investigar algún asesinato más, ninguno como los cometidos por Enrique Carvajal. Por suerte, había contado con el apoyo de David, aunque, en esos meses transcurridos, la situación entre ellos también había cambiado. Por suerte, en este caso, para mejor.

David había abandonado el cuerpo de policía. El motivo por el que había entrado era descubrir quién había asesinado a su padre y, habiéndolo conseguido, ya no tenía motivos para seguir allí. Él había apoyado la decisión. El sueño de David siempre había sido actuar e iba a ayudarle a superar su miedo escénico. Fue el primero en animarle a apuntarse a una escuela de interpretación y el primero en conseguirle un «papel»: el de novio frente a un altar.

Le había pedido que se casaran unas semanas después del fallecimiento de Carvajal. Quien había puesto sus vidas patas arriba ni siquiera llegó a pisar la cárcel. Murió dos días después de entregarse en los calabozos de la comisaría. Le encontraron tranquilo, con una sonrisa en los labios, tumbado en su camastro. Pese a cometer cinco crímenes, se había ido con la conciencia tranquila. Él estaba seguro de haber hecho lo correcto. Israel incluso podía llegar a entenderlo.

El ruido de unas llaves en la puerta le sacó de sus pensamientos.

—Hola, cariño —saludó al ver entrar a David en la casa—. ¿Cómo ha ido la audición?

—Un agobio. Más de cien actores peleándose por un mismo papel.

Todos ellos con muchísima experiencia y con el culo pelado de hacer ese tipo de pruebas —respondió David cabizbajo mientras dejaba las llaves encima de la mesa.

—Bueno, no te preocupes. Seguro que la próxima vez hay más suerte. Confío en ti y sé que pronto conseguirás algo más que un papel de extra como hasta ahora. Estoy deseando escuchar tu primera frase en una película.

—Las buenas palabras no conseguirán alimentar nuestras bocas.

—¿Qué? —exclamó Israel sin entender nada.

—¿No has dicho que estabas deseando poder escuchar mi primera frase? —inquirió David. Levantó la cabeza y esbozó una amplia sonrisa.

—No me lo puedo creer... ¡Te han dado el papel! —gritó eufórico Israel—. ¡Lo sabía! ¡Lo sabía! —añadió mientras salía corriendo a abrazarlo.

—No es mucho. Solo un personaje secundario en medio de una protesta callejera, pero esa será mi primera frase para la posteridad en el cine. Yo creo que es una señal...

—¿Una señal de qué?

—¿Qué día es hoy?

—Martes.

—Me refiero al día, tonto.

—Diecisiete de diciembre —dijo Israel. Al pronunciar en voz alta la fecha, cayó en la cuenta—. ¿Ya ha pasado un año entero?

—Hoy hace un año que Enrique me susurró al oído que había asesinado al presidente del Tribunal Supremo. Ese día cambió nuestras vidas y, sin ese día, no estaría ahora intentando cumplir mi sueño de ser actor.

—Lo mucho que ha cambiado todo desde entonces, ¿verdad?

—Ya no me llamas nunca agente Expósito —rio David.

—Ni tengo que estar pendiente de los gritos de Medrano.

Recordarlo borró, por un instante, la sonrisa de David.

—También fue Enrique quien hizo que acabara en la cárcel. Bien merecido se lo tiene.

—Sabes que lo único que lamento es que solo le cayeran diez años por sus delitos. En dos años el muy cabrón estará en la calle con el tercer grado.

—No te preocupes por eso, Israel. Ya lo decía Enrique, la justicia, a veces, no es justa, pero hay un refrán que dice que a todo cerdo le llega su San Martín.

—¿Crees que Medrano recibirá su merecido? —inquirió Israel sin soltar a David de la cintura en ningún momento.

—Estoy seguro —respondió David—. ¿Vas sirviendo la cena mientras me cambio de ropa?

—Por supuesto, cariño. Y hoy sacaremos una buena botella de vino. Hay que celebrar que te hayan dado el papel.

—Me parece genial, pero no te emborraches mucho, que me gustaría poder seguir celebrándolo después de la cena y ya sabes que a ti el alcohol te roba facultades —respondió David con el ánimo recuperado, mientras entraba en la habitación y guiñando un ojo a su chico.

Ya a solas, y no queriendo hacer esperar a su marido, David se quitó la chaqueta. Entonces, en el bolsillo interno de la misma, vio la baraja de cartas de póker que había comprado esa misma mañana antes de presentarse a la audición.

Abrió la cajetilla, sacó uno de los comodines de la baraja y lo metió en un sobre blanco en el que, a máquina, había escrito una dirección:

A la atención del excomisario Medrano.

Cárcel de Soto del Real.

Madrid.

Y dentro, también escrita a máquina, una nota.

«A veces, uno se cree que ha tenido suerte y que el destino le ha repartido una buena mano. Pero, no se confíe, no se alegre, no deje de mirar a su espalda ni de preocuparse con cada ruido que oiga en su celda. No se despiste si algún día le conceden el tercer grado y no cometa el error de creerse libre. Porque, aunque uno tenga una buena jugada, siempre puede haber alguien en la mesa que tenga una mejor».

No había olvidado la promesa que le había hecho a Enrique sentados en la cama de la casa de Soto. No permitiría nunca más que no se hiciera justicia. Y que Medrano fuera a salir de la cárcel, aunque fuera en unos años, sin pagar por el asesinato de su padre, no era justo. Le haría pagar por ello, aunque fuera atemorizándolo el resto de sus días como un mal recuerdo que se aparece en tus peores pesadillas.

—¡Cariño! ¡Que se enfría la cena! —gritó Israel desde el salón.

—Mientras no te enfríes tú, por mí podemos pasar directo a los postres —respondió David.

Cerró el sobre y lo guardó en su chaqueta.

SI HAS DISFRUTADO DE ESTE THRILLER POLICÍACO, NO TE PUEDES PERDER MI NOVELA

NO TE FÍES DE LO QUE VEN TUS OJOS

<u>YA DISPONIBLE EN AMAZON</u>

Agradecimientos

El agradecimiento de la existencia de este libro debe ser, sin duda, para todas aquellas personas que, en junio de 2018 y meses posteriores, decidieron dar una oportunidad a Póker de asesinatos.

En aquel mes, de hace casi dos años, me presenté al Premio Literario Amazon con el que era mi primer Thriller. La acogida recibida hizo que la novela terminara siendo seleccionada como Finalista en el Premio Amazon 2018 entre más de dos mil cuatrocientas novelas presentadas.

Si nada de eso hubiera ocurrido creo que nunca habría llegado este momento en el que concluyo mi segundo Thriller, inspirado en una pequeña idea surgida de Póker de asesinatos.

Gracias a todos los que me leísteis, leéis y seguiréis leyendo Póker de asesinatos por haber hecho nacer a Escalera de crímenes. Espero que os haya parecido que está a la altura.

Gracias también a Goizalde Aguirre y Gemma Herrero Virto, por haber sido las lectoras cero en esta ocasión; a Vero Monroy, por su trabajo de corrección y a Sol Taylor por haber vuelto a crear una magnífica portada para mi libro.

Y gracias a mi ama, por seguir riéndo con mis tonterías, por seguir siendo fuerte pese a todo, por ser la mejor madre del mundo.

OTRAS NOVELAS PUBLICADAS POR EL AUTOR

Los nietos de Dios

Aventuras/Ficción

Tras vivir el terremoto de San Francisco de abril de 1906, el empresario José Calderón encuentra una misteriosa piedra y descubre que su hallazgo puede cambiar el destino de la humanidad y todas las creencias sobre su origen. La difícil situación de España y un revés personal le obligan a posponer su investigación.

Cien años más tarde el escritor Gaizka Juaresti y la bróker Naiara Salazar retoman una búsqueda que cambiará sus vidas y puede que las nuestras.

Póker de asesinatos

Thriller/ finalista Premio Literario Amazon 2018.

"Todos los asesinos en serie quieren ser atrapados. Por eso dejan mensajes. Su objetivo no es escapar sin ser descubierto. Su meta es jugar con la policía todo el tiempo que les sea posible. A más tiempo, mayor es la fama alcanzada y más cerca estará el asesino de convertirse en leyenda."

Cuando el sargento primero de la Guardia Civil Gabriel Abengoza recibe una llamada en la que le comunican el hallazgo del cadáver de una popular periodista, enseguida descubre que no se trata de un accidente, pero no se puede imaginar que a ese crimen se le sumarán otros que le harán trabajar, mano a mano, con Ángela Casado, inspectora jefe de la Policía Nacional. Killer Cards, nombre con el que bautiza la prensa a quien va dejando a su paso cadáveres de personalidades de la sociedad con un as de la baraja de póker en la ropa, tiene un plan trazado con meticulosidad para alcanzar su objetivo y burlar a los investigadores. El caso se convertirá en un fenómeno mediático que mantendrá en vilo a todos los televidentes del país hasta que los agentes atrapen al culpable. Sin embargo, Killer Card «guarda un as en la manga».

¿Conseguirán atrapar a Killer Cards antes de que complete su póker de asesinatos?

Moleman-Las aventuras del hombre topo

Thriller juvenil/Aventuras

Álex es joven, guapo, popular, capitán del equipo de baloncesto y sale con la chica más guapa. Tiene la vida que todo joven desea, pero un día todo cambia. En una cita, algo le muerde en un pie... y la suerte que tenía hasta ese momento desaparece. La mordedura no le concede superpoderes como la araña a Spiderman. El animal es un topo que le otorga «superdesgracias». Se vuelve feo, miope y muy torpe. No se reconoce en el espejo, no puede jugar al baloncesto, no puede ni ver la pantalla de su móvil.

Para colmo de desgracias, su novia y el padre de ella, un reputado genetista que parece ser el único que puede ayudarle, desaparecen al día siguiente de su cambio genético. Alba, una vecina y compañera de clase en la que nadie se fija ni recuerda su nombre, es la única que se preocupa por él y le anima a enfrentarse a sus cambios e investigar las desapariciones.

¿Podrá Álex, con la ayuda de Alba, encontrarles pese a no ver más allá de sus narices? ¿Convertirse en topo son todo desgracias o tendrá alguna ventaja? ¿La transformación será definitiva o encontrará una solución?

Moleman-Las aventuras del hombre topo es una novela de superhéroes de la vida cotidiana. Una visión diferente de nuestros cómics favoritos.

Aisling-En el mundo de los sueños
Fantasía Distópica/Primera parte de esta trilogía.

Triz, una bruja de sangre, alarmada por sus visiones, deberá recuperar el contacto con su pasado. Tiene que encontrar a Gare, un amigo de la infancia, para intentar evitar el gran desastre que anuncian sus visiones.

Pero comunicarse en una Tierra sin tecnología no es fácil y, para ello, usará cuanto esté a su akance, incluido Aisling, el mundo de los sueños.

Juntos tendrán que adentrarse en lo desconocido, confiar el uno en el otro, mientras recuerdan una relación pasada que nunca llegó a ser, y evitar una tragedia.

¿Conseguirá Triz detenerla y proteger el futuro de sus hijas? ¿Podrá Gare dejar de complicarle la vida y ayudarla?

Grawell-En el mundo de las brujas

Fantasía Distópica/Segunda parte de esta trilogía.

La búsqueda no ha acabado y los sueños de Triz no cesan.

Tras conseguir el grimorio de Astrid en Aisling, ahora es Grawell, el mundo de las brujas donde reside su tía Helen, el que está en grave peligro.

Triz y Gare se tendrán que volver a enfrentar a quien se interponga en su objetivo de salvar los mundos pero, esta vez, no será tan fácil. Grawell es un mundo lleno de sorpresas y de magia a la que ninguno de los dos está acostumbrado.

¿Podrán salvar Grawell antes de que sea destruido por Rigel y arrastrado por la Nebulosa de Bruja? ¿Podrán evitar a tiempo que el resto de los mundos sufra las consecuencias de los sueños de Triz?¿Qué pasará entre ellos dos?

Grawell es la segunda parte de la trilogía Entre mundos que se inició con Aisling.

Made in United States
Orlando, FL
16 May 2025

61317209R00197